DAN SIMMONS

Dan Simmons, né en 1948 dans l'Illinois, aux États-Unis, a eu très jeune la vocation de l'écriture. Diplômé de littérature, il a été enseignant pendant plus de quinze ans.

En 1982, il fait des débuts très remarqués sur la scène littéraire. Célèbre pour ses ouvrages de science-fiction, notamment pour le chef-d'œuvre *Les cantos d'Hypérion*, il a aussi mis sa plume au service de nombreux autres genres et son œuvre compte aujourd'hui près de trente romans et recueils de nouvelles. Parmi ses ouvrages les plus récents, on compte *Terreur* (Robert Laffont, 2008), *Drood* (Robert Laffont, 2011) et *Flashback* (Robert Laffont, 2012).

HYPÉRION

SCIENCE-FICTION
Collection dirigée par Bénédicte Lombardo

DAN SIMMONS

LES CANTOS D'HYPÉRION

HYPÉRION

Tome 1

ROBERT LAFFONT

Publié aux Éditions Doubleday, New York
avec le titre original :

HYPERION

Traduit de l'américain par Guy Abadia

*Tous les personnages de ce livre sont fictifs,
et toute ressemblance avec des personnages
existant ou ayant existé
n'est que pure coïncidence*

Pocket, une marque d'Univers Poche,
est un éditeur qui s'engage pour la
préservation de son environnement et
qui utilise du papier fabriqué à partir
de bois provenant de forêts gérées de
manière responsable.

© Dan Simmons, 1989
© Éditions Robert Laffont, pour la traduction française, 1991
ISBN 978-2-266-17327-8

À Ted

Prologue

Le consul de l'Hégémonie, sur le balcon de son vaisseau spatial couleur d'ébène, jouait le *Prélude en do dièse mineur* de Rachmaninov sur un Steinway âgé mais en bon état, tandis que de grands sauriens verts s'ébattaient bruyamment dans les marécages en contrebas. Une méchante tempête se préparait au nord. Des nuages livides comme des ecchymoses entouraient le profil d'une forêt de gymnospermes géantes tandis que des strato-cumulus flottaient à neuf mille mètres de haut dans un ciel de violence. Les éclairs se répercutaient sur la ligne d'horizon. Plus près du vaisseau, des formes vaguement reptiliennes se heurtaient au périmètre d'interdiction, poussaient un barrissement et battaient lourdement en retraite à travers les brumes indigo. Le consul se concentra sur un passage particulièrement difficile du *Prélude*, ignorant l'approche conjuguée de la tempête et de la nuit.

Le carillon du récepteur méga se fit entendre.

Le consul cessa de jouer, les doigts en suspens au-dessus du clavier, et tendit l'oreille. Le tonnerre grondait dans l'atmosphère épaisse. De la forêt de gymnospermes lui parvint le hululement lugubre d'une meute de charognards. Quelque part dans les ténèbres au-dessous de lui, un animal à la cervelle étroite répondit par un barrissement de défi, puis se tut. Le périmètre d'interdiction ajoutait seul ses harmoniques subtiles au silence momentané. Puis le carillon du mégatrans retentit de nouveau.

— Merde, fit le consul en se levant pour aller répondre. Tandis que l'ordinateur prenait les quelques secondes qui lui étaient nécessaires pour convertir et décoder les salves de tachyons affaiblis, le consul se versa un verre de scotch. Il s'installa sur les coussins de la fosse de projection au moment où le disque passait au vert en clignotant.

— Lecture, dit-il.

— Vous êtes désigné pour vous rendre de nouveau sur Hypérion, lui annonça une voix féminine chaude et légèrement voilée.

L'image ne s'était pas encore tout à fait formée. L'espace de visualisation demeurait vide à l'exception des impulsions contenant les codes de transmission qui indiquaient au consul que cette salve avait pour origine la planète administrative de l'Hégémonie, Tau Ceti Central. Mais il n'avait pas besoin des codes pour le savoir. Et la voix de Meina Gladstone, encore magnifique malgré son âge, ne ressemblait à aucune autre.

— Vous êtes désigné pour vous rendre sur Hypérion dans le cadre du pèlerinage officiel à la gloire du gritche, continua la voix.

Cause toujours, fit intérieurement le consul en se levant pour quitter la fosse.

— Vous avez été choisi, avec six autres, par la Sainte Église du gritche, et ce choix a été confirmé par les hautes instances de la Pangermie, reprit Meina Gladstone. Il est d'un intérêt vital pour l'Hégémonie que vous acceptiez.

Le consul se figea au bord de la fosse, tournant le dos aux codes de transmission. Il porta lentement son verre à ses lèvres et but le reste de scotch.

— La situation est extrêmement confuse, déclara Meina Gladstone d'une voix qui lui parut très lasse. Les autorités consulaires et le Conseil Intérieur nous ont contactés, il y a trois semaines, pour nous annoncer que les Tombeaux du Temps semblaient sur le point de s'ouvrir. Les champs anentropiques qui les entourent étaient en train de se dilater rapidement, et le gritche a commencé à se manifester au sud, dans des régions relativement éloignées comme la Chaîne Bridée.

Le consul se retourna et se laissa retomber sur les coussins. L'image holo du visage âgé de Meina Gladstone s'était maintenant formée. Son regard était aussi las que sa voix.

— Un détachement de la Force spatiale a été immédiatement envoyé de Parvati pour procéder à l'évacuation des citoyens de l'Hégémonie qui se trouvent sur Hypérion avant l'ouverture des Tombeaux du Temps, reprit Meina Gladstone. Leur déficit de temps est estimé à un peu plus de trois années d'Hypérion.

Le consul se disait qu'il n'avait jamais vu la Présidente du Sénat avec une mine aussi sinistre.

– Nous ne savons pas si notre flotte d'évacuation arrivera à temps, mais la situation est d'autant plus complexe qu'un essaim de migration extro de quatre mille... unités au moins..., qui se dirige en ce moment vers le système d'Hypérion, a été détecté. Notre force d'évacuation n'arrivera, en principe, que peu de temps avant les Extros.

Le consul comprenait très bien l'hésitation de la Présidente. Un essaim de migration extro pouvait comporter aussi bien des vaisseaux de la taille d'un simple monoplace de reconnaissance que de véritables villes de métal ou des comètes-forteresses abritant des dizaines de milliers de barbares interstellaires.

– Les chefs d'état-major de la Force considèrent qu'il s'agit d'une importante offensive des Extros, continua Meina Gladstone, dont les yeux, à la suite d'un repositionnement de l'image holo par les ordinateurs, semblaient fixer directement le consul. Nous ignorons encore si leurs intentions sont uniquement de s'assurer la maîtrise d'Hypérion et des Tombeaux du Temps, ou s'il s'agit d'une offensive généralisée contre le Retz. Toujours est-il qu'une flotte spatiale de la Force au complet, avec son bataillon de construction d'un modulateur distrans, est partie du système de Camn pour se joindre à notre force d'évacuation. Naturellement, cette flotte est susceptible d'être rappelée en fonction des circonstances.

Le consul hocha la tête. Machinalement, il porta le verre de scotch à ses lèvres et fronça les sourcils en le trouvant vide. Il le posa sur la moquette épaisse de la fosse holo. Malgré son inexpérience totale dans le domaine militaire, il comprenait la difficulté des décisions tactiques auxquelles Gladstone et les chefs d'état-major avaient à faire face. Si un modulateur distrans n'était pas immédiatement assemblé – à un coût énorme –, il n'y aurait aucun moyen de résister à une invasion extro. Quels que fussent les secrets dissimulés par les Tombeaux du Temps, ils iraient aux ennemis de l'Hégémonie. Mais si la flotte réussissait à assembler à temps un modulateur distrans, et si l'Hégémonie engageait la totalité des ressources de la Force dans la défense de sa lointaine colonie d'Hypérion, le Retz courrait le terrible risque de s'exposer à une attaque des Extros dans un autre secteur périphérique de l'espace qu'il contrôlait ou – dans le pire des scénarios – de voir tomber le modulateur entre les mains des barbares, qui auraient ainsi un moyen de s'introduire au cœur du Retz.

Tout en essayant d'imaginer des hordes d'Extros déferlant à travers les portes distrans dans les cités sans défense d'une centaine de mondes centraux, le consul s'avança à travers l'image holo de Meina Gladstone pour ramasser son verre et se verser un nouveau scotch.

– Vous ferez partie des pèlerins du gritche, déclara l'image de la vieille Présidente, que la presse aimait parfois comparer à Churchill, Lincoln, Alvarez-Temp ou autres figures légendaires de l'époque préhégirienne en vogue auprès du public. Les Templiers, de leur côté, envoient leur vaisseau-arbre *Yggdrasill*, que le commandant de la force d'évacuation a reçu l'ordre de laisser passer. Vous pourrez rejoindre ce vaisseau, avec un déficit de temps de trois semaines, avant qu'il effectue le saut quantique à partir du système de Parvati. Les six autres pèlerins désignés par l'Église gritchtèque seront déjà à bord du vaisseau-arbre. Selon les rapports de nos services de renseignements, l'un des sept pèlerins au moins serait un agent des Extros. Nous n'avons – jusqu'à présent – aucun moyen de l'identifier.

Le consul ne put s'empêcher de sourire. Outre les risques considérables que prenait Gladstone, elle se devait d'envisager l'hypothèse selon laquelle il aurait été cet espion, auquel cas elle était en train de transmettre des informations vitales à un agent ennemi. Mais les informations qu'elle venait de lui communiquer étaient-elles réellement vitales? Les mouvements de la flotte devenaient détectables dès que les vaisseaux utilisaient leurs réacteurs Hawking. Et si le consul était cet espion, les révélations de la Présidente pouvaient avoir pour but de lui faire peur.

Le sourire du consul s'éteignit tandis qu'il finissait son scotch.

– Sol Weintraub et Fedmahn Kassad font partie des sept pèlerins, continua Gladstone.

Le consul plissa de nouveau le front. Il regarda les chiffres qui défilaient en nuages autour de l'image holo. Il ne restait plus que quinze secondes de mégatransmission.

– Nous avons absolument besoin de votre aide, conclut Meina Gladstone. Il est essentiel que les secrets du gritche et des Tombeaux du Temps soient percés. Ce pèlerinage est peut-être notre dernière chance. En tout état de cause, si les Extros s'emparent d'Hypérion, leur agent devra être éliminé, et les Tombeaux du Temps devront être fermés à tout prix. L'avenir de l'Hégémonie en dépend.

La transmission prit fin, à l'exception des impulsions indiquant les codes du rendez-vous spatial.

– Réponse? demanda l'ordinateur de bord.

Malgré les formidables quantités d'énergie en jeu, le vaisseau spatial était capable de lancer une brève salve codée au milieu de l'incessant mégababillage qui reliait entre elles les différentes parties de la galaxie humaine.

– Non, répondit-il.

Il sortit sur le balcon pour se pencher au-dessus de la rambarde. La nuit était déjà tombée, et les nuages bas occultaient les étoiles. L'obscurité aurait été complète sans les éclairs intermittents au nord et la faible phosphorescence qui montait des marécages. Le consul eut soudain conscience d'être, en cette seconde même, la seule créature sentiente sur une planète sans nom. Écoutant les bruits antédiluviens de la nuit qui montaient des marécages, il s'efforça de penser uniquement au matin, au VEM Vikken qu'il piloterait à la première lueur de l'aube, à la journée qu'il passerait au soleil, à la chasse au gros gibier dans les forêts de fougères du sud, puis à son retour au vaisseau, le soir venu, pour se délecter d'un bon steak et d'une bière bien fraîche.

Il pensa aussi au plaisir aigu de la chasse et au réconfort non moins aigu de la solitude, une solitude qu'il avait bien gagnée par les souffrances et les cauchemars qu'il avait déjà endurés sur Hypérion.

Hypérion...

Le consul retourna à l'intérieur, fit rentrer le balcon et referma toutes les ouvertures du vaisseau juste au moment où les premières gouttes de pluie commençaient à tomber. Il grimpa l'escalier en spirale jusqu'à sa cabine, dans le nez du vaisseau. La salle à paroi circulaire était plongée dans l'obscurité, à l'exception des explosions silencieuses des éclairs qui faisaient briller les gouttelettes d'eau ruisselant sur la coupole transparente. Il se déshabilla et s'étendit sur le matelas ferme, allumant l'ampli et branchant le système de sonorisation qui restituait les bruits de l'extérieur. La fureur de la tempête se mêla aux accents violents de la *Chevauchée des Walkyries* de Richard Wagner. L'ouragan fit trembler le vaisseau. Les coups de tonnerre remplirent la cabine tandis que la coupole s'illuminait d'éclairs blancs qui laissaient de cuisantes rémanences sur les rétines du consul.

Wagner n'est bon que pour les moments de tempête, se dit-il.

Il ferma les yeux, mais les éclairs étaient encore visibles à travers ses paupières. Il se souvint de l'éclat des cristaux de glace qui soufflaient à travers les ruines chaotiques des collines basses à proximité des Tombeaux du Temps, et aussi de la lueur métallique encore plus glacée et irréelle qui émanait de l'arbre fantasmagorique du gritche, hérissé de formidables piquants d'acier. Il ne pourrait jamais oublier les hurlements qui montaient dans la nuit ni le regard du monstre à mille facettes de rubis sanglants.

Hypérion...

Le consul commanda silencieusement à l'ordinateur de faire taire tous ces bruits, puis se protégea les yeux du revers de la main. Dans le silence qui s'établit brusquement, il demeura étendu sur sa couche, en se disant qu'il serait fou de retourner là-bas, de retourner sur ce monde lointain et énigmatique où il avait exercé ses fonctions consulaires onze années durant et où la mystérieuse Église gritchtèque avait un jour permis à une douzaine de barges de pèlerins d'outre-monde de se rendre sur les terres désolées et balayées par le vent qui entouraient les Tombeaux du Temps au nord des montagnes. Aucun pèlerin n'en était jamais revenu. Et cela s'était passé à une époque normale, où le gritche était prisonnier des marées du temps et d'autres forces que personne ne comprenait. Les champs anentropiques ne dépassaient pas une limite de quelques douzaines de mètres autour des Tombeaux du Temps, et aucune menace d'invasion extro ne pesait sur l'Hégémonie.

Le consul songea au gritche, maintenant libre d'errer à

sa guise sur Hypérion, aux millions d'indigènes et aux milliers de ressortissants de l'Hégémonie qui se trouvaient exposés, sans défense; aux atteintes d'une créature dont l'existence même défiait toutes les lois physiques connues, et qui ne communiquait qu'à travers la mort.

Il frissonna malgré la chaleur qui régnait à l'intérieur de la cabine.

Hypérion...

La tempête et la nuit passèrent. Un nouveau front de perturbation précéda l'aube de quelques minutes. Les gymnospermes géantes de plus de deux mètres se courbèrent devant les éléments en furie. Juste avant la première lueur de l'aube, le vaisseau d'ébène du consul s'éleva sur un panache de plasma bleu et perça les nuées épaisses, grimpant vers sa nouvelle destination spatiale.

1

Le consul s'éveilla avec la migraine, la gorge sèche et la sensation d'avoir oublié mille rêves caractérisant la sortie des périodes de fugue cryotechnique. Il battit des paupières, se redressa sur la couchette basse et arracha d'une main encore engourdie les derniers carrés adhésifs qui maintenaient sur sa peau les moniteurs de fonctions vitales. Il y avait avec lui, dans la cabine ovoïde sans fenêtre, deux clones d'équipage, de très courte taille, ainsi qu'un Templier. L'un des clones lui offrit le traditionnel verre de jus d'orange, auquel il s'empressa de goûter avidement.

— L'arbre est actuellement à cinq heures deux minutes-lumière d'Hypérion, lui dit le Templier.

Le consul s'aperçut alors que c'était Het Masteen, le commandant du vaisseau-arbre des Templiers, également appelé la Voix de l'Arbre Authentique, qui s'adressait ainsi à lui. Il songea confusément que c'était un bien grand honneur que lui faisait le commandant en venant le réveiller en personne, mais il était encore trop engourdi par l'état de fugue pour apprécier cet honneur à sa juste valeur.

— Les autres sont déjà réveillés depuis quelques heures, lui dit Het Masteen en faisant un geste impérieux aux clones pour qu'ils se retirent. Ils se trouvent tous dans la salle à manger principale.

— Mmmm... fit le consul avant de boire le reste de son jus.

Il se racla la gorge et fit un nouvel essai.

– Je vous remercie beaucoup, Het Masteen, réussit-il à dire.

Il regarda autour de lui. La cabine ovoïde possédait une moquette vert gazon et une paroi translucide aux nervures de bois de vort d'un seul tenant. Ils devaient se trouver dans l'une des petites nacelles à environnement contrôlé du vaisseau. Fermant les yeux, le consul essaya de rassembler ses souvenirs du rendez-vous spatial, juste avant le saut quantique de l'*Yggdrasill*.

Il se rappela la première fois qu'il avait vu le vaisseau-arbre d'un kilomètre de long en train de se rapprocher du lieu de rendez-vous. La forme de l'*Yggdrasill* était rendue floue par les multiples champs de confinement, générés par des ergs ou par des machines, qui entouraient le vaisseau d'une sorte de cocon de brume à travers lequel la coque de feuilles brillait cependant de mille lumières qui perçaient à travers les parois minces des coursives, les nacelles à environnement contrôlé, les passerelles de commandement, les échelles et les berceaux de verdure ou de manœuvre. À la base du vaisseau-arbre, des sphères abritant les machines ou la cargaison s'agglutinaient comme des gales géantes tandis que les traînées des systèmes de propulsion, mauves et bleutées, prolongeaient le tronc comme un réseau de racines effilochées longues de dix kilomètres.

– On nous attend, murmura Het Masteen en hochant le menton en direction des coussins bas où les bagages du consul attendaient, prêts à s'ouvrir à son commandement.

Le Templier s'absorba dans la contemplation des nervures de bois de vort tandis que le consul revêtait sa tenue de semi-apparat : pantalon noir sans pli, chaussures vernies, chemise de soie blanche bouffante aux manches et à la taille, cordelière à curseur en topaze, vareuse noire mi-longue, épaulettes à taillades écarlates de l'Hégémonie et tricorne doré. Une partie de la paroi incurvée lui servant de miroir, il contempla avec complaisance l'image d'un homme d'âge plus que mûr en semi-uniforme, à la peau tannée par le soleil, mais étrangement pâle au-dessous des yeux tristes. Plissant le front, il se détourna subitement.

Het Masteen fit un geste quelque peu impatient, et le consul suivit la haute silhouette, drapée de la tête aux pieds, à travers le diaphragme de la nacelle, puis sur un pont incliné qui s'enroulait à perte de vue dans les hauteurs de l'écorce massive du vaisseau-arbre. Le consul s'arrêta, se colla contre la paroi du pont découvert opposée au vide, et fit un pas en arrière. Il y avait au moins six cents mètres de vide au-dessous de lui, la sensation de bas étant produite par la gravité d'un sixième de g standard que créaient les singularités emprisonnées à la base de l'arbre. Et il n'y avait pas le moindre garde-fou.

Ils reprirent leur ascension silencieuse, et quittèrent le tronc principal trente mètres et une demi-spirale plus haut pour traverser un pont suspendu d'aspect fragile qui les mena jusqu'à une coursive de cinq mètres de large. Ils suivirent cette coursive vers l'extérieur jusqu'à ce qu'ils arrivent à un endroit où le foisonnement du feuillage retenait tout l'éclat du soleil d'Hypérion.

— Est-ce que mon vaisseau a été sorti de cale? demanda le consul.

— Le plein est fait, et il vous attend dans la sphère n° 11, lui répondit Het Masteen tandis qu'ils passaient dans l'ombre du tronc et que les étoiles devenaient visibles à travers les trouées du feuillage. Les autres pèlerins sont d'accord pour descendre avec vous si les responsables de la Force vous y autorisent.

Le consul se frotta les yeux. Il aurait préféré avoir un peu plus de temps pour se remettre du choc cryotechnique.

— Vous êtes déjà entré en contact avec eux? demanda-t-il.

— Bien sûr! Ils nous ont fait des sommations dès l'instant où nous sommes sortis du saut quantique. Un vaisseau de guerre de l'Hégémonie nous « escorte » en ce moment.

Le Templier fit un geste vague en direction d'une partie de l'espace au-dessus d'eux. Le consul plissa les yeux pour essayer d'apercevoir quelque chose, mais les branches supérieures sortirent à ce moment-là de l'ombre du tronc, et chaque feuille de l'arbre s'embrasa des couleurs du couchant. Même dans les endroits encore plongés dans l'ombre, des oiseaux lampyres étaient perchés comme des lanternes japonaises au-dessus des coursives éclairées, des lianes luminescentes et des ponts suspendus phosphorescents, tandis que les lucioles de l'Ancienne Terre et les somptueuses diaphanes d'Alliance-Maui luisaient par intermittence, comme pour se frayer un chemin codé à travers les labyrinthes du feuillage, en se confondant suffisamment avec les constellations pour tromper l'œil du voyageur le plus habitué aux espaces interstellaires.

Het Masteen s'avança dans un panier élévateur suspendu à un câble en filaments de carbone renforcés qui se perdait dans les trois cents mètres de frondaisons au-dessus d'eux. Il remarqua que les coursives, nacelles et plates-formes étaient curieusement désertes à l'exception de quelques Templiers et des clones d'équipage qui les suivaient comme leur ombre. Le consul ne se souvenait pas d'avoir aperçu d'autres passagers durant l'heure bien remplie qu'il avait passée entre le rendez-vous spatial et sa mise en fugue. Il avait attribué cela à l'imminence du saut quantique, pensant que les autres passagers étaient déjà confortablement installés dans leurs caissons de fugue, mais le vaisseau voyageait à présent bien en dessous des vitesses relativistes, et ses branches auraient dû être chargées de passagers le nez en l'air et la bouche ouverte. Il fit part de son étonnement au Templier.

— Nous n'avons que six passagers pour ce voyage, lui répondit Het Masteen tandis que le panier s'arrêtait au milieu d'un entrelacement de branches.

Le commandant du vaisseau-arbre le précéda alors sur les marches de bois d'un escalier poli par l'âge, qu'il gravit agilement. Le consul cligna des paupières, surpris. Normalement, un vaisseau-arbre templier transportait de deux mille à cinq mille passagers. C'était, de loin, la manière la plus agréable de voyager entre les étoiles. Les vaisseaux-arbres accumulaient rarement un déficit de temps de plus de quatre ou cinq mois, réduisant leurs traversées touristiques aux endroits où les systèmes stellaires n'étaient distants entre eux que de quelques années-lumière et faisant en sorte que leurs riches passagers passent aussi peu de temps que possible en état de fugue. Un aller-retour pour Hypérion, représentant six années entières de temps retzien, sans aucun passager payant à bord, devait être une véritable catastrophe financière pour les Templiers.

Le consul s'avisa alors, en se reprochant d'avoir été si long à comprendre, que le vaisseau-arbre était l'instrument idéal de l'évacuation qui se préparait. Les dépenses occasionnées incomberaient, de toute évidence, à l'Hégémonie. Cependant, il ne pouvait s'empêcher de se dire que le fait d'introduire un vaisseau aussi luxueux et aussi vulnérable que l'*Yggdrasill* – il n'en existait que cinq en tout comme lui – dans une zone de combat représentait un risque terrible pour la Fraternité des Templiers.

– Et voici les pèlerins qui vous accompagneront, annonça Het Masteen.

Il s'avança, suivi du consul, sur une large plate-forme où un petit groupe attendait à une extrémité d'une longue table en bois. Au-dessus d'eux, les étoiles scintillaient d'un éclat ardent, basculant occasionnellement lorsque le vaisseau-arbre subissait un mouvement de lacet ou de tangage, tandis que de part et d'autre du tronc une sphère de feuillage dense s'écartait en s'incurvant comme l'écorce verte de quelque fruit géant. Le consul avait identifié cette plate-forme comme la salle à manger privée du commandant avant même que les cinq autres passagers ne se fussent levés pour laisser Het Masteen prendre place à une extrémité de la table. Il ne restait qu'un seul fauteuil inoccupé à la gauche du commandant, et il s'y assit.

Lorsque le silence se fit, Het Masteen procéda à des présentations en règle. Le consul ne connaissait personnellement aucun des cinq autres, mais plusieurs noms lui étaient familiers, et il fit appel à sa longue expérience de diplomate pour mettre soigneusement de côté dans sa mémoire les identités et les impressions reçues.

À sa gauche se trouvait le père Lénar Hoyt, un prêtre de la très ancienne Église chrétienne connue sous le nom d'Église catholique. L'espace d'un instant, le consul avait oublié la signification de la robe noire et du col romain, mais il s'était souvenu ensuite de saint François de l'Hôpital, sur la planète Hébron, lorsqu'il avait fait l'objet d'une thérapeutique anti-alcoolique à la suite de sa désastreuse première mission diplomatique, près de quatre décennies standard plus tôt. À la mention du nom de Hoyt, le consul se souvint également d'un autre membre du clergé qui avait disparu de la surface d'Hypérion en plein milieu de son mandat diplomatique.

Lénar Hoyt était un homme jeune, tout au moins comparé au consul. Il ne devait pas avoir beaucoup plus de trente ans, mais on avait l'impression, en le voyant, que quelque chose était arrivé, dans un passé très récent, qui l'avait prématurément vieilli. Il observa longuement son visage maigre, ses pommettes osseuses qui creusaient la peau de son visage au teint jaunâtre, ses grands yeux profondément enfoncés, ses lèvres fines agitées d'un perpétuel tressaillement nerveux vers le bas qui ne méritait même pas le nom de sourire cynique, la ligne de naissance des cheveux sur son front, pas tant dégarni que ravagé par les radiations, et il eut l'impression d'avoir devant lui un homme malade depuis de nombreuses années. Cependant, il fut surpris de constater aussi que, derrière ce masque de douleur cachée, subsistaient quelques échos du jeune homme qu'il avait été naguère, un jeune homme au visage rond, au teint clair, aux lèvres pleines, beaucoup moins malsain et cynique que le père Hoyt actuel.

Près du prêtre était assis un personnage dont l'image avait été familière, quelques années auparavant, à la plupart des citoyens de l'Hégémonie. Le consul se demandait si la durée d'intérêt collectif de l'opinion publique retzienne était aussi courte en ce moment qu'elle l'avait été de son temps. Encore plus courte, sans doute. Dans ce cas, le colonel Fedmahn Kassad, surnommé le Boucher de Bressia, ne devait plus être ni célèbre ni infâme. Mais pour la génération du consul et pour tous ceux qui vivaient expatriés à la lisière plus lente des choses, Kassad n'était pas quelqu'un que l'on pouvait oublier aisément.

Le colonel était un homme de haute taille, presque assez grand pour regarder Het Masteen, avec ses deux mètres, directement dans les yeux. Il portait l'uniforme noir de la Force, sans indication de grade ni de décoration. Son habit ressemblait étrangement, en fait, à celui du père Hoyt, mais il n'y avait aucune ressemblance physique réelle entre les deux hommes. Alors que le prêtre présentait un aspect maladif et usé, Kassad, avec son teint basané, semblait au contraire en pleine forme, sec comme un manche de fouet, noueusement musclé aux épaules, au cou et aux avant-bras. Ses yeux étaient noirs, petits, et dotés d'un champ de vision qui paraissait aussi ample que celui de quelque caméra vidéo primitive. Son visage était tout en angles, facettes, ombres et saillants. Non pas creusé comme celui du père Hoyt, mais taillé dans de la pierre glacée. Une mince ligne de barbe suivant le contour de sa mâchoire inférieure accentuait le caractère acéré de son visage aussi sûrement que des traces de sang sur la lame d'un poignard.

Les mouvements lents, chargés d'intensité, du colonel rappelaient au consul un jaguar de la Terre qu'il avait vu dans le zoo privé d'un vaisseau d'ensemencement sur Lusus, de nombreuses années auparavant. La voix de Kassad était douce et réservée, mais le consul ne pouvait manquer de remarquer que même ses silences commandaient le respect et l'attention de tous.

Seule une petite partie de la longue table était occupée, à une extrémité. Face à Fedmahn Kassad était assis un homme qui leur avait été présenté comme le poète Martin Silenus.

Silenus était, physiquement, tout le contraire du soldat assis en face de lui. Alors que Kassad était grand et maigre, Martin Silenus était trapu et d'une corpulence plutôt informe. Son visage, loin d'avoir les traits durs et acérés de Kassad, était aussi mobile et expressif que celui d'un petit primate de la Terre. Sa voix était un rauquement sonore et profane. Il y avait quelque chose, se disait le consul, de presque agréablement démoniaque dans la personnalité de Martin Silenus, avec ses pommettes rouges, sa large bouche, ses sourcils obliques, ses oreilles pointues et ses mains perpétuellement en mouvement, avec des doigts démesurément longs de pianiste de concert ou... d'étrangleur. Et sa chevelure argentée était coupée court, avec une frange taillée à la serpe qui lui retombait sur le front.

Martin Silenus semblait physiquement proche de la soixantaine, mais le consul remarqua la coloration bleue caractéristique de sa peau au niveau de la gorge et des paumes des mains. Cet homme avait dû subir, et plus d'une fois, le traitement Poulsen. Son âge réel devait se situer plutôt entre quatre-vingt-dix et cent cinquante années standard. Et le consul savait que s'il était plus proche de ce dernier âge, il ne devait pas avoir toute sa raison.

Contrastant avec la truculence et l'alacrité de Martin Silenus au premier abord, l'invité suivant assis à la grande table donnait une impression de retenue intelligente et particulièrement impressionnante. Lorsque Het Masteen avait présenté Sol Weintraub et que celui-ci avait levé les yeux, le consul avait été frappé par la courte barbe grise, le front ridé et le regard à la fois triste et lumineux du célèbre érudit. Il avait plus d'une fois entendu parler du

Juif errant et de sa quête sans fin, mais il n'en fut pas moins choqué de voir que le vieillard tenait en ce moment le fameux bébé dans ses bras, sa fille Rachel, âgée de quelques semaines à peine. Il avait détourné les yeux, gêné.

Le sixième pèlerin, la seule femme assise à cette table, s'appelait Brawne Lamia. Lorsqu'elle avait été présentée aux autres, la célèbre détective privée avait fait peser sur le consul un regard chargé d'une telle intensité qu'il en sentait encore le poids après qu'elle eut tourné la tête.

Ex-citoyenne de la planète Lusus, où la gravité atteignait 1,3 g, Brawne Lamia n'était pas plus grande que le poète assis deux fauteuils plus loin sur sa droite, mais même sa combinaison de voyage aux formes amples, en velours côtelé, ne parvenait pas à dissimuler la musculature puissante de son corps trapu. Des boucles noires descendaient jusqu'à ses épaules, et ses sourcils épais barraient un large front. L'arête de son nez était rectiligne, accentuant le caractère aquilin de son regard. Sa bouche était large et expressive, au point d'être sensuelle, et légèrement relevée aux commissures en un sourire qui pouvait être soit cruel, soit simplement joueur. Ses yeux noirs semblaient mettre l'observateur au défi de décider si c'était l'un ou l'autre.

Le consul s'avisa alors que Brawne Lamia pouvait, tout compte fait, passer pour une belle femme.

Les présentations achevées, il s'éclaircit la voix et se tourna vers le Templier pour demander :

— Het Masteen, vous nous avez annoncé qu'il y aurait sept pèlerins. Devrions-nous en conclure que le septième serait le bébé de H. Weintraub?

Le capuchon du Templier s'anima d'un lent mouvement latéral de dénégation.

— Certainement pas. Seules les personnes ici présentes en mesure de prendre la décision consciente de se rapprocher du gritche peuvent être considérées comme faisant partie du pèlerinage.

Un léger mouvement d'hésitation se propagea à travers le groupe. Chacun, comme le consul, devait savoir qu'il fallait impérativement que le nombre des pèlerins soit égal à un nombre premier pour qu'ils puissent entreprendre leur voyage vers le nord sous l'égide de l'Église gritchtèque.

– Le septième, c'est moi, déclara Het Masteen, commandant du vaisseau templier *Yggdrasill* et Voix de l'Arbre Authentique.

Puis, dans le silence qui suivit cette annonce, Het Masteen fit un geste, et un groupe de clones d'équipage entreprit de servir aux pèlerins leur dernier repas avant la descente vers la surface de la planète.

– Les Extros n'ont donc pas encore atteint ce système? demanda Brawne Lamia.

Sa voix de gorge, légèrement voilée, avait quelque chose qui soulevait une étrange émotion chez le consul.

– Non, lui dit Het Masteen. Mais nous n'avons probablement guère plus de quelques jours standard d'avance sur eux. Nos instruments ont décelé quelques activités de fusion nucléaire à l'intérieur du nuage d'Oört de ce système.

– Cela signifie qu'il y aura la guerre? demanda le père Hoyt, dont la voix semblait aussi fatiguée que l'expression de son visage.

Voyant que personne n'était volontaire pour lui répondre, le prêtre se tourna légèrement vers la droite, comme pour poser rétroactivement sa question au consul. Celui-ci soupira. Les clones d'équipage avaient servi du vin. Il aurait préféré du whisky.

– Comment prévoir le comportement des Extros? demanda-t-il. Ils ne semblent plus du tout motivés par des considérations de logique humaine!

Martin Silenus éclata d'un rire sonore et fit un grand geste qui répandit quelques gouttes de son vin sur la table. Il but une longue gorgée, s'essuya la bouche et se remit à rire.

– Comme si nous autres les humains nous étions toujours motivés par cette putain de logique humaine! s'exclama-t-il.

Brawne Lamia fronça les sourcils.

– Si des combats sérieux éclatent dans ce secteur, dit-elle, les autorités ne nous laisseront peut-être pas nous poser.

– Ne vous inquiétez pas pour ça, fit Het Masteen. Nous passerons.

La lumière, pénétrant à travers les replis de son capuchon, éclairait seulement quelques fragments de peau jaunâtre.

– Sauvés d'une mort certaine au milieu de la guerre pour être envoyés à une mort certaine entre les griffes du gritche, murmura le père Hoyt.

– Il n'est nulle mort dans tout l'univers! psalmodia Martin Silenus d'une voix qui aurait, le consul en était convaincu, fait sortir n'importe qui d'une fugue cryotechnique profonde.

Ayant bu la dernière goutte de vin et levé son verre vide pour porter, semblait-il, un toast aux étoiles, le poète continua :

Nulle odeur de mort – il n'y aura nulle mort. Pleure donc,
Pleure, Cybèle, car tes pernicieux Bébés
Ont transformé un dieu en un agité sans pouvoir.
Pleurez aussi, mes frères, pleurez, car j'ai perdu mes forces.
Faible comme le roseau... oui, si faible... et sans voix...
Plus rien que la douleur, la douleur et la faiblesse.
Pleurez, oh! pleurez, car je n'ai pas encore fini de me réchauffer...

Il s'interrompit brusquement pour se verser encore un peu de vin, en éructant dans le silence qui avait suivi sa déclamation. Les six autres s'entre-regardèrent. Le consul nota que Sol Weintraub souriait doucement, jusqu'au moment où le bébé qu'il tenait dans les bras s'agita.

– Eh bien, fit le père Hoyt en hésitant, comme s'il cherchait à renouer les fils de sa pensée. Si les forces de l'Hégémonie évacuent Hypérion et si les Extros s'en emparent, il n'y aura peut-être pas de sang versé, et il se peut qu'on nous laisse vaquer à nos occupations.

Le colonel Fedmahn Kassad émit un rire sec.

– Les Extros n'ont aucune intention d'occuper Hypérion, dit-il. S'ils s'emparent de cette planète, ce sera pour la mettre à sac avant d'en brûler les cités, jusqu'à ce qu'il n'en reste plus qu'une croûte carbonisée qu'ils briseront en petits morceaux pour les jeter au feu afin qu'ils rougeoient davantage. Ils feront fondre les pôles, bouillir les océans, puis se serviront des scories pour saupoudrer les continents de manière à être certains que plus rien n'y poussera jamais.

– Euh... balbutia le prêtre, dont la voix s'éteignit aussitôt.

Toute conversation cessa tandis que les clones retiraient les assiettes de potage et de salade pour apporter le plat principal.

– Vous dites qu'un bâtiment de guerre de l'Hégémonie nous escorte? demanda le consul à Het Masteen tandis qu'ils achevaient leur rosbif ou leur ragoût de calamar volant.

Le Templier hocha affirmativement la tête, tout en pointant l'index. Mais le consul eut beau écarquiller les yeux, il ne distingua aucun objet en mouvement sur le champ d'étoiles en rotation.

– Tenez, lui dit Fedmahn Kassad en se penchant du côté du père Hoyt pour lui passer des jumelles militaires à monture télescopique.

Le consul le remercia d'un signe de tête, enfonça du pouce le bouton de mise en service et balaya la partie du ciel indiquée par Het Masteen. Les cristaux gyroscopiques laissèrent entendre un léger bourdonnement tandis que la stabilisation optique s'effectuait et que la zone était scannée selon un programme de recherche méthodique. Brusquement, l'image se figea, devint floue, s'élargit puis se stabilisa.

Le consul ne put réprimer une exclamation étouffée lorsque le vaisseau de l'Hégémonie s'inscrivit tout entier dans le système d'oculaires. Ce n'était ni la trace diffuse d'un monoplace de reconnaissance, à laquelle il s'attendait plus ou moins, ni la forme en bulbe d'un vaisseautorche. L'image électroniquement délimitée était celle d'un gros porteur de combat, d'un noir mat. Il était particulièrement impressionnant, comme seuls les grands bâtiments de guerre ont su l'être au cours des siècles. Ce vaisseau hégémonien à effet de spin avait une ligne tout à fait incongrue avec ses quatre bouquets de mâts rétractés en position de combat, sa sonde maîtresse de soixante mètres de long, aussi effilée qu'un éclat de silex, son propulseur Hawking et ses carters de fusion répartis à l'arrière du corps de lancement comme des plumes sur la tige d'une flèche.

Le consul rendit les jumelles à Kassad sans faire le moindre commentaire. Si la force d'évacuation avait besoin d'un gros porteur de combat pour escorter l'*Ygg-drasill*, quelle sorte de puissance de feu était-on en train de mettre en place aux abords de la planète pour faire pièce à l'invasion extro?

— Dans combien de temps arrivons-nous? demanda Brawne Lamia.

Elle avait utilisé son persocom pour accéder à l'infosphère du vaisseau-arbre, et il était visible que la réponse – ou peut-être l'absence de réponse – avait été frustrante.

— Nous nous placerons en orbite dans quatre heures, murmura Het Masteen. Il faut compter quelques minutes de plus pour gagner la surface à bord d'un vaisseau de descente. Notre ami le consul ici présent veut bien mettre son appareil à votre disposition.

— À destination de Keats? demanda Sol Weintraub.

C'était la première fois que l'érudit ouvrait la bouche depuis le début du dîner. Le consul hocha la tête en confirmant :

— C'est le seul astroport d'Hypérion équipé pour accueillir des vaisseaux transportant des passagers.

— Astroport? fit le père Hoyt d'une voix contrariée. Je croyais que nous gagnerions directement les régions du gritche, au nord.

Het Masteen secoua la tête avec patience.

— Le pèlerinage part traditionnellement de la capitale, expliqua-t-il. Il nous faudra plusieurs jours pour arriver jusqu'aux Tombeaux du Temps.

— Plusieurs *jours*? s'écria Brawne Lamia. Mais c'est absurde!

— C'est possible, reconnut Het Masteen. Mais nous n'y pouvons rien.

Le père Hoyt donnait l'impression d'avoir mal digéré une partie de son repas. Pourtant, il n'avait presque rien mangé.

— Écoutez, dit-il. Vous ne croyez pas qu'on pourrait faire une exception, juste pour cette fois-ci? Avec toutes ces rumeurs de guerre... Ne pourrions-nous pas nous poser près des Tombeaux du Temps, afin d'en finir au plus vite avec cette histoire?

Le consul secoua la tête.

— Il y a près de quatre siècles que des appareils aériens ou spatiaux essaient de trouver un raccourci pour se poser sur les terres marécageuses du nord, dit-il. Mais personne n'a jamais réussi dans une telle entreprise, à ma connaissance.

– Est-il indiscret de demander, fit Martin Silenus en levant allégrement la main comme un écolier, ce qu'il est advenu de toutes ces foutues légions de vaisseaux?

Le père Hoyt fronça les sourcils en direction du poète. Fedmahn Kassad eut un petit sourire.

– Le consul n'avait pas l'intention de suggérer que la région était inaccessible, dit-il. On peut la traverser par plusieurs itinéraires routiers ou aériens. Et les vaisseaux dont il parlait ne disparaissent pas comme par enchantement. Ils se posent sans problème à proximité des ruines des Tombeaux du Temps, et ils retournent tout aussi aisément là où leur ordinateur de bord les conduit. Mais ce sont leurs pilotes et leurs passagers que l'on ne revoit plus jamais.

Il souleva l'enfant qui dormait sur ses genoux et le passa dans la sangle porte-bébé passée autour de son cou.

– C'est ce que dit la vieille légende, murmura Brawne Lamia. Mais qu'indiquent les boîtes noires des vaisseaux?

– Rien du tout, fit le consul. Aucune trace de violence. Aucune entrée forcée. Aucune déviation de cap. Aucune anomalie chronologique. Aucune émission ni perte d'énergie inhabituelles. Pas le moindre phénomène physique suspect.

– Mais pas de passagers non plus, renchérit Het Masteen.

Le consul ne laissa pas voir sa surprise. Si c'était une plaisanterie que Het Masteen venait d'essayer de faire, c'était bien la première, aussi rustique fût-elle, qu'il entendait de la bouche d'un Templier depuis le début de sa longue carrière. Mais le peu qu'il voyait, sous le capuchon, des traits vaguement orientaux du commandant ne lui permettait pas de dire que celui-ci avait effectivement voulu plaisanter.

– Merveilleux mélodrame, sourit Silenus. Une vraie mer spirituelle des Sargasses, faite des larmes du Christ, et nous allons tous y plonger comme un seul homme. J'aimerais bien savoir qui a écrit ce scénario de merde, en tout cas.

– Taisez-vous, lui dit Brawne Lamia. Vous êtes complètement soûl, mon vieux.

Le consul soupira. Il n'y avait même pas une heure standard que le groupe s'était constitué.

Les clones de l'équipage emportèrent leurs assiettes et

revinrent chargés de corbeilles de fruits du vaisseau-arbre, de sorbets, de tartes, de gâteaux à base de chocolat de la planète Renaissance et de tasses de café fumantes. Martin Silenus repoussa d'un geste tous ces desserts et demanda aux clones de lui apporter une autre bouteille de vin. Le consul, après quelques secondes de réflexion, demanda un whisky.

– Il me vient à l'esprit, déclara Sol Weintraub tandis que le groupe finissait son dessert, que notre survie dépendra peut-être des propos que nous échangerons.

– Que voulez-vous dire? demanda Brawne Lamia.

Weintraub berça machinalement l'enfant endormi contre sa poitrine.

– Par exemple, l'un d'entre nous connaît-il les raisons précises qui l'ont fait désigner par l'Église gritchtèque et la Pangermie pour faire partie de ce pèlerinage?

Personne ne répondit.

– C'est bien ce que je pensais, reprit Weintraub. Et il serait encore plus fascinant de savoir si l'une des personnes ici présentes est membre de l'Église gritchtèque, ou sympathise avec elle. En ce qui me concerne, je suis juif, et même si mes sentiments religieux sont devenus particulièrement confus par les temps qui courent, ils ne m'autorisent certainement pas à vénérer une machine organique à tuer.

Il haussa ses épais sourcils, faisant du regard le tour de la table.

– Je suis la Voix de l'Arbre Authentique, murmura Het Masteen. Même si beaucoup de Templiers pensent que le gritche est l'avatar du châtiment pour ceux qui ne se nourrissent pas à la racine, je suis obligé de considérer qu'il s'agit là d'une hérésie que rien, dans l'Alliance ou dans les textes sacrés du Muir, ne saurait autoriser.

À la gauche du commandant, le consul eut un haussement d'épaules.

– Je suis athée, dit-il en levant son verre de whisky à la lumière. Je n'ai jamais eu de contacts avec l'Église gritchtèque.

Le père Hoyt eut un sourire sans joie.

– C'est l'Église catholique qui m'a ordonné prêtre, murmura-t-il. Porter un culte au gritche serait en contradiction avec tous ses préceptes.

Le colonel Kassad secoua la tête en un geste qui pouvait être interprété soit comme un refus de répondre, soit comme l'indication qu'il n'appartenait pas à l'Église gritchtèque.

Martin Silenus écarta théâtralement les bras.

– J'ai été baptisé selon le rite luthérien, dit-il. C'est une dénomination qui n'existe plus. J'ai participé à la création du gnosticisme zen bien avant la naissance des parents d'aucun d'entre vous. J'ai été catholique, révélationniste, néo-marxiste, zélote d'interface, Briseur de Limites, sataniste, évêque du Nada dans l'Église de Jake, membre cotisant à l'Institut de la Réincarnation Assurée. Mais aujourd'hui, je suis heureux de vous dire, conclut-il en adressant un sourire à l'ensemble du groupe, que je ne suis plus qu'un simple païen. Et pour un païen, le gritche me semble constituer une divinité acceptable.

– Je ne fais que peu de cas des religions, déclara Brawne Lamia. Je ne succombe à aucune d'entre elles.

– J'espère que tout le monde voit, à présent, ce que je voulais dire, fit Sol Weintraub. Personne ici n'admet adhérer au dogme du gritche, et cependant les anciens de ce culte très perceptif nous ont désignés, nous, de préférence à des millions et des millions de fidèles qui n'attendaient que cette occasion – peut-être la dernière – de se rendre sur le site des Tombeaux du Temps, à la rencontre de leur dieu féroce.

Le consul secoua la tête.

– J'avoue que je ne vois toujours pas ce que vous vouliez nous prouver, H. Weintraub.

L'érudit se lissa machinalement la barbe.

– Il semblerait que nos différentes motivations pour retourner sur Hypérion soient si puissantes que même l'Église gritchtèque et les intelligences spéculatrices de l'Hégémonie s'accordent à dire que nous méritons de participer à ce pèlerinage. Mais si certaines de nos raisons – les miennes, entre autres – paraissent suffisamment claires aux yeux de tous, je crois pouvoir affirmer que ce n'est pas le cas de tout le monde, et que seule chaque personne concernée les connaît, au demeurant, dans leur intégralité. C'est pourquoi je propose, durant les quelques jours qui nous restent, que chacun fasse part de son récit aux autres.

– À quoi bon ? demanda le colonel Kassad. Je ne vois pas en quoi cela nous avancera.

– Cela nous distraira au moins, fit Weintraub avec un sourire, et nous y trouverons peut-être l'occasion de soulever un coin du voile qui dissimule l'âme de chacun de nos compagnons avant que le gritche ou quelque autre calamité ne vienne nous distraire pour de bon de nos occupations habituelles. Sans compter que nous en apprendrons peut-être suffisamment pour préserver nos vies, si toutefois nous sommes assez intelligents pour découvrir le fil commun, dans nos expériences respectives, qui relie notre sort aux caprices du gritche.

Martin Silenus éclata de rire et se mit à déclamer, les paupières à demi fermées :

Chacun chevauchant un dauphin,
Calé par une nageoire,
Ces innocents revivent leur mort,
Et leurs blessures se rouvrent.

– C'est de Lenista ? demanda le père Hoyt. Je l'ai étudiée au séminaire.

– Vous n'êtes pas très loin, lui dit Silenus en rouvrant les yeux pour se servir un nouveau verre de vin. C'est de Yeats. Le bougre a vécu cinq cents ans avant que Lenista ne tète le sein métallique de sa mère.

– Écoutez, fit Lamia. À quoi cela nous avancera-t-il de raconter notre histoire aux autres ? Si j'ai bien compris, lorsque nous serons en présence du gritche, c'est à lui que nous devrons dire ce que nous désirons, et le vœu d'un seul d'entre nous sera exaucé. Tous les autres mourront, c'est bien ça ?

– C'est ce que dit la légende, acquiesça Weintraub.

– Le gritche n'est pas une légende, lui dit Kassad. Pas plus que l'arbre d'acier.

– N'importe comment, pourquoi nous infligerions-nous nos récits respectifs ? demanda Brawne Lamia en piquant de la pointe de son couteau le dernier morceau de son gâteau au chocolat.

Weintraub effleura d'une main tendre le crâne du bébé endormi.

– Parce que nous vivons des temps étranges, dit-il, et que nous faisons partie de l'infime pourcentage de citoyens de l'Hégémonie qui se déplacent d'une étoile à l'autre au lieu d'emprunter les mailles du Retz. Nous représentons des époques révolues de notre histoire récente. Ainsi, en ce qui me concerne, je suis âgé de soixante-huit années standard, mais, compte tenu du déficit temporel que mes différents voyages auraient pu me procurer, j'aurais pu étaler ces soixante-huit ans sur plus d'un siècle d'histoire de l'Hégémonie.

– Et alors? demanda Brawne Lamia.

Weintraub écarta les bras en un geste qui englobait tous ceux qui étaient assis autour de la table.

– Tous, nous représentons aussi bien des îlots de temps que des océans distincts de perspective. Ou peut-être devrais-je dire plutôt que chacun d'entre nous détient sans doute un morceau d'un puzzle que personne n'a jamais été capable de résoudre depuis que l'humanité a découvert Hypérion. C'est un véritable mystère pour nous, ajouta-t-il en se grattant le nez. À dire le vrai, les mystères m'ont toujours intrigué, même lorsqu'ils risquent d'abréger sérieusement mes jours. Et faute d'y voir clair dans cette affaire, je me contenterai de découvrir quelques morceaux du puzzle.

– Je suis tout à fait d'accord avec lui, déclara Het Masteen sans manifester la moindre émotion. Je n'y avais pas pensé avant, mais je pense qu'il serait sage de comparer nos expériences avant de faire face au gritche.

– Qu'est-ce qui peut garantir que nous dirons la vérité? demanda Brawne Lamia.

– Rien du tout, en effet, sourit Martin Silenus. C'est ce qui rend la chose encore plus attrayante.

– Je propose que nous votions, fit le consul.

Il pensait à ce que lui avait dit Meina Gladstone sur la présence d'un agent des Extros parmi eux. Les récits aideraient-ils à démasquer cet agent? Il faudrait qu'il soit vraiment stupide, se dit-il en souriant à cette pensée.

– Qui a décidé, pour commencer, que ce petit groupe formait une joyeuse démocratie? demanda sèchement le colonel Kassad.

– Il en va de notre intérêt à tous, fit le consul. Chacun de nous, s'il veut atteindre son objectif, a besoin que le groupe arrive dans le secteur du gritche. Inévitablement, nous aurons à prendre des décisions collectives.

– Est-ce à dire que vous suggérez que nous nous donnions un chef? demanda Kassad.

– Permettez-moi de cracher là-dessus, fit le poète d'un

ton badin tandis que d'autres, autour de la table, secouaient énergiquement la tête.

– Très bien, soupira le consul. Passons au vote. Le premier point est la suggestion de H. Weintraub selon laquelle chacun racontera l'histoire de ses démêlés passés avec Hypérion.

– Il faut que ce soit tout ou rien, fit remarquer Het Masteen. Chacun fait son récit, ou bien personne. Nous devons nous engager à respecter la volonté de la majorité.

– C'est entendu, approuva le consul, soudain curieux d'entendre les récits des autres mais à peu près sûr de ne jamais avoir à faire le sien. Qui est en faveur de ces récits?

– Moi, dit Sol Weintraub.

– Moi, dit Het Masteen.

– Sans problème, déclara Martin Silenus. Je ne raterais pas ce petit intermède comique, même contre un mois entier dans les bains orgastiques de la planète Shote.

– Je vote pour, fit le consul, se surprenant lui-même. Quels sont ceux qui votent contre?

– Moi, dit le père Hoyt, d'une voix cependant vidée de toute énergie.

– Je trouve cette idée stupide, fit Brawne Lamia.

Le consul se tourna vers Kassad.

– Colonel?

Fedmahn Kassad haussa les épaules.

– Je recense quatre votes positifs, deux négatifs et une abstention, annonça le consul. Le oui l'emporte. Qui est volontaire pour commencer?

La tablée était devenue étrangement silencieuse. Au bout d'un moment, Martin Silenus leva les yeux de la feuille de papier où il avait écrit quelque chose. Il la déchira en plusieurs bandes en disant :

– J'ai inscrit ici des numéros, de 1 à 7. Pourquoi ne pas tirer au sort l'ordre dans lequel nous passerons?

– C'est un procédé enfantin, lui fit remarquer H. Lamia.

– J'ai l'âme enfantine, c'est vrai, reconnut Silenus avec un sourire de satyre. Monsieur l'ambassadeur, ajouta-t-il en se tournant vers le consul, pourriez-vous me prêter un instant l'oreiller cousu d'or qui vous tient lieu de couvre-chef?

Le consul lui donna son tricorne. Les sept bouts de

papier pliés furent secoués dans le chapeau, qui passa ensuite de main en main. Sol Weintraub fut le premier à tirer son numéro, et Martin Silenus le dernier.

Le consul déplia son bout de papier, en s'assurant que personne d'autre que lui ne pouvait voir son numéro. C'était le 7. La tension le quitta comme l'air qui s'échappe d'un ballon trop gonflé. Il était tout à fait possible que des événements s'interposent avant son tour, ou que la guerre rende toutes ces considérations académiques. Le groupe se désintéresserait peut-être de ces récits, ou bien le roi mourrait, ou bien son cheval, ou bien les poules auraient des dents.

Je ferais mieux d'arrêter le whisky, songea-t-il.

— Qui a le numéro 1 ? demanda Silenus.

Il y eut un bref silence, durant lequel le consul entendit le froissement des feuilles dans la brise invisible.

— C'est moi, dit le père Hoyt.

Son expression était cette résignation à peine refoulée que le consul avait déjà vue maintes fois sur le visage de personnes à l'article de la mort. Hoyt leur montra son papier, où un grand 1 s'étalait sur toute la hauteur de la bande.

— Très bien, fit Silenus. Nous vous écoutons.

— Comment ça, tout de suite ?

— Pourquoi pas ? répliqua le poète.

Il avait déjà absorbé deux bouteilles de vin, et les seuls signes sur son visage étaient la coloration un peu plus rouge de ses pommettes et l'angle quelque peu démoniaque de ses sourcils obliques.

— Il nous reste quelques heures avant la descente sur la planète, reprit-il. En ce qui me concerne, j'attendrai d'avoir les pieds bien en sécurité sur le plancher des vaches indigènes avant de faire un somme pour récupérer.

— Notre ami n'a pas tort, déclara Sol Weintraub d'une voix douce. S'il faut que ces récits soient faits, il me semble que le moment le plus civilisé pour cela se situe chaque jour après le repas du soir.

Le père Hoyt se leva en soupirant.

— Je vous demande de m'accorder une minute, dit-il. Puis il quitta la plate-forme.

Au bout de plusieurs minutes, Brawne Lamia demanda :

— Vous croyez qu'il a craqué ?

– Détrompez-vous, fit Lénar Hoyt en surgissant de l'ombre de l'escalier en bois qui servait d'accès principal à la salle à manger. J'avais besoin de ceci.

Il laissa tomber sur la table, en s'asseyant, deux petits carnets de notes à la couverture râpée.

– Ce n'est pas de jeu, de se servir d'un support écrit, protesta Silenus. Chacun doit se fendre de son récit personnel, mon cher Magus !

– Vous allez la fermer, bon sang ? s'écria le père Hoyt.

Il se passa la main sur le front puis se toucha la poitrine. Une fois de plus, le consul se dit qu'ils avaient devant eux un homme extrêmement malade.

– Excusez-moi, reprit le père Hoyt. Mais si je dois raconter mon... histoire, j'ai besoin de ces carnets, écrits par quelqu'un d'autre. Ils sont l'œuvre de la personne qui est à l'origine de mon premier voyage sur Hypérion... et de mon retour, aujourd'hui.

Le père Hoyt s'interrompit pour prendre une longue inspiration. Le consul avança la main pour toucher la couverture de l'un des deux carnets. Elle semblait brûlée par endroits, comme si elle avait échappé à un incendie.

– Votre ami est plutôt vieux jeu, fit-il remarquer au prêtre. Personne ne tient plus de journal écrit, de nos jours.

– C'est vrai, dit Hoyt. Si tout le monde est prêt, je vais commencer.

Le groupe acquiesça en silence. Sous la plate-forme où ils étaient réunis, un kilomètre de vaisseau-arbre trouait le froid glacial de la nuit d'une pulsation vivante. Sol Weintraub souleva son bébé endormi de l'écharpe qui le maintenait et le plaça sur une natte rembourrée posée par terre au pied de son fauteuil. Il retira son persocom, le posa à côté de la natte et programma le disque pour qu'il diffuse du bruit blanc. Le bébé se retourna sur le ventre, sans se réveiller.

Le consul se pencha en arrière dans son fauteuil. Il chercha des yeux l'étoile bleu et vert qui était Hypérion. Lorsqu'il la trouva, il eut l'impression qu'elle grossissait à vue d'œil.

Het Masteen rajusta son capuchon de manière que son visage ne soit plus qu'une ombre. Sol Weintraub prépara et alluma posément sa pipe. D'autres se servirent une nouvelle tasse de café.

Martin Silenus, qui semblait le plus excité par la perspective de ce récit, se pencha en avant pour réciter dans un souffle :

Il dit : « Puisque je dois annoncer le jeu,
Vive la courte paille, par Dieu !
Chevauchons donc, et écoutez ce que je vais vous
*   [dire. »*
Sur ces mots, nous reprîmes notre chemin
Et il commença, sur un ton très joyeux,
Son conte, sans plus attendre, et
Raconta, comme vous pouvez l'entendre :

Le récit du prêtre :

« L'homme qui pleura Dieu »

– Quelquefois, la ligne de séparation est bien mince entre le zèle orthodoxe et l'apostasie, murmura le père Lénar Hoyt.

C'est ainsi que commença l'histoire du prêtre. Plus tard, dictant le récit dans son persoc, le consul s'en souvint en un seul bloc, abstraction faite des pauses, des défaillances de la voix, des faux départs et redondances inévitables dans tout récit humain fait oralement.

Lénar Hoyt était un jeune prêtre qui était né, avait grandi et s'était fait récemment ordonner sur le monde catholique de Pacem, où sa première mission extra-planétaire avait consisté à escorter l'estimé père jésuite Paul Duré dans sa retraite tranquille sur la planète-colonie d'Hypérion.

En d'autres temps, le père Duré serait certainement devenu évêque, voire pape. Grand et maigre, une figure d'ascète, les cheveux blancs noblement dégagés sur un front large, les yeux trop remplis de l'amertume de l'expérience pour pouvoir dissimuler leur douleur, Paul Duré se considérait comme un disciple de saint Teilhard en même temps qu'il était archéologue, ethnologue et éminent théologien jésuite. En dépit du déclin de l'Église catholique au rang de culte à demi oublié et toléré uniquement à cause de son caractère bizarre et de son isolement par rapport aux courants principaux de la vie de l'Hégémonie, la logique jésuite n'avait nullement perdu de son mordant, et le père Duré gardait la conviction que la Sainte Église Catholique et Apostolique continuait de représenter pour l'humanité le meilleur et le dernier espoir d'immortalité.

Durant l'enfance de Lénar Hoyt, le père Duré était une sorte de figure divine qu'il avait eu l'occasion d'apercevoir en de rares occasions, lors des visites espacées du prêtre au petit séminaire où il étudiait, ou bien encore, plus tard, lorsque le jeune séminariste s'était rendu, à deux ou trois reprises, au Nouveau-Vatican. Durant les études de Hoyt au grand séminaire, Duré était déjà sur des fouilles archéologiques importantes, patronnées par l'Église, sur la planète voisine d'Armaghast. Au retour du jésuite, quelques semaines après l'ordination de Hoyt, cela avait été la confusion. Personne, en dehors des plus hautes sphères du Nouveau-Vatican, ne savait exactement ce qui s'était passé. Il circulait des bruits d'excommunication, et même de comparution devant le Saint-Office de l'Inquisition, une congrégation en sommeil depuis quatre cents ans en raison de la période de trouble qui avait suivi la mort de la Terre.

Au lieu de tout cela, le père Duré avait demandé qu'on l'envoie sur Hypérion, une planète dont la plupart des gens ne connaissaient que le bizarre culte du gritche, qui y trouvait son origine, et le père Hoyt avait été désigné pour l'accompagner. C'était une mission ingrate, qui le ferait voyager sous les pires aspects combinés d'apprenti, d'escorte et d'espion, sans même la satisfaction de connaître un monde nouveau. Il avait en effet pour instructions de veiller à ce que le père Duré débarque à l'astroport d'Hypérion, puis de remonter à bord du même vaisseau pour le voyage de retour au Retz. Tout ce que l'évêché offrait à Lénar Hoyt, c'était vingt mois de fugue cryotechnique, encadrés de quelques semaines de voyage à l'intérieur du système, avec un déficit de temps qui le ferait retourner sur Pacem avec un retard de huit ans par rapport à ses ex-compagnons séminaristes dans leur quête d'une carrière au Nouveau-Vatican ou d'une affectation de missionnaire.

Lié par ses vœux d'obéissance et rompu à la discipline sacerdotale, le père Lénar Hoyt avait accepté sans rien demander.

Leur vaisseau de transport, le *Nadia Oleg*, n'était qu'un

vieux sabot rouilleux incapable de produire la moindre gravité artificielle quand il n'était pas sous la poussée de ses réacteurs. Il n'offrait ni hublots ni distractions de bord, à l'exception des stimsims injectées dans l'inforéseau pour maintenir les passagers dans leurs hamacs ou dans leurs couchettes de fugue. Une fois sortis de leur état de fugue, les voyageurs – pour la plupart des travailleurs originaires des planètes extérieures ou des touristes ayant choisi la classe économique, avec, pour faire bonne mesure, une proportion non négligeable de mystiques du gritche et autres candidats au suicide – dormaient dans le même hamac ou la même couchette, mangeaient de la nourriture recyclée dans des réfectoires infâmes, et se débrouillaient, de manière générale, comme ils pouvaient pour lutter contre l'ennui et le mal de l'espace durant les douze jours en impesanteur que durait la descente sur Hypérion à partir du point de sortie du spin.

Le père Hoyt n'apprit pas grand-chose du père Duré pendant ces journées d'intimité forcée. Il n'eut pas, en particulier, le moindre éclaircissement sur les événements d'Armaghast qui avaient envoyé son aîné en exil. Le jeune prêtre avait programmé son implant persoc pour qu'il lui fournisse le plus possible de données sur Hypérion, et il se considérait déjà, à trois jours de l'arrivée à la surface, comme un expert sur tout ce qui touchait à cette planète.

– De nombreux catholiques se rendent sur Hypérion, mais il n'est fait mention de l'existence d'aucun diocèse sur cette planète, avait murmuré Hoyt un soir où ils bavardaient dans leurs hamacs à gravité zéro pendant que la plupart des autres passagers étaient plongés dans des stimsims érotiques. Je présume que vous êtes chargé d'y établir une mission d'évangélisation?

– Nullement, avait répondu le père Duré. Les braves gens d'Hypérion n'ont jamais cherché à m'imposer leurs croyances religieuses, aussi je ne vois pas pourquoi je les agresserais de mon prosélytisme. En vérité, mon intention est de gagner le continent méridional, Aquila, et de m'enfoncer à l'intérieur des terres à partir de la ville de Port-Romance. Mais je ne porterai pas l'habit d'un missionnaire. Je m'efforcerai de mettre en place une station de recherches ethnologiques le long de la Faille.

– Une station de recherches? avait répété le père Hoyt, surpris.

Il avait fermé à demi les paupières pour consulter son implant. Puis il avait regardé de nouveau le père Duré dans les yeux en disant :

— Ce secteur du plateau du Pignon est inhabité. Les forêts des flammes en interdisent totalement l'accès durant la majeure partie de l'année.

Le père Duré sourit tout en hochant la tête. Il n'avait pas d'implant, et son antique persoc n'avait pas quitté ses bagages de toute la durée du voyage.

— Il existe un accès, dit-il. Et la région n'est pas tout à fait inhabitée. Les Bikuras l'occupent.

— Les Bikuras..., fit le père Hoyt en fermant les yeux..., ne sont qu'une légende.

— Hum... Cherchez sous la rubrique « Mamet Spedling ».

Le père Hoyt ferma de nouveau les yeux. L'index général lui apprit que Mamet Spedling était un explorateur de second ordre, affilié à l'Institut Shackleton, sur Renaissance Minor, près d'un siècle et demi standard plus tôt. Il avait communiqué à l'Institut un bref rapport dans lequel il relatait son expédition à l'intérieur des terres à partir de la toute nouvelle Port-Romance, à travers des marécages qui avaient été depuis reconvertis en plantations pour l'exploitation des fibroplastes. Il disait avoir traversé les forêts des flammes à la faveur d'une de leurs rares périodes d'inactivité, et grimpé assez haut sur le plateau du Pignon pour arriver jusqu'à la Faille et rencontrer une minuscule tribu d'humains qui correspondaient à la description des légendaires Bikuras.

Les courtes explications de Spedling faisaient état d'une hypothèse selon laquelle ces humains auraient été les survivants d'une colonie appartenant à un vaisseau d'ensemencement porté disparu trois siècles auparavant. D'après la description donnée par l'explorateur, il était clair que le groupe présentait tous les symptômes d'une dégénérescence culturelle classique due à l'isolement total, à la consanguinité et à une adaptation trop poussée. Assez brutalement, Spedling écrivait : « Il suffit de passer quelques heures avec eux pour constater que ces Bikuras sont trop stupides, léthargiques et primitifs pour mériter d'être étudiés sérieusement. » En fait, la forêt des flammes menaçait de reprendre son activité, et Spedling ne tenait pas à perdre davantage de temps en leur compagnie. Il avait donc repris le chemin de la côte à marches forcées, perdant quatre de ses porteurs indigènes, la totalité de son équipement et de ses papiers, et même son bras gauche au cours des trois mois qui lui furent nécessaires pour traverser la forêt durant cette période d'« inactivité ».

– Mon Dieu! s'était exclamé le père Hoyt en se laissant aller en arrière au creux de son hamac. Mais pourquoi tenez-vous à retrouver ces Bikuras?

– Pourquoi pas? avait simplement répondu le père Duré. Nous avons si peu de renseignements sur eux.

– Nous ne savons presque rien d'Hypérion en général, avait répliqué nerveusement Hoyt. Pourquoi pas les Tombeaux du Temps, ou le légendaire gritche, au nord de la Chaîne Bridée d'Equus? Ils ont au moins le mérite d'être célèbres.

– Justement, murmura le père Duré. De combien d'études savantes ont-ils été l'objet? Des centaines, peut-être. Des milliers, même.

Le vieux prêtre avait entrepris de bourrer sa pipe et de l'allumer, ce qui n'était pas un mince exploit sous gravité zéro.

– D'ailleurs, reprit-il, même si cette créature qu'on appelle le gritche a une existence réelle, elle n'est pas d'essence humaine. Et j'ai un faible pour ce qui est humain.

– Je vois, avait dit Hoyt, cherchant désespérément quelque argument puissant à lui opposer. Mais les Bikuras ne constituent qu'un mystère mineur. Tout ce que vous pouvez vous attendre à trouver, au mieux, c'est quelques douzaines de sauvages vivant dans une région si brumeuse, si reculée et... si peu importante que même les satellites cartographiques de la colonie ne les ont jamais repérés. Pourquoi les choisir comme sujet d'étude alors qu'il reste sur Hypérion de grands mystères à élucider, comme les labyrinthes? Saviez-vous, père Duré, qu'Hypérion fait partie des neuf planètes labyrinthiennes?

– Naturellement, répliqua Duré en exhalant un nuage de fumée approximativement hémisphérique que les courants d'air, au bout d'un moment, effilochèrent en une série d'arborescences dentelées. Mais les labyrinthes ont déjà leurs chercheurs et leurs admirateurs dans tout le Retz, Lénar, et leurs galeries existent sur les neuf mondes depuis... je ne sais pas, moi... un demi-million d'années standard, peut-être. Sept cent cinquante mille ans, plus probablement. Leur secret n'est pas près d'être percé. Mais combien de temps encore durera la culture bikura avant d'être absorbée par la colonisation moderne ou, plus vraisemblablement encore, d'être purement et simplement balayée par les circonstances?

Hoyt haussa les épaules.

– Ils n'existent peut-être déjà plus à l'heure qu'il est. L'expédition de Spedling ne date pas d'hier, et aucun autre rapport sur eux ne nous est jamais parvenu. Si leur tribu est éteinte, tous les efforts déployés, tout le déficit de temps accumulé pour arriver jusqu'à eux auront été gaspillés en pure perte.

– C'est exact, fit placidement le père Duré en tirant sur sa pipe.

Ce n'est qu'au cours de la dernière heure qu'il passa en sa compagnie, durant leur descente vers la surface, que le père Hoyt avait pu avoir un léger aperçu des véritables pensées qui habitaient l'esprit de son compagnon de voyage. Le limbe d'Hypérion était, depuis plusieurs heures, éblouissant d'une blancheur mêlée de striures vertes et lapis-lazuli lorsque, soudain, le vieux vaisseau de descente avait plongé dans les couches supérieures de l'atmosphère, sa baie transparente momentanément baignée de flammes, avant de planer silencieusement à une soixantaine de kilomètres au-dessus des sombres masses nuageuses et des océans illuminés par la lumière stellaire tandis que le terminateur bondissant du lever de soleil d'Hypérion se précipitait vers eux tel un fantasmagorique raz de marée de lumière.

– Somptueux, avait murmuré le père Paul Duré, plus pour lui-même qu'à l'intention de son jeune compagnon. C'est un spectacle extraordinaire. En des moments pareils, il me semble que je perçois – ô combien confusément – le sacrifice que le Fils de Dieu a dû consentir pour accepter de devenir le Fils de l'Homme.

Hoyt aurait voulu, alors, poursuivre cette conversation, mais le père Duré était demeuré plongé dans sa contemplation, à travers la baie transparente, du spectacle offert par Hypérion. Dix minutes plus tard, ils se posaient sur l'astroport de Keats, et le père Paul Duré disparaissait dans un tourbillon de formalités douanières et de récupé-

niers mois de voyage, même si mon esprit les a oubliés pour sa part. Je n'ai pas le souvenir de m'être jamais senti aussi fatigué par un voyage, même lorsque j'étais moins âgé.

J'aurais aimé faire plus ample connaissance avec le jeune Hoyt. C'est un garçon qui me paraît tout à fait convenable, avec ses yeux brillants de bon catéchumène. Ce n'est certes pas la faute des jeunes dans son genre si notre religion est sur le déclin. C'est simplement que la sérénité naïve et bon enfant de nos prêtres ne peut rien faire pour arrêter le lent glissement vers l'oubli auquel semble irrémédiablement condamnée l'Église.

Il faut dire que je n'ai pas fait grand-chose, moi non plus, pour empêcher ce glissement.

Merveilleux spectacle que ce nouveau monde vers lequel le vaisseau de descente nous conduit. Je distingue deux des trois continents : Equus et Aquila. Le troisième, Ursa, n'est pas visible.

L'arrivée à Keats se fait dans la confusion des formalités de police et de douane, qui durent des heures, et des moyens de transport pour gagner le centre de la cité. Images fugitives de chaînes de montagnes, au nord, voilées d'une brume légère et bleutée. Collines basses couvertes d'arbres orange et jaune; ciel pastel, aux couches superposées bleues et vertes, soleil un peu trop petit mais plus brillant que sur Pacem. Les couleurs, ici, semblent plus vives de loin, et se diluent en se dissociant lorsqu'on s'approche, comme dans un tableau de peinture pointilliste. La grande statue du roi Billy le Triste, dont j'avais tant entendu parler, m'a étrangement déçu. Vue de la route, elle ressemble plus à une ébauche grossièrement taillée à même la montagne noire qu'à la silhouette royale à laquelle je m'attendais. C'est vrai que le roi-poète dépressif semble bouder d'une manière qu'il aurait peut-être approuvée au-dessus de cette cité disparate de cinq cent mille âmes.

La ville proprement dite semble divisée entre la masse labyrinthienne des taudis et des tavernes que les gens d'ici appellent Jacktown et le vieux centre de Keats, qui ne date, au demeurant, que de quatre siècles, et qui est tout en pierres polies et stérilité étudiée. Je pense en faire prochainement la visite.

J'avais prévu de séjourner un mois dans cette ville,

mais j'ai déjà hâte de poursuivre mon voyage. Si seulement tu pouvais me voir en ce moment, Monseigneur et cher Édouard! Puni mais toujours impénitent. Plus seul que jamais, mais étrangement satisfait de mon nouvel exil. Si mon châtiment pour les excès passés dus à mon trop grand zèle doit être le bannissement jusqu'au septième cercle de la désolation, Hypérion représente de loin le meilleur choix. Je pourrais en oublier la mission que je me suis moi-même assignée de retrouver ces lointains Bikuras (sont-ils réels? Je pencherais plutôt pour la négative, ce soir), et je me contenterais de passer le reste de mes jours dans cette capitale provinciale d'un monde lointain et oublié de tous, même de Dieu, semble-t-il. Mon exil n'en serait pas moins total.

Ah, mon cher Édouard, ami de mon enfance et de mes études (qui ne furent certes pas aussi brillantes ni aussi orthodoxes que les tiennes)! Nous voilà maintenant tous deux très vieux, mais il me manque, par rapport à toi, quatre années de sagesse, et je suis au fond toujours le même jeune garçon espiègle et impénitent que tus as autrefois connu. J'espère que tu es toujours en vie et que tu pries de temps en temps pour moi.

Trop las pour continuer ce soir. Je vais me coucher. Demain, visiter Keats, faire un bon repas, et se mettre en quête des moyens de transport vers le sud et vers Aquila.

Cinquième jour :

Il y a une cathédrale à Keats. Ou plutôt, il y avait. Elle est abandonnée depuis au moins deux siècles standard. Son transept en ruine s'ouvre sur le ciel bleu-vert, l'une de ses tours est éventrée et l'autre n'est plus qu'une carcasse de vieilles pierres et de poutrelles de renforcement rouillées.

Je suis tombé dessus tout à fait par hasard, en errant, un peu perdu, le long des berges du fleuve Hoolie, dans la partie la moins peuplée de la ville, où le vieux centre cède progressivement la place à Jacktown dans un fouillis d'entrepôts gigantesques qui cachent ici la vue des tours en ruine jusqu'à ce que le promeneur se retrouve dans une ruelle en cul-de-sac, face aux murs de cette cathédrale, avec sa salle du chapitre à moitié effondrée dans le lit du fleuve et sa façade piquée par les vestiges de la statuaire sinistre et apocalyptique de la période expansionniste posthégirienne.

Je m'avançai, parmi les éboulis et les ombres diaprées, jusqu'au milieu de la nef. L'évêché de Pacem n'avait fait aucune mention d'une présence catholique sur Hypérion, et encore moins d'une cathédrale. Il n'est guère plausible que la petite colonie du vaisseau d'ensemencement accidenté il y a quatre siècles ait pu fournir une congrégation assez nombreuse pour justifier la présence d'un évêque, et encore moins d'une cathédrale, mais elle était pourtant là.

Je furetai au milieu des ombres de la sacristie. La poussière et le plâtre en suspension dans l'air formaient comme un encens qui délimitait un double rai de soleil tombant d'étroites fenêtres situées dans les hauteurs de l'édifice. Je ressortis à la lumière et m'approchai d'un autel dépouillé de tout ornement à l'exception des crevasses et des fissures dues aux pierres et à la maçonnerie qui se détachaient des voûtes. La grosse croix dont la trace était encore visible sur le mur de l'est, derrière l'autel, s'était détachée, elle aussi, et gisait en mille éclats de céramique au milieu d'un tas de pierres. Machinalement, sans préméditation aucune, je me plaçai derrière l'autel, les bras levés, et me mis à célébrer l'Eucharistie. Il n'y avait dans cet acte aucune intention cachée, ni parodique, ni mélodramatique, ni symbolique. C'était juste le réflexe involontaire d'un prêtre qui avait dit la messe presque quotidiennement durant plus de quarante-six années de sa vie et qui affrontait maintenant la perspective de ne plus jamais participer au rite rassurant de cette célébration.

J'eus un véritable choc lorsque je m'aperçus tout à coup que je n'étais pas seul. La vieille femme qui tenait lieu de congrégation était agenouillée au quatrième rang, et le noir de sa robe et de son fichu se fondait si bien dans l'ombre que seul le clair ovale de son visage, abondamment ridé, avait attiré mon attention. Elle semblait flotter, légère et désincarnée, dans l'obscurité. Stupéfait, j'interrompis la litanie de la consécration. Elle regardait dans ma direction, mais quelque chose dans ses yeux, malgré la distance, me donna immédiatement à penser qu'elle était aveugle. Durant quelques instants, je demeurai incapable de prononcer un mot de plus, écarquillant les yeux dans les rayons de poussière en suspension qui baignaient l'autel, essayant de m'expliquer cette apparition spectrale en même temps que je cherchais les raisons de ma propre présence ici et de mon comportement singulier.

Je retrouvai enfin ma voix et l'appelai, mais les mots n'avaient pas fini de résonner dans la nef lorsque je m'aperçus qu'elle s'était déplacée. J'entendis le frottement de ses pieds sur les dalles du sol, il y eut un crissement, puis un bref éclat de lumière me permit d'apercevoir fugitivement sa silhouette à l'autre bout de la cathédrale, sur la droite. Je me protégeai des rayons de lumière qui m'aveuglaient, puis me frayai un chemin, au milieu des décombres, jusqu'à l'endroit où s'élevait autrefois la grille de l'autel. Je l'appelai de nouveau, en m'efforçant de la rassurer, en lui criant de ne pas avoir peur, bien que ce fût plutôt moi que des frissons glacés parcouraient. Je finis par me lancer à sa poursuite. Cependant, lorsque j'atteignis le côté abrité de la nef, elle avait déjà disparu.

Une petite porte s'ouvrait sur la salle du chapitre en ruine et sur la berge du fleuve. Mais la vieille femme n'était nulle part en vue. Je retournai dans l'obscurité de la cathédrale, et j'aurais sans doute fini par attribuer cette apparition à mon imagination fatiguée par tant de mois passés en état de fugue cryotechnique si je n'avais pas retrouvé une preuve tangible et irréfutable de son passage. Dans l'obscurité glacée des vieilles pierres, solitaire, une petite chandelle votive de couleur rouge se consumait en crépitant avec une flamme vacillante sous l'effet d'invisibles courants d'air.

Je suis fatigué de cette ville. Je suis las de ses prétentions païennes et de ses fausses légendes. Hypérion est un monde de poète sans poésie. Keats est un mélange de mauvais goût clinquant et de faux classicisme alliés à la vigueur aveugle d'une ville champignon. Il y a dans cette ville trois temples zen gnostiques et quatre mosquées panislamiques, mais j'ai l'impression que les véritables lieux du culte locaux sont les innombrables tavernes, saloons et bordels, ainsi que les immenses marchés où s'échangent les cargaisons de fibroplastes venues du sud, sans compter les temples où des âmes perdues s'efforcent d'oublier leur désespoir suicidaire en célébrant le culte du

gritche derrière une façade de faux mysticisme. Toute
cette planète, en fait, pue le mysticisme dépourvu de la
moindre révélation.

Qu'elle aille au diable.

Demain, je prends la route du sud. Ils ont bien des glisseurs et autres avions sur cette planète absurde, mais,
pour le commun des mortels, à ce qu'il semble, le voyage
d'un de ces maudits continents insulaires à l'autre ne saurait se faire que par voie maritime – ce qui, m'a-t-on
affirmé, dure une éternité – ou au moyen de l'un de ces
énormes dirigeables de transport qui ne partent de Keats
qu'une seule fois par semaine.

Dixième jour :

Les animaux.

La première expédition qui est descendue à la surface
de cette planète devait faire une fixation sur les animaux.
Le cheval, l'ours, l'aigle... Trois jours durant, nous avons
descendu la côte orientale d'Equus, dont cette partie aux
contours tourmentés porte le nom de Crinière. Le quatrième jour, nous avons traversé un détroit de la mer du
Mitan jusqu'à une grande île appelée la Clé du Chat.
Aujourd'hui, nous débarquons du fret et des passagers à
Félix, la « capitale » de l'île. D'après ce que je peux voir
du débarcadère et de la tour d'amarrage, il ne doit guère
y avoir plus de cinq mille habitants dans cette aggloméra-
tion de baraques branlantes.

Le vaisseau va bientôt nous conduire, sur huit cents
kilomètres, à travers un archipel qui porte le nom de Neuf
Queues. Ensuite, il nous restera à affronter sept cents
kilomètres de pleine mer, à travers l'équateur de la planète, jusqu'à la côte nord-ouest, nommée le Bec, du
continent Aquila.

Toujours sous le signe des animaux.

Donner à ce moyen de transport le nom de « dirigeable » relève de la plus haute fantaisie sémantique.
C'est plutôt une large plate-forme de lévitation, avec des
cales assez vastes pour contenir toute la ville de Félix en
plus des milliers de balles de fibroplastes qu'elle emportait habituellement. En attendant, les éléments moins
importants de la cargaison – c'est-à-dire nous, les passa-

gers – doivent s'accommoder comme ils peuvent des installations existantes. J'ai aménagé un petit coin, près de l'une des portes de chargement, avec un lit pliant et tous mes bagages, qui comprennent trois malles de matériel d'expédition. Non loin de moi se trouve une famille de huit personnes, des ouvriers indigènes qui s'en retournent à leur plantation après leur voyage d'emplettes semestriel à Keats. Je dois dire que l'odeur et le bruit des cochons ou des hamsters en cage qu'ils rapportent avec eux ne me gêne pas tant, certaines nuits, que les cocoricos intempestifs de leur malheureux volatile désorienté.

Encore les animaux!

Onzième jour :

Dîné ce soir, dans le salon situé au-dessus du pont promenade, avec le citoyen Heremis Denzel, professeur à la retraite d'une petite université de planteurs des environs d'Endymion. Il m'a appris que la première expédition sur Hypérion n'avait pas fait de fixation sur les animaux, et que les noms officiels des continents ne sont nullement Equus, Ursa et Aquila, mais Creighton, Allensen et Lopez. Il s'agit, paraît-il, de trois obscurs fonctionnaires de l'ancienne administration topographique. Je préfère encore les noms d'animaux!

Après un excellent dîner, je suis venu m'asseoir tout seul un moment sur le pont promenade, pour contempler le coucher du soleil. L'endroit est relativement abrité du vent par les conteneurs qui occupent l'avant du bâtiment, et la brise légère est chargée de sel. Au-dessus de moi, j'aperçois les flancs orange et vert de l'immense enveloppe gonflée de gaz qui nous transporte au milieu des îles. La mer est d'un bleu lapis intense avec des reflets verdoyants qui imitent les couleurs du ciel. Quelques hauts cirrus espacés captent les dernières lueurs du soleil trop petit d'Hypérion, et s'embrasent comme du corail incandescent. Il n'y a aucun bruit à part le lointain murmure des turbines électriques. Trois cents mètres plus bas, l'ombre d'une énorme créature sous-marine en forme de raie manta avance de conserve avec le dirigeable. Il y a quelques secondes, un oiseau ou un insecte de la taille et de la couleur d'un colibri, mais avec des ailes diaphanes de près d'un mètre d'envergure, s'est immobilisé dans les airs à quelques mètres de moi pour m'observer avant de plonger vers la surface de la mer, les ailes repliées.

Je me sens très seul ce soir, Édouard. Cela irait beaucoup mieux si j'avais la certitude que tu es vivant, en train de jardiner ou d'écrire dans ton bureau. Je pensais que mes voyages ébranleraient mes conceptions teilhardiennes d'un Dieu qui réunit le Christ de l'Évolution, le Personnel, l'Universel, l'En Haut et l'En Avant, mais je ne vois pour le moment aucun signe d'un tel changement.

Il se fait nuit. Je me fais vieux. Je ressens... je ne peux pas encore dire du remords, Édouard, Votre Éminence, à l'idée d'avoir falsifié des pièces issues des fouilles d'Armaghast. Mais si ces artefacts avaient indiqué la présence ici d'une culture de type christique, à six cents années-lumière de l'Ancienne Terre, et près de trois mille ans avant que l'homme eût quitté la surface de la planète-mère...

Était-ce un si grand péché que d'interpréter des données pour le moins ambiguës de telle manière qu'elles auraient pu entraîner un renouveau du christianisme à notre époque?

C'en était un, bien sûr, mais certes pas, à mon avis, parce qu'il est répréhensible de falsifier des données scientifiques. Plutôt à cause du péché bien plus grave qui consiste à penser que le christianisme peut être sauvé. L'Église se meurt, Édouard, et pas seulement notre bien-aimée branche de l'Arbre Sacré, mais avec elle tous ses rejetons, ses repousses, ses résidus et ses chancres. Le Corps du Christ se meurt aussi sûrement que cette pauvre enveloppe charnelle usée qui est la mienne, Édouard. Toi et moi, nous le savions très bien en Armaghast, où le soleil de sang n'illuminait plus que la poussière et la mort. Nous le savions aussi, dans la fraîcheur de l'été verdoyant où nous avons prononcé nos vœux pour la première fois au Collège. Nous le savions déjà, enfants, quand nous jouions dans les prairies paisibles de Villefranche-sur-Saône. Et nous ne l'avons jamais oublié.

La nuit est tombée, maintenant. J'écris ces mots à la faible lueur qui descend des fenêtres du salon du pont supérieur. Les étoiles forment d'étranges constellations dans le ciel. La mer du Mitan luit, la nuit, d'une phosphorescence glauque et malsaine. Je vois une masse

sombre à l'horizon, dans la direction du sud-est. C'est
peut-être un grain, ou encore notre prochaine île, la troisième des neuf « queues ». (Mais quelle mythologie parle
de chat à neuf queues? Je n'en connais pas, pour ma
part.)

Dans l'intérêt de l'oiseau que j'ai aperçu tout à l'heure
(si toutefois c'était un oiseau), je prie pour que ce soit une
île et non un grain.

Vingt-huitième jour :

Voilà une semaine que je me trouve à Port-Romance, et
j'ai déjà vu trois cadavres.

Le premier a été rejeté par la mer, gris et gonflé, parodie d'être humain venue s'échouer sur la vase à quelque
distance de la tour d'amarrage, le premier soir de notre
arrivée en ville. Les enfants lui ont jeté des pierres.

Le deuxième mort, que l'on a retiré des décombres carbonisés d'un atelier de production de méthane du secteur
pauvre de la ville, tout près de mon hôtel, avait été défi-
guré, ratatiné par la chaleur, ses bras et ses jambes repliés
dans la posture du boxeur propre, depuis des temps immémoriaux, à ce genre d'accident. J'avais jeûné ce jour-là, et
je confesse, à ma grande honte, que la forte odeur de
graisses et de chairs brûlées qui parvint à mes narines me
fit saliver.

Le troisième homme fut assassiné à moins de trois
mètres de moi. Je venais de sortir de mon hôtel pour
emprunter le dédale de planches recouvertes de boue qui
tiennent lieu de trottoirs dans cette ville sordide lorsque
j'entendis plusieurs détonations et vis un homme, à quelques pas de moi, qui chancelait comme s'il avait brusquement perdu l'équilibre. Il continua d'avancer dans ma
direction avec une expression de surprise, puis tomba
dans la boue et les eaux souillées.

Il avait reçu trois projectiles tirés par une petite arme à
feu. Deux de ces projectiles l'avaient touché en pleine poitrine, et le troisième au-dessous de l'œil gauche. Chose
incroyable, il respirait encore lorsque je suis arrivé à lui.
Machinalement, j'ai sorti mon étole de ma sacoche, avec
le flacon d'eau bénite qui ne me quittait pas depuis si
longtemps. Puis j'ai commencé à lui administrer le sacre-

ment de l'extrême-onction. Personne, dans la foule qui s'était assemblée, n'éleva d'objection. Le blessé s'agita une seule fois, ouvrit la bouche comme pour dire quelque chose, puis retomba mort. La foule se dispersa avant même qu'on vînt enlever le corps.

Il était d'âge moyen, les cheveux d'un blond tirant sur le roux, légèrement corpulent. Il ne portait sur lui aucun document d'identité, pas même une plaque universelle ou un persoc. Il n'y avait dans sa poche, en tout et pour tout, que six pièces d'argent.

J'ignore pour quelle raison je restai près du corps tout le reste de la journée. Le médecin qui pratiqua l'autopsie prescrite par la loi était un homme petit et sec, plein de cynisme, qui me permit néanmoins de rester pendant qu'il œuvrait. Je suppose qu'il avait besoin de conversation.

— Voilà tout ce que ça vaut, dit-il en fendant le ventre de ce pauvre homme comme si c'était une baudruche rose, avant d'écarter les replis de peau et les muscles pour les tendre comme les rabats d'une tente.

— Tout ce que vaut quoi ? demandai-je.

— La vie de cet homme, fit le docteur en retroussant la peau du visage du cadavre comme si c'était un simple masque graisseux. Votre vie. La mienne.

Les striures rouges et blanches des muscles bleuirent autour du trou déchiqueté de la blessure, juste au-dessus de la pommette.

— Vous ne croyez pas qu'il pourrait y avoir autre chose ? demandai-je.

Il leva les yeux de son sinistre travail pour m'adresser un sourire faussement candide.

— S'il y a autre chose, montrez-moi où c'est, dit-il.

Il souleva le cœur du mort et sembla le soupeser un instant dans sa main.

— Sur certains mondes du Retz, dit-il, cela aurait quelque valeur sur le marché, car les gens sont trop pauvres pour stocker des organes clonés dans des cuves nourricières, mais assez riches pour ne pas mourir faute d'un cœur de rechange. Ici, cependant, ce n'est qu'un viscère tout juste bon à jeter.

— Il y a autre chose, nécessairement, insistai-je.

Je n'étais pas très convaincu moi-même. J'avais le souvenir des funérailles de Sa Sainteté le pape Urbain XV, juste après mon départ de Pacem. Selon la coutume établie depuis l'époque préhégirienne, le corps n'avait pas été embaumé. Il attendait, dans le vestibule de la basilique centrale, qu'on le prépare pour son cercueil en bois simple. Tout en aidant Édouard et Monseigneur Frey à revêtir de ses vêtements mortuaires le corps rigide, j'avais été frappé par la coloration de plus en plus foncée de la peau, et par le relâchement des mâchoires.

Haussant les épaules, le médecin légiste acheva l'autopsie. L'enquête, réduite à sa plus simple expression, ne devait jamais aboutir. Pas le moindre suspect ni le moindre mobile en vue. On envoya le signalement du mort à Keats, mais on l'enterra dès le lendemain dans un cimetière de pauvres situé à la lisière de la jungle jaune, après la plaine de boue.

Port-Romance est un fouillis de structures jaunâtres en bois de vort, assises sur un dédale d'échafaudages et de planches qui s'avancent assez loin sur les plaines de boue de l'embouchure du Kans. Le fleuve atteint ici près de deux kilomètres de large, à l'endroit où il se jette dans la baie de Toschahaï, mais seuls quelques chenaux sont navigables, et encore à condition de les draguer jour et nuit.

Chaque soir, je reste longtemps éveillé, dans ma chambre d'hôtel sordide, avec la fenêtre ouverte, à écouter les cognements sourds des pelles automatiques, qui résonnent comme le cœur de cette affreuse cité dont la respiration pourrait être le murmure lointain des vagues de l'océan qui se brisent sur la grève. Ce soir, en écoutant respirer la ville, je ne puis m'empêcher de lui imaginer pour visage le masque écorché de l'homme qui vient d'être assassiné.

Les compagnies de transport ont un petit terminal de glisseurs en bordure de la ville, pour transporter les personnes et le matériel jusqu'aux grandes plantations de l'intérieur des terres. Mais je n'ai pas les moyens de me payer le passage. Ou, plutôt, je pourrais, à la rigueur, monter à bord, mais il me faudrait laisser derrière moi mes trois malles de matériel scientifique et médical. J'avoue que je suis tout de même tenté. Ma mission chez les Bikuras me paraît aujourd'hui plus absurde et plus irrationnelle que jamais. Seuls mon étrange besoin de me fixer une destination précise et ma détermination pour le moins masochiste de compléter les conditions de l'exil que je me suis moi-même imposé me poussent à poursuivre ce voyage.

Il y a un bateau qui part pour remonter le Kans dans deux jours. J'ai retenu une place à bord, et je dois y charger mes malles demain. C'est sans regret que je laisserai Port-Romance derrière moi.

Quarante et unième jour :

L'*Emporotique* poursuit sa lente progression sur le fleuve. Pas la moindre habitation humaine en vue depuis que nous avons quitté le dock de Melton, avant-hier. La jungle se presse contre les rives comme une muraille végétale. À certains endroits, même, lorsque la largeur du fleuve n'excède pas une trentaine de mètres, elle forme une voûte presque continue au-dessus de nos têtes. La lumière, elle aussi, est jaune, aussi riche et épaisse que du beurre fondu, filtrée comme elle l'est par les frondaisons géantes à quatre-vingts mètres au-dessus des eaux bourbeuses du Kans. Perché sur les tôles rouillées du rouf de la barge principale, qui abrite les passagers, j'écarquille les yeux pour essayer d'apercevoir mon premier arbre de Tesla. Le vieux Kady, assis non loin de moi, interrompt son patient travail avec un couteau sur un bout de bois, crache par-dessus bord à travers ses chicots et me dit en riant :

– Vous ne risquez pas de voir un arbre à flammes par ici, mon père. On est encore beaucoup trop bas. Leur foutue forêt, c'est pas du tout à ça que ça ressemble, croyez-moi. Faut arriver au moins jusqu'aux Pignons pour voir un vrai tesla. On n'est pas encore sortis de la forêt pluviale.

C'est vrai qu'il pleut régulièrement l'après-midi. Et le mot « pluie » n'est qu'un pâle euphémisme pour désigner le déluge qui s'abat quotidiennement sur nous, voilant complètement la rive, tambourinant dans un vacarme d'enfer sur les tôles des roufs, ralentissant notre allure d'escargot au point qu'il nous semble faire du sur-place. Dans ces moments-là, le fleuve se transforme en torrent presque vertical, en cataracte qu'il nous faut remonter si nous voulons continuer.

L'*Emporotique* est un ancien remorqueur à fond plat, auquel on a adjoint cinq barges qui s'accrochent à lui comme des enfants dépenaillés à la jupe de leur mère.

Trois des barges à double pont transportent des ballots de marchandises destinés à être livrés ou vendus aux plantations qui bordent le fleuve. Les deux autres offrent un simulacre d'abri aux indigènes qui veulent remonter le fleuve. J'ai l'impression, cependant, que certains passagers vivent à bord en permanence. Ma couchette consiste en un matelas taché posé par terre, et les murs sont couverts d'étranges insectes qui ressemblent à des lézards.

Après la pluie, rituellement, tout le monde se rassemble sur le pont pour voir se lever la brume du soir au-dessus des eaux du fleuve en train de se refroidir. L'air est très chaud, hypersaturé d'humidité durant la majeure partie de la journée. Le vieux Kady prétend que j'arrive trop tard pour entreprendre la traversée de la forêt pluviale et de la forêt des flammes avant la période d'activité des teslas. Nous verrons bien.

Ce soir, les brumes montent de l'eau comme si c'étaient les esprits de tous les morts qui reposent sous la surface trouble du fleuve. Les derniers haillons effilochés des nuages de l'après-midi se dissipent à travers les cimes des arbres, et les couleurs reviennent. Je vois passer la forêt du jaune de chrome à un safran translucide qui, lentement, cède la place à des ocres et au terre de Sienne qui précède le crépuscule. À bord de l'*Emporotique*, le vieux Kady allume les lanternes et les globes qui pendent des poutrelles déformées du pont supérieur. Comme pour ne pas être en reste, la jungle assombrie se pare de la faible phosphorescence de ses matières en décomposition tandis que les oiseaux lampyres et les toiles d'araignée perlées luisent dans les ténèbres des hautes branches.

La petite lune d'Hypérion n'est pas visible aujourd'hui, mais cette planète doit se déplacer dans un secteur de l'espace qui contient plus de débris que de coutume pour un monde si proche de son soleil, ce qui fait que son ciel est fréquemment illuminé par des averses de météorites. Ce soir, l'activité céleste est particulièrement intense. Du milieu du fleuve, assez large ici, nous apercevons des entrelacs de corps lumineux en mouvement, qui, de leur traîne, semblent tisser une toile d'une étoile à l'autre. Ces images, au bout d'un moment, sont insupportables à la rétine, et l'on baisse les yeux pour voir dans l'eau glauque le reflet atténué du phénomène.

Il y a une lueur à l'horizon oriental. Le vieux Kady

m'explique qu'il s'agit de la lumière fournie à quelques grosses plantations par des miroirs orbitaux.

Il fait trop chaud pour dormir à l'intérieur. J'installe ma paillasse sur le toit de tôle et je contemple le spectacle céleste tandis que les indigènes, agglutinés par familles, chantent des mélopées envoûtantes dans des dialectes que je n'ai pas même essayé d'apprendre. Je songe aux Bikuras, encore si loin de nous, et je me sens étreint par une étrange angoisse.

Quelque part dans les profondeurs de la forêt, un hurlement d'animal retentit, qui ressemble au cri d'une femme apeurée.

Soixantième jour :

Arrivée à la plantation de Perecebo. Je ne me sens pas bien.

Soixante-deuxième jour :

Je suis malade. J'ai la fièvre, des tremblements. Hier, toute la journée, j'ai vomi une bile noire. La pluie est assourdissante. Les miroirs orbitaux éclairent toute la nuit le dessus des nuages. Les cieux sont embrasés. Je dois avoir au moins quarante.

Une femme s'occupe de moi. Elle me lave. Je suis trop malade pour avoir honte. Elle a les cheveux plus noirs que la plupart des autres indigènes. Elle parle peu. Ses yeux sont noirs et doux.

Mon Dieu ! Être malade si loin de chez moi !

... jour :

... L m'attend... L m'épie... rentre mouillée de pluie...

exprès pour me tenter... sait ce que... je suis... ma peau brule comme du f... le bout de se sein nu sous la chem de coton...

... je sais qu'ils sont la tous a me reg... j'entend leur voix la nuit... me change... me frictionne le c... avec du poison... ça brule... croi que ne me rend c de rien... mais j'entend quand la pluie s'arete... s'arete

Je n'ai plus de peau. Tout rouge sens le trou dans ma joue. Quand je tr la balle je la recra recracherai agnus-deiquitolispeccatamundi miserer nobis misere nobis miserere

Soixante-cinquième jour :

Merci, ô mon Dieu, de m'avoir délivré de la maladie.

Soixante-sixième jour :

Me suis rasé. Réussi à marcher jusqu'à la douche.

Semfa m'a aidé à me préparer pour recevoir l'administrateur. Je m'attendais à un gros individu bougon comme ceux que j'ai pu voir par la fenêtre, travaillant au complexe de tri. Mais c'est un petit homme tranquille à la peau noire, affecté d'un léger zézaiement. Il s'est montré très serviable. J'étais préoccupé par le paiement de mes soins, mais il m'a rassuré en me disant que ce serait entièrement gratuit. Mieux encore, il va mettre un guide à ma disposition pour gagner l'intérieur! Il dit que la saison est avancée, mais que si je suis en état de partir dans dix jours nous devrions traverser la forêt des flammes et arriver à la Faille avant que les teslas ne reprennent leur activité.

Après son départ, j'ai bavardé un peu avec Semfa. Son mari est mort ici, il y a trois mois en temps local, des suites d'un accident d'exploitation. Elle-même est originaire de Port-Romance. Son mariage avec Mikel l'avait arrachée à une existence sordide, et elle a préféré rester ici pour s'employer à de menus travaux plutôt que de redescendre le fleuve. Je ne lui donne pas tort.

Après un bon massage, j'irai me coucher. J'ai beaucoup rêvé de ma mère, ces temps derniers.

Dix jours. Il faut absolument que je sois prêt dans dix jours.

Soixante-quinzième jour :

Avant de partir avec Tuk, je suis descendu jusqu'aux paddies pour dire au revoir à Semfa. Elle a prononcé peu de paroles, mais j'ai lu dans ses yeux sa tristesse de me voir partir. Sans l'avoir prémédité, je l'ai bénie, puis je l'ai embrassée sur le front. Tuk a souri en hochant la tête. Puis nous sommes partis en tirant derrière nous nos deux brics chargés de matériel. Le contremaître Orlandi nous a accompagnés jusqu'au bout de la route, et a longtemps agité la main quand nous nous sommes éloignés sur le sentier percé à travers la végétation dorée.

Domine, dirige nos.

Quatre-vingt-deuxième jour :

Après avoir marché durant une semaine sur la piste – si elle peut être appelée ainsi – de la forêt pluviale dorée, après avoir péniblement grimpé le versant conduisant au plateau des Pignons, nous avons émergé ce matin sur une éminence rocheuse qui domine une partie de la jungle d'où nous venons, jusqu'au Bec et jusqu'à la mer du Mitan. Le plateau devant nous est à près de trois mille mètres d'altitude, et la vue d'ici est impressionnante malgré les gros nuages noirs qui forment, au-dessous de nous, un tapis moutonneux qui arrive au pied des collines des Pignons, cachant une partie des méandres du fleuve jusqu'à Port-Romance. On aperçoit la mer, quelques coins de la forêt dorée qui nous a donné tant de mal, et une tache bleue, à l'est, qui serait, d'après Tuk, la matrice inférieure des champs de fibroplastes avoisinant Perecebo.

Nous avons poursuivi notre route jusqu'à une heure avancée de l'après-midi. Tuk a peur, visiblement, que nous ne soyons pris au piège dans la forêt des flammes, lorsque les arbres de Tesla reprendront leur activité. J'ai du mal à soutenir son rythme, tirant derrière moi le bric lourdement chargé qui rechigne à avancer, récitant des prières muettes pour me détourner l'esprit de la douleur physique et des doutes qui m'assaillent.

Quatre-vingt-troisième jour :

Avons chargé les brics et nous sommes mis en route avant l'aube. Il y a dans l'air une odeur de fumée et de cendres.

Les changements dans la végétation sont spectaculaires sur le plateau. Le vort et le chalme à feuilles jaunes, jusqu'ici omniprésents, se font rares. Après avoir franchi un étage intermédiaire de petits arbres toujours verts ou toujours bleus, nous avons traversé, sur un versant de plus en plus abrupt, des forêts limitées mais denses de pinastres mutants et de tritrembles. Nous sommes enfin arrivés à l'orée de la forêt des flammes proprement dite, avec ses futaies de hauts prométhées, ses bouquets de phénix partout présents et ses buissons circulaires de flamboyants ambrés. Par endroits, nous sommes tombés sur des fourrés impénétrables de ces abestes fourchus aux fibres blanchâtres que Tuk décrit, dans son langage imagé et irrévérencieux, comme les « pines put'éfiées de géants enté'és pas assez p'ofond, sauf vot' respect, mon pè' ». Sûr que mon guide a un certain sens de la poésie.

Notre premier tesla, nous ne l'avons aperçu que peu avant la tombée de la nuit. Nous marchions sur des cendres depuis plus d'une heure, en nous efforçant de ne pas écraser les pousses naissantes des phénix et des pyromèches qui percent crânement à travers le sol calciné, lorsque Tuk s'est arrêté subitement en pointant l'index.

Le tesla, encore à cinq cents mètres devant nous, devait faire au moins cent mètres de haut, dépassant d'un bon tiers le prométhée le plus élevé des environs. Son faîte en forme de bulbe, qui abrite sa poche accumulatrice, était impressionnant. Les branches radiales de sa couronne étaient chargées de douzaines de lianes nimbiques dont l'éclat argenté étincelait sur le fond du ciel vert et lapis. Tout cela évoquait pour moi quelque mosquée de la Nouvelle-Mecque aux formes élégantes et racées, irrévérencieusement parée de guirlandes de métal.

– Il faut se ti'er d'là vite fait avec nos b'ics, a grogné Tuk en insistant pour que nous revêtions sans plus attendre notre tenue spécialement conçue pour la forêt des flammes.

Tout le reste de la journée, nous avons arpenté la cendre avec nos masques à osmose et nos lourds brodequins à semelle isolante, transpirant sous plusieurs couches de tissu gamma épais comme du cuir. Les deux brics étaient de plus en plus nerveux, dressant leurs longues oreilles au moindre bruit. Même à travers mon masque, cela sentait l'ozone, ce qui m'a rappelé le train électrique avec lequel je jouais, enfant, le dimanche après-midi, à Villefranche-sur-Saône.

Nous avons établi notre camp pour la nuit aussi près que possible d'un fourré d'abestes. Tuk m'a montré comment disposer le cercle de paravolts autour de nous. Mais il n'a pas cessé, en assemblant les tubes, de grommeler des avertissements sinistres et de lever la tête vers le ciel à l'affût du moindre nuage.

J'ai bien l'intention de passer une bonne nuit malgré tout.

Quatre-vingt-quatrième jour :

Quatre heures du matin.

Sainte mère du Christ.

Cela fait trois heures que nous sommes plongés dans un cauchemar de fin du monde.

Les explosions ont débuté peu après minuit. Ce n'étaient que des craquements d'éclairs, au début, et Tuk et moi avons eu le tort de passer la tête sous le rabat de la tente pour admirer le feu d'artifice. J'ai connu les orages de mousson du mois de Matthieu sur Pacem, aussi la première heure de fantasmagorie m'a-t-elle paru relativement familière. Seule la vue des lointains teslas comme foyers invariables des formidables décharges électriques était véritablement impressionnante. Mais bientôt les géants de la forêt se sont mis à flamboyer et à cracher leur énergie accumulée. Puis, juste au moment où je replongeais dans le sommeil malgré le tintamarre ininterrompu, l'apocalypse s'est déchaînée.

Au moins une centaine d'arcs électriques durent se former pendant les dix premières secondes de spasme énergétique des teslas. Un prométhée situé à moins d'une trentaine de mètres de nous explosa, projetant des brandons du haut de ses cinquante mètres sur le sol de la forêt. Les tubes des paravolts rougeoyaient et sifflaient en déviant l'un après l'autre les arcs de mort grésillants et bleutés qui harcelaient notre petit campement. Tuk me cria quelque chose, mais aucun son humain ne pouvait dominer le déchaînement des flammes du ciel. Un bouquet de phénix s'embrasa soudain à quelques pas des brics entravés, et l'un de ces animaux terrifiés, malgré le capuchon qui lui cachait les yeux, rompit son entrave et se précipita à travers le cercle de paravolts. Aussitôt, une demi-douzaine d'éclairs issus du tesla le plus proche s'abattirent sur l'infortuné animal. L'espace d'une folle seconde, j'aurais juré voir le squelette de l'animal briller d'une phosphorescence bleutée à travers ses chairs en ébullition. Puis il fit un bond spasmodique dans les airs et cessa tout simplement d'exister.

Il y a trois heures que nous contemplons ce spectacle de fin du monde. Deux des tubes du paravolt ont cédé, mais les huit autres continuent de fonctionner. Tuk et moi sommes pelotonnés au cœur brûlant de notre tente, et nos masques à osmose filtrent suffisamment d'oxygène dans l'air enfumé pour nous permettre de respirer. C'est uniquement grâce à la prévoyance de Tuk, qui a planté la tente loin de toute végétation qui aurait pu servir de cible aux teslas, mais aussi à proximité des abestes protecteurs, que nous avons pu survivre jusqu'ici, à l'abri, naturellement, du cercle de tubes en alliage renforcé qui nous sépare de l'éternité.

— On dirait qu'ils tiennent le coup! ai-je crié à Tuk, ma voix couvrant à peine les craquements et les sifflements de la tempête.

— Ils sont faits pou' teni' une heu', deux au maximum! a grogné mon guide. Ils peuvent claquer d'un moment à l'aut', et ce se'a fini pou' nous!

J'ai hoché la tête en aspirant un peu d'eau tiède à travers l'iris de mon masque à osmose. Si je ne meurs pas cette nuit, je rendrai toujours grâce à Dieu de m'avoir permis, dans son infinie générosité, d'assister à ce spectacle.

Quatre-vingt-septième jour :

Tuk et moi avons émergé seulement hier à midi de la partie nord-est encore rougeoyante de la forêt des flammes. Nous nous sommes empressés de dresser notre tente au bord d'un frais ruisseau, et nous avons dormi dix-huit heures d'affilée, rattrapant trois nuits blanches et deux jours de marche hagarde au milieu d'un paysage cauchemardesque de cendres et de flammes. Partout où nous tournions les yeux, en nous dirigeant vers la crête qui marque la limite de la forêt, nous pouvions voir les cosses et les cônes s'ouvrir à une nouvelle vie en remplacement des espèces à feu détruites dans la conflagration des deux nuits précédentes. Cinq de nos tubes paravolt fonctionnaient encore, mais ni Tuk ni moi ne tenions à les mettre à l'épreuve une nuit de plus. Notre bric survivant s'était écroulé, mort, à l'instant même où nous lui avions ôté le lourd chargement qu'il portait sur le dos.

Je me suis levé ce matin à l'aube, au son de l'eau courante. J'ai remonté le ruisseau en direction du nord-est sur quelques centaines de mètres, puis je l'ai subitement perdu de vue tandis que le bruit du torrent s'intensifiait.

La Faille! J'avais presque oublié notre destination. Un peu plus tard dans la matinée, titubant à travers la brume, sautant d'un galet mouillé à l'autre au milieu du cours d'eau un peu plus large ici, j'ai fini par m'agripper tant bien que mal à un gros rocher en surplomb d'où la vue plonge sur une cataracte assourdissante qui doit bien représenter trois mille mètres de chute verticale à travers la brume, jusqu'aux blocs rocheux et au fleuve qui se trouve en bas.

La Faille n'a pas été creusée à travers le plateau par l'érosion comme le légendaire Grand Canyon de l'Ancienne Terre ou la Fissure Continentale d'Hébron. Malgré l'activité de ses océans et de ses continents, qui rappellent ceux de la Terre, Hypérion est un monde parfaitement mort au plan tectonique. Il fait plutôt penser à Mars, Lusus ou Armaghast par son absence totale de dérive continentale. Comme Mars et Lusus, Hypérion a été marqué par ses périodes glaciaires, bien que leur périodicité, ici, soit portée à trente-sept millions d'années par la très longue éclipse de la naine binaire actuellement invisible. Le persoc compare la Faille au canyon préterraformé de Valles Marineris, sur Mars, résultant, comme elle, de l'affaiblissement de la croûte consécutif aux différentes périodes de glaciation et de dégel qui se sont succédé au cours des millénaires. À cela, il faut ajouter, naturellement, l'action des cours d'eau souterrains comme le Kans. L'effondrement massif ainsi causé forme une longue cicatrice qui creuse tout le secteur montagneux du continent d'Aquila.

Tuk m'a rejoint au bord de la Faille. J'étais nu, en train d'essayer de débarrasser mes vêtements de voyage et ma soutane de l'odeur de cendres dont ils sont imprégnés. Aspergeant d'eau fraîche ma peau blafarde, j'éclatais de rire en écoutant l'écho des cris de Tuk renvoyés par la paroi nord, à sept cents mètres de là. En raison de la configuration géologique du terrain, nous avions pu nous avancer sur une roche en saillie d'où la paroi sud nous était totalement invisible. Quoique terriblement dangereux, nous estimions que le surplomb sur lequel nous batifolions comme des enfants après l'école, s'il avait défié des millions d'années, pouvait bien supporter notre poids quelques heures. Tuk m'avoua alors qu'il n'avait jamais traversé, précédemment, la forêt des flammes sur toute son étendue. Et il ne connaissait personne qui eût réussi cet exploit en cette saison. Il m'annonça aussi que, maintenant que les teslas étaient entrés dans leur période d'activité, il lui faudrait attendre au moins trois mois pour pouvoir repasser de l'autre côté. Mais il ne semblait pas regretter de se trouver ici, et j'étais, quant à moi, très heureux de sa compagnie.

Cet après-midi, nous avons déplacé tout notre équipement, en plusieurs voyages. Le nouveau camp que nous avons établi se trouve au bord de l'eau, à une centaine de mètres du surplomb. Nous avons également commencé à empiler les caisses de matériel scientifique en mousse lovée, afin d'en faire le tri demain.

Le temps s'est rafraîchi ce soir. Après le dîner, juste avant le coucher du soleil, j'ai mis ma veste isotherme et je me suis avancé, tout seul, sur un rocher en saillie situé au sud-ouest de l'endroit où j'ai aperçu la Faille pour la première fois. De cet observatoire, la vue est inoubliable. Une fine brume monte de la cataracte invisible qui se jette dans la lointaine rivière au fond de l'abîme. Les gouttelettes en suspension captent les rayons du couchant, formant des arcs-en-ciel et des bulles mauves irisées que je ne me suis pas lassé de voir naître, s'élever vers la voûte céleste de plus en plus sombre et mourir. À mesure que l'air froid s'engouffre dans les crevasses et les grottes du plateau, l'air chaud est aspiré des profondeurs et charrie tout un tourbillon de feuilles mortes et de brindilles. La Faille émet alors un hurlement à l'échelle du continent, évoquant les cris mêlés de hordes de géants de pierre, de flûtes de bambou démesurées ou d'orgues de la taille d'une cathédrale, le tout formant un concerto dans une gamme qui va du plus mince flûtis à la basse la plus grave. J'ai médité longtemps sur les sifflements de la roche, sur les borborygmes des profondes cavernes, sur les courants d'air qui parcourent les crevasses de la roche figée et sur l'étrange ressemblance avec la voix humaine que les harmoniques de toutes sortes peuvent susciter. Mais j'ai fini par abandonner toutes ces spéculations pour me livrer, simplement, au plaisir d'écouter le grandiose hymne d'adieu au soleil entonné par la Faille.

J'ai regagné la tente et son cercle de lanternes bioluminescentes au moment où la première pétarade de météores a traversé le ciel au-dessus de nos têtes, accompagnée de détonations lointaines dont l'écho se répercutait à l'horizon du sud-ouest comme un tir d'artillerie appartenant à quelque guerre oubliée de l'Ancienne Terre préhégirienne.

Sous la tente, j'ai essayé d'interroger mon persoc sur les grandes ondes, mais je n'ai rien obtenu d'autre que de la friture. Je suppose que, même si les satcoms primitifs qui desservent les plantations de fibroplastes essayaient d'émettre dans ces régions, les montagnes et, surtout, les teslas en période d'activité ne laisseraient passer que les plus concentrés des faisceaux laser ou mégatrans. Sur Pacem, au monastère, peu d'entre nous étaient munis d'un persoc, mais l'infosphère était toujours accessible si nous avions besoin de nous y connecter. Ici, nous n'avons guère le choix.

J'ai écouté les dernières notes du vent de l'abîme, puis j'ai vu les cieux s'assombrir et s'embraser simultanément. Les ronflements de Tuk, endormi sur sa natte devant la tente, m'ont fait sourire, et je me suis dit : *Si c'est cela, l'exil, va pour l'exil.*

Quatre-vingt-huitième jour :

Tuk est mort. On l'a assassiné.

Je l'ai trouvé en sortant de la tente à la première lueur de l'aube. Il dormait dehors, à moins de quatre mètres de moi. Il disait qu'il préférait coucher à la belle étoile.

On lui a tranché la gorge pendant son sommeil. Je n'ai pas entendu le moindre cri. Mais j'ai fait un rêve. J'avais la fièvre, et Semfa était en train de s'occuper de moi. Ses mains froides me palpaient le cou et la poitrine, elles touchaient le crucifix que je porte sur moi depuis mon enfance. Je suis resté là un bon moment, à regarder le cadavre de Tuk et le cercle noir que son sang avait formé sur le sol indifférent d'Hypérion. J'ai frissonné à la pensée que mon rêve avait pu être plus qu'un songe et que de vraies mains s'étaient posées sur moi pendant la nuit.

J'avoue que j'ai réagi plutôt comme un vieil imbécile terrorisé que comme un prêtre. Je lui ai certes administré l'extrême-onction, mais, saisi de panique, j'ai abandonné la pauvre dépouille mortelle de mon guide pour me mettre fébrilement à la recherche d'une arme parmi le matériel de l'expédition. J'ai sorti la machette que nous avions utilisée dans la forêt pluviale et le maser basse tension destiné à la chasse au petit gibier. J'ignore si j'aurais été capable d'utiliser une arme contre un être humain, même pour défendre ma propre existence, mais dans mon affolement je courus avec la machette, le maser et les jumelles à amplification électronique jusqu'à un gros rocher qui dominait la Faille, et je balayai la région à la recherche des meurtriers de Tuk. Mais je ne décelai aucun mouvement, à l'exception des minuscules créatures arboricoles et des insectes que nous avions vus les jours précédents. La forêt elle-même semblait anormalement sombre et dense. La Faille formait des centaines de cavernes, corniches et crevasses qui auraient pu abriter des hordes de sauvages. Une armée entière aurait pu se cacher dans les brumes du nord-est, continuellement présentes.

Au bout de trente minutes de recherches vaines et de lâche panique, je retournai au camp et pris les dispositions nécessaires pour offrir une sépulture décente à mon guide. Il me fallut deux bonnes heures pour creuser un trou suffisant dans le sol rocheux du plateau. Lorsque tout fut fini, après avoir récité la prière des morts, je ne trouvai rien de très personnel à ajouter sur le petit homme fruste et comique qui m'avait fidèlement servi.

– Veillez sur lui, Seigneur, et facilitez-lui le passage, amen, murmurai-je finalement, écœuré de ma propre hypocrisie et convaincu, au fond de mon cœur, que je ne prononçais ces mots que pour moi-même.

Ce soir-là, j'ai déplacé le camp de cinq cents mètres au nord. Ma tente se dresse à présent au milieu d'un espace découvert, à une dizaine de mètres de l'endroit où je suis tapi, adossé à la roche, ma chemise de nuit retroussée, la machette et le maser à portée de la main. Après avoir enseveli Tuk, j'ai passé en revue l'équipement et les caisses. Il me semble que rien ne manque, si ce n'est le paravolt, dont tous les tubes restants ont disparu. Je me suis demandé si quelqu'un ne nous avait pas suivis à travers la forêt des flammes dans l'idée de se débarrasser de Tuk et de me bloquer ici. Mais je ne vois pas ce qui aurait pu motiver un acte aussi abominable. Si quelqu'un des plantations avait voulu nous tuer, il aurait pu le faire dans la forêt pluviale ou, mieux encore du point de vue d'un assassin, pendant notre sommeil, au cœur de la forêt des flammes, là où personne ne pourrait s'étonner de retrouver deux corps carbonisés. Il ne restait plus, par conséquent, que les Bikuras. Les primitifs dont je m'étais entiché.

J'envisageai de rebrousser chemin à travers la forêt des flammes sans paravolt, mais j'abandonnai rapidement cette idée. Une mort certaine m'attendait si je partais, contre une mort probable si je restais.

Encore trois mois avant la prochaine période d'inactivité des teslas. Cent vingt jours locaux, à raison de vingt-six heures par jour. Une éternité.

Christ d'amour et de miséricorde, pourquoi ces choses-là m'arrivent-elles? Pourquoi ai-je été épargné hier si c'est pour être sacrifié cette nuit... ou bien la prochaine?

Tapi dans mon creux de rocher, je vois le ciel s'assombrir et j'écoute le sinistre gémissement du vent qui monte de la Faille. Je prie tandis que le ciel s'illumine du passage des météores à la traîne rouge comme le sang.

Ou plutôt, disons que je m'adresse des paroles rassurantes.

Quatre-vingt-quinzième jour :

Les terreurs de la semaine écoulée se sont largement apaisées. Je m'aperçois que même la peur peut s'estomper et devenir banale après quelques jours de retour au calme.

Avec la machette, j'ai coupé quelques arbustes pour m'en faire un abri contre le vent. J'ai recouvert le toit et l'un des côtés de tissu gamma, après avoir calfaté tant bien que mal les rondins avec de la boue. L'abri est adossé à un gros rocher. J'ai ouvert quelques-unes de mes caisses de matériel pour y prélever certains outils, mais j'ai bien peur qu'ils ne me servent pas à grand-chose dans la situation où je me trouve.

J'ai commencé à utiliser les ressources du terrain pour agrémenter un peu mes réserves de nourriture déshydratée, qui diminuent de manière inquiétante. D'après le dérisoire programme établi sur Pacem il y a si longtemps, je devrais être en ce moment, depuis plusieurs semaines, parmi les Bikuras, troquant de menues marchandises contre de la nourriture locale. Mais tant pis. Outre la racine de chalme, insipide mais nutritive et facile à cuire, j'ai découvert une demi-douzaine de variétés de baies et de fruits que mon persoc a jugées comestibles. Jusqu'ici, mon estomac s'est déclaré d'accord, sauf dans un cas, où j'ai dû passer presque toute la nuit accroupi au bord du ravin le plus proche.

J'arpente le territoire qui entoure mon campement avec autant d'impatience que ces pélops en cage auxquels les petits padischahs d'Armaghast attachent tant de prix. Un kilomètre au sud, et quatre à l'ouest, la forêt des flammes est en pleine vigueur. La fumée rivalise avec les volutes de brume perpétuellement en mouvement pour cacher le ciel. Seuls les fourrés d'abestes impénétrables, les étendues rocheuses du sommet du plateau, comme celle où je me trouve, ou encore les crêtes qui forment des espèces de vertèbres dans la carapace du nord-est sont épargnés par les teslas.

Au nord, le plateau s'évase et la végétation devient plus dense aux abords de la Faille, sur une quinzaine de kilomètres, jusqu'à l'endroit où elle est bloquée par une crevasse dont la profondeur représente à peu près le tiers, et la largeur la moitié de celles de la Faille elle-même. Hier, j'ai poussé jusqu'au point situé le plus au nord, et j'ai contemplé, empreint de frustration, le territoire qui s'étend au-delà du précipice. Un autre jour, j'essaierai de le contourner par l'est, dans l'espoir de trouver un passage. Cependant, à en juger par les phénix que j'aperçois de l'autre côté et la fumée qui monte à l'horizon du nord-ouest, je ne devrais y trouver que des ravins couverts de chalme et des steppes où règne la forêt des flammes, comme l'indiquent approximativement les relevés topographiques orbitaux dont je dispose.

Ce soir, tandis que le vent entamait son chant funèbre, je me suis rendu sur la tombe de Tuk. À genoux, j'ai voulu prier, mais rien n'est venu.

Rien n'est venu, Édouard. Je suis aussi vide que ces faux sarcophages que nous avons autrefois exhumés ensemble par dizaines dans les sables stériles du désert de Tarum bel Wadi.

Les gnostiques zen diraient que ce vide est un bon signe, qu'il présage l'ouverture spirituelle vers de nouveaux niveaux de conscience, de nouvelles intuitions, de nouvelles expériences.

Merde.

Le vide que je ressens n'est rien d'autre que... du vide.

Quatre-vingt-seizième jour :

J'ai trouvé les Bikuras. Disons, plutôt, qu'ils m'ont trouvé. J'écris rapidement ces mots avant qu'ils ne viennent me tirer du « sommeil » où ils me croient plongé.

J'étais en train d'effectuer quelques relevés cartographiques à quatre kilomètres à peine au nord du camp lorsque la brume s'est levée à la faveur du réchauffement atmosphérique de la mi-journée, me permettant d'apercevoir quelques terrasses, de mon côté de la Faille, qui étaient demeurées cachées jusqu'alors. Je pris mes jumelle électroniques pour les examiner. Il s'agissait d'une série de gradins, corniches, protubérances, ressauts et redans qui s'avançaient bien au-delà du surplomb. Mais le plus extraordinaire est que je m'aperçus bientôt que j'étais en train d'observer des habitations humaines. Il y avait là une douzaine de huttes primitives, des cabanes faites de blocs de pierre et de branches de chalme tassées et calfatées avec de la mousse. Leur origine humaine était indiscutable.

Je demeurai là un bon moment, les jumelles à la main, essayant de décider si je devais descendre à la rencontre des gens qui avaient édifié ces huttes ou battre précipitamment en retraite avant qu'ils ne me voient. Mais je ressentis, à ce moment-là, ce picotement glacé, au niveau de la nuque, qui permet d'affirmer avec une quasi-certitude que l'on n'est plus tout seul. Abaissant mes jumelles, je me retournai lentement. Ils étaient là. Les Bikuras, au moins une trentaine, formaient un large demi-cercle qui ne me laissait aucune retraite possible vers la forêt.

J'ignore à quoi je m'étais attendu au juste. Des sauvages nus, peut-être, avec une expression féroce et des colliers de dents. Ou peut-être le genre d'ermite barbu et chevelu que les voyageurs rencontrent parfois dans les montagnes de Moshé, sur Hébron. Quoi qu'il en soit, la réalité des Bikuras ne correspondait à rien de tout cela.

Les gens qui s'étaient silencieusement approchés si près de moi étaient de petite taille. Pas un ne dépassait mon épaule. Ils étaient vêtus de robes sombres de facture grossière, qui les couvraient de la nuque aux pieds. Lorsqu'ils se déplaçaient, ce qui était le cas pour certains d'entre eux en ce moment, ils semblaient glisser par terre comme des spectres. De loin, ils me faisaient tout à fait penser à un groupe de jésuites en miniature dans quelque lointaine annexe du Nouveau-Vatican.

Je faillis éclater de rire, mais je fus arrêté à temps par la pensée qu'une telle réaction pourrait être interprétée comme un signe de panique naissante. Les Bikuras, cependant, ne manifestaient aucune hostilité qui eût pu causer cette panique. Ils ne portaient pas d'armes, et leurs petites mains étaient vides. Aussi vides que leur expression.

Leur physionomie est difficile à décrire succinctement. Ils sont chauves, pour commencer. Tous, sans exception. L'absence de toute pilosité, de même que la robe aux plis amples qui descend jusqu'à terre, ne permet pas de distinguer aisément les hommes des femmes. Le groupe qui me faisait face – une cinquantaine d'individus, à présent – semblait constitué uniquement d'adultes à peu près du même âge, entre quarante et cinquante années standard. Ils avaient tous le visage lisse et le teint légèrement jaune, caractéristique que je supposais liée à l'ingestion, sur des générations, de minéraux en traces présents dans le chalme et les autres plantes locales.

J'aurais été tenté de décrire le visage rond des Bikuras comme celui d'un chérubin, mais il suffit de les examiner d'un peu plus près pour que l'impression de douceur angélique disparaisse et fasse place à une interprétation toute différente, celle d'une placidité confinant à l'idiotie pure et simple. En tant que missionnaire, j'ai passé suffisamment de temps sur des planètes arriérées pour être en mesure d'observer à loisir les effets de l'ancienne affection génétique appelée tantôt mongolisme, tantôt syndrome de Down, ou encore séquelles du voyage spatial sur plusieurs générations. Telle fut donc la première impression générale que me donna la soixantaine de petites silhouettes en robe sombre maintenant déployée autour de moi avec le même sourire silencieux d'enfant chauve et mentalement retardé.

Je ne manquai pas de me dire que c'étaient sans doute les mêmes « enfants souriants » qui avaient tranché la gorge de Tuk pendant son sommeil et l'avaient laissé mourir comme un porc saigné.

Le Bikura le plus proche de moi s'avança, s'immobilisa à cinq pas de moi et émit une série de sons monocordes.

— Une seconde, lui dis-je en sortant mon persoc pour le régler sur le mode traduction.

— Beyetet ota menna lot cresfem Ket? me demanda le petit homme qui me faisait face.

Je mis mes écouteurs juste à temps pour entendre la traduction proposée par le persoc. Il n'y eut même pas de temps d'attente. Ce langage d'apparence exotique n'était que la déformation d'un anglais archaïque utilisé à bord des vaisseaux d'ensemencement, et relativement proche du dialecte des plantations.

— Tu es l'homme qui appartient à la croix/cruciforme? interpréta le persoc, en me laissant le choix entre les deux substantifs finaux.

— Oui, répondis-je.

J'étais certain, à présent, que c'étaient eux qui m'avaient touché pendant mon sommeil, la nuit où Tuk avait été assassiné. Ce qui signifiait qu'ils étaient probablement ses meurtriers.

J'attendis. Le maser de chasse était dans mon paquetage, qui se trouvait lui-même adossé à un petit chalme à moins de dix pas de là. Une demi-douzaine de Bikuras se tenaient entre l'arme et moi. Mais à quoi bon? Je savais très bien que je ne me résoudrais jamais à utiliser un tel objet contre des êtres humains, même s'ils avaient assassiné mon guide et se préparaient à me tuer aussi. Je fermai les yeux, récitant un bref acte de contrition. Lorsque je les rouvris, le groupe des Bikuras avait encore grossi. Mais il s'était figé, comme si un quorum avait été atteint ou comme si une décision avait été prise.

– Oui, répétai-je dans le silence. Je suis celui qui porte la croix.

J'entendis le petit haut-parleur du persoc qui prononçait le dernier mot : « cresfem ».

Les Bikuras hochèrent la tête à l'unisson et, comme s'ils avaient derrière eux une longue pratique de garçon de messe, exécutèrent une génuflexion parfaite, accompagnée de froissements de robes.

J'ouvris la bouche pour parler, mais la refermai aussitôt en m'apercevant que je n'avais rien à dire.

Les Bikuras se relevèrent. Une brise souffla sur les chalmes, faisant entendre au-dessus de nous un crépitement sec de début d'automne. Le Bikura le plus proche de moi s'avança, me saisit l'avant-bras de ses doigts courts et glacés, et prononça une brève phrase que mon persoc traduisit par :

– Viens, il est temps d'aller dans nos maisons pour dormir.

C'était le milieu de l'après-midi. Je me demandais si le persoc avait traduit correctement le mot « dormir », ou si c'était, peut-être, une expression idiomatique ou une métaphore pour « mourir ». Je hochai cependant la tête et les suivis vers le village au bord du précipice.

Je suis à présent dans une hutte, et j'attends. Il y a d'étranges froissements à l'extérieur. Quelqu'un d'autre que moi ne dort pas. Je ne peux rien faire d'autre qu'attendre.

Quatre-vingt-dix-septième jour :

Les Bikuras se donnent le nom de « Soixante-dix ».

J'ai passé ces dernières vingt-six heures à leur parler, à les observer et à prendre des notes pendant leur « sieste » quotidienne de deux heures, au milieu de l'après-midi. Je m'efforce, de manière générale, d'accumuler le plus possible de notes avant qu'il ne leur prenne la fantaisie de me trancher la gorge.

Mais j'ai acquis maintenant la conviction qu'ils ne me feront aucun mal.

Je leur ai parlé hier, après la sieste. Parfois, ils ne répondent pas aux questions. Et quand ils répondent, cela se résume, en général, à des grognements indistincts ou contradictoires tels que des enfants retardés peuvent en émettre. À part les quelques mots qu'ils ont prononcés lors de notre première rencontre, aucun d'eux ne m'a plus posé aucune question.

J'ai essayé de leur tirer des renseignements en procédant lentement, prudemment, avec le calme professionnel d'un ethnologue aguerri. Je leur ai posé des questions aussi simples, aussi factuelles que possible, pour être sûr que le persoc ne pourrait rien déformer. Mais leurs réponses cumulées m'ont laissé aussi ignorant à la fin que je l'étais hier.

Las de corps et d'esprit, j'ai fini par abandonner toute subtilité professionnelle pour leur demander brutalement :

— Avez-vous tué mon compagnon ?

Mes trois interlocuteurs n'ont pas levé la tête du grossier métier à tisser sur lequel ils s'activaient.

— Oui, m'a répondu celui que j'ai surnommé Alpha parce qu'il a été le premier à s'avancer vers moi dans la forêt. Nous avons tranché la gorge de ton compagnon avec des pierres aiguisées et nous l'avons maintenu pendant qu'il se débattait. Il est mort de la vraie mort.

— Pourquoi ? ai-je demandé au bout d'un moment de silence, d'une voix aussi desséchée qu'une vieille enveloppe d'épi de maïs qui tombe en poussière.

— Pourquoi il est mort de la vraie mort ? a demandé Alpha, la tête toujours penchée sur son ouvrage. C'est parce que tout son sang est parti, et il a cessé de respirer.

— Non. Pourquoi l'avez-vous tué ?

Alpha ne répondit pas, mais Betty – qui pourrait être de sexe féminin, et qui pourrait être sa compagne – leva la tête de son métier à tisser en me répondant simplement :

— Pour le faire mourir.

— Mais pourquoi ?

Les réponses, invariablement, tournaient en rond, et ne m'éclairaient pas d'un iota. Tout ce que je pus obtenir comme renseignements, après avoir posé d'innombrables questions, fut que Tuk était mort parce qu'on l'avait tué, et qu'on l'avait tué pour qu'il meure.

– Quelle différence faites-vous entre la mort et la vraie mort? demandai-je finalement, sans faire confiance, à ce stade, à mon persoc ni à ma patience.

Le troisième Bikura, Del, grogna une réponse que le persoc traduisit ainsi :

– Ton compagnon est mort de la vraie mort. Pas toi.

Poussé, finalement, par une frustration beaucoup trop proche de la fureur, je lançai :

– Pourquoi pas moi? Pourquoi ne m'avez-vous pas tué?

Ils interrompirent tous les trois leur ouvrage machinal et me regardèrent.

– Tu ne peux pas être tué parce que tu ne peux pas mourir, me dit Alpha. Tu ne peux pas mourir parce que tu appartiens au cruciforme et que tu suis la voie de la croix.

Je n'avais pas la moindre idée de la manière dont cette damnée machine s'y prenait pour traduire une fois « croix » et une fois « cruciforme ».

Parce que tu appartiens au cruciforme.

Un frisson glacé me parcourut, aussitôt suivi d'une irrésistible envie de rire. Étais-je tombé sur la tribu perdue des holos d'aventure de pacotille, qui vénère le « dieu » tombé du ciel jusqu'au jour où ce malheureux se coupe en se rasant et où la vue du sang, révélant sa nature mortelle, les incite à offrir leur idole déchue en sacrifice à des divinités plus classiques?

L'idée aurait été plus amusante si le visage de Tuk, vidé de son sang et orné d'une collerette de chair meurtrie et retroussée, n'avait pas été si présent dans ma mémoire.

Leur réaction devant la croix suggérait à coup sûr que j'étais en présence d'un groupe de survivants d'une ancienne colonie chrétienne. Des catholiques? Mais les données fournies par le persoc étaient formelles sur l'identité des soixante-dix colons dont le vaisseau d'ensemencement s'était écrasé sur ce plateau quatre cents ans auparavant. Ils étaient tous marxistes de la tendance néo-Kerwin, et ils devaient, par conséquent, être indifférents, voire hostiles, à toutes les vieilles religions de la Terre.

Il eût été préférable pour moi que j'abandonne ce sujet trop dangereux, mais mon stupide besoin de savoir me poussa à demander :

– Adorez-vous Jésus?

Leur expression vide rendait superflue toute réponse de leur part.

– Et le Christ? insistai-je. Jésus-Christ? Les chrétiens? L'Église catholique?

Ils ne manifestèrent pas plus d'intérêt.

– La vierge Marie? Saint Pierre? Saint Paul? Saint Teilhard?

Le persoc produisit des bruits divers, mais ces noms ne semblaient avoir aucune signification pour eux.

– Vous adorez la croix? demandai-je en désespoir de cause, pour rétablir le contact.

Ils se tournèrent tous les trois vers moi.

– Nous appartenons au cruciforme, déclara Alpha.

Je hochai lentement la tête. Je n'y comprenais toujours rien.

Ce soir, je me suis endormi juste avant le coucher du soleil. Le chant d'orgue de la Faille m'a réveillé peu après. Le vent est beaucoup plus sonore ici, sur les gradins du village. Même les huttes semblent participer au concert du vent modulé par le moindre interstice entre deux pierres, le moindre branchage du toit et les moindres trous d'évacuation grossiers de la fumée.

Il y avait quelque chose d'anormal. Il me fallut une ou deux minutes pour me réveiller pleinement et me rendre compte que le village était désert. Les huttes étaient abandonnées. Je m'assis sur un rocher froid, en me demandant si ce n'était pas ma présence qui avait provoqué un exode massif. La musique du vent était terminée, les météores commençaient leur spectacle nocturne à travers les déchirures entre les nuages lorsque j'entendis du bruit derrière moi et me retournai pour voir mes soixante-dix Bikuras qui se tenaient sans bruit derrière moi.

Ils me dépassèrent sans dire un mot pour regagner leurs huttes. Aucune lumière ne s'alluma. Je les imaginai accroupis dans le noir, le regard inerte.

Je m'attardai quelques instants dehors, ne voulant pas regagner tout de suite ma propre hutte. Au bout d'un moment, je m'avançai jusqu'à la limite de la corniche herbeuse et me penchai vers l'abîme. Des plantes grimpantes et des racines s'accrochaient à la paroi rocheuse, mais elles semblaient prendre fin au bout de quelques mètres. Aucune liane n'avait l'air assez longue pour descendre jusqu'au fleuve qui coulait deux mille mètres plus bas.

Pourtant, les Bikuras étaient montés par là.

Tout cela n'avait aucun sens. J'ai regagné ma hutte en secouant la tête. J'écris ces mots à la lueur du disque de mon persoc. J'essaie de penser aux précautions que je pourrais prendre pour être sûr de voir la lueur de l'aube.

Mais je n'en trouve aucune.

Cent troisième jour :

Plus j'apprends, moins je comprends.

J'ai transféré la plus grande partie de mon matériel dans la hutte vide qu'ils m'ont laissée dans le village.

J'ai pris quelques photos, enregistré des plaquettes audio et vidéo, mis en images toute une prise holo du village et de ses habitants. Ils semblent totalement indifférents. Je leur projette des images d'eux-mêmes, et ils passent à travers elles comme si elles n'existaient pas. Je leur fais entendre leurs paroles enregistrées, et ils se contentent d'aller s'asseoir dans leurs huttes pendant des heures, à ne rien faire, muets comme des tombes. Je leur propose de la pacotille, ils l'acceptent sans commentaire, vérifient si cela se mange puis l'abandonnent n'importe où. L'herbe est jonchée de perles de plastique, de miroirs, de bouts d'étoffe de toutes les couleurs et de stylos à bille bon marché.

J'ai monté mon petit labo médical, mais en pure perte. Les Soixante-dix refusent de se laisser examiner. Ils refusent de me laisser prélever des échantillons sanguins, bien que je leur aie affirmé mille fois que cela ne fait aucun mal. Il ne me laissent même pas utiliser sur eux un scanneur médical. Bref, ils refusent toute coopération. Ils n'acceptent ni discussion ni explications. Ils me tournent simplement le dos et s'en vont vaquer à leurs non-occupations.

Après avoir passé une semaine entière parmi eux, je suis toujours parfaitement incapable de faire la différence entre les hommes et les femmes. Leurs visages me rappellent ces trompe-l'œil qui changent de forme au moment même où on les regarde. Quelquefois, le visage de Betty me paraît indéniablement féminin, mais dix secondes plus tard il est totalement asexué, et je lui redonne le nom de Bêta. Même les voix sont indéfinis-

sables. Douces et bien modulées, elles pourraient appartenir à l'un ou l'autre sexe. Elles me rappellent ces robo-
doms mal programmés que l'on rencontre parfois encore
sur les mondes arriérés.

J'en suis à épier les Bikuras dans l'espoir d'en apercevoir un tout nu. Ce n'est certes pas une chose facile à
admettre pour un jésuite de quarante-huit années standard! Mais même pour un voyeur professionnel, je ne
crois pas que ce serait chose facile. Le tabou sur la nudité
semble absolu chez les Bikuras. Ils ne quittent jamais leur
longue robe durant le jour, ni même durant leur sieste de
deux heures. Ils s'éloignent toujours du village pour faire
leurs besoins, et je suis sûr qu'ils relèvent à peine leur
robe pour cela. Je n'ai pas l'impression qu'ils se lavent.
Cela devrait causer quelques problèmes de nature olfac-
tive, mais il ne se dégage aucune espèce d'odeur de ces
primitifs à l'exception du très léger parfum suave du
chalme.

— Vous devez bien vous déshabiller quelquefois, ai-je
demandé un jour abruptement à Alpha, au mépris de
toute délicatesse.

— Non, m'a-t-il dit avant de s'éloigner pour s'asseoir
dans un coin, inoccupé comme toujours et habillé de pied
en cap.

Ils n'ont pas de nom. J'ai trouvé cela invraisemblable,
au début, mais j'en ai à présent la certitude.

— Nous sommes tout ce qui a été et sera jamais, m'a dit
le plus petit d'entre eux, qui pourrait être de sexe féminin
et que j'appelle Eppie. Nous sommes les Soixante-dix.

J'ai fait quelques recherches dans mon persoc, et j'ai
reçu confirmation de ce que je soupçonnais déjà. Sur les
seize mille et quelques types recensés de société humaine,
aucun ne se signale par l'absence totale de noms indivi-
duels. Même parmi les humains des sociétés-ruchers de
Lusus, chaque individu répond à une catégorie désignée
par un code simple.

Je leur ai dit comment je m'appelais, et je n'ai eu droit
en retour qu'à des regards dépourvus d'expression.

— Père Duré, ai-je répété patiemment. Je suis le père
Paul Duré.

Le persoc répète fidèlement ces mots, mais ils
n'essaient même pas de prononcer mon nom.

Hormis leur disparition collective, chaque jour avant le

coucher du soleil, et leur sieste de deux heures au milieu
de l'après-midi, ils ont très peu d'activités en tant que
groupe. Même la répartition de leurs logements semble
faite au hasard. Al, par exemple, passe ses heures de
sieste tantôt avec Betty, tantôt avec Gam, ou encore avec
Zelda ou Pete. Aucune règle ne semble les guider. Tous
les trois jours, ils se rendent tous, au complet, dans la
forêt et font main basse sur tout ce qu'ils trouvent de bon
à manger : racines et écorce de chalme, baies, fruits, etc.
J'étais sûr qu'ils étaient végétariens jusqu'au jour où j'ai
vu Del mordre dans une jeune créature arboricole qui
semblait morte depuis longtemps. Le petit primate avait
dû tomber d'une haute branche. Il semble donc que les
Soixante-dix ne dédaignent pas, à l'occasion, un
complément carné à leur régime, mais qu'ils soient trop
stupides et indolents pour chasser des proies.

Chaque fois qu'ils ont soif, les Bikuras doivent parcourir environ trois cents mètres pour aller boire à une cascade qui se jette dans la Faille. Je n'ai vu dans leurs
huttes aucun objet qui ressemble à un récipient. Je
conserve une réserve d'eau personnelle de quarante litres
dans des bidons en plastique, mais aucun habitant du village ne s'y est jamais intéressé. Compte tenu de l'estime
en chute libre que j'éprouve actuellement pour eux, je ne
suis pas étonné qu'ils aient passé des générations entières
dans un village où il n'y a même pas un point d'eau.

— Qui a bâti ces maisons? ai-je demandé.

Ils n'ont pas de mot pour dire « village ».

— Les Soixante-dix, me répond Will.

Je le distingue aisément des autres grâce à un doigt
cassé qui ne s'est pas remis correctement en place. Chacun d'eux, quand on y regarde de près, a quelque chose
qui le distingue des autres. Mais je me demande, parfois,
s'il ne serait pas plus facile de faire la différence entre des
corneilles.

— Quand ont-elles été bâties?

Mais je ne me fais pas d'illusions. L'expérience m'a
appris qu'ils ne répondaient jamais à une question
commençant par « quand ».

Celle-ci ne fait pas exception à la règle.

Chaque soir, ils descendent dans la Faille en s'aidant
des lianes. J'ai essayé de les suivre, le troisième soir, mais
ils se sont mis à six pour me faire rebrousser chemin

jusqu'à ma hutte, d'une manière en même temps douce et ferme. C'était la première fois qu'ils faisaient preuve, à mon égard, d'un comportement que l'on pourrait qualifier d'agressif, et cela m'a rempli d'une certaine appréhension.

Le lendemain, lorsqu'ils se sont mis en route, j'ai sagement regagné ma hutte, sans même me retourner. Mais par la suite, quand ils sont revenus, je suis allé discrètement récupérer mon imageur et son trépied, dissimulés dans une crevasse de la falaise. Les vues holos montrent les Bikuras en train de descendre le long de la falaise, agrippés aux lianes, aussi agilement que les petites créatures arboricoles qui peuplent les forêts de chalme et de vorts. Mais, au bout d'un moment, ils disparaissent sous le surplomb.

– Que faites-vous, chaque soir, quand vous descendez dans la Faille? ai-je demandé à Al.

Il m'a considéré quelques instants avec ce sourire de bouddha inspiré que j'en suis arrivé à haïr.

– Tu appartiens au cruciforme, m'a-t-il dit comme si cela répondait à tout.

– Est-ce que vous descendez pour pratiquer un culte? Pas de réponse.

– Je suis comme vous le serviteur de la croix, ai-je ajouté, sachant que mon persoc traduirait : « J'appartiens au cruciforme. »

Je pense que je n'aurai bientôt plus besoin de cette machine pour traduire, mais nous avions là une conversation trop importante pour que je laisse quoi que ce fût au hasard.

– Cela signifie-t-il que je pourrais me joindre à vous lorsque vous descendez dans la Faille? ai-je demandé.

L'espace d'un moment, j'eus l'impression qu'il réfléchissait. Son front se plissa. C'était la première fois que je voyais, sur le visage de l'un des Soixante-dix, une expression qui ressemblait vraiment à un froncement de sourcils. Puis il me répondit :

– Ce n'est pas possible. Tu appartiens au cruciforme, mais tu ne fais pas partie des Soixante-dix.

J'eus conscience que la formulation de cette distinction avait dû mobiliser chaque neurone et chaque synapse de son cerveau.

– Que feriez-vous si je descendais dans la Faille? demandai-je alors.

Je ne m'attendais pas à une réponse. Les questions spéculatives n'en recevaient généralement guère plus que celles qui étaient axées sur la chronologie. Mais cette fois-ci fut l'exception. Alpha retrouva son sourire de chérubin pour murmurer avec calme :

— Si tu essaies de descendre le long de la falaise, nous te maintiendrons dans l'herbe, nous prendrons des cailloux pointus, nous te couperons la gorge et nous attendrons que ton sang cesse de couler et ton cœur de battre.

Je ne répliquai pas. Je me demandais s'il entendait le martèlement de mon cœur en cet instant. *Au moins,* me disais-je, *tu n'as plus à t'inquiéter qu'ils te prennent pour un dieu, maintenant.*

Le silence se prolongea. Finalement, Al ajouta une petite phrase à laquelle je n'ai cessé de penser jusqu'à présent.

— Et si tu recommençais après cela, nous serions obligés de te tuer encore.

Nous nous sommes longtemps regardés, chacun de son côté convaincu, j'en suis sûr, que l'autre était un parfait idiot.

Cent quatrième jour :

Chaque découverte ne fait qu'ajouter à ma confusion.

L'absence d'enfants dans le village m'a intrigué depuis le premier jour. En reprenant mes notes, je trouve de nombreuses mentions concernant cette énigme dans les observations dictées au jour le jour à mon persoc, mais aucune trace dans ce fouillis personnel que j'appelle mon journal. Peut-être, inconsciemment, ai-je jugé les implications trop effrayantes.

En réponse à mes efforts répétés et maladroits pour percer ce mystère, les Soixante-dix n'ont pu m'offrir que les éclaircissements habituels, consistant en sourires béats assortis de coq-à-l'âne en comparaison desquels le bavardage du plus demeuré des idiots de village de tout le Retz pourrait passer pour une succession d'aphorismes avisés. La plupart du temps, au demeurant, je n'ai pas de réponse du tout.

Un jour, m'étant rapproché de celui que j'ai nommé Del et ayant attendu patiemment qu'il veuille bien s'apercevoir de ma présence, je lui ai posé ma question :

– Pourquoi n'y a-t-il pas d'enfants?

– Nous sommes les Soixante-dix, a-t-il murmuré.

– Où sont vos bébés?

Pas de réponse. Pas même de regard gêné éludant la question. Simplement un visage sans expression.

– Lequel est le plus jeune d'entre vous? ai-je demandé après avoir pris une longue inspiration.

Del a paru réfléchir, aux prises avec un concept qui le dépassait. Je me demande si les Bikuras ont perdu tout sens chronologique au point que de telles questions soient condamnées à ne jamais recevoir de réponse. Mais au bout d'une minute ou deux de silence, il a pointé l'index en direction de l'endroit où Al était accroupi au soleil, son petit métier à tisser primitif à la main.

– C'est lui qui est revenu le dernier, a-t-il dit.

– Revenu? D'où?

Il m'a regardé sans aucune émotion ni impatience.

– Tu appartiens au cruciforme, m'a-t-il dit. Tu dois connaître les voies de la croix.

Je hochai lentement la tête. J'en savais assez pour identifier là l'une des nombreuses boucles d'illogisme qui faisaient habituellement dérailler nos conversations. Je m'efforçai de ne pas lâcher le fil ténu d'information qui nous reliait encore en disant :

– Si je comprends bien, Al est le dernier qui soit né. Qui soit revenu. Mais d'autres, après lui... reviendront?

Je n'étais même pas certain de comprendre ma propre question. Comment se renseigne-t-on sur les choses qui concernent la naissance lorsque l'interlocuteur auquel on a affaire n'a pas de mot pour désigner un enfant et semble ignorer le concept de temps? Mais Del parut saisir ce que je venais de dire. Il approuva d'un mouvement de tête. Encouragé, je poursuivis :

– Quand le prochain des Soixante-dix naîtra-t-il, ou reviendra-t-il?

– Personne ne peut revenir tant qu'il n'est pas mort, répliqua Del.

Je crus soudain comprendre.

– Tu veux dire qu'il n'y a pas d'enf... que personne ne reviendra tant que quelqu'un ne mourra pas, murmurai-je. Vous remplacez ceux qui meurent par d'autres pour que les Soixante-dix ne changent jamais de nombre?

Del répondit par l'un de ces silences que j'avais appris à

interpréter comme un assentiment. Le système paraissait relativement simple. Les Bikuras respectaient sérieusement leur nom. Ils maintenaient leur population à soixante-dix, soit le nombre exact de passagers du vaisseau d'ensemencement tombé sur cette planète quatre cents ans auparavant, une coïncidence étant ici improbable. Lorsque l'un d'eux mourait, ils faisaient naître un enfant pour remplacer l'adulte. Simple comme tout.

Mais parfaitement impossible. Les lois de la biologie et de la nature ne fonctionnent pas ainsi. Outre le problème du seuil démographique, il y avait d'autres absurdités évidentes. Bien qu'il soit difficile d'attribuer un âge à ces individus imberbes, il saute aux yeux que la différence entre le plus jeune et le plus âgé n'excède pas dix ans. Bien qu'ils se comportent tous, la plupart du temps, comme des enfants, je serais tenté de dire que leur âge moyen se situe entre quarante et quarante-cinq années standard. Où sont donc leurs vieux ? Où sont les parents, les oncles âgés et les tantes célibataires ? À ce train-là, toute la tribu vieillira à peu près à la même époque. Que se passera-t-il lorsque plus personne ne sera en âge d'avoir des enfants, et qu'il faudra remplacer ceux qui meurent ?

Les Bikuras mènent une vie monotone et sédentaire. Le pourcentage de morts accidentelles, même au bord d'un abîme comme la Faille, doit être faible. Il n'y a aucun prédateur dans la région. Les variations climatiques sont minimes, et je pense que les sources de nourriture sont stables. Malgré tout, je suis sûr qu'il a dû y avoir, au cours des quatre cents ans d'existence de cette singulière tribu, des périodes où la famine a décimé le village, où les lianes ont cédé plus que de coutume sous le poids d'un Bikura, bref, une de ces séries statistiques causées par n'importe quoi, qui font subitement grimper la courbe de mortalité et que les compagnies d'assurances, depuis des temps immémoriaux, ont toujours redoutées partout.

Mais comment s'y prennent-ils, dans ce cas ? Se mettent-ils à procréer subitement pour compenser les pertes avant de reprendre leur petite vie asexuée ? Sont-ils différents des autres groupes humains connus au point de passer par des périodes de rut conjoncturel qui ne surviennent qu'une fois tous les dix ou vingt ans, voire une seule fois dans toute leur existence ? J'en doute.

J'ai beau passer toutes les possibilités en revue, je n'en

trouve aucune qui soit vraiment satisfaisante. Supposons que ces gens vivent très longtemps, et qu'ils soient en mesure de se reproduire durant toute leur vie, uniquement pour remplacer les pertes. Cela n'explique pas pourquoi ils ont tous le même âge. Et je ne vois pas comment ils auraient pu acquérir une telle longévité. Les meilleurs produits contre le vieillissement offerts par l'Hégémonie permettent, au mieux, de prolonger la vie active de quelques années au-delà des cent ans fatidiques. L'hygiène de vie et les remèdes préventifs permettent de jouir d'une bonne vitalité jusqu'à soixante-dix ans – presque mon âge –, mais si l'on excepte les transplantations clonées, la biotechnologie et les autres luxes réservés aux gens très riches, personne, dans le Retz, ne saurait songer à fonder une famille à soixante-dix ans ou à danser à son cent dixième anniversaire. Si le simple fait de se nourrir de racines de chalme ou de respirer l'air pur du plateau des Pignons avait des effets sensibles sur la longévité humaine, on peut parier que tout Hypérion, à l'heure qu'il est, mâcherait du chalme sur ce plateau, que la planète serait équipée d'un distrans depuis des siècles et que chaque citoyen de l'Hégémonie disposant d'une plaque universelle viendrait y passer ses vacances et sa retraite.

Non. La seule conclusion logique est que les Bikuras mènent une existence normale, qu'ils ont des enfants de manière normale, mais qu'ils les tuent, sauf lorsque l'un des Soixante-dix doit être remplacé. Ils pratiquent peut-être l'abstinence ou une quelconque méthode de limitation des naissances – plutôt que le massacre de leurs nouveau-nés – en attendant que toute la tribu atteigne un âge où le besoin d'un sang nouveau se fasse sentir. Tout le monde se mettrait alors à procréer en même temps, ce qui expliquerait que tous les membres de la tribu ont apparemment toujours le même âge.

Mais qui éduquerait les jeunes? Et que deviendraient leurs parents et les gens âgés? Les Bikuras transmettent-ils les rudiments de ce qui pourrait passer, à l'extrême limite, pour une culture, avant de se laisser mourir? Cela – c'est à dire la disparition d'une génération en bloc – correspondrait-il à leur concept de « vraie mort »? Les Soixante-dix assassineraient-ils collectivement les individus situés aux deux extrémités de leur courbe démographique en forme de cloche?

Ce genre de spéculation est tout à fait stérile. Je commence à en avoir furieusement assez de mon incapacité à résoudre les problèmes. Définis-toi une stratégie une bonne fois pour toutes, Paul, et suis-la. Bouge un peu ton cul de jésuite!

Problème : Comment différencier les sexes?

Solution : Amène quelques-uns de ces pauvres diables, par la persuasion ou par la force, à se prêter à un examen médical. Découvre ce que peuvent cacher le mystère des rôles sexuels et le tabou sur la nudité. Une société qui dépend, pour la limitation de ses naissances, d'une abstinence rigoureuse étalée sur plusieurs années est-elle compatible avec ta théorie?

Problème : Pourquoi les Soixante-dix tiennent-ils tant à maintenir leur population au niveau de la colonie apportée à l'origine par le vaisseau spatial en perdition?

Solution : Harcèle-les jusqu'à ce que tu la découvres.

Problème : Où sont les enfants?

Solution : Ne leur laisse pas de répit jusqu'à ce que tu l'apprennes. Il est possible que leur voyage quotidien dans les profondeurs de la Faille soit lié à cette question. Qui sait s'ils n'ont pas une garderie en bas? Ou bien un tas de petits ossements?

Problème : Que signifient exactement les expressions « appartenir au cruciforme » et « suivre la voie de la croix »? Ne s'agit-il pas, de toute évidence, d'une déformation des croyances religieuses des premiers colons?

Solution : Découvre-la en allant à la source. Leur descente quotidienne dans l'abîme est-elle liée à des pratiques religieuses?

Problème : Qu'y a-t-il en bas?

Solution : Découvre cela en descendant toi-même.

Demain, s'ils respectent leur programme habituel, ils vont tous aller dans les bois durant plusieurs heures pour ramasser des baies. Cette fois-ci, je n'irai pas avec eux.

Je vais descendre dans la Faille.

Cent cinquième jour :

9 h 30. Merci, ô mon Dieu, de m'avoir permis de voir ce que j'ai vu aujourd'hui.

Merci, ô mon Dieu, de m'avoir fait venir ici en cet instant pour y découvrir la preuve de ta Présence.

11 h 25. Édouard... Édouard !

Il faut que je retourne à la civilisation. Pour vous montrer. Pour montrer au monde entier !

J'ai emballé les affaires dont j'aurai besoin. Les disques et le film de l'imageur sont dans un sac que j'ai tressé avec des fibres d'abeste. J'ai de l'eau, de la nourriture, mon maser avec ses batteries à moitié déchargées, ma tente, des vêtements pour la nuit.

Si seulement le paravolt n'avait pas disparu !

J'ai soupçonné les Bikuras de l'avoir volé, mais j'ai cherché partout dans les huttes et la forêt voisine. Et je ne vois pas très bien ce qu'ils pourraient en faire.

Peu importe.

Je partirai aujourd'hui si je peux. Autrement, le plus tôt possible.

Édouard ! Tout est là, sur le film et les disques !

14 h. Impossible de passer aujourd'hui à travers la forêt des flammes. La fumée m'empêche même de m'approcher de la zone d'activité.

Je suis retourné au village, et j'ai revu les holos. Impossible de se tromper. Le miracle est authentique.

15 h 30. Les Soixante-dix vont rentrer d'un moment à l'autre. Et s'ils savaient... s'ils étaient capables de savoir, rien qu'en me regardant, que je suis allé là-bas ?

Je pourrais me cacher.

Je n'ai aucune raison de me cacher. Dieu ne m'a pas fait venir de si loin pour me montrer ce que j'ai vu et me laisser périr ensuite des mains de ces pauvres enfants.

16 h 15. Les Soixante-dix sont rentrés. Ils ont regagné leurs huttes sans même m'accorder un regard.

Assis sur le seuil de ma cabane, je ne peux pas m'empêcher de sourire, de rire aux éclats et de prier. Tout à l'heure, je suis allé au bord de la falaise dire la messe et communier. Les Bikuras ne se sont pas intéressés à moi.

Quand pourrai-je partir d'ici ? Le contremaître Orlandi et Tuk ont dit que la forêt des flammes demeurait en pleine activité pendant trois mois, cent vingt jours locaux, puis qu'il y avait un répit relatif de deux mois. Tuk et moi sommes arrivés le quatre-vingt-septième jour...

Je ne peux pas attendre encore cent jours pour rapporter la nouvelle au monde, à l'univers tout entier. Si seulement un glisseur pouvait braver la forêt des flammes et me tirer de là ! Si seulement j'avais accès à l'un des infosats qui desservent les plantations !

Tout est possible. D'autres miracles se produiront, maintenant.

23 h 50. Les Soixante-dix sont descendus dans la Faille. Le chœur du vent monte de partout.

Si seulement je pouvais être en bas avec eux !

Je vais faire ce qui s'en rapproche le plus. Je vais m'agenouiller ici, au bord de la falaise, et prier tandis que le vent des abîmes chante ce qui ne peut être, je le sais maintenant, qu'un hymne à la présence bien réelle de mon Dieu.

Cent sixième jour :

J'ai ouvert les yeux dans un matin parfait. Le ciel avait une couleur turquoise intense, le soleil y était serti comme une petite pierre sanguine. Je suis sorti sur le seuil de ma hutte tandis que la brume s'éclaircissait, que les créatures arboricoles donnaient leur premier concert de piaillements et que l'atmosphère se réchauffait peu à peu. Puis je suis rentré regarder une nouvelle fois mon film et mes disques.

Je m'aperçois que, dans la confusion d'hier, je n'ai pas encore décrit ce que j'ai vu en bas. Je vais essayer de le faire maintenant. J'ai sous les yeux les disques, le film et les notes de mon persoc, mais je continue de remplir ce journal par crainte que tout le reste ne soit détruit un jour.

Il était environ 7 h 30 quand je me suis laissé descendre, hier matin, contre le flanc de la falaise. À voir les Bikuras, il paraissait facile de s'aider des lianes, qui sont en nombre suffisant pour former des sortes d'échelles presque partout. Mais lorsque j'ai commencé à me balancer au-dessus du vide, j'ai senti mon cœur battre à se rompre. Il devait bien y avoir trois mille mètres de dénivellation jusqu'en bas. Agrippé à deux lianes à la fois pour plus de sécurité, je me suis laissé glisser lentement, en évitant de regarder en direction de l'abîme.

Il m'a fallu près d'une heure pour couvrir les cent cinquante mètres que les Bikuras, à n'en pas douter, descendent en dix minutes. Finalement, j'ai atteint la courbe d'un gros rocher en surplomb. Quelques lianes pendaient encore dans le vide, mais la plupart suivaient par en dessous le contour de la roche en direction de la falaise, à une trentaine de mètres vers l'intérieur. Quelques-unes de ces lianes semblaient même avoir été grossièrement tressées pour former des sortes de passerelles sur lesquelles les Bikuras devaient être capables d'avancer sans s'aider des mains. Pour ma part, je les suivis en rampant, en m'aidant des lianes qui pendaient, et en murmurant des prières que je n'avais pas récitées depuis mon enfance. Je gardais les yeux fixés droit devant moi, comme si cela pouvait me faire oublier qu'il n'y avait qu'un vide pratiquement infini sous les rudes cordes qui se balançaient en crissant sous mon poids.

Une corniche assez large longeait la falaise à cet endroit. J'attendis de m'être avancé de trois mètres vers la paroi avant de me laisser glisser, agrippé à une liane, sur la plate-forme située à deux mètres au-dessous de moi.

La corniche avait environ cinq mètres de large et se terminait un peu plus loin, au nord-est, à l'endroit où la masse du surplomb prenait naissance. Je suivis la direction opposée sur une trentaine de pas et m'arrêtai subitement, frappé de stupeur. C'était un véritable sentier qu'il y avait là, gravé dans la roche! Sa surface polie s'était creusée de plusieurs centimètres. Plus loin, là où la corniche s'incurvait en descendant, des marches avaient été taillées, mais elles aussi étaient usées par les pas au point de former un creux visible en leur milieu.

Je m'assis quelques instants pour digérer cette simple évidence. Quatre cents ans de visites quotidiennes par le groupe des Soixante-dix ne suffisaient d'aucune manière à expliquer l'érosion de cette roche massive. Quelqu'un ou quelque chose devait utiliser ce chemin bien avant que le vaisseau d'ensemencement ne tombe sur la planète. Ce passage servait à quelqu'un ou à quelque chose depuis des millénaires!

Je repris ma progression. On entendait le bruit lointain du vent qui soufflait à travers la Faille, mais je m'aperçus, en tendant l'oreille, que je pouvais capter également le bruit léger du fleuve qui coulait au fond de l'abîme.

Le sentier s'incurvait sur la gauche pour contourner une protubérance de la falaise, et finissait là. Je m'avançai sur une large dalle qui descendait en pente douce, et me trouvai alors devant un spectacle qui me fit faire machinalement le signe de la croix.

La corniche étant orientée nord-sud sur une centaine de mètres, la vue qui s'offrait à l'ouest, à travers la trouée de la Faille, sur une bonne trentaine de kilomètres, portait jusqu'au plateau, à ciel ouvert. Je compris tout de suite que le soleil couchant, chaque soir, devait illuminer cette avancée de la falaise, et je n'aurais pas été surpris d'apprendre qu'à certaines périodes de l'année, en particulier aux solstices de printemps et d'automne, le soleil d'Hypérion, observé de cette plate-forme, donnait l'impression de se coucher directement dans la Faille, les bords embrasés de son orbe effleurant à peine les parois rocheuses teintées de pourpre.

Je me tournai vers l'est pour examiner la falaise. Le sentier de pierre polie conduisait directement à une double porte taillée dans la paroi rocheuse. Plus qu'une double porte, c'était un portail monumental, orné de moulures et de linteaux de pierre finement sculptée. De part et d'autre des deux battants de ce portail s'élevaient de larges fenêtres à vitraux qui devaient faire au moins vingt mètres de haut. Je me rapprochai de la façade. Ceux qui avaient construit ce monument avaient taillé la falaise de granit pour élargir le rebord en dessous du surplomb, et avaient creusé une galerie dans les profondeurs de la roche. Je passai la main sur les reliefs ornementaux profonds qui entouraient le portail. Tout avait été érodé et poli par le temps, même dans cet endroit abrité de presque tous les éléments par la roche en surplomb. Depuis combien de milliers d'années ce... ce temple avait-il été creusé dans la paroi sud de la Faille?

Les vitraux n'étaient ni en verre ni en plastique, mais semblaient faits d'un matériau épais et translucide, aussi dur, au toucher, que le granit environnant. Et il ne s'agissait pas d'un assemblage de panneaux, mais d'une seule surface où les couleurs se mêlaient, tourbillonnaient et se superposaient comme de l'huile à la surface de l'eau.

Je sortis ma lampe de mon paquetage, appuyai légèrement sur l'un des battants et fus pris d'une soudaine hésitation lorsque le haut portail glissa sans bruit et sans résistance vers l'intérieur.

Je pénétrai dans le vestibule – il n'y a pas d'autre mot –, traversai un espace silencieux d'une dizaine de mètres et me retrouvai devant un nouveau mur fait du même matériau translucide que les vitraux qui brillaient derrière moi, emplissant le vestibule d'une lumière dense faite de dizaines de riches tons subtils. Je compris, une fois de plus, qu'à l'heure du couchant les rayons du soleil devaient baigner cet espace d'incroyables faisceaux de lumière multicolore qui, sans aucun doute, traversaient le mur translucide qui était devant moi pour illuminer ce qui se trouvait de l'autre côté.

Je découvris, dans la surface de vitrail, une porte à l'encadrement de métal noir, et je la franchis à son tour.

Sur Pacem, nous avons, tant bien que mal, à l'aide de photos et de films holos, reproduit la basilique de Saint-Pierre à peu près exactement telle qu'elle se dressait dans l'ancien Vatican. Longue de deux cents mètres et large de cent trente-cinq, elle peut accueillir cinquante mille fidèles lorsque Sa Sainteté célèbre la messe. Mais nous n'avons jamais eu plus de cinq mille pratiquants sur Pacem, même lorsque le Concile des Évêques de Tous les Mondes se réunit, tous les quarante-trois ans. Dans l'abside centrale, où se trouve notre copie du *Trône de saint Pierre* sculpté par Bernin, le grand dôme s'élève de plus de cent trente mètres au-dessus du plancher de l'autel. C'est un espace impressionnant.

L'espace où je me trouvais était encore plus vaste.

Dans la lumière filtrée, je me servis de ma torche pour m'assurer que je me trouvais bien dans une seule salle énorme, un hall géant creusé à même le roc. J'estimai que les murs de pierre polie devaient grimper si haut jusqu'à la coupole que celle-ci ne pouvait pas se trouver loin de la surface où les Bikuras avaient édifié leurs huttes. Il n'y avait aucun ornement à l'intérieur, aucun meuble, aucune concession à la forme ou à la fonction, excepté l'objet érigé juste au centre de la grande salle qui résonnait comme une caverne.

Au milieu du grand hall s'élevait un autel, constitué d'un cube de pierre de cinq mètres de côté dont l'origine devait remonter au percement de la falaise. Et au centre de cet autel se dressait une croix.

Elle mesurait quatre mètres de haut sur trois de large, et elle était sculptée dans le style complexe des vieux crucifix de l'Ancienne Terre. La croix faisait face au mur-vitrail comme si elle attendait le soleil et l'explosion de lumière qui embraseraient les diamants incrustés, les saphirs, les cristaux de sang, les lapis, les larmes de reine, les onyx et autres pierres précieuses que je découvrais à la lueur de ma torche en me rapprochant.

Je me mis à genoux pour prier. Éteignant la torche, je dus attendre plusieurs minutes que mes yeux s'accoutument à l'obscurité afin de discerner la croix dans la pénombre fumeuse. C'était là, sans nul doute, le cruciforme dont parlaient les Bikuras. Et il avait été placé ici des millénaires auparavant – dix mille ans, peut-être –, bien avant que l'humanité ne quitte pour la première fois l'Ancienne Terre, sans doute avant même que le Christ ne diffuse son message en Galilée.

Je me mis à prier.

Je suis maintenant au soleil, après avoir fini de classer mes disques holos. J'ai pu avoir confirmation, en les revoyant, d'un fait que j'avais à peine remarqué, dans mon excitation, en remontant de ce que j'appelle maintenant « la basilique ». Le sentier continue. Il y a des marches qui descendent dans la Faille. Elles ne sont peut-être pas aussi usées que celles qui mènent à la basilique, mais elles sont tout aussi étonnantes. Dieu seul sait quelles autres merveilles attendent en bas.

Il faut que le monde soit prévenu de cette découverte !

Quelle ironie que ce soit justement moi qui l'aie faite ! Sans l'affaire d'Armaghast et mon exil, il aurait peut-être fallu attendre encore des siècles ! L'Église se serait éteinte avant que ces révélations ne lui insufflent une nouvelle vie !

Mais la découverte est là, et c'est moi qui l'ai faite.

D'une manière ou d'une autre, je réussirai à faire sortir d'ici mon message.

Cent septième jour :

Je suis prisonnier.

Ce matin, je me lavais à l'endroit habituel, non loin du bord de la falaise où le cours d'eau se jette en cascade dans le vide, lorsque j'ai entendu du bruit derrière moi. Del était là, en train de m'observer avec de grands yeux. Je lui ai fait un signe d'amitié de la main, mais il a pris ses jambes à son cou. Cela m'a laissé perplexe. C'était la première fois que je voyais un Bikura courir. J'avais dû enfreindre leur puissant tabou sur la nudité en me montrant torse nu à Del.

Je secouai la tête en souriant, m'habillai et retournai au village. Si j'avais su ce qui m'y attendait, je n'aurais pas eu envie de sourire.

Les Soixante-dix au complet me regardaient approcher. Je me suis arrêté à une dizaine de pas d'Alpha.

– Bonjour, lui ai-je dit.

Il a fait un geste, et six Bikuras se sont jetés sur moi. Immobilisant mes bras et mes jambes, ils m'ont cloué au sol. Bêta s'est avancé, et il – ou elle – a tiré de dessous sa robe une longue pierre à l'arête tranchante. Je me suis débattu comme un diable, mais en vain. Bêta a alors lacéré mes vêtements jusqu'à ce que je me retrouve presque nu.

J'ai cessé de me débattre tandis que les Bikuras s'approchaient pour me regarder, en murmurant des commentaires à voix basse. Je sentais mon cœur battre à se rompre.

– Je regrette d'avoir enfreint vos lois, leur ai-je dit. Mais ce n'est pas une raison pour...

– Silence! s'est écrié Alpha.

Il s'est tourné vers un grand Bikura, celui qui a une cicatrice à la paume d'une main et que j'appelle Zed.

– Il n'appartient pas au cruciforme, a-t-il dit.

Zed a hoché la tête.

– Laissez-moi vous expliquer...

Alpha m'a fait taire d'un grand coup du dos de la main, qui m'a fait saigner de la lèvre et bourdonner des oreilles. Mais il n'y avait pas plus d'hostilité dans son geste que lorsque je fais taire mon persoc en frappant une touche.

– Qu'allons-nous faire de lui? a demandé Alpha.

– Ceux qui ne servent pas la croix doivent mourir de la vraie mort, a répondu Bêta tandis que la foule des Bikuras faisait un pas menaçant en avant.

Plusieurs de ces sauvages avaient une pierre tranchante à la main.

– Ceux qui n'appartiennent pas au cruciforme doivent mourir de la vraie mort, a répété Bêta sur le ton de ces litanies religieuses qui acquièrent une autofinalité complaisante à force d'être répétées.

– Mais je *sers* la croix! ai-je protesté tandis que la foule me forçait à me relever.

J'agrippai le crucifix que je porte au cou et réussis, malgré la pression des Bikuras, à le brandir au-dessus de mon front. Alpha leva aussitôt les deux mains, et le silence se fit. Brusquement, on entendit de nouveau la rivière qui coulait trois mille mètres plus bas, au fond de la Faille.

— C'est vrai qu'il porte une croix, dit Alpha.

Del s'avança.

— Mais il n'appartient pas au cruciforme! protesta-t-il. Je l'ai vu. Ce n'est pas ce que nous pensions. Il n'appartient pas au cruciforme!

Il y avait une violence meurtrière dans sa voix.

Je me maudis d'avoir été si stupide et si imprévoyant. L'avenir de l'Église dépendait de ma survie, et j'avais gâché toutes mes chances en agissant comme si les Bikuras étaient des enfants bornés et inoffensifs!

— Ceux qui ne servent pas la croix doivent mourir de la vraie mort, répéta alors Bêta.

C'était le ton d'une sentence sans appel.

Soixante-dix mains se levèrent avec leurs pierres tranchantes lorsque je hurlai, sachant que je jouais ma dernière carte et que je courais le risque d'attiser leur fureur :

— Je suis descendu dans la Faille et j'ai prié devant votre autel! Je suis le serviteur de la croix!

Alpha et les autres hésitèrent. Je vis qu'ils peinaient sur cette nouvelle idée.

— Je sers la croix, et je veux appartenir au cruciforme, déclarai-je d'une voix aussi calme que possible. J'ai prié devant votre autel.

— Ceux qui ne servent pas la croix doivent mourir de la vraie mort, a rappelé Gamma.

— Il sert la croix, a répliqué tranquillement Alpha. Il a prié dans la salle.

— C'est impossible, a fait Zed. Ce sont les Soixante-dix qui prient là-bas, et il ne fait pas partie des Soixante-dix.

— Nous savions déjà qu'il n'en fait pas partie, dit Alpha en plissant légèrement le front devant le problème de concordance des temps.

— Il n'appartient pas au cruciforme, murmura Delta prime.

— Ceux qui n'appartiennent pas au cruciforme doivent mourir de la vraie mort, renchérit Bêta.

— Il sert la croix, fit remarquer Alpha. Est-ce qu'il ne pourrait pas appartenir au cruciforme?

Un cri collectif s'éleva. Au milieu du vacarme et de l'agitation, j'essayai de me dégager, mais les mains qui m'immobilisaient ne cédèrent pas.

— Il ne fait pas partie des Soixante-dix et il n'appartient pas au cruciforme, résuma Bêta d'une voix qui semblait maintenant plus intriguée qu'hostile. Pourquoi ne devrait-il pas mourir de la vraie mort ? Il faut que nous lui tranchions la gorge avec nos pierres pour faire couler le sang jusqu'à ce que son cœur s'arrête de battre. Il n'appartient pas au cruciforme.

— Mais il sert la croix, dit Alpha. Il pourrait très bien appartenir au cruciforme.

Cette fois-ci, un lourd silence accueillit la remarque.

— Il sert la croix et il a prié dans la salle du cruciforme, déclara Alpha. Il ne doit pas mourir de la vraie mort.

— Ils meurent tous de la vraie mort, fit un Bikura dont je ne reconnus pas la voix.

J'avais mal aux bras à force de maintenir la croix levée.

— Excepté les Soixante-dix, acheva le Bikura anonyme.

— C'est parce qu'ils ont servi la croix, et qu'ils ont prié dans la salle, et qu'ils ont appartenu au cruciforme, répliqua Alpha. Ne doit-il pas, lui aussi, appartenir au cruciforme ?

Brandissant ma petite croix métallique, j'attendais leur verdict. J'avais peur de mourir, certes, mais la plus grande partie de mon esprit, étrangement détachée du reste, regrettait surtout que je ne puisse faire parvenir au reste médusé du monde la nouvelle de l'existence de cette incroyable basilique.

— Venez, il faut que nous en discutions, dit Bêta aux autres Bikuras.

Ils regagnèrent silencieusement le centre du village en me poussant parmi eux.

Ils m'ont enfermé dans ma hutte. Je n'ai pas eu la moindre occasion de m'emparer de mon maser. Plusieurs d'entre eux me maintenaient tandis qu'ils vidaient la hutte de la plus grande partie de mes possessions. Ils m'ont pris tous mes vêtements. Ils ne m'ont laissé, pour me couvrir, que l'une de leurs robes grossières.

Plus le temps passe, plus je me morfonds, et plus je me sens gagné par une fureur sourde. Ils m'ont pris mon persoc, mon imageur, mes plaquettes et mes disques. Je n'ai plus rien. Il y a bien une caisse, encore fermée, d'équipement médical à l'emplacement de mon ancien camp, mais en quoi pourrait-elle m'aider à garder trace du miracle de la Faille? S'ils détruisent les objets qu'ils m'ont pris... et s'ils me détruisent aussi... il n'y aura plus nulle part aucune mention de la basilique.

Si j'avais une arme, je pourrais tuer mes gardiens et...

Mon Dieu! Quelles idées me viennent à l'esprit! Que dois-je faire, Édouard?

Même si je survis à tout cela, même si je retourne un jour à Keats, et si je parviens à regagner le Retz, qui me croira, au bout de neuf ans d'absence, compte tenu du déficit de temps dû au saut quantique? Un pauvre vieillard qui revient avec les mêmes mensonges que ceux qui ont causé son exil...

Mon Dieu! S'ils détruisent mes preuves, mieux vaut qu'ils me détruisent avec!

Cent dixième jour :

Ils ont mis trois jours pour décider finalement de mon sort.

Zed et celui que j'appelle Thêta prime sont venus me chercher peu après midi. L'éclat de la lumière solaire m'a fait cligner des yeux. Les Soixante-dix étaient assemblés en large demi-cercle au bord de la falaise. Je m'attendais vraiment à ce qu'ils me précipitent dans l'abîme. C'est alors que j'ai remarqué le feu.

J'avais supposé que les Bikuras étaient si primitifs qu'ils avaient perdu l'art d'allumer et d'entretenir un feu. Ils n'utilisaient pas le feu pour se chauffer, et leurs huttes étaient toujours plongées dans la pénombre. Je ne les avais jamais vus faire cuire des aliments, pas même les petites créatures arboricoles qu'ils dévoraient à l'occasion. Mais c'était bien un grand feu qu'ils avaient allumé aujourd'hui, et je ne voyais pas qui d'autre aurait pu le faire à leur place.

Je me penchai pour voir ce qui alimentait les flammes. Ils étaient en train de détruire mes vêtements, mon persoc, mes notes d'ethnologie, mes bandes, mes disques, mes plaquettes, mon imageur, tous les supports de mes précieuses informations. Je me mis à hurler, je voulus me jeter au milieu des flammes, je les traitai de noms que je n'avais pas prononcés depuis l'époque où, gamin, je traînais dans les rues. Ils demeurèrent impassibles. Finalement, Alpha se rapprocha de moi pour me dire à voix basse :

— Tu vas appartenir au cruciforme.

Je m'en fichais complètement. Ils me reconduisirent dans ma hutte, où je sanglotai pendant plus d'une heure.

Il n'y a pas de gardien devant ma porte. Je suis sorti sur le seuil, prêt à m'élancer vers la forêt des flammes. J'ai même pensé, moyen plus simple et tout aussi radical, à me jeter dans la Faille.

Mais je n'en ai rien fait.

Le soleil va bientôt se coucher. Déjà, le vent commence à faire entendre sa chanson.

Bientôt... très bientôt...

Cent douzième jour :

Cela fait seulement deux jours ? Il me semble pourtant qu'une éternité est passée.

Cela n'est pas parti ce matin. *Cela n'est pas parti.*

La plaquette du scanneur médical est devant moi, mais je n'arrive pas à y croire. Et pourtant... J'appartiens bien au cruciforme, maintenant.

Ils sont venus me chercher juste avant le coucher du soleil. Tous ensemble. Je ne leur ai opposé aucune résistance tandis qu'ils m'entraînaient vers le bord de l'abîme. Ils sont encore plus agiles pour se servir des lianes que je ne l'avais imaginé. J'ai ralenti leur descente, mais ils ont été patients avec moi. Ils m'ont montré les passages les plus faciles et les plus courts.

Le soleil d'Hypérion était descendu au-dessous des nuages bas, et il était visible au-dessus de la crête de la paroi ouest tandis que nous franchissions les derniers mètres qui nous séparaient de la basilique. La chanson du vent était plus forte qu'à l'accoutumée, comme si nous nous trouvions parmi les tuyaux d'un gigantesque orgue d'église. Les basses étaient si puissantes que mes os et mes dents vibraient en harmonie avec elles, et les aigus étaient si perçants qu'ils devaient grimper haut dans le domaine ultrasonique.

Alpha a ouvert les grandes portes, et nous sommes

entrés dans le vestibule puis dans la salle centrale de la basilique. Les Soixante-dix ont formé un large cercle autour de l'autel et de sa croix géante. Il n'y a eu ni chant ni litanie. Pas la moindre cérémonie. Nous sommes simplement restés là en silence tandis que le vent rugissait contre les colonnes cannelées de l'extérieur et résonnait dans la grande salle creusée à même le roc. Il résonnait de plus en plus fort, si fort que je dus me boucher les oreilles des deux mains pendant que les rayons maintenant horizontaux d'un soleil vaporeux emplissaient tout l'espace de leurs tons sombres, ambrés, dorés, lapis-lazuli, puis de nouveaux ambrés. Ces couleurs étaient si intenses qu'elles chargeaient l'atmosphère d'une lumière dense et collaient à la peau comme de la peinture. J'observai la manière dont la croix capturait cette lumière et la retenait dans chacune de ses milliers de petites pierres précieuses. Elle la retenait, semblait-il, même après que le soleil se fut couché et que les vitraux eurent retrouvé leur couleur grise du crépuscule. C'était comme si le grand crucifix, après avoir absorbé cette lumière, la renvoyait sur nous, en nous. Puis même la croix finit par s'assombrir, les vents moururent, et dans la pénombre soudaine j'entendis la voix d'Alpha qui disait :

– Emmenez-le.

Nous sommes ressortis sur la large corniche de pierre, où Bêta nous attendait avec des torches. Tandis qu'il les faisait passer à quelques-uns de ses compagnons, je me demandai si le feu, pour les Bikuras, n'était pas réservé aux rites sacrés. Mais Bêta descendait déjà les étroites marches de pierre qui conduisaient dans les profondeurs de la gorge, et les autres le suivaient.

J'avançai très lentement, au début, terrorisé, agrippant la moindre saillie de la roche, la moindre racine susceptible de me rassurer. L'abîme, sur ma droite, était si vertigineux que cette descente paraissait presque absurde. Emprunter ces vieilles marches de pierre était mille fois plus effrayant que de se balancer aux lianes du sommet de la falaise. Il fallait regarder vers le bas chaque fois que l'on posait le pied sur une pierre étroite que l'âge avait rendue glissante. La chute semblait inévitable, et elle ne pardonnerait pas.

J'avais envie de leur dire d'arrêter, de me laisser regagner au moins l'abri de la basilique, mais le plus gros de la troupe des Bikuras descendait derrière moi, et il était fort improbable qu'ils acceptent de s'aplatir contre la paroi pour me laisser remonter. De plus, ma curiosité à propos de ce qu'il y avait en bas était encore plus grande que ma peur. Je m'arrêtai donc assez longtemps pour lever les yeux vers le bord de l'abîme, à trois cents mètres de moi, et voir que les nuages étaient partis, que les étoiles brillaient, et que le ballet nocturne des météores et de leurs traînes se jouait déjà sur un fond de ciel d'encre. Puis je baissai la tête, me mis à réciter mon rosaire à voix basse et suivis la torche et les Bikuras dans les troubles profondeurs de la Faille.

Je ne parvenais pas à croire que les marches de pierre nous conduiraient jusqu'en bas, mais ce fut bien le cas. Il devait être un peu après minuit lorsque je compris que nous arriverions à la rivière. J'estimai que nous aurions à descendre jusqu'au lendemain à midi, mais je me trompais.

Nous atteignîmes la base de la Faille un peu avant le lever du soleil. Les étoiles brillaient encore à travers la fente de ciel entre les deux parois qui grimpaient jusqu'à des hauteurs vertigineuses. Épuisé, chancelant sur les dernières marches, m'apercevant à peine que c'étaient les dernières, je levai la tête en me demandant stupidement si les étoiles, là-haut, allaient rester visibles en plein jour comme cela avait été le cas du fond d'un puits où je m'étais laissé descendre un jour, lorsque j'étais enfant à Villefranche-sur-Saône.

– C'est ici, dit Bêta.

C'étaient les premiers mots qui étaient prononcés depuis de nombreuses heures, et le bruit de la rivière les avait rendus presque inaudibles. Les Soixante-dix s'immobilisèrent sur place. Je me laissai tomber à genoux, puis sur le côté. Je ne voyais pas comment j'allais faire pour remonter toutes ces marches. Ni en un jour, ni en une semaine, ni dans toute l'éternité, peut-être. Je fermai les yeux, pensant que j'allais m'endormir, mais la sourde tension nerveuse qui m'habitait continuait de brûler en moi. Je tournai les yeux vers l'autre côté des gorges. La rivière était beaucoup plus large que je ne l'avais imaginé. Elle devait faire au moins soixante-dix mètres à cet endroit. Le bruit qu'elle produisait était plus qu'un simple vacarme. J'avais l'impression d'être englouti par le rugissement de quelque gigantesque bête.

Je me redressai pour fixer une tache d'obscurité dans la paroi qui s'élevait de l'autre côté. C'était une ombre plus noire que toutes les ombres, dont les contours réguliers contrastaient avec le réseau dentelé des saillies, crevasses et arêtes qui parsemaient la surface de la falaise. Un carré parfait de ténèbres mates, de trente mètres de côté au moins. Peut-être un trou ou une porte dans le mur rocheux. Je me remis debout en titubant, et me tournai vers l'aval, du côté de la paroi que nous venions de descendre. C'était bien là, effectivement. C'était là que s'ouvrait, à peine visible à la lueur des étoiles, la deuxième entrée, vers laquelle, déjà, Bêta et les autres se dirigeaient.

J'avais trouvé l'un des accès du labyrinthe d'Hypérion. « Saviez-vous qu'Hypérion est l'une des neuf planètes labyrinthiennes ? » m'avait demandé quelqu'un à bord du vaisseau de descente. Oui, c'était le jeune prêtre nommé Hoyt. J'avais répondu oui, et je n'y avais plus pensé. Je m'intéressais aux Bikuras – ou plutôt aux souffrances d'un exil que j'avais cherché – et non aux labyrinthes ou à leurs créateurs.

Neuf planètes labyrinthiennes. Neuf sur les cent soixante-seize mondes du Retz, sans compter les quelque deux cents planètes-colonies ou protectorats. Neuf planètes sur plus de huit mille explorées – ne fût-ce que sommairement – depuis l'hégire.

Il y a des historiens-archéologues planétaires qui consacrent leur vie entière à l'étude des labyrinthes. Je ne fais pas partie du nombre. J'ai toujours considéré qu'il s'agissait d'un sujet stérile, irréel, à la limite. Mais, aujourd'hui, j'ai vu de près l'un d'entre eux, en compagnie des Soixante-dix, avec, pour fond sonore, le rugissement et les trépidations du fleuve Kans, dont l'écume menaçait de noyer nos torches.

Ces labyrinthes ont été creusés... taillés... créés il y a plus de trois cent mille années standard. Ils se ressemblent tous dans le détail, et leur origine est inexpliquée.

Les planètes labyrinthiennes sont toutes de type terrestre, au moins 7,9 sur l'échelle de Solmev, gravitant autour d'une étoile de type G, et cependant toujours mortes au plan tectonique, ce qui les rapproche plus de Mars que de l'Ancienne Terre. Les galeries proprement dites sont situées à de très grandes profondeurs – dix mille mètres au moins, parfois trente mille. Elles taraudent la croûte de la planète comme des catacombes. Sur Svoboda, non loin du système de Pacem, plus de huit cent mille kilomètres de labyrinthes ont été explorés par des sondes téléguidées. Sur toutes les planètes, les galeries ont une section carrée de trente mètres de côté et sont le fruit d'une technologie inconnue de l'Hégémonie. J'ai lu un jour dans une revue d'archéologie que Kemp-Höltzer et Weinstein avaient postulé l'existence de « tunneliers à fusion », qui expliqueraient la coupe parfaitement lisse des parois et l'absence de résidus de forage. Mais leur théorie n'explique pas d'où venaient les bâtisseurs de ces étranges ouvrages, ni pourquoi ils auraient passé des siècles à créer ce réseau de tunnels dont nous ne comprenons pas l'utilité. Tous les mondes labyrinthiens – y compris Hypérion – ont été étudiés de près, mais on n'a jamais rien trouvé. Aucune trace de machine excavatrice, aucun casque rouillé ayant appartenu à un mineur, pas le moindre bout de plastique ou d'emballage de tablette stim en décomposition. Les chercheurs n'ont même pas pu découvrir les puits d'accès. Et la présence, dans ces galeries, de métaux lourds ou précieux n'est pas suffisante pour expliquer le monumental effort des bâtisseurs de labyrinthes, dont aucune légende, aucun artefact n'est jamais parvenu jusqu'à nous. Le mystère m'intriguait modérément depuis des années, mais je ne m'étais jamais vraiment senti concerné. Jusqu'à maintenant.

Nous sommes entrés dans la gueule du tunnel, qui ne formait pas, ici, un carré parfait. La gravité et l'érosion avaient transformé la galerie, sur une centaine de mètres à partir de la falaise, en une caverne aux murs irréguliers. Bêta s'arrêta juste à l'endroit où le sol devenait lisse, et éteignit sa torche. Les autres Bikuras, derrière lui, l'imitèrent.

Il faisait très noir. La galerie était suffisamment incurvée pour que la lumière stellaire n'arrive pas jusqu'à nous. Ce n'était pas la première fois que je me trouvais dans une caverne. Sans torches, je ne m'attendais pas à ce que ma vision s'adapte à l'obscurité quasi totale. Mais je me trompais.

Trente secondes plus tard, je perçus une lueur rosée, très faible au début, puis de plus en plus riche, jusqu'à ce que la caverne devienne plus lumineuse que la Faille elle-même, plus lumineuse que Pacem à la lueur de ses lunes trines. Cette lumière irradiait d'une centaine, d'un millier de sources dont je ne distinguai la nature que lorsque les Bikuras se mirent tous à genoux pour prier avec dévotion.

Les murs et le plafond de la caverne étaient incrustés de croix dont la taille allait de quelques millimètres à près d'un mètre de long. Chacune diffusait une lueur d'un rose intense. Invisibles à la lumière des torches, ces croix baignaient maintenant la caverne d'une clarté irréelle. Je m'approchai de celle qui était la plus proche de moi, incrustée dans la paroi. Elle faisait une trentaine de centimètres de large, et émettait une douce lueur pulsée, organique. Ce n'était ni une excroissance sculptée de la paroi ni un objet fixé à celle-ci. C'était quelque chose de nettement organique, de vivant, évoquant un corail mou et tiède au toucher.

Il y eut alors un très léger bruit, ou plutôt une sorte de perturbation de l'air. Je me retournai juste à temps pour voir une ombre entrer dans la caverne.

Les Bikuras étaient toujours à genoux, la tête inclinée en avant, les yeux baissés. Je demeurai debout, sans quitter un seul instant des yeux la chose qui se déplaçait maintenant au milieu des Soixante-dix.

Elle avait une forme vaguement humanoïde, mais ce n'était en aucun cas une créature humaine. Elle faisait au minimum trois mètres de haut. Même lorsqu'elle était immobile, sa surface argentée semblait en mouvement comme du mercure en suspens dans l'air. La lueur rosée des croix incrustées dans les parois de la galerie se réfléchissait sur les lames de métal incurvées qui sortaient de son front, sur ses quatre poignets, ses coudes bizarrement articulés, ses genoux, son dos hérissé d'une armure, son thorax. La créature circula quelques instants, comme si elle glissait sur le sol, parmi les Bikuras agenouillés, puis elle tendit quatre longs bras, prolongés par des mains dont les doigts cliquetèrent comme des scalpels chromés, en un geste qui me rappela, absurdement, Sa Sainteté en train de donner, sur Pacem, sa bénédiction aux fidèles.

Il ne faisait aucun doute que j'avais devant moi le légendaire gritche.

J'ai dû faire, à ce moment-là, un mouvement ou un léger bruit, car de grands yeux rouges se sont tournés vers moi, et je me suis trouvé hypnotisé par les jeux de lumière derrière leurs multiples facettes. Il ne s'agissait pas seulement de reflets, mais d'une terrible lumière rouge sang qui semblait brûler à l'intérieur du crâne hérissé de cette créature, et vibrer dans les terribles prismes logés dans des orbites où Dieu a voulu que se situent les yeux.

Puis le gritche s'est déplacé, ou plutôt a cessé de se trouver à un endroit pour être aussitôt à un autre, à moins d'un mètre de moi, ses bras aux articulations étranges m'entourant d'une barrière de lames organiques et d'acier liquide argenté. Haletant, incapable de trouver mon souffle, je vis mon propre reflet, au visage blême et déformé, dansant à la surface de la carapace métallique et des yeux à facettes de la créature.

Je dois avouer que ce que je ressentais tenait plus de l'exaltation que de la peur. Quelque chose d'inexplicable était en train de se produire. Formé à la casuistique jésuite, trempé au bain glacé de la science, je n'en comprenais pas moins, en cette seconde, les anciennes obsessions des religieux de toutes les époques pour d'autres formes de peur spirituelle : les affres de l'exorcisme, la danse folle des derviches, le rituel des figurines du Tarot, l'abandon presque érotique des séances spirites, l'usage des langues sacrées ou la transe du gnosticisme zen. Je compris, en cet instant, à quel point l'affirmation de l'existence des démons ou l'invocation satanique peuvent renforcer la réalité de leur antithèse mystique, le Dieu d'Abraham.

Ce n'étaient pas des réflexions en paroles que je me faisais là, mais je sentais néanmoins ces choses au plus profond de moi-même tandis que j'attendais l'étreinte du gritche avec le frémissement imperceptible d'une jeune vierge au soir de ses noces.

Il disparut alors.

Il n'y eut ni coup de tonnerre, ni soudaine odeur de soufre, ni même irruption d'air compensatrice et scientifiquement rassurante. À un moment, la chose était là, m'entourant de sa somptueuse certitude de mort acérée, et au moment suivant, elle avait disparu.

Tous mes sens engourdis, je clignai stupidement des yeux tandis qu'Alpha se levait pour s'avancer vers moi dans cette semi-clarté digne de Jérôme Bosch. Il s'arrêta à l'endroit même que le gritche avait occupé, les bras ten-

101

dus dans une imitation pathétique de la perfection mortelle dont je venais d'être le témoin. Mais il n'y avait pas le moindre signe, sur le visage inexpressif du Bikura, qu'il eût vu la créature. Il fit un geste gauche, les mains écartées, qui semblait inclure le labyrinthe, les parois de la galerie et les dizaines de croix incrustées.

— Cruciforme, déclara-t-il.

Les Soixante-dix se levèrent, se regroupèrent derrière lui et s'agenouillèrent de nouveau. Je vis leurs visages placides à la lueur rosée, et je m'agenouillai comme eux.

— Tu serviras la croix durant chacun de tes jours, dit Alpha sur le ton et la cadence d'une litanie.

Les autres Bikuras reprirent ces mots en chœur, presque comme un hymne.

— Tu appartiendras à la croix durant chacun de tes jours, reprit Alpha.

Les autres répétèrent de la même manière tandis qu'il tendait la main pour détacher un petit cruciforme de la paroi. Il ne faisait pas plus d'une douzaine de centimètres de long, et il se décolla avec un léger bruit de ventouse. Son éclat faiblit aussitôt. Alpha sortit une lanière de dessous sa robe, la noua à une protubérance au sommet de la croix et leva celle-ci au-dessus de ma tête.

— Tu appartiens à la croix maintenant et pour toujours, dit-il.

— Maintenant et pour toujours, répétèrent en chœur les Bikuras.

— Amen, chuchotai-je.

Bêta me fit signe d'ouvrir le devant de ma robe. Alpha fit descendre la petite croix jusqu'à ce que la lanière soit passée autour de mon cou. Je sentis le contact froid contre ma poitrine. Le dos de la croix était parfaitement plat et lisse.

Les Bikuras se remirent debout et se dirigèrent vers la sortie de la galerie, l'air de nouveau apathique et indifférent. Je les laissai sortir, et touchai la croix avec précaution. Je la soulevai pour l'examiner de plus près. Elle était froide et inerte. S'il s'agissait vraiment, quelques instants plus tôt, de quelque chose de vivant, cela n'en avait plus l'air, à présent. Son aspect faisait toujours penser à du corail plutôt qu'à de la pierre ou à du cristal. Il n'y avait pas la moindre ventouse ni le moindre filament adhésif sur son dos lisse, et je me demandai quels effets photochimiques avaient bien pu causer sa luminescence sur la paroi. Peut-être du phosphore, ou une bioluminescence quelconque. L'évolution naturelle suivait des voies bien mystérieuses. En quoi la présence des croix sur les murs de cette galerie était-elle liée aux centaines de milliers d'années qui avaient été nécessaires au soulèvement de ce plateau de telle sorte que la rivière et le ravin mettent au jour la section d'une galerie? Il y aurait eu de quoi méditer sur la basilique et sur ses créateurs, sur les Bikuras, sur le gritche, sur moi-même. Finalement, je cessai de spéculer et fermai les yeux pour prier.

Lorsque je ressortis de la caverne, le cruciforme toujours froid sous ma robe contre ma poitrine, les Soixante-dix étaient prêts, visiblement, à commencer l'ascension des trois mille mètres de marches de la paroi. Levant la tête, j'aperçus un coin de ciel pâle annonçant l'aube entre les lèvres de la Faille.

— Non! m'écriai-je d'une voix qui couvrait à peine le rugissement de la rivière. Vous ne comprenez pas que j'ai besoin de me reposer? Me *reposer*!

Je me laissai tomber à genoux dans le sable, mais cinq ou six Bikuras vinrent me remettre sans brutalité sur mes pieds et me poussèrent vers les marches.

J'ai essayé, Dieu sait que j'ai essayé; mais au bout de deux ou trois heures, mes jambes refusèrent de me porter davantage, et je m'écroulai sur la roche en pente, incapable de faire un mouvement pour prévenir une chute verticale de six cents mètres. Je me souviens que mon dernier réflexe fut de toucher le cruciforme, sous ma robe, avant qu'une demi-douzaine de mains m'empoignent pour arrêter ma chute, me soulever et me porter. Je ne me rappelle rien d'autre.

Jusqu'à ce matin. À mon réveil, le soleil levant pénétrait dans ma hutte. Je ne portais rien d'autre que ma robe, et un geste me confirma que le cruciforme pendait toujours à sa lanière. Mais tandis que je voyais le soleil poursuivre son ascension au-dessus de la forêt, je me rendis compte que j'avais perdu un jour, que j'avais dormi non seulement durant toute l'ascension (comment ces petits hommes avaient-ils réussi à me porter sur deux mille cinq cents mètres de paroi verticale?), mais également durant toute la journée suivante et toute la nuit.

Je regardai autour de moi. Mon persoc et mon matériel

103

d'enregistrement avaient été détruits. Seul mon scanneur médical était encore là, avec quelques boîtes de documents anthropologiques que je ne pouvais utiliser en l'absence de tout équipement pour les lire. Je secouai la tête et sortis pour aller me laver en amont du cours d'eau.

Les Bikuras devaient dormir. Dès lors que j'avais participé à leur rituel et que j'« appartenais au cruciforme », ils semblaient avoir perdu tout intérêt à mon endroit. Je décidai, tout en me déshabillant pour me laver, de leur rendre la pareille. J'étais déterminé, dès que je reprendrais des forces, à leur fausser compagnie, en contournant la forêt des flammes si nécessaire. Peut-être en descendant au fond de la Faille et en suivant le Kans. Plus que jamais, il était indispensable de faire parvenir au monde extérieur la nouvelle de l'existence de ces miraculeux artefacts.

Pâle et frissonnant à la lueur de l'aube, je saisis la lanière du petit cruciforme pour la faire passer par-dessus ma tête.

Le cruciforme ne bougea pas.

Il était fixé à moi comme s'il faisait partie de ma chair. J'eus beau tirer dessus, le tordre, le griffer, essayer de l'arracher par la lanière jusqu'à ce qu'elle se casse et demeure pendante, je n'obtins aucun résultat. Le cruciforme était dans ma chair. À part les égratignures que je m'étais faites avec mes propres ongles, je ne ressentais rien, aucune douleur à l'endroit où il était fixé. Dans mon âme, par contre, régnait la plus folle terreur à l'idée de cette chose qui s'était attachée à moi. Mais passé le premier moment de panique, je remis ma robe et regagnai le village d'un pas rapide.

Mon couteau avait disparu, de même que mon maser, mes ciseaux, mon rasoir, tout ce qui aurait pu m'aider à décoller l'excroissance fixée à ma poitrine. Mes ongles avaient laissé des sillons rouges sur les boursouflures de ma chair et tout autour. C'est alors que je me souvins du scanneur. Je passai le capteur sur ma poitrine, lus les données affichées sur l'écran et secouai la tête, incrédule. Puis je me scannai sur tout le corps. Au bout d'un moment, je demandai les résultats imprimés de l'examen et demeurai très longtemps immobile.

J'ai les documents en main. Le cruciforme est parfaitement visible, à la fois sur les images soniques et transversales, de même que les fibres internes, ramifiées comme des tentacules ou des racines à travers mon corps tout entier !

Des ganglions excédentaires irradient à partir d'un gros noyau situé au-dessus du sternum jusqu'à des corps filamenteux qui se trouvent partout ! Un vrai cauchemar de nématodes... Pour autant que je puisse le déterminer avec mon scanneur portatif, cette chaîne de nématodes se termine dans le noyau amygdalien et dans les autres noyaux gris de la base de chaque hémisphère cérébral. Ma température, mon métabolisme et ma numération lymphocytaire sont normaux. Il n'y a eu aucune invasion de tissus étrangers. D'après le scanneur, les filaments nématoïdes résultent d'une métastase étendue mais simple. Toujours d'après le scanneur, le cruciforme proprement dit est composé de tissus familiers, dont l'ADN est le même que le mien.

Je fais partie du cruciforme.

Cent seizième jour :

Chaque jour, j'arpente le territoire de ma cage, délimité par la forêt des flammes à l'est et au sud, les versants abrupts des forêts au nord-est et la Faille au nord et à l'ouest. Les Soixante-dix ne me laissent pas descendre dans la Faille au-delà de la basilique. Le cruciforme, lui, ne me laisse pas m'éloigner de plus d'une dizaine de kilomètres de la Faille.

Je ne voulais pas le croire au début. J'avais pris la décision de m'engager vaille que vaille dans la forêt des flammes, en remettant mon sort entre les mains de Dieu, mais je n'avais pas fait deux kilomètres à l'intérieur de la forêt lorsque j'ai senti une violente douleur à la poitrine, aux bras et à la tête. J'étais certain qu'il s'agissait d'une attaque cardiaque aiguë, mais les symptômes ont cessé dès que j'ai rebroussé chemin en direction de la Faille. J'ai fait plusieurs tests, et le résultat n'a pas varié. Chaque fois que je m'enfonçais parmi les teslas, la douleur reprenait et me forçait à m'arrêter et à faire volte-face.

Je commence à comprendre un certain nombre de choses. Hier, je suis tombé, en explorant la région située au nord, sur l'épave du fameux vaisseau d'ensemencement. Il n'en reste qu'une carcasse rouillée à moitié envahie par la végétation au milieu des rochers qui bordent la forêt des flammes. Accroupi près des nervures métalliques à nu de ce vaisseau, j'ai essayé d'imaginer la joie des soixante-dix survivants, leur découverte de la Faille et de la basilique, et...

Je ne sais plus. Les conjectures, à ce stade, ne servent plus à rien, mais les suspicions demeurent. Demain, je ferai une nouvelle tentative pour obtenir que l'un des Bikuras se laisse examiner physiquement. Maintenant que j'« appartiens au cruciforme », ils accepteront peut-être plus facilement.

Chaque jour, je me passe au scanneur. Les nématodes sont toujours là. Ils ont peut-être légèrement grossi, mais c'est difficile à dire. Je suis persuadé qu'ils ont un rôle purement parasitaire, bien que cela ne se voie pas sur moi. J'observe mon visage dans le plan d'eau au pied de la cascade, et je ne vois que la physionomie vieillissante que j'ai appris, depuis quelques années, à détester. Ce matin, tout en contemplant dans l'eau mon reflet, j'ai ouvert grand la bouche, en m'attendant presque à voir, sur mon palais et au fond de ma gorge, des filaments gris et des grappes de nématodes. Mais il n'en a rien été.

Cent dix-septième jour :

Les Bikuras sont asexués. Ni célibataires, ni hermaphrodites, ni avortons, mais véritablement asexués. Ils sont tout aussi dépourvus d'organes génitaux externes ou internes qu'un poupon de mousse lovée. Rien n'indique que leur pénis, leurs testicules ou les organes féminins correspondants se soient atrophiés ou aient été chirurgicalement altérés. Il n'y a tout simplement aucun signe qu'ils aient jamais existé. L'urine passe par un urètre simplifié qui aboutit à une petite poche contiguë à l'anus. Un cloaque rudimentaire, en quelque sorte.

Bêta s'est laissé examiner. Le scanneur a confirmé ce que mes yeux avaient refusé de croire. Del et Thêta ont également accepté de se soumettre à l'examen. Je suis absolument certain que les Soixante-dix sont tous comme eux. Rien n'indique que les Bikuras aient été... modifiés. Je pense qu'ils sont nés ainsi, mais de quels parents? Et comment ces blocs inachevés d'argile humaine font-ils pour se reproduire? Tout cela, d'une manière ou d'une autre, doit être lié au mystère du cruciforme.

Après avoir fini l'examen des trois Bikuras, je me suis déshabillé pour m'étudier. Le cruciforme sort de ma poitrine comme une crête rose de tissu cicatriciel, mais je suis toujours un homme.

Pour combien de temps?

Cent trente-troisième jour :

Alpha est mort.

J'étais avec lui, il y a trois jours, au milieu de la matinée, lorsqu'il est tombé. Nous étions à trois ou quatre kilomètres du village, à l'est, en train de chercher des tubercules de chalme parmi les gros blocs qui bordent la Faille. Il avait beaucoup plu la veille et l'avant-veille, ce qui avait rendu la roche extrêmement glissante. J'ai levé les yeux juste au moment où il a perdu l'équilibre sur la pente d'un rocher qui surplombait l'abîme. Il n'a pas poussé le moindre cri. Le seul son que j'ai entendu a été le frottement rêche de sa robe sur la pierre, suivi, plusieurs secondes après, d'un bruit écœurant de citrouille éclatée tandis que son corps s'écrasait sur une corniche située quatre-vingts mètres plus bas.

Il m'a fallu une heure pour descendre jusqu'à lui. Avant même d'entamer ma périlleuse mission, je savais qu'il serait trop tard pour l'aider, mais c'était mon devoir de le faire.

Le corps d'Alpha était à moitié coincé entre deux gros rochers. Il avait dû être tué sur le coup. Ses bras et ses jambes étaient disloqués, et tout le côté droit du crâne était défoncé. La roche humide était jonchée de sang et de débris de matière cérébrale évoquant les restes d'un sinistre pique-nique. Je pleurai quelques instants à côté du pauvre petit corps. J'ignore pourquoi, mais je versai des larmes abondantes. Puis je lui administrai l'extrême-onction, en priant Dieu qu'il accepte l'âme de cette pathétique créature asexuée. Un peu plus tard, j'enveloppai le corps dans des lianes et commençai laborieusement à grimper les quatre-vingts mètres de falaise, en m'arrêtant fréquemment pour reprendre mon souffle.

Lorsque j'eus enfin hissé le corps et regagné le village, je constatai avec étonnement que la vue du cadavre ne soulevait pas grand intérêt. Seuls Bêta et une demi-douzaine d'autres s'approchèrent, au bout d'un moment, pour le regarder. Personne ne me demanda comment il était mort. Au bout de quelques minutes, chacun retourna à ses occupations.

Je traînai le corps jusqu'au plateau où j'avais enterré Tuk de nombreuses semaines auparavant. Je peinais pour creuser une fosse peu profonde avec une pierre plate lorsque Gamma est arrivé. Les yeux du Bikura se sont agrandis. L'espace d'une seconde, il m'a semblé lire une sorte d'émotion dans son visage autrement inexpressif.

– Que fais-tu? m'a-t-il demandé.

– Je l'enterre.

J'étais trop fatigué pour en dire plus. Je me suis adossé à une grosse racine de chalme pour souffler un peu.

– Non, a-t-il dit sur un ton impératif. Il appartient au cruciforme.

Je l'ai suivi des yeux tandis qu'il s'éloignait rapidement vers le village. Quand il a été hors de vue, j'ai tiré sur la toile grossière dans laquelle j'avais enveloppé le corps.

Alpha était bien mort, cela ne faisait aucun doute. Quelle importance, pour lui ou pour l'univers, qu'il ait appartenu ou non au cruciforme? La chute lui avait arraché presque tous ses vêtements et lui avait ôté toute sa dignité. Le côté droit de son crâne avait éclaté et s'était vidé comme un œuf à la coque. Un œil aveugle, à la cornée de plus en plus opaque, était fixé sur le ciel d'Hypérion tandis que l'autre regardait mollement à travers l'étroite fente des paupières gonflées. Sa cage thoracique était tellement défoncée que des éclats d'os perçaient à travers la peau. Les deux bras étaient disloqués, et la jambe gauche avait été presque arrachée. J'avais procédé à un examen de pure forme avec le scanneur, qui avait révélé de graves dommages internes. Même le cœur avait été littéralement réduit en bouillie par la chute.

J'avançai la main pour toucher la peau glacée. La rigidité cadavérique était déjà en train de s'installer. Mes doigts rencontrèrent la crête de peau où était incrusté le cruciforme, et se retirèrent précipitamment.

Le cruciforme était chaud!

– Ne reste pas là.

Je levai les yeux. Bêta était là avec le reste des Bikuras. Je ne doutais pas qu'ils fussent capables de me mettre à mort dans la seconde suivante si je refusais de m'éloigner du corps. Mais tout en leur obéissant, je fus traversé, dans une partie de mon esprit apeuré, par une pensée idiote que les Soixante-dix étaient maintenant devenus les Soixante-neuf, et je fus pris d'une folle envie de rire.

Les Bikuras soulevèrent le corps et retournèrent avec lui au village. Bêta leva les yeux vers le ciel, se tourna vers moi et me dit :

– Le moment est presque venu. Suis-nous.

Nous descendîmes dans la Faille. Le corps d'Alpha fut soigneusement attaché dans un panier de lianes et descendu en même temps que nous au bout d'une corde.

Le soleil n'illuminait pas encore l'intérieur de la basilique quand ils placèrent Alpha sur le gigantesque autel et lui ôtèrent les haillons qui le couvraient encore.

J'ignore à quoi je m'attendais ensuite. Sans doute un acte de cannibalisme rituel. Rien n'aurait pu me surprendre, à vrai dire. Mais au lieu de cela, l'un des Bikuras leva les deux bras, au moment même où les premiers rayons de lumière colorée pénétraient dans la basilique, et se mit à psalmodier :

– Tu serviras la croix toute ta vie.

Les autres Bikuras s'agenouillèrent et répétèrent cette phrase. Je demeurai debout, sans rien dire.

– Tu appartiendras au cruciforme toute ta vie, reprit le petit Bikura, et la basilique résonna de toutes les voix qui répétèrent cela en chœur. Une lumière de la couleur et de la texture du sang coagulé projeta l'ombre énorme de la croix sur le mur opposé.

– Tu appartiens au cruciforme aujourd'hui et toujours, pour l'éternité, psalmodia le Bikura tandis que le vent de la Faille se levait à l'extérieur et que les formidables tuyaux d'orgue de l'abîme faisaient entendre leur gémissement d'enfant torturé.

Lorsque le chœur des Bikuras eut repris la phrase, je ne murmurai pas *amen*. Je demeurai là, immobile, tandis que les autres se dirigeaient vers la sortie avec la soudaine indifférence d'un groupe d'enfants gâtés qui ont perdu tout intérêt pour leur jeu.

– Tu n'as aucune raison de rester, me dit Bêta lorsque tout le monde fut sorti.

– Je préfère rester, répliquai-je en m'attendant à être forcé d'obéir.

Bêta fit cependant volte-face sans le moindre haussement d'épaules, et me laissa tout seul. La lumière s'affaiblit. J'allai jusqu'à l'entrée de la galerie pour contempler le coucher du soleil. Lorsque je retournai vers l'autel, cela avait commencé.

Un jour, il y a de cela des années, à l'école, on nous avait passé un holo en temps décalé représentant la décomposition d'une souris du désert. Une semaine de lent et patient travail de recyclage de la nature accélérée en trente secondes d'horreur. Le petit animal avait soudain gonflé, d'une manière presque comique, puis la chair s'était étirée et ulcérée, des asticots avaient grouillé dans la bouche, les yeux, les plaies béantes. Finalement, en une incroyable tornade – je ne vois pas d'autre mot pour décrire cela –, la chair avait été nettoyée des os par une myriade d'asticots tourbillonnant en une folle spirale de droite à gauche, l'un derrière l'autre, dans un flou d'accélération qui ne laissa subsister rien d'autre que la peau, le cartilage et les os.

Mais c'était un cadavre humain que j'étais en train de contempler.

La dernière lueur du jour s'estompait rapidement. Aucun son ne se faisait entendre dans le silence résonnant de la basilique excepté le battement de mes propres artères à mes oreilles. Je vis le corps d'Alpha s'agiter d'abord de plusieurs tressaillements, puis se mettre à vibrer de plus en plus fort, comme pour léviter au-dessus de l'autel dans la violence spasmodique d'une décomposition soudaine. L'espace de quelques secondes, le cruciforme sembla augmenter de volume et changer de couleur pour devenir vermeil, puis aussi écarlate qu'un morceau de viande crue. J'eus alors l'impression de voir le réseau de filaments et de nématodes maintenir la cohésion du corps en décomposition comme les fils métalliques de l'armature d'un modèle de sculpteur en train de fondre.

Les chairs étaient en train de se remodeler sous mes yeux.

Je passai toute la nuit dans la basilique. L'autel était entouré d'une lueur qui irradiait du cruciforme incrusté dans la poitrine d'Alpha. Chaque fois qu'un mouvement animait celui-ci, la lueur projetait sur les murs des ombres étranges.

Je ne quittai la basilique qu'au troisième jour, à la suite d'Alpha. Mais c'était dès le premier soir que la plupart des modifications visibles avaient pris place. Le corps du petit Bikura auquel j'avais donné le nom d'Alpha avait été détruit puis reconstitué sous mes yeux. Le résultat n'était pas tout à fait Alpha, mais ce n'était pas tout à fait *autre chose* non plus. En tout cas, c'était quelqu'un d'entier. Son visage lisse, sans traits, ressemblait à celui d'un poupon de mousse lovée au léger sourire figé. À l'aube du troisième jour, j'avais vu sa poitrine se soulever, et j'avais entendu son premier souffle, comme un bruit d'eau versée dans une gourde en cuir. Peu après midi, j'avais quitté la basilique pour grimper aux lianes.

Alpha m'avait précédé.

Il ne dit pas un mot, ne semble pas comprendre les questions qu'on lui pose. Son regard reste fixe, et son visage se fige de temps à autre, comme s'il entendait une voix lointaine qui l'appelle.

Personne ne nous a prêté attention lorsque nous sommes revenus au village. Alpha s'est dirigé vers une hutte vide où il se trouve en ce moment. Je suis dans la mienne. Il y a une minute, j'ai passé la main sous ma robe pour tâter la crête de chair qui entoure le cruciforme. Il est là, tranquille. Il attend.

Cent quarantième jour :

Je suis en train de guérir de mes blessures et de la perte de sang. Il est impossible de l'extirper avec une pierre tranchante.

Il n'aime pas la douleur. J'ai perdu connaissance bien avant que la douleur ou la perte de sang ne le justifient. Chaque fois, j'ai essayé encore avec la pierre, et il m'a fait reperdre connaissance. Il ne supporte pas la douleur.

Cent cinquante-huitième jour :

Alpha commence à dire quelques mots. Il semble plus lent, plus borné, à peine conscient de ma présence (ou de celle des autres), mais il marche et il se nourrit. J'ai même l'impression qu'il me reconnaît dans une certaine mesure. Le scanneur indique que son cœur et ses organes sont ceux d'un jeune homme, qui pourrait avoir dans les seize ans.

Il ne me reste plus que cinquante jours en temps local à attendre pour que l'activité de la forêt des flammes se calme suffisamment et me permette de m'en aller, quelle que soit la souffrance que cela me coûtera. Nous verrons bien qui résistera le mieux à la douleur.

Cent soixante-treizième jour :

Quelqu'un d'autre est mort.

Celui que j'appelle Will – c'est celui qui a un doigt cassé – n'était pas rentré depuis une semaine. Hier, les Bikuras ont parcouru plusieurs kilomètres en direction du nord-est, comme s'ils étaient guidés par une balise, et ont retrouvé ses restes près du précipice.

Il semble qu'une branche ait cédé sous son poids alors qu'il descendait cueillir du chalme. La mort a dû être instantanée, vu l'état de sa nuque brisée, mais c'est l'endroit où il est tombé qui est le plus important. Le cadavre – si toutefois on peut l'appeler ainsi – gisait entre deux hauts cônes de boue marquant l'emplacement des galeries de ces gros insectes rouges que Tuk appelait des mantes de feu. En l'espace de quelques jours, ils ont tout dévoré pour ne laisser que les os, quelques tendons et des lambeaux de tissu. Le cruciforme était fixé à la cage thoracique comme une croix précieuse déposée dans le sarcophage de quelque pape depuis longtemps décédé.

C'est une chose terrible, mais je ne puis m'empêcher d'éprouver, au-delà de ma tristesse, un léger sentiment de triomphe. Il est impossible que le cruciforme puisse régénérer quoi que ce soit à partir de ces os nus. Même s'il n'obéit pas aux lois de la logique, ce maudit parasite doit respecter la loi de la conservation des masses. Le Bikura que j'appelais Will est mort de la vraie mort. Les Soixante-dix, désormais, devront s'appeler les Soixante-neuf.

Cent soixante-quatorzième jour :

Je suis un crétin.

Je me suis renseigné à propos de Will et de la vraie mort. C'est le manque de réaction des Bikuras qui m'a mis la puce à l'oreille. Ils ont pris le cruciforme en laissant le squelette à l'endroit où il se trouvait, sans essayer de transporter ses restes dans la basilique. La nuit dernière, je n'ai pas pu dormir parce que j'étais tourmenté à l'idée que c'était moi qui devrais faire le soixante-dixième.

– Quelle tristesse, leur ai-je dit, que l'un de vous soit mort de la vraie mort. Que va devenir votre groupe ?

Bêta m'a regardé avec surprise.

– Il ne peut pas mourir de la vraie mort, a répliqué le petit androgyne au crâne chauve. Il fait partie du cruciforme.

Je n'ai découvert la vérité que quelque temps après, en continuant de passer au scanneur le reste de la tribu. Celui que j'ai baptisé Thêta n'a pas changé d'aspect ni de comportement, mais il porte maintenant deux cruciformes incrustés dans sa chair. Je suis sûr qu'il va bientôt se mettre à enfler obscènement, comme un vulgaire *E. Coli* dans une boîte de Petri. Et quand il (ou elle) mourra, deux Bikuras sortiront de la tombe, et les Soixante-dix se retrouveront au complet.

J'ai l'impression que je vais devenir fou.

Cent quatre-vingt-quinzième jour :

J'ai passé des semaines à étudier ce maudit parasite, et je n'ai toujours pas la moindre idée sur la manière dont il fonctionne. Pis encore, cette question m'est devenue indifférente. J'ai d'autres préoccupations plus importantes.

Comment Dieu a-t-il pu permettre une telle obscénité ? Pourquoi les Bikuras sont-ils punis de cette manière ? Pourquoi ai-je été choisi pour partager leur sort ?

Je pose toutes ces questions dans mes prières du soir, mais aucune autre réponse que le hurlement sanglant du vent dans la Faille ne me parvient.

Deux cent quatorzième jour :

Je voulais consacrer les dix dernières pages aux notes prises sur le terrain et à un certain nombre de conjectures techniques, mais j'écris ici mes derniers mots avant de partir affronter la forêt des flammes demain matin.

Sans le moindre doute, j'ai découvert ici ce qu'il peut y avoir de plus bas dans les eaux croupies des sociétés humaines. Les Bikuras ont réalisé le rêve humain de l'immortalité, mais ils ont payé celle-ci de leur humanité et de leur âme immortelle.

Je peux te dire, Édouard, que j'ai passé des heures et des heures à lutter avec ma foi – ou plutôt mon absence de foi –, mais que j'ai maintenant retrouvé, dans ce recoin effrayant d'un monde presque oublié, aux prises avec mon répugnant parasite, une ferveur que je n'avais pas connue depuis les jours où toi et moi nous étions enfants. J'ai compris la nécessité d'une foi pure, aveugle, qui vole dans les plumes de la raison, pour se protéger, autant que faire se peut, dans l'océan menaçant et infini d'un univers soumis à des lois aveugles et totalement insensibles aux pauvres créatures de raison qui l'habitent.

Jour après jour, j'ai essayé de m'éloigner de la Faille. Jour après jour, j'ai enduré des souffrances si pénibles qu'elles sont devenues une partie tangible de mon univers, tout comme le soleil trop petit ou le ciel d'émeraude et de lapis-lazuli. La douleur a fini par devenir mon alliée, mon ange gardien, mon dernier lien avec l'humanité. Le cruciforme n'aime pas la souffrance. Moi non plus, mais je suis prêt, comme lui, à l'utiliser pour servir mes fins. Et je le ferai consciemment, non pas instinctivement comme la masse sans cervelle de tissus étrangers incrustés dans ma chair. Cette chose cherche machinalement à éviter la mort à tout prix. Ce n'est pas que je la recherche, pour ma part, mais je préfère la souffrance ou la mort à une vie végétative éternelle. La vie est quelque chose de sacré – je m'accroche encore à ce dogme comme à un élément central de la pensée et de l'enseignement de l'Église durant ces derniers vingt-huit siècles, au cours desquels elle a eu, à vrai dire, si peu de prix –, mais l'âme est encore plus sacrée.

Je me rends compte, à présent, que ce que j'essayais de

faire avec les fouilles d'Armaghast n'aurait pas conduit à un renouveau de l'Église, mais tout au plus à une existence factice comme celle qui anime ces pauvres cadavres ambulants. Si l'Église est condamnée à mourir, qu'elle meure, mais en toute gloire, en pleine connaissance de sa renaissance dans le Christ. Elle doit s'enfoncer dans les ténèbres non pas de son plein gré, mais dignement, bravement, forte de toute sa foi, comme les millions de croyants qui nous ont précédés, toutes ces générations qui ont fait face à la mort dans le silence désespéré des camps d'extermination, devant les boules de feu de l'apocalypse nucléaire, dans les services des cancéreux des hôpitaux ou au milieu des pogroms. Tous, ils ont rejoint la nuit éternelle, non pas avec espoir, mais en priant qu'il y ait une raison à tout cela, quelque chose qui justifie le prix de leurs souffrances et de leurs sacrifices. Mais les ténèbres les ont engloutis sans leur donner la moindre assurance préalable, la moindre théorie logique ou convaincante autre qu'un mince fil d'espoir rattaché à la trop fragile conviction de la foi. Et s'ils ont su garder ce mince espoir face à la nuit noire, je dois être capable d'en faire autant, et l'Église aussi.

Je ne crois plus qu'un traitement ou une opération chirurgicale puisse me guérir de cette abomination, mais si quelqu'un pouvait l'exciser pour l'étudier et la détruire, même au prix de ma propre mort, je m'estimerais satisfait.

La forêt des flammes ne sera jamais plus calme qu'en ce moment. Au lit, à présent. Demain, je pars avant l'aube.

Deux cent quinzième jour :

Il n'existe aucune sortie.

Quatorze kilomètres à travers la forêt. Quelques explosions de flammes éparses, mais rien d'impénétrable. Trois semaines de marche, et j'aurais pu passer.

Mais le cruciforme ne me laisse pas partir.

La douleur ressemble à celle d'une crise cardiaque sans fin. Mais j'ai continué d'avancer en chancelant dans la poussière de cendre. J'ai fini par perdre connaissance. Lorsque je suis revenu à moi, j'étais déjà en train de ramper en direction de la Faille ! J'ai fait dix fois demi-tour, pour marcher sur un kilomètre, ramper sur cinquante mètres, perdre connaissance et reprendre mes sens à l'endroit d'où j'étais parti. Cette bataille insensée pour la possession de mon corps a duré toute la journée.

Peu avant le coucher du soleil, les Bikuras sont entrés dans la forêt, m'ont trouvé à cinq kilomètres de la Faille et m'ont ramené avec eux.

Mon bon Jésus, comment as-tu pu permettre ces choses ?

Il ne me reste plus aucun espoir, à moins que quelqu'un ne vienne me chercher jusqu'ici.

Deux cent vingt-troisième jour :

Nouvelle tentative. Nouvelles souffrances. Nouvel échec.

Deux cent cinquante-septième jour :

C'est mon anniversaire aujourd'hui. J'ai soixante-huit ans standard. Le travail avance bien sur le chantier de la chapelle que j'édifie à proximité de la Faille. J'ai tenté hier de descendre jusqu'au fleuve, mais Bêta et quatre autres Bikuras m'en ont empêché.

Deux cent quatre-vingtième jour :

Une année locale sur Hypérion. Une année de purgatoire. Ou bien est-ce l'enfer ?

Trois cent onzième jour :

En taillant les pierres de la chapelle sur une saillie en contrebas du plateau où elle s'élèvera, j'ai fait une découverte : les tubes du paravolt, que les Bikuras ont dû jeter dans l'abîme la nuit où ils ont assassiné Tuk, il y a exactement deux cent vingt-trois jours de cela.

Ces tubes pourraient me permettre de traverser la forêt

des flammes à n'importe quel moment si le cruciforme le voulait bien. Mais il ne veut pas. Si seulement ils n'avaient pas détruit ma trousse médicale, avec les analgésiques! Mais à force de contempler ces tubes, il m'est venu une idée.

Mes expériences sommaires avec le scanneur médical ont continué. Il y a une quinzaine de jours, lorsque Thêta s'est cassé la jambe en trois endroits, j'ai observé attentivement la réaction du cruciforme. Le parasite a fait de son mieux pour contrer la douleur. Thêta était sans connaissance, la plupart du temps, et son corps produisait d'incroyables quantités d'endorphines. Mais les fractures étaient trop douloureuses, et les Bikuras, le quatrième jour, lui ont tranché la gorge et l'ont descendu dans la basilique. Le cruciforme a eu moins de mal à le ressusciter qu'à supporter la douleur sur une longue période de temps. Mais juste avant le meurtre, mon scanneur avait eu le temps d'enregistrer un retrait appréciable des nématodes de certaines parties de son système nerveux central.

J'ignore s'il serait possible de s'infliger – ou de supporter – des niveaux de douleur non mortels mais susceptibles de provoquer le retrait total du cruciforme. Tout ce que je sais, cependant, c'est que les Bikuras ne le permettraient pas.

Toute la journée, assis sur le rebord de la saillie en contrebas de la chapelle en construction, j'ai beaucoup réfléchi à toutes ces possibilités.

Quatre cent trente-huitième jour :

La chapelle est achevée. C'est l'œuvre de ma vie.

Ce soir, pendant que les Bikuras descendaient dans la Faille pour procéder à leur parodie quotidienne de culte, j'ai célébré la messe sur le nouvel autel. J'avais préparé le pain avec de la farine de chalme, et je suppose qu'il avait le même goût douceâtre que les feuilles dont se nourrissent les Bikuras, mais pour moi il avait la saveur de ma première hostie, le jour de ma communion à Villefranche-sur-Saône.

Demain matin, je ferai ce qui est prévu. Je pense que tout est prêt. Mon journal et les enregistrements du scanneur seront dans une pochette en fibre d'abeste. Je ne vois pas ce que je pourrais faire de plus.

Le vin de messe n'était rien d'autre que de l'eau, mais la lumière du crépuscule lui donnait la couleur vermeille du sang, et son goût était celui du vin consacré.

L'astuce consistera à pénétrer le plus profondément possible à l'intérieur de la forêt des flammes. Il me faudra tabler sur une activité suffisante des teslas, même en période calme.

Adieu, Édouard. Je doute que tu sois toujours en vie, et même si tu l'es, je ne vois guère comment nous pourrions nous retrouver un jour, séparés que nous sommes, non seulement par des années de distance, mais par un gouffre plus vaste, en forme de croix. Mon espoir de te revoir ne se situe pas dans cette vie, mais dans l'autre. Étrange, de m'entendre de nouveau parler ainsi, n'est-ce pas? Il faut que je te dise, Édouard, qu'après toutes ces décennies d'incertitude, et malgré la grande peur qui m'étreint quant à ce qui m'attend, mon cœur et mon âme sont en paix.

Mon Dieu,
Je suis contrit de t'avoir offensé.
J'abhorre tous mes péchés
Parce qu'ils me barrent l'accès du ciel
Et me font endurer les souffrances de l'enfer,
Mais par-dessus tout parce que je t'ai déplu.
Mon Dieu,
Toi qui n'es que bonté
Et mérites tout mon amour,
Accepte ma promesse de m'amender
Avec la grâce infinie de ton aide,
De confesser tous mes péchés et de faire pénitence.
Amen.

Minuit :

Les rayons du soleil couchant pénètrent par la fenêtre ouverte de la chapelle et baignent l'autel, le calice grossièrement taillé et moi d'une lumière ambrée. Le vent de la Faille mugit les derniers soupirs de ce genre qu'avec un peu de chance et l'aide de Dieu j'entendrai jamais.

– Ce sont ses derniers mots, déclara Lénar Hoyt après avoir achevé sa lecture.

Les six visages des pèlerins assis autour de la table se levèrent vers lui, comme émergeant d'un rêve commun. Penchant la tête en arrière, le consul vit qu'Hypérion était maintenant beaucoup plus proche et occupait un bon tiers du ciel, éclipsant les étoiles de son éclat froid.

– Je suis arrivé dix semaines après avoir vu le père Duré pour la dernière fois, continua Hoyt d'une voix rauque. Plus de huit années s'étaient écoulées sur Hypérion, et la dernière inscription du journal datait de sept ans.

Le prêtre souffrait visiblement. Son visage, où perlait la transpiration, avait maintenant une pâleur morbide.

– Il m'a fallu un peu moins d'un mois pour remonter la rivière, à partir de Port-Romance, jusqu'à la plantation de Perecebo, reprit-il en se forçant à maîtriser sa voix. J'espérais que les planteurs de fibroplastes ne me refuseraient pas la vérité, même s'ils ne veulent généralement pas avoir affaire aux fonctionnaires du consulat ou du Conseil intérieur. Je ne me trompais pas sur ce point. Le contremaître de Perecebo, un nommé Orlandi, se souvenait très bien du père Duré, de même que sa nouvelle épouse, la Semfa dont il est fait mention dans le carnet. Quant au directeur de la plantation, il a essayé d'organiser plusieurs expéditions de recherche sur le plateau, mais ses tentatives ont échoué en raison d'une recrudescence de l'activité des teslas au cours des dernières saisons. Au bout de plusieurs années, il a perdu tout espoir de retrouver son employé Tuk ou le père Duré vivants. Cependant, il a engagé, à mon arrivée, deux pilotes de brousse pour explorer la Faille avec des glisseurs de la plantation. Nous avons survolé la région aussi longtemps que nous l'avons pu, en comptant sur nos détecteurs d'obstacles et sur la chance pour nous conduire en territoire bikura. Mais, même en évitant de cette manière une grande partie de la forêt des flammes, nous avons perdu quatre hommes et un glisseur que nous ont pris les teslas.

» Le père Hoyt s'interrompit en vacillant légèrement. Agrippant le bord de la table pour s'empêcher de trembler, il s'éclaircit la voix et poursuivit :

– Je n'ai plus grand-chose à ajouter. Nous avons fini par repérer le village. Les Bikuras, tous les soixante-dix, se sont montrés aussi bornés et aussi peu communicatifs que le suggère son journal. J'ai tout de même pu leur faire confirmer que le père Duré avait trouvé la mort en essayant de s'enfoncer dans la forêt des flammes. La pochette en abeste avait résisté au feu, et nous y avons trouvé son carnet et les enregistrements médicaux.

Hoyt fit du regard le tour de l'assistance, puis continua en baissant les yeux :

– Nous avons réussi à nous faire indiquer l'endroit où le père Duré était mort. Ils ne... ils ne l'avaient pas enterré. Ses restes étaient plus qu'à moitié carbonisés et décomposés, mais suffisamment complets pour nous montrer que l'intensité des décharges des teslas avait été suffisante pour détruire le... cruciforme en même temps que son corps.

» Le père Duré est mort de la vraie mort. Nous avons ramené ses restes à la plantation de Perecebo, où ils ont été ensevelis après la célébration d'un service funèbre complet. (Il prit une profonde inspiration.) Malgré mes protestations vigoureuses, H. Orlandi a ordonné la destruction du village et d'une partie de la paroi de la Faille à l'aide de charges creuses nucléaires qu'il avait apportées de la plantation. Je ne pense pas qu'un seul Bikura ait pu survivre à cela, et il est probable que l'entrée du labyrinthe et celle de la « basilique » ont été obstruées par l'éboulement.

» Souffrant de plusieurs blessures ou affections contractées au cours de l'expédition, j'ai dû séjourner plusieurs mois à la plantation avant de pouvoir retourner sur le continent septentrional, d'où j'ai gagné Pacem. Personne n'est au courant de l'existence de ce journal à l'exception de H. Orlandi et de Monseigneur Édouard, ainsi, naturellement, que tous ses supérieurs auxquels il aura jugé bon de révéler la chose. Mais, à ma connaissance, l'Église n'a encore publié aucun communiqué relatif au journal du père Duré.

Le père Hoyt, qui était debout, se rassit alors. La sueur dégoulinait sur son menton, et son visage, à la lumière réfléchie d'Hypérion, était d'une pâleur bleuâtre.

– Et... c'est tout? demanda Martin Silenus.

– Oui, réussit à murmurer le père Hoyt.

– Madame, messieurs, fit Het Masteen, il commence à se faire tard. Je vous suggère donc d'aller rassembler vos bagages et de gagner, dans une demi-heure au plus, le vaisseau de notre ami le consul, que vous trouverez dans la sphère n° 11. Je vous rejoindrai plus tard à la surface avec l'un des vaisseaux de descente de l'arbre.

Presque tout le groupe fut prêt en moins de quinze minutes. Les Templiers avaient aménagé une passerelle de service reliant l'un des quais intérieurs de la sphère au balcon supérieur du vaisseau. Le consul passa le premier dans le grand salon tandis que les clones d'équipage apportaient les bagages puis se retiraient.

– Ce vieil instrument est fascinant, dit le colonel Kassad en passant la main sur le couvercle du Steinway. C'est un clavecin ?

– Un piano, répondit le consul. De l'époque préhégirienne. Est-ce que tout le monde est là ?

– Il ne manque que Hoyt, fit Brawne Lamia en s'asseyant sur un coussin de la fosse de projection.

Het Masteen entra à ce moment-là.

– Le vaisseau de guerre de l'Hégémonie vous accorde l'autorisation de vous poser sur l'astroport de Keats, dit-il. Je vais envoyer un membre de l'équipage voir si H. Hoyt a besoin d'aide.

– Inutile, fit le consul en modulant sa voix. J'aimerais y aller moi-même. Pouvez-vous m'indiquer le chemin ?

Le commandant du vaisseau-arbre regarda longuement le consul, puis glissa la main dans les plis de sa robe.

– Bon voyage, dit-il en lui tendant une plaquette. Nous nous retrouverons à la surface, avant notre départ à minuit, aux portes du Temple gritchtèque de Keats.

Le consul s'inclina.

– J'ai eu plaisir à voyager sous la protection des hautes branches de l'Arbre, Het Masteen, déclara-t-il cérémonieusement avant de se tourner vers les autres pour ajouter :

– Installez-vous aussi confortablement que possible dans le salon ou dans la bibliothèque située juste au-dessous. Le vaisseau pourvoira à vos besoins et répondra à toutes vos questions. Nous partirons dès que je serai de retour avec le père Hoyt.

La nacelle à environnement contrôlé du prêtre était sur une branche secondaire, à peu près à mi-hauteur du vaisseau-arbre. Comme s'y attendait le consul, la plaque d'orientation persoc que lui avait donnée Het Masteen

121

pouvait servir de passe pour ouvrir la serrure palmaire. Après avoir passé plusieurs minutes à actionner le carillon et à tambouriner vainement sur le portail, il se servit du passe pour pénétrer dans la nacelle.

Le père Hoyt était à genoux au centre de la moquette-pelouse, et il se tordait de douleur. Des vêtements et des objets divers ainsi que le contenu d'une trousse médicale standard étaient éparpillés autour de lui. Il avait arraché sa vareuse et son faux col, et avait transpiré à travers sa chemise, dont les plis mouillés collaient à sa peau, déchirés aux endroits où ses doigts fébriles avaient tiré sur le tissu délicat. La lumière d'Hypérion filtrait à travers la paroi de la nacelle, donnant au tableau un aspect étrange, comme s'ils étaient sous la mer ou bien, se disait le consul, à l'intérieur d'une cathédrale.

Les traits de Lénar Hoyt étaient déformés par une souffrance atroce tandis que ses mains labouraient sa poitrine. Les muscles de ses avant-bras saillaient comme des serpents vivants sous sa peau blafarde.

— La seringue... n'a pas fonctionné, haleta-t-il. S'il vous plaît...

Le consul hocha la tête, commanda à la porte de se refermer, puis s'agenouilla aux côtés du prêtre. Il retira la seringue automatique défectueuse de la main crispée du prêtre et éjecta la cartouche. Ultramorphine. Il hocha de nouveau la tête et prit une seringue neuve dans la trousse qu'il avait apportée de son vaisseau. Il lui fallut moins de cinq secondes pour charger la cartouche.

— Vite..., supplia Hoyt.

Son corps était agité de spasmes. Le consul voyait presque les ondes de douleur qui le traversaient.

— Voilà, fit-il d'une voix sourde. Mais je veux le reste de l'histoire d'abord.

Hoyt leva vers lui des yeux hagards tout en essayant de tendre la main vers la seringue.

Transpirant à son tour, le consul éloigna lentement la seringue hors de sa portée.

— Vous l'aurez dans une seconde, dès que j'aurai entendu la suite de votre histoire. C'est très important pour moi.

— Seigneur! sanglota Hoyt. Par pitié!

— Dites-moi la vérité d'abord, haleta le consul.

Le père Hoyt retomba sur ses avant-bras, respirant par saccades.

– Putain de salaud! s'écria-t-il.

Il prit plusieurs inspirations profondes, retint l'air dans ses poumons jusqu'à ce qu'il cesse de trembler, puis tenta de se redresser. Lorsqu'il regarda de nouveau le consul, celui-ci crut lire une sorte de soulagement dans ses yeux égarés.

– Ensuite, vous me ferez... la piqûre? demanda-t-il.

– C'est promis.

– D'accord..., fit Hoyt dans un souffle amer. Voilà la vérité... La plantation de Perecebo... Comme je l'ai raconté. Nous sommes arrivés... début octobre. Lycius... huit ans après la disparition de Duré... Seigneur! J'ai mal! L'alcool ne me fait plus rien, et les endos ne marchent plus du tout. Il n'y a que... l'ultramorphine pure...

– Je sais, murmura le consul. Tout est prêt. Dès que vous aurez achevé l'histoire.

Le prêtre baissa la tête. La sueur dégoulinait sur ses joues et son nez, et tombait dans l'herbe courte de la moquette. Le consul vit ses muscles se tendre comme s'il se préparait à attaquer, puis un nouveau spasme de douleur secoua son corps décharné, et ses épaules s'affaissèrent.

– Le glisseur n'a pas été détruit... par les teslas. Avec Semfa et... deux autres hommes, je suis descendu explorer la Faille pendant que... Orlandi remontait le fleuve. Son glisseur... a dû attendre, pour passer, que les teslas se calment...

» Les Bikuras sont venus pendant la nuit. Ils ont tué... tué Semfa, le pilote, l'autre homme... oublié son nom... Ils m'ont laissé... vivant.

Hoyt voulut toucher son crucifix sur sa poitrine, mais s'aperçut qu'il l'avait déjà arraché. Il eut un rire bref, qui faillit se terminer en sanglot.

– Ils m'ont... parlé de la croix, du cruciforme... et du « Fils des flammes ». Le lendemain, ils m'ont... emmené voir celui... qu'ils appelaient ainsi...

Hoyt se redressa péniblement et porta soudain les mains à son visage, qu'il laboura de ses ongles. Ses yeux étaient agrandis, il avait visiblement oublié l'ultramorphine malgré la douleur.

– Environ trois kilomètres à l'intérieur de la forêt des flammes... un énorme tesla, quatre-vingts, cent mètres de haut, peut-être. Relativement calme à ce moment-là, mais l'air... chargé d'électricité, tout autour... et des cendres partout.

» Les Bikuras avaient peur... de s'approcher. Ils ont prié, à genoux, leur maudit crâne chauve baissé... Mais je me suis... avancé, tout près. Il le fallait... Mon Dieu! C'était lui... Duré... Ce qu'il en restait, tout au moins...

» Il avait confectionné une échelle... pour grimper... à trois ou quatre mètres du sol. Il avait fait une sorte de plate-forme... en abeste... pour ses pieds. Et avec les tubes arrachés au paravolt... et brisés comme des piquets pointus..., en se servant, sans doute, d'une pierre pour les enfoncer..., il s'était cloué à l'arbre et à la plate-forme.

» Son bras gauche... Il avait enfoncé le piquet entre le cubitus et le radius... en évitant les veines... exactement comme ces foutus Romains... Pour que ça tienne tant que le squelette demeurerait intact... L'autre main... la paume en bas... Il avait planté le piquet d'abord... aiguisé aux deux bouts... Puis... empalé sa main droite... et recourbé le piquet, je ne sais comment... comme un crochet.

» L'échelle était tombée... depuis longtemps... mais c'était de l'abeste. Ça ne brûle pas... Je m'en suis servi pour grimper jusqu'à lui... Tout avait brûlé depuis des années... Vêtements, peau, chair... mais il avait toujours la pochette en abeste autour du cou.

» Les piquets de métal continuaient de conduire le courant, même quand... C'était quelque chose que je sentais... que je pouvais voir sous mes yeux... parcourant ce qu'il restait du corps...

» Ce corps avait encore l'aspect de Paul Duré... Très important... Je l'ai bien expliqué à Monseigneur... Plus d'épiderme... La chair à vif, ou carbonisée... Les nerfs et le reste, visibles... comme un réseau de capillaires gris ou jaunes... Seigneur, quelle puanteur! Mais cela avait encore l'aspect de Paul Duré!

» J'ai tout compris, à ce moment-là. Même avant de lire son journal. J'ai compris qu'il était resté cloué là... sept années entières... Ô mon Dieu! Mourant... Ressuscitant... Forcé à vivre par le cruciforme... Traversé à chaque seconde de ces sept années par des décharges électriques... Livré aux flammes... à la douleur... à la faim... tandis que ce maudit... cruciforme... devait puiser, pour le nourrir... ou ce qu'il restait de lui... la substance de l'arbre... de l'air, peut-être... reconstituant tout ce qui

124

pouvait l'être... le forçant à sentir la douleur, encore et encore et encore...

» Mais il a fini par gagner... La souffrance était son alliée... Doux Jésus! Au lieu de quelques heures cloué à l'arbre, un coup de lance et puis le repos... il est resté ainsi sept ans! Mais... il a gagné. Lorsque j'ai retiré la pochette, le cruciforme est tombé... Il s'est détaché, simplement, avec ses longues racines couleur de sang... Puis la chose... la chose dont j'étais sûr qu'il s'agissait d'un cadavre... l'*homme* a levé la tête. Ses yeux blancs étaient sans paupières... Il n'avait plus de lèvres... Mais il m'a regardé, et il a souri... Puis il est mort, réellement mort... dans mes bras. Pour la dix millième fois, peut-être... mais c'était la bonne... Il m'a souri et il est mort.

Hoyt se tut, communiant en silence avec sa propre souffrance, puis continua, serrant les dents entre chaque bribe de phrase :

– Les Bikuras m'ont... ramené à la Faille... Orlandi est arrivé... le lendemain... Il m'a libéré... avec Semfa... Je n'ai pas... Il a détruit le village au laser... brûlé les Bikuras sur place... Ils nous regardaient avec leurs yeux... de moutons hébétés... Je n'ai pas... essayé de m'interposer... Je riais aux éclats! Pardonne-moi, ô mon Dieu! Orlandi a tout nettoyé... avec des charges creuses... nucléaires... habituellement utilisées pour... défricher la jungle... autour des matrices de fibroplastes.

Hoyt regarda le consul dans les yeux, en esquissant un geste maladroit de la main droite.

– Les analgésiques faisaient de l'effet, au début... Mais chaque année... chaque année qui passait... c'était pire. Même en état de fugue... Cette douleur! Je n'aurais pu rester ainsi, de toute manière... Comment a-t-il pu... pendant sept ans! Mon Dieu!

Le père Hoyt agrippa la moquette d'une main. Le consul le retint au moment où il allait s'écrouler et lui fit l'injection, rapidement, au-dessous de l'aisselle, vidant toute l'ampoule d'ultramorphine. Puis il le laissa doucement retomber, inanimé, dans l'herbe verte. Sa vision était trouble. Il écarta rapidement la chemise trempée du prêtre. C'était bien là, comme il s'y attendait. Incrusté dans la peau blême et lisse de son torse, un bourrelet vermeil ressortait comme une espèce de gros ver en forme de croix. Le consul retint sa respiration et retourna le prêtre sur le ventre. Le second cruciforme était là, lui aussi, un peu plus petit, serti entre les omoplates. Il sembla vibrer d'une légère pulsation lorsque le consul passa le doigt sur la crête de chair boursouflée.

Sans perdre de temps, il rassembla les affaires du prêtre et remit un peu d'ordre dans la pièce. Puis il habilla le père Hoyt avec autant de douceur et de ménagements que s'il s'agissait du corps d'un défunt très proche.

Son persoc bourdonna à ce moment-là.

– Il est l'heure de partir, fit la voix du colonel Kassad.

– Nous arrivons, répondit le consul.

Il programma le persoc pour qu'il fasse enlever les bagages par les clones d'équipage, mais porta le prêtre lui-même. Le malheureux ne pesait pas plus lourd qu'une plume.

Le diaphragme de la nacelle s'ouvrit et il sortit, quittant la pénombre des frondaisons pour s'avancer vers l'éclat bleu-vert de la planète qui occupait maintenant la presque totalité du ciel. Tout en cherchant ce qu'il allait dire aux autres, il s'arrêta quelques secondes pour regarder le visage de l'homme assoupi. Puis il leva les yeux vers Hypérion, et continua son chemin. Même si la gravité avait été celle de la Terre, il savait que le prêtre n'aurait pas pesé beaucoup plus lourd dans ses bras.

Il avait eu un fils, naguère, qui était mort. Et en portant Hoyt, il connut de nouveau la sensation de conduire un fils endormi dans son lit.

2

La journée à Keats, capitale d'Hypérion, avait été chaude et pluvieuse. Même après l'orage, un tapis de sombres nuages continuait de flotter au-dessus de la ville, emplissant l'air de l'odeur salée de l'océan qui se trouvait à vingt kilomètres à l'ouest. Le soir venu, tandis que la grisaille du jour faisait place au gris du crépuscule, un double bang secoua la ville, se réverbérant sur le pic montagneux solitaire dont la silhouette dentelée se dressait au sud. Les nuages avaient pris un éclat bleu nacré. Trente secondes plus tard, un vaisseau couleur d'ébène perça la couverture de nuages et descendit doucement sur son panache de flammes de fusion, ses feux de navigation lançant leurs éclats rouges et verts dans le ciel plombé.

À mille mètres, les projecteurs d'atterrissage du vaisseau s'allumèrent, et trois faisceaux de lumière cohérente, montant de l'astroport au nord de la ville, verrouillèrent l'appareil sur un trépied de bienvenue vermeil. Le vaisseau tomba lentement jusqu'à trois cents mètres du sol, puis se déplaça latéralement, avec la sûreté d'une chope qui glisse sur un comptoir mouillé, jusqu'à ce qu'il arrive au niveau de la fosse de refroidissement qui l'attendait.

Des jets à haute pression arrosèrent la fosse et la base du vaisseau, faisant surgir des geysers de vapeur qui se mêlèrent aux rideaux de pluie fine balayant la plaine de bitume de l'astroport. Lorsque tout fut fini, le silence retomba, à l'exception du bruissement de la pluie et des cliquetis et craquements espacés du vaisseau en train de refroidir.

Un balcon sortit d'une coupée dans la muraille, trente mètres au-dessus de la fosse. Cinq silhouettes s'avancèrent.

– Merci pour la promenade, fit le colonel Kassad en se tournant vers le consul.

Celui-ci hocha distraitement la tête et s'appuya à la rambarde, en respirant l'air frais à grandes goulées. Des gouttelettes de pluie ruisselèrent sur sa barbe et sur ses sourcils.

Sol Weintraub souleva le bébé de son panier. L'enfant avait été réveillée, sans doute par le changement de température et de pression, ou par les bruits, les odeurs et les mouvements différents. Elle se mit à brailler. Il la berça et lui parla doucement, mais les glapissements continuèrent.

– Voilà une musique de circonstance pour célébrer notre arrivée, déclara Martin Silenus.

Le poète portait une longue cape mauve et un béret grenat incliné sur son épaule droite. Il but une gorgée du vin qu'il avait apporté avec lui du salon.

– Jésus à béquilles, cet endroit a vraiment changé! s'écria-t-il.

Le consul, qui n'avait quitté Hypérion que depuis huit années locales, devait en convenir. Le port spatial se trouvait alors à neuf kilomètres des premiers faubourgs de la ville. Aujourd'hui, il était entouré de cabanes en bois, de tentes et de rues boueuses. De son temps, il n'y avait pas plus d'une arrivée par semaine, alors qu'il comptait aujourd'hui plus d'une vingtaine de vaisseaux sur le terrain. Le minuscule bâtiment de douane et d'administration avait été remplacé par une énorme bâtisse en préfabriqué. Une douzaine de fosses et de grilles destinées aux vaisseaux de descente avaient été ajoutées, un peu n'importe comment, à l'ouest, et les installations étaient partout encombrées de modules bâchés sous une toile de camouflage, qui pouvaient servir, le consul le savait, aussi bien de station de commandement au sol que de baraquement. Une forêt d'antennes exotiques se dressait vers le ciel à partir d'un groupe de ces modules à une extrémité du terre-plein.

– Le progrès, murmura le consul.

– La guerre, fit le colonel Kassad.

– Mais ce sont des gens qu'il y a là-bas! s'exclama

Brawne Lamia, pointant l'index en direction des portes du terminal principal, à l'extrémité sud du terrain.

Un océan de couleurs ternes venait s'écraser, comme une houle silencieuse, sur le grillage qui marquait la séparation avec l'extérieur et sur le champ de confinement mauve.

— Bon Dieu! Elle a raison! fit le consul.

Kassad sortit ses jumelles, et ils observèrent à tour de rôle la foule de milliers de personnes qui se pressaient contre la barrière de grillage et le champ répulsif.

— Que font-ils là? demanda Lamia. Que veulent-ils?

Même à cinq cents mètres de distance, l'énergie aveugle qui se dégageait de cette foule était impressionnante. On voyait les silhouettes sombres des soldats de la Force en train de patrouiller juste à l'intérieur du périmètre. Le consul se rendit soudain compte que la bande de terrain nu qu'il voyait entre la grille, le champ de confinement et les sentinelles devait être minée, ou balayée par un rayon de mort, ou encore les deux à la fois.

— Que veulent-ils? répéta Lamia.

— Ils veulent partir, dit Kassad.

Avant même que le colonel eût parlé, le consul avait compris la raison de la présence des tentes et des baraques autour du port spatial. Les habitants d'Hypérion cherchaient à fuir leur planète. Ils devaient s'agglutiner ainsi au grillage, silencieusement, chaque fois qu'un vaisseau se posait.

— En voilà un, en tout cas, qui ne risque pas de s'envoler, fit Martin Silenus en désignant du doigt une montagne basse située au sud, au-delà du fleuve. Ce bon vieux William Rex le Pleureur, que Dieu garde son âme impie.

Le visage sculpté du roi Billy le Triste était à peine visible à travers la pluie fine et l'obscurité grandissante.

— Je l'ai bien connu, Horatio, continua le poète ivre. Un homme jamais à court de plaisanteries. Pas une seule qui fût drôle. Un vrai trou du cul, Horatio...

Sol Weintraub se tenait en retrait à l'entrée du balcon, pour abriter son bébé de la pluie et écarter ses braillements de la conversation générale.

— Nous avons de la visite, fit-il en tendant le bras.

Un véhicule de sol au polymère de camouflage inactivé et un VEM militaire modifié par l'adjonction de souffleries de sustentation adaptées au faible champ magnétique d'Hypérion s'approchaient d'eux sur la piste mouillée.

Sans quitter des yeux un seul instant la montagne représentant le roi Billy à la triste figure, Silenus récita d'une voix douce, à peine audible :

Au plus profond des ombres d'une triste vallée,
Enfoui loin de l'haleine vivifiante du matin,
Loin de midi flamboyant et de l'étoile solitaire du soir,
Saturne aux cheveux gris était assis, muet comme une
pierre,
Aussi immuable que le silence environnant son refuge.
Des forêts et des forêts s'étageaient à l'entour de sa
tête,
Telles des nuées sur des nuées...

Le père Hoyt sortit sur le balcon, en se frottant les joues des deux mains. Ses yeux étaient hagards comme ceux d'un enfant émergeant du sommeil.

— Nous sommes arrivés ? demanda-t-il.

— Pour sûr, bordel de merde ! s'écria le poète en rendant les jumelles au colonel. Préparons-nous à affronter ces foutus *marines*.

Le jeune lieutenant ne parut nullement impressionné par le groupe, même après avoir passé dans son scanneur la plaquette que Het Masteen lui avait remise de la part du commandant du détachement de la Force. L'officier prit son temps pour examiner en détail chaque laissez-passer, les faisant attendre sous la pluie et lançant de temps à autre une remarque avec l'arrogance oisive de ces petits chefs qui viennent de se voir attribuer une parcelle de pouvoir. Puis ce fut le tour de Fedmahn Kassad, et il leva les yeux avec l'expression d'une belette effarée.

— Le colonel Kassad !

— En retraite, précisa ce dernier.

— Je suis vraiment désolé, mon colonel..., balbutia le lieutenant en rendant précipitamment les laissez-passer à tout le monde. Je ne me doutais pas que vous faisiez partie de ce groupe... C'est-à-dire... le commandant ne nous a pas... Mon oncle a fait campagne avec vous sur Bressia, mon colonel. Je veux dire que... Je suis navré... S'il y a quelque chose que mes hommes ou moi puissions faire pour...

— Repos, lieutenant, coupa Kassad. Dites-nous s'il y a

un moyen de transport disponible pour nous rendre en ville.

– Euh... C'est que...

Le jeune *marine* voulut se gratter le menton, mais se rappela juste à temps qu'il avait son casque.

– C'est faisable, mon colonel, mais... la foule, là-bas, n'est pas commode, et ces foutus VEM ne fonctionnent pas très bien sur cette putain de... euh... Pardonnez-moi, mon colonel. Le problème, c'est que tous les appareils de transport au sol sont réservés au matériel, et il ne reste plus aucun glisseur de libre jusqu'à vingt-deux heures. Mais je me ferai un plaisir d'inscrire votre groupe sur la liste des prochains...

– Une seconde, fit le consul.

Un glisseur à la coque bosselée, arborant, sur le côté de la jupe, l'emblème géodésique doré de l'Hégémonie, venait de se poser à une dizaine de mètres de là. Un homme grand et maigre en descendit.

– Théo! s'écria le consul.

Les deux hommes coururent l'un vers l'autre, firent mine de se serrer la main, mais se ravisèrent et se donnèrent joyeusement l'accolade.

– Bon Dieu! fit le consul. Tu as une mine superbe, mon vieux Théo!

C'était vrai. Son ex-adjoint avait gagné six ans sur lui, mais il avait toujours ce sourire de jeune garçon, ce visage mince et cette tignasse rousse qui avaient incité plus d'une jeune créature célibataire – et quelques femmes mariées aussi – à postuler pour un emploi au consulat. La timidité qui faisait partie des points sensibles de Théo Lane était toujours là, elle aussi, comme l'attestait le geste inutile avec lequel il était en train de rajuster les lunettes archaïques à monture de corne qui représentaient sa seule affectation.

– Je suis ravi que tu sois de retour parmi nous, déclara-t-il.

Le consul se tourna pour faire les présentations, puis s'interrompit brusquement.

– Mon Dieu! Mais le consul, c'est toi, maintenant! s'exclama-t-il. Excuse-moi, Théo, je n'y pensais plus.

Théo Lane sourit en rajustant une nouvelle fois sa monture.

– Ce n'est pas grave, dit-il, d'autant plus que j'ai cessé

de porter ce titre depuis quelques mois. Je suis maintenant gouverneur général. Le Conseil intérieur a réclamé – et obtenu – le statut officiel de colonie. Soyez tous les bienvenus sur la dernière planète en date de l'Hégémonie.

Un flou d'une fraction de seconde passa dans le regard du consul, puis il donna une nouvelle accolade à son ancien protégé.

– Toutes mes félicitations, Excellence.

Théo eut un large sourire, puis leva les yeux vers le ciel.

– Je crois que ça ne va pas tarder à tomber pour de bon, dit-il. Pourquoi ne pas faire monter tout le monde à bord du glisseur? Je vous déposerai en ville.

Il se tourna en souriant vers le jeune officier.

– Lieutenant?

– Euh... Oui, Votre Excellence? fit l'officier en se mettant au garde-à-vous.

– Pourriez-vous faire charger les bagages de ces personnes dans mon appareil? Nous aimerions tous partir avant qu'il ne pleuve.

Le glisseur suivit le ruban gris de la route du sud, à une hauteur constante de soixante mètres. Le consul occupait un fauteuil à côté du pilote tandis que le reste du groupe se détendait à l'arrière sur les sièges inclinables en mousse lovée. Martin Silenus et le père Hoyt semblaient dormir. Le bébé de Weintraub avait cessé de hurler en échange d'un biberon souple de lait maternel synthétique.

– Les choses ont bien changé, déclara le consul.

Collant la joue à la verrière ruisselante de pluie, il contempla le chaos qui régnait au-dessous d'eux. Des milliers de cabanes et d'abris de fortune couvraient les flancs des collines et des ravins le long des trois kilomètres de route qui séparaient le port spatial des premiers faubourgs. Des feux avaient été allumés çà et là sous des bâches humides, et le consul distingua des silhouettes couleur de boue qui allaient et venaient entre les cabanes de même couleur. De hautes clôtures bordaient l'ancienne route du port spatial, qui avait été élargie et rénovée. Sur deux files de chaque côté, les camions et les véhicules à effet de sol, pour la plupart militaires, vert kaki ou revêtus d'un polymère de camouflage inactivé, se déplaçaient lentement l'un derrière l'autre. Plus loin, les lumières de Keats, bien plus étendues que dans le souvenir du consul, envahissaient de nouveaux secteurs de la vallée et des collines.

— Trois millions, murmura Théo comme s'il avait lu dans la pensée de son ex-patron. Ils sont au moins trois millions, et il en arrive chaque jour.

Le consul écarquilla les yeux.

— Il n'y avait que quatre millions et demi d'habitants sur toute la planète quand je suis parti!

— Ce nombre n'a pas changé, mais ils veulent tous venir à Keats, embarquer sur n'importe quel vaisseau et foutre le camp d'ici. Certains attendent que nous construisions un distrans, mais la plupart pensent qu'il ne sera jamais prêt à temps. Ils ont peur.

— Des Extros?

— En partie aussi, mais surtout du gritche.

Le consul écarta son visage de la verrière glacée.

— Il est donc descendu au sud de la Chaîne Bridée?

Théo laissa entendre un petit rire sans conviction.

— Il est partout. Ils sont partout, plutôt. La plupart des gens d'ici sont convaincus qu'il y en a maintenant des douzaines ou même des centaines. On attribue au gritche des carnages sur les trois continents. Partout, en fait, à l'exception de Keats, de certaines parties de la côte de la Crinière et de quelques villes comme Endymion.

— Combien de victimes? demanda le consul, qui ne tenait pas tellement à connaître la réponse.

— Vingt mille morts ou disparus au moins. Il y a aussi pas mal de blessés, mais on ne peut pas tout attribuer au gritche, n'est-ce pas? fit Théo avec un rire sec. Le gritche, comme chacun sait, ne fait pas de blessés. Les gens se tirent dessus dans l'affolement général, ils tombent dans l'escalier, se jettent par les fenêtres ou se font piétiner par la foule. C'est la panique. Un putain de désastre.

En onze ans de collaboration avec Théo Lane, le consul ne l'avait jamais entendu utiliser un tel langage.

— Et la Force ne fait rien? demanda-t-il. Est-ce sa présence qui éloigne le gritche des villes?

— La Force se contente de contenir la foule en cas d'émeute, fit Théo en secouant la tête. Ces foutus *marines* ne s'intéressent qu'aux accès du port spatial et de la zone militaire de Port-Rom. Ils évitent tout affrontement direct avec le gritche. Ils se réservent pour les Extros.

— Et les FT? demanda le consul, qui savait très bien

133

que les Forces Territoriales, peu entraînées, n'étaient pas à la hauteur de cette situation.

— Parmi les victimes, huit mille au moins sont des FT, répondit Théo avec un haussement d'épaules. Le général Braxton a remonté la Route du Fleuve avec sa vaillante « Troisième Unité de Combat » pour « abattre le gritche dans sa tanière », et plus personne n'a jamais revu aucun d'eux.

— Tu plaisantes? fit le consul.

Mais il lui suffisait de voir la tête que faisait Théo pour savoir que ce n'était pas le cas.

— J'aimerais savoir, reprit le consul au bout de quelques secondes de silence, comment tu t'arranges pour avoir le temps de venir nous accueillir ici.

— Je ne l'ai pas, dit le gouverneur général en tournant la tête pour regarder les autres passagers, à l'arrière, qui s'étaient assoupis ou se penchaient, l'air épuisé, aux hublots. J'avais besoin de te parler. Pour te dissuader d'y aller.

Le consul secouait déjà la tête, mais Théo lui saisit le bras et le serra très fort.

— Écoute d'abord ce que j'ai à te dire, bon Dieu! Je sais que c'est difficile pour toi de revenir ici après... après ce qui est arrivé, mais merde, c'est ridicule de tout foutre en l'air sans raison. Laisse tomber ce stupide pèlerinage. Reste avec nous à Keats.

— Impossible... commença le consul.

— Laisse-moi te parler d'abord! Premièrement, tu es le meilleur diplomate que j'aie jamais connu, et le plus apte à gérer cette crise. Nous avons besoin de tes compétences.

— Cela n'a rien à...

— Tais-toi un peu. Deuxièmement, toi et les autres, vous n'arriverez jamais à moins de deux cents kilomètres des Tombeaux du Temps. Nous ne sommes plus à l'époque que tu as connue, où ces cons de candidats au suicide pouvaient jouer au touriste pendant une semaine et puis changer d'avis et rentrer chez eux. C'est fini. Le gritche est sorti au grand jour. Et il ne rigole pas.

— Je comprends tout cela, mais...

— Troisièmement, j'ai *personnellement* besoin de toi! J'ai supplié Tau Ceti Central d'envoyer quelqu'un d'autre ici. Lorsque j'ai appris ta venue... ça m'a permis de tenir le coup ces deux dernières années.

134

Le consul secoua la tête sans comprendre.

Théo vira en direction du centre de la ville, puis demeura quelques instants en vol stationnaire. Quittant ses commandes des yeux, il se tourna vers le consul.

– Je veux que tu prennes à ma place le poste de gouverneur général. Le Sénat ne dira rien, à l'exception de Gladstone, peut-être, mais il sera trop tard quand elle s'en apercevra.

C'était comme si quelqu'un venait de frapper le consul sous la troisième côte. Il se détourna pour regarder, au-dessous de lui, le dédale de ruelles et d'immeubles délabrés qu'était Jacktown, la Vieille ville. Quand il recouvra sa voix, il murmura :

– Je ne peux pas, Théo.

– Écoute, si tu...

– Je te dis que je ne peux pas! Je ne réussirais pas mieux que toi si j'acceptais, mais ce n'est pas la question. Je ne peux pas parce qu'il faut que je fasse ce pèlerinage!

Théo rajusta ses lunettes puis regarda fixement droit devant lui, sans rien dire.

– Tu es de loin le plus compétent des diplomates des Affaires étrangères avec qui j'ai eu l'occasion de travailler, reprit le consul. Je me suis retiré depuis huit ans. Il me semble que...

Théo hocha sèchement la tête en l'interrompant.

– C'est au Temple gritchtèque que vous voulez aller?

– Oui.

Le glisseur décrivit un large cercle et se posa. Le consul, perdu dans ses pensées, regardait dans le vide tandis que les portières latérales du véhicule se soulevaient pour s'escamoter dans leur logement et que Sol Weintraub s'exclamait :

– Oh mon Dieu!

Le groupe descendit pour faire face à une plaine de décombres calcinés occupant l'emplacement du Temple gritchtèque. Depuis que les Tombeaux du Temps avaient été fermés, quelque vingt-cinq années locales auparavant, pour cause de trop grand danger, le Temple gritchtèque était devenu l'attraction touristique la plus en vogue. De la largeur de trois pâtés de maisons, culminant à cent cinquante mètres au sommet de la flèche effilée de sa tour centrale, le temple principal de l'Église gritchtèque tenait en même temps de la cathédrale grandiose et impressionnante, de la pure plaisanterie gothique, avec ses courbes dentelées et ses arcs-boutants de pierre permasoudés à un squelette en fibres composites armées, de la gravure d'Escher, avec ses perspectives truquées et ses angles impossibles, et du cauchemar à la Jérôme Bosch, avec ses entrées de tunnel, ses chambres secrètes, ses jardins sombres et ses secteurs interdits. Mais, par-dessous tout, cet édifice appartenait au passé mystérieux d'Hypérion.

Il ne restait plus rien de tout cela à présent. Seuls des tas de pierres noircies rappelaient la splendeur passée du lieu. Des poutrelles de métal à moitié fondu sortaient des ruines comme les côtes de quelque gigantesque carcasse. La grande masse des décombres avait été engloutie par les souterrains, catacombes et galeries qui se trouvaient au-dessous de l'édifice âgé de trois cents ans. Le consul s'avança au bord d'une fosse et se demanda si, comme le disait la légende, les sous-sols étaient véritablement reliés à l'un des labyrinthes de la planète.

— On dirait qu'ils ont utilisé des claps pour raser cet endroit, fit Martin Silenus en se servant d'un terme archaïque désignant tout type de canon laser à amplification de puissance.

Le poète, qui semblait subitement dégrisé, rejoignit le consul devant la fosse.

— Je me souviens d'une époque où il n'y avait rien d'autre ici que le Temple et une petite partie de la Vieille ville, dit-il. Après la catastrophe au voisinage des Tombeaux, Billy a décidé de reconstruire Jacktown ici, à cause du Temple. Et maintenant, il ne reste plus rien. Bon Dieu !

— Non, déclara Kassad.

Les autres se tournèrent vers lui.

Le colonel se redressa à l'endroit où il s'était accroupi pour examiner les décombres.

— Pas des claps, dit-il, mais des charges creuses au plasma. Il y en a eu plusieurs.

— Et maintenant, tu veux toujours rester ici pour entreprendre cet inutile pèlerinage ? demanda Théo. Pourquoi ne pas venir plutôt avec moi au consulat ?

Il s'adressait au consul, mais avait étendu l'invitation à tout le monde.

Le consul se tourna vers lui. Pour la première fois, il voyait sous les traits de son ex-adjoint le gouverneur général d'une planète assiégée de l'Hégémonie.

136

– C'est impossible, Votre Excellence, dit-il. Pour moi, tout au moins. Je ne sais pas ce que décideront les autres.

Les quatre hommes et la femme secouèrent négativement la tête. Silenus et Kassad commencèrent à décharger les bagages. La pluie recommençait à tomber, sous la forme d'une légère bruine issue de nulle part. En cet instant, le consul remarqua la présence de deux glisseurs de combat de la Force qui tournaient au-dessus des toitures avoisinantes. L'obscurité grandissante et leur coque revêtue d'un polymère-caméléon les avaient très bien cachés jusqu'ici, mais la pluie révélait leurs contours.

Naturellement, songea le consul. Le gouverneur général ne se déplace pas sans escorte.

– Est-ce que les prêtres ont pu se mettre à l'abri ? demanda Brawne Lamia. Y a-t-il eu des survivants quand le Temple a été détruit ?

– Oui, répondit Théo.

Le dictateur *de facto* de cinq millions d'âmes condamnées ôta ses verres pour les essuyer sur un pan de sa chemise.

– Tous les prêtres du culte gritchtèque, avec leurs acolytes, ont pu s'échapper par les galeries. La foule assiégeait cet endroit depuis des mois. Son chef, une femme nommée Cammon, qui vient de quelque part à l'est de la mer des Hautes Herbes, a donné tout ce qu'il fallait comme avertissements à ceux du Temple avant de lancer ses DL-20.

– Que faisait la police ? demanda le consul. Et les FT ? La Force ?

Théo Lane sourit. En cet instant, il semblait avoir des dizaines d'années de plus que le jeune homme qu'avait connu le consul.

– Vous êtes tous restés en transit pendant trois ans, dit-il. L'univers a changé depuis. Les fidèles du gritche se font tabasser et immoler par le feu dans le Retz tout entier. Imaginez ce que cela peut donner ici. La police de Keats s'occupe uniquement de faire respecter la loi martiale que j'ai décrétée depuis quatorze mois. Les FT et elle ont assisté sans intervenir à la destruction du Temple. J'y étais moi aussi. Il y avait cinq cent mille personnes ici ce soir-là.

Sol Weintraub fit un pas en avant.

– Est-ce qu'ils sont au courant, pour nous ? demanda-t-il. Le pèlerinage...

– S'ils l'étaient, vous seriez déjà tous morts. On pourrait croire qu'ils accueilleraient favorablement tout ce qui serait de nature à apaiser le gritche, mais la seule chose qu'une foule déchaînée se dirait, c'est que vous avez été désignés par l'Église gritchtèque. Pour tout vous dire, il a fallu que j'use de mon droit de veto contre mon propre Conseil. Il s'était prononcé en faveur de la destruction de votre vaisseau avant même son entrée dans notre atmosphère.

– Pourquoi as-tu fait ça? demanda le consul. Je veux dire, pourquoi as-tu mis ton veto?

En soupirant, Théo rajusta ses lunettes.

– Hypérion a encore besoin de l'Hégémonie, et Gladstone bénéficie toujours du vote de confiance de la Pangermie, sinon de celui du Sénat. Sans compter que j'ai besoin de toi.

Le consul contempla sans rien dire les ruines du Temple gritchtèque.

– Ce pèlerinage était déjà terminé avant que vous ne soyez annoncés, reprit le gouverneur général Théo Lane. Veux-tu revenir au consulat avec moi, au moins en qualité de conseiller spécial?

– Désolé, déclara le consul. C'est impossible.

Théo tourna abruptement les talons et, sans un mot de plus, grimpa dans son glisseur et décolla, suivi de son escorte à peine visible dans la bruine.

La pluie se mit à tomber plus fort tandis que le groupe se resserrait dans l'obscurité. Weintraub avait improvisé une capuche pour abriter Rachel, et le crépitement des gouttes d'eau sur le plastique faisait de nouveau pleurer le bébé.

– Que faisons-nous? demanda le consul en regardant autour de lui dans la nuit à peine éclairée par les lumières des ruelles avoisinantes.

Leurs bagages étaient entassés en une montagne ruisselante. Il émanait du monde une odeur de cendre. Martin Silenus répondit, découvrant ses dents dans un large sourire :

– Je connais un bistrot...

Il se trouva que le consul connaissait aussi ce bistrot, *Chez Cicéron*. Il avait même vécu là pendant la plus grande partie de son séjour de onze ans sur Hypérion.

Contrairement à la plupart des appellations en vigueur sur cette planète, *Cicéron* n'était pas une allusion à un quelconque produit littéraire de l'époque préhégirienne. On disait que l'établissement portait le nom d'un quartier d'une ancienne ville de la Terre – certains parlaient de Chicago, USA, d'autres de Calcutta, AIS –, mais Stan Leweski, le propriétaire, arrière-petit-fils du fondateur, prétendait être le seul à en connaître la véritable origine, et il n'avait jamais voulu révéler son secret à personne. Le local proprement dit, au cours de ses cent cinquante ans d'existence, avait éclaté, passant d'une simple salle au dernier étage sans ascenseur de l'un des immeubles les plus vieux et les plus croulants de Jacktown, en bordure du fleuve Hoolie, à *quatre* vieux immeubles de huit étages sur la berge du même fleuve. Les seuls éléments de *Chez Cicéron* qui n'avaient pas changé au fil des décennies étaient les plafonds bas, l'atmosphère enfumée et le brouhaha constant des conversations, qui donnaient une impression d'intimité au milieu d'un tourbillon de bruit et d'agitation.

Ce soir-là, pourtant, tout sentiment d'intimité était absent. Le consul et son groupe s'arrêtèrent avec leurs bagages à l'entrée qui donnait sur le chemin de Marsh.

– Par les larmes de Jésus! s'écria Martin Silenus.

Chez Cicéron présentait l'aspect d'un champ de bataille occupé par des hordes barbares. Il n'y avait pas une seule table de libre, pas le moindre siège. C'étaient surtout des hommes qui étaient présents, et le sol était jonché de paquetages, d'armes, de rouleaux de couchage, de matériel de communication suranné, de rations et de toutes sortes d'objets hétéroclites accompagnant une armée de réfugiés... Une armée en déroute, peut-être. L'atmosphère de *Chez Cicéron*, riche, autrefois, des parfums mêlés des grillades, du vin, de la bière, des stims et du tabac détaxé, était à présent lourdement saturée d'un mélange d'odeurs corporelles, d'urine âcre et de désespoir.

À ce moment-là, l'énorme silhouette de Stan Leweski se matérialisa dans la pénombre de la salle. Ses avant-bras étaient toujours aussi épais, mais son front avait grignoté quelques centimètres sur la lisière de ses cheveux noirs clairsemés, et les rides étaient plus nombreuses autour de ses petits yeux ronds, présentement écarquillés à la vue du consul.

– Un revenant! s'écria-t-il.

– Pas du tout!

– Tu n'es pas mort?

– Comme tu vois.

– Merde alors! déclara Stan Leweski.

Saisissant le consul par les bras, il le souleva aussi aisément que s'il s'agissait d'un bambin de cinq ans.

– Merde alors! répéta-t-il. Tu n'es pas mort! Mais qu'est-ce que tu fiches ici?

– Je viens vérifier ta licence, fit le consul. Ça ne te dérange pas de me reposer par terre?

Leweski le reposa délicatement sur ses pieds, lui donna un grand coup sur l'épaule et fit un large sourire. Puis il se tourna vers Martin Silenus, et le sourire se mua en un froncement de sourcils.

– Votre visage me paraît familier, dit-il, mais je ne crois pas vous avoir déjà vu ici.

– J'ai connu votre arrière-grand-père, fit Silenus. À propos, est-ce qu'il vous reste de cette fameuse ale préhégirienne? Cette bibine tiède, typiquement britannique, qui avait un goût de pisse d'élan recyclée. Je n'arrêterais pas d'en boire.

– Plus rien, fit Leweski en se prenant le menton. Bon Dieu! La vieille malle du grand-père Jiri! Les vieux holos du satyre de l'ancienne Jacktown... Serait-ce possible?

Il dévisagea longuement Silenus, puis le consul, avançant la main pour les toucher prudemment de son médius massif.

– Deux revenants, murmura-t-il.

– Six personnes exténuées, lui dit le consul tandis que le bébé se remettait à pleurer. Ou plutôt sept. Avez-vous de la place pour nous?

Leweski tourna sur lui-même d'un quart de cercle, d'un côté puis de l'autre, les bras écartés et les mains à plat.

– Toutes les salles sont comme ça, dit-il. Plus une seule place de libre. Plus rien à boire, plus rien à manger. Plus de bière, fit-il en plissant les yeux à l'adresse de Silenus. Nous sommes devenus un hôtel sans lits. Ces gros cons des FT se sont installés ici sans payer, et ils boivent leur propre bistouille en attendant la fin du monde. Qui ne saurait tarder, à mon avis.

Ils se tenaient dans ce qui avait été autrefois la mezzanine d'entrée. Les bagages entassés se mêlaient aux équipements de toutes sortes qui jonchaient déjà le sol. De petits groupes de soldats se pressaient à travers la foule pour voir les nouveaux arrivants, en hochant la tête d'un air appréciateur quand ils détaillaient Brawne Lamia, qui leur jetait en retour des regards glacés.

Stan Leweski regarda le consul un long moment avant de murmurer :

– Je crois pouvoir vous trouver une table de balcon. Elle est occupée depuis une semaine par cinq de ces foutus commandos de la mort des FT. Ils n'arrêtent pas de raconter à tout le monde comment ils vont écraser de leurs mains nues les légions des Extros. Si vous voulez la table, je me ferai un plaisir de foutre ces merdeux dehors.

– D'accord, dit le consul.

Il faisait déjà volte-face pour s'éloigner lorsque Lamia posa la main sur son bras.

– Voulez-vous de l'aide ? demanda-t-elle.

Il haussa les épaules, puis sourit.

– Je crois pouvoir me débrouiller tout seul, mais ce n'est pas de refus. Venez.

Ils disparurent dans la foule.

Le balcon du deuxième étage offrait juste assez de place pour la table délabrée et six chaises. Malgré l'encombrement insensé des salles principales, des marches d'escalier et des paliers, personne ne leur avait disputé la place après que Leweski et Lamia eurent balancé les commandos de la mort, sans tenir compte de leurs protestations, par-dessus la balustrade, dans la rivière qui coulait neuf mètres plus bas. Un peu plus tard, Leweski s'était arrangé pour leur faire monter un pot de bière, une corbeille de pain et des tranches de rosbif.

Le groupe mangeait en silence, ayant eu plus que sa part de fatigue post-fugue, de faim et de dépression. L'obscurité du balcon était à peine adoucie par les lumières de l'intérieur ou celles des péniches qui passaient en bas sur le fleuve. La plupart des bâtiments sur les berges du Hoolie étaient plongés dans le noir, mais les nuages bas reflétaient d'autres lumières de la cité, et le consul put distinguer les ruines du Temple gritchtèque à cinq cents mètres de là en amont.

– Bon, fit le père Hoyt, qui avait visiblement récupéré des effets de la dose massive d'ultramorphine et se trouvait actuellement à mi-chemin entre la douleur et l'apaisement du sédatif. Que faisons-nous, maintenant?

Comme personne ne répondait, le consul ferma à demi les yeux. Il refusait de prendre l'initiative en quoi que ce soit. Assis là sur le balcon de *Chez Cicéron,* il était trop facile de se laisser aller à reprendre les rythmes d'une existence passée où il boirait jusqu'au petit matin, contemplant les averses météoriques annonçant l'aube et le départ des nuages, puis regagnerait en titubant son appartement vide près de la place du marché, pour se lever quatre heures plus tard et se rendre au consulat, lavé, rasé, présentant une apparence à peu près humaine à l'exception de ses yeux injectés de sang et de la douleur insensée qui lui vrillait le crâne. Il faisait confiance à Théo, le discret et très efficace Théo, pour lui faire franchir sans encombre la matinée. Il faisait confiance à la chance pour l'amener jusqu'à la fin de la journée, à la bière de *Chez Cicéron* pour lui faire passer la nuit et à l'insignifiance de sa carrière pour le conduire jusqu'au bout de son existence.

– Prêts pour le pèlerinage?

Le consul rouvrit brusquement les yeux. Une silhouette drapée d'une cape, à la tête encapuchonnée, se tenait sur le seuil du balcon, et il crut un instant qu'il s'agissait de Het Masteen. Mais il se rendit compte que cet homme était beaucoup plus petit, et que sa voix n'avait pas l'emphase de celle du Templier dans sa manière d'appuyer sur les consonnes.

– Si vous êtes prêts, il faut partir tout de suite, reprit la silhouette sombre.

– Qui êtes-vous? demanda Brawne Lamia.

– Suivez-moi, fut la seule réponse.

Fedmahn Kassad se leva, baissant la tête pour ne pas se cogner au plafond, et se saisit de la main gauche d'un coin du capuchon qu'il tira en arrière.

– Un androïde! s'exclama Lénar Hoyt, incapable de détacher son regard de la peau bleue et des yeux bleu sur bleu de l'homme.

Le consul était moins surpris. La loi hégémonienne interdisait, depuis un peu plus d'un siècle, de posséder des androïdes, et pratiquement aucun d'entre eux n'avait été biofabriqué pendant cette période, mais on les utilisait toujours comme main-d'œuvre dans les régions reculées des mondes non coloniaux comme Hypérion. Le Temple gritchtèque en avait beaucoup fait usage, conformément à la doctrine de l'Église gritchtèque, qui proclamait que les androïdes, étant exempts de tout péché originel, étaient spirituellement supérieurs à l'humanité et, incidemment, préservés du terrible et inéluctable châtiment gritchtèque.

— Suivez-moi vite! répéta l'androïde en remettant son capuchon en place.

— C'est le Temple qui vous envoie? demanda Brawne Lamia.

— Chut! fit l'androïde en tournant furtivement la tête vers la salle, puis en faisant signe que oui. Dépêchez-vous, je vous en prie, chuchota-t-il.

Ils se levèrent tous, hésitant encore. Le consul vit Kassad défaire avec précaution la fermeture étanche du gilet de cuir qu'il portait. Il entrevit, en un éclair, le bâton de la mort passé à la ceinture du colonel. En temps normal, la seule pensée de se trouver à proximité d'une telle arme l'aurait bouleversé. Une seule fausse manœuvre, et toutes les synapses des personnes présentes sur ce balcon pouvaient être réduites en bouillie. Mais dans ces circonstances, il fut étrangement rassuré par ce qu'il avait vu.

— Nos bagages... commença Weintraub.

— On s'en occupe, fit l'androïde. Suivez-moi, maintenant.

Ils descendirent derrière lui et s'enfoncèrent dans la nuit, aussi las et passifs qu'un soupir.

Le consul dormit jusqu'à une heure relativement tardive. Une demi-heure après l'aube, un rayon de lumière se fraya un chemin à travers les lames du volet du hublot et forma un rectangle sur l'oreiller. Le consul se tourna dans son sommeil, mais ne se réveilla pas. Une heure plus tard, il y eut une forte secousse tandis que les mantas épuisées qui avaient tiré le chaland toute la nuit étaient remplacées par d'autres. Le consul continua cependant de dormir. Durant toute l'heure qui suivit, les allées et venues et les cris de l'équipage sur le pont, devant sa cabine, se multiplièrent, de plus en plus fort, sans le réveiller, et ce fut finalement la sirène retentissante des écluses de Karla qui le tira de son lourd sommeil.

Avec des gestes lents, ankylosé par les effets de la fugue comme s'il était drogué, il se lava du mieux qu'il put au-dessus du lavabo où il fallait pomper l'eau, puis revêtit un confortable pantalon de velours côtelé, une vieille chemise de toile et des chaussures de marche à semelles de mousse. Il grimpa ensuite sur le pont intermédiaire.

Le petit déjeuner était servi sur un long buffet à proximité d'une table épaisse qui pouvait s'escamoter dans les bordages du pont. Un auvent abritait l'endroit où l'on mangeait, et sa toile rouge et or claquait sous la brise que produisait leur passage. La matinée était splendide, claire et dégagée. Le soleil d'Hypérion rattrapait en vigueur ce qui lui manquait en grosseur.

Weintraub, Lamia, Kassad et Silenus étaient là depuis quelque temps déjà. Lénar Hoyt et Het Masteen se joignirent au groupe quelques minutes après l'arrivée du consul. Celui-ci se servit des toasts à la crème de poisson et du jus d'orange, puis se dirigea vers le bastingage. Le fleuve était large à cet endroit, au moins un kilomètre d'une rive à l'autre, et sa surface émeraude et lapis-lazuli reflétait la couleur du ciel. À première vue, le consul ne reconnaissait pas le paysage qui s'étendait de part et d'autre du fleuve. À l'est, des rizières de plantes-périscopes étalaient à perte de vue dans les lointains brumeux leur surface mouillée miroitante où se reflétait le soleil levant. Quelques huttes d'indigènes étaient visibles à la jonction des levées de terre des paddies, dont les murs à angle droit étaient renforcés de bois de vort blanchi ou de demichêne doré. À l'ouest, la rive du fleuve était couverte de buissons plats de gissen, de racines de tuviers et d'une sorte de fougère d'un rouge flamboyant que le consul était incapable d'identifier. Tout cela poussait autour de marais boueux et de lagunes en miniature qui s'étendaient, sur un kilomètre ou plus, jusqu'aux berges escarpées où des buissons bleus épineux s'accrochaient aux moindres interstices de la roche granitique.

Durant quelques secondes, le consul se sentit perdu, désorienté sur un monde qu'il croyait bien connaître. Puis il se souvint du coup de sirène des écluses de Karla, et comprit qu'ils s'étaient engagés dans un bras rarement fréquenté du fleuve Hoolie, au nord de la forêt de Doukhobor. Il n'avait jamais remonté cette partie du fleuve, ses voyages par voie aérienne ou fluviale l'ayant généralement conduit à suivre plutôt le Canal Royal qui passait à l'est des falaises. Il supposait qu'ils prenaient ce chemin détourné pour éviter un danger ou un obstacle quelconque sur la route normale de la mer des Hautes Herbes. D'après ses estimations, ils devaient se trouver en ce moment à environ cent quatre-vingts kilomètres au nord-ouest de Keats.

– Elle n'a pas du tout le même aspect à la lumière du jour, n'est-ce pas? demanda le père Hoyt.

Le consul continua d'observer la rive sans répondre. Il n'était pas bien sûr d'avoir compris ce que Hoyt voulait dire. Puis il s'avisa qu'il parlait de la péniche.

Comme en un rêve étrange, ils avaient suivi le messager androïde sous la pluie pour monter à bord de la vieille péniche et emprunter le dédale de coursives et de cabines au sol en damier. Het Masteen les avait rejoints à hauteur des ruines du Temple, puis ils avaient laissé les lumières de Keats derrière eux.

Le consul gardait un souvenir flou et épuisé des heures qui avaient précédé et suivi minuit. Il supposait que les autres étaient aussi désorientés que lui. Il se rappelait vaguement sa surprise en découvrant que l'équipage de la péniche n'était composé que d'androïdes, mais tout avait été effacé par le soulagement qu'il avait éprouvé quand il avait enfin refermé la porte de sa cabine pour se traîner dans son lit.

– J'ai discuté un peu avec A. Bettik, ce matin, lui dit Weintraub en se référant à l'androïde qui leur avait servi de guide. Ce vieux sabot a toute une histoire.

Martin Silenus se leva pour aller se servir au buffet un supplément de jus de tomate, auquel il ajouta une dose de quelque chose qu'il gardait sur lui dans un flacon plat.

– Il ne date pas d'hier, c'est sûr, dit-il. Ce foutu bastingage a été poli par d'innombrables mains, le pont usé par des légions de pieds, le plafond noirci par la suie des lampes et les lits défoncés par des générations de baiseurs. D'après moi, cette péniche a plusieurs siècles. Les moulures et ces putains de boiseries rococo sont uniques. Avez-vous remarqué que sous les autres odeurs, les incrustations de bois dégagent encore un parfum de santal? Je ne serais pas surpris si on me disait que ces trucs-là viennent tout droit de l'Ancienne Terre.

– C'est tout à fait le cas, fit Sol Weintraub tandis que le bébé Rachel, qu'il tenait aux bras, soufflait sur lui des bulles de salive dans son sommeil. Nous sommes sur le pont du fier *Bénarès,* construit et baptisé en l'honneur de la ville du même nom sur l'Ancienne Terre.

– Je ne me rappelle pas avoir jamais entendu parler d'une ville de l'Ancienne Terre appelée ainsi, fit le consul.

Brawne Lamia leva les yeux des restes de son petit déjeuner.

– Bénarès, également connue sous le nom de Varanasi ou Gandhipur, dit-elle. État libre de l'Inde. A fait partie de la seconde Sphère de coprospérité après la Troisième Guerre sino-japonaise. Détruite lors de l'Échange nucléaire limité entre l'Inde et la République soviétique musulmane.

– C'est exact, fit Weintraub. Le Bénarès a été construit quelque temps avant la Grande Erreur. Milieu du XXIIe siècle, à vue de nez. D'après A. Bettik, c'était à l'origine une barge de lévitation.

– Est-ce que les générateurs EM sont toujours là ? interrompit le colonel Kassad.

– Il me semble, répondit Weintraub. Près du grand salon, sur le pont inférieur. Vous verrez que le sol du salon est fait de cristal de lune transparent. Splendide quand on croise à deux mille mètres... mais sans objet, à présent.

– Bénarès... murmura Martin Silenus en caressant amoureusement de la main le bastingage poli par les ans. Je m'y suis fait entièrement dépouiller, autrefois.

Brawne Lamia posa bruyamment sa tasse à café.

– Vous n'allez pas nous dire, mon vieux, que vous êtes assez décrépit pour vous souvenir de l'Ancienne Terre ? Vous nous prenez pour des idiots ?

– Ma chère enfant, fit Martin Silenus en rayonnant, je ne vous prends pour rien du tout. L'idée m'a seulement effleuré qu'il serait amusant, en même temps qu'intéressant et fort édifiant, que tous ici nous échangions la liste des différents endroits où nous avons soit dépouillé les autres, soit été dépouillés par eux. Et puisque vous avez l'avantage injuste d'être fille de sénateur, je suis certain que votre liste serait beaucoup plus passionnante et bien plus longue que les nôtres.

Lamia ouvrit la bouche pour répliquer, mais fronça les sourcils et demeura muette.

– Je me demande comment ce vaisseau est arrivé jusqu'à Hypérion, murmura le père Hoyt. À quoi bon transporter une barge de lévitation sur un monde où l'équipement EM ne fonctionne pas?

– Ce n'est pas si sûr, lui dit le colonel Kassad. Hypérion possède un champ magnétique, même s'il est faible et peu fiable quand il s'agit de maintenir un appareil en l'air.

Le père Hoyt haussa un sourcil, visiblement perplexe devant cette distinction.

– Hé! s'écria soudain le poète en s'adossant au bastingage. Nous sommes tous là!

– Et alors? demanda Brawne Lamia, dont les lèvres se pinçaient toujours en une ligne mince lorsqu'elle s'adressait à Silenus.

– Nous sommes tous ensemble. Pourquoi ne pas continuer de raconter nos histoires?

– Je croyais, déclara Het Masteen, que nous devions faire cela après dîner.

Martin Silenus haussa les épaules.

– Déjeuner ou dîner, qu'est-ce que ça peut foutre? Profitons de l'occasion. Nous n'allons pas mettre six ou sept jours pour arriver aux Tombeaux du Temps, je suppose?

Le consul réfléchit quelques secondes. Un peu moins de deux jours pour arriver à l'endroit où le fleuve ne pourrait plus les porter. Encore deux jours, un peu moins, peut-être, avec des vents favorables, pour traverser la mer des Hautes Herbes. Certainement pas plus d'une journée pour franchir les montagnes.

– Non, dit-il. Nous ne mettrons pas tout à fait six jours.

– Très bien, fit Silenus. Reprenons nos récits. Sans compter que le gritche peut très bien décider de venir à notre rencontre avant que nous n'allions frapper à sa porte. Si ces histoires de coin du feu sont censées augmenter nos chances de survie, je dis qu'il faut se dépêcher d'entendre le plus de monde possible avant que les conteurs ne commencent à se faire réduire en bouillie pour les chats par ce broyeur-mixeur ambulant auquel nous sommes si pressés de rendre visite.

– Vous êtes dégoûtant, fit Brawne Lamia.

– Ma petite chérie! sourit Silenus. Ce sont les paroles mêmes qui sont sorties de votre bouche la nuit dernière, après votre second orgasme.

Lamia détourna les yeux. Le père Hoyt se racla la gorge et demanda :

– À qui le tour ? De raconter son histoire, bien sûr.

Il y eut un silence pesant.

– C'est à moi, dit Fedmahn Kassad en sortant de la poche de sa vareuse blanche un morceau de papier sur lequel était tracé un grand 2.

– Ça ne vous dérange pas de commencer tout de suite ? demanda Sol Weintraub.

Kassad esquissa l'ombre d'un sourire.

– Je n'étais pas du tout pour, au début, dit-il. Mais s'il faut que la chose soit faite à l'heure, autant qu'elle soit faite avant l'heure.

– Hé ! s'écria Martin Silenus. Notre homme connaît même ses classiques préhégiriens !

– Shakespeare, murmura le père Hoyt.

– Non, répliqua Silenus. Lerner et ce putain de Lowe. Neil de mes deux Simon. Posten sodomisé par Hamel.

– Colonel, déclara gravement Sol Weintraub, il fait beau et personne ici ne semble rien avoir de plus pressé à faire durant l'heure qui vient. Nous vous serions très obligés de nous exposer les circonstances qui vous ont amené à participer à ce dernier pèlerinage gritchtèque sur Hypérion.

Kassad hocha lentement la tête. Le soleil était un peu plus chaud, la toile d'auvent claquait et les ponts du *Bénarès* craquaient tandis que l'ex-barge de lévitation remontait tranquillement le fleuve vers les montagnes et les marais hantés par le gritche.

Le récit du soldat :

« Les amants de la guerre »

C'est durant la bataille d'Azincourt que Fedmahn Kassad rencontra la femme qu'il allait passer le reste de sa vie à essayer de retrouver.

Par une matinée froide et humide de la fin du mois d'octobre 1415, on l'avait introduit comme archer dans l'armée du roi Henri V d'Angleterre. Les forces anglaises se trouvaient sur le sol français depuis août 1414 et battaient peu à peu en retraite depuis le 8 octobre devant des troupes françaises supérieures en nombre. Henri avait convaincu son Conseil de guerre que l'armée anglaise était capable de rejoindre Calais, où elle serait en sécurité, à marches forcées, avant les Français. Cette stratégie avait échoué. À l'aube de ce vingt-cinquième jour gris et bruineux d'octobre, sept mille Anglais, pour la plupart des archers, se massèrent face à une force de quelque vingt-huit mille hommes d'armes français sur une largeur d'un kilomètre de terrain bourbeux.

Kassad avait froid, il se sentait fatigué et malade, et il avait très peur. Avec les autres archers, il se nourrissait presque exclusivement de baies sauvages depuis huit jours que durait leur marche, et la majorité des hommes en ligne comme lui ce matin-là souffraient de diarrhée. La température ne dépassait pas douze degrés. Kassad avait vainement essayé, la nuit précédente, de trouver le sommeil à même la terre humide. Il était extrêmement impressionné par l'incroyable réalisme de l'expérience. Le Réseau Tactique Historique de l'École de Commandement Militaire d'Olympus était aussi différent par rapport aux stimsims traditionnelles que les polyholos comparés aux ferrotypes d'antan, mais les sensations physiques étaient si convaincantes, si réelles que Kassad appréhendait pour de bon d'être blessé au combat. On racontait que des élèves officiers, ayant reçu une blessure fatale dans une sim du RTH-ECMO, avaient été retirés morts de leur crèche d'immersion.

Kassad et le reste de l'archerie du flanc droit de l'armée d'Henri observaient sans rien faire les forces françaises depuis le début de la matinée lorsque des pennons s'agitèrent. L'équivalent d'un sergent du xve siècle aboya ses ordres, et les archers, obéissant au commandement royal, marchèrent sur l'ennemi. Le front irrégulier des Anglais, qui s'étalait sur sept cents mètres d'une ligne d'arbres à l'autre, consistait en groupes d'archers comme ceux de la troupe de Kassad, mêlés à des groupes plus petits d'hommes d'armes. Les Anglais ne disposaient pas de cavalerie organisée. La plupart des chevaux que Kassad pouvait voir de son côté avaient pour cavaliers des hommes rattachés au groupe de commandement du roi, à trois cents mètres du centre, ou aux positions du duc d'York, beaucoup plus proches de l'endroit où se tenaient Kassad et les autres archers, sur le flanc droit. Ces groupes de commandement rappelaient à Kassad le QG mobile de l'état-major d'une unité terrestre de la Force, à l'exception de l'inévitable forêt d'antennes de communication, ici remplacées par des pennons et gonfalons qui pendaient au bout de leurs piques. Cible rêvée pour l'artillerie, se dit Kassad, pour se rappeler aussitôt que de telles notions militaires n'existaient pas encore.

Kassad avait constaté que les Français ne manquaient pas de chevaux. Il estima que chaque flanc de leur armée devait comporter six ou sept cents hommes montés, en plus d'une longue ligne de cavalerie derrière le front principal de leurs troupes. Il n'aimait pas beaucoup ces bêtes. Il en avait déjà eu sous les yeux des images et des représentations holos, naturellement, mais il n'en avait jamais contemplé en chair et en os avant cet exercice. Leur taille, leur odeur, les bruits que les chevaux faisaient entendre le rendaient nerveux, surtout dans la mesure où ces fichus quadrupèdes étaient revêtus d'une armure de la tête aux sabots, bardés de fer et entraînés à porter des hommes en armure maniant des lances de quatre mètres de long.

L'avance des Anglais prit fin. Kassad estimait que sa ligne de bataille se trouvait à deux cent cinquante mètres environ de la ligne française. Il savait, d'après l'expérience de la semaine passée, que les Français se trouvaient à portée de ses flèches, mais il aurait fallu, pour bander l'arc, se déboîter à moitié l'épaule.

Les Français criaient ce qu'il supposait être des injures. Il les ignora tout en s'avançant, avec ses compagnons silencieux, à quelques mètres de l'endroit où ils avaient fiché en terre leurs longues flèches, pour les avoir à portée de la main, et trouvèrent un terrain meuble pour y enfoncer leurs pieux. Ceux-ci étaient lourds et longs, environ un mètre cinquante, et cela faisait une semaine que Kassad traînait le sien. Ils les avaient rendus pointus aux deux extrémités. Lorsque l'ordre avait été transmis à toute l'archerie de couper de jeunes arbres pour en faire des pieux, quelque part au cœur de la forêt, après la traversée de la Somme, Kassad s'était vaguement demandé à quoi cela pourrait bien servir. Il détenait maintenant la réponse.

Un archer sur trois avait dans son équipement un lourd marteau d'armes, et les pieux furent enfoncés avec, selon un angle soigneusement étudié. Kassad sortit son grand couteau pour tailler de nouveau la pointe du pieu qui, malgré son inclinaison, lui arrivait presque à hauteur de poitrine. Puis il recula, à travers le hérisson de pieux acérés, pour attendre la charge des Français à côté de ses flèches.

Les Français ne chargèrent pas.

Kassad attendit. Son grand arc était bandé. Quarante-huit flèches étaient plantées en deux faisceaux à ses pieds, dont la position était parfaitement réglementaire.

Les Français ne chargeaient toujours pas.

La pluie avait cessé, mais une brise fraîche s'était levée, et la faible quantité de chaleur corporelle produite par Kassad au cours de la brève marche et de la corvée des pieux s'était rapidement dissipée. Les seuls bruits que l'on entendait maintenant étaient les frottements métalliques des armures des hommes et des bêtes, quelques rires et murmures nerveux occasionnels, ainsi que les piétinements sourds des sabots de la cavalerie ennemie qui se redisposait mais refusait toujours de donner l'assaut.

– Bordel! s'exclama un yeoman aux cheveux grisonnants à quelques mètres de Kassad. Ces putains de salauds nous ont fait perdre toute notre foutue matinée. Qu'ils lèvent le cul du pot, s'ils ne peuvent pas chier!

Kassad hocha la tête d'un air approbateur. Il ignorait si l'autre s'était exprimé réellement en moyen anglais ou en simple standard. Il n'aurait su dire si l'archer grisonnant était comme lui un élève officier de l'école militaire ou bien un instructeur, ou encore un artefact créé par la sim. Il n'aurait pas su dire non plus si l'argot était authentique. Il s'en fichait, en fait. Son cœur battait très fort et ses doigts étaient moites. Il s'essuya les mains sur son pourpoint.

Comme si le roi Henri n'avait attendu que le signal du vieil archer, des bannières de commandement s'agitèrent soudain, des sergents hurlèrent leurs ordres et des rangées d'archers anglais levèrent leurs grands arcs, les bandèrent à un commandement et lâchèrent la corde au commandement suivant.

Quatre volées représentant plus de six mille flèches longues d'un yard, à la tête triangulaire, semblèrent former un nuage à trente mètres de haut puis retombèrent sur les Français.

Les hennissements aigus des chevaux s'élevèrent, accompagnés du crépitement de dix mille pots d'étain battus par des milliers d'enfants déments tandis que les hommes d'armes français se penchaient pour recevoir le gros de l'averse sur l'acier de leur bassinet ou de leurs plaques de buste et d'épaules. Kassad n'ignorait pas que, militairement, peu de dommages réels étaient ainsi causés, mais c'était piètre consolation pour le soldat français qui se retrouvait avec dix pouces de bois de flèche dans l'œil ou pour les dizaines de chevaux qui trébuchaient, vacillaient ou s'écroulaient les uns sur les autres tandis que leurs cavaliers luttaient pour arracher les dards des flancs des malheureuses créatures.

Les Français, cependant, ne chargeaient toujours pas.

De nouveaux ordres furent lancés. Kassad mit l'arc en position, banda, lâcha son trait. Puis encore et encore. Toutes les dix secondes, le ciel se noircissait. Son bras et son épaule étaient endoloris. Il ne ressentait ni exaltation ni colère. Il faisait simplement son travail. Les muscles de son avant-bras étaient en feu. De nouveau, les flèches volèrent. Puis encore. Cinq de ses premiers faisceaux de vingt-quatre flèches y étaient déjà passés lorsqu'un grand cri se propagea le long des lignes anglaises. Retenant sa respiration, l'arc bandé, il baissa les yeux pour regarder devant lui.

Les Français étaient en train de charger.

Une charge de cavalerie était quelque chose qui dépassait l'expérience de Kassad. La vue de douze cents chevaux en armure fonçant droit sur lui créait des sensations internes qu'il trouvait pour le moins déroutantes. La charge ne dura pas plus de quarante secondes, mais il découvrit que c'était largement suffisant pour que sa bouche devienne absolument sèche, que sa respiration commence à lui poser quelques problèmes et que ses testicules se rétractent entièrement. Si le reste de son corps avait pu trouver un endroit comparable où se recroqueviller tout entier, il aurait sérieusement envisagé de s'y réfugier aussi.

En l'occurrence, il était trop occupé pour penser seulement à prendre la fuite. Au commandement, sa ligne d'archers lâcha cinq volées successives sur les cavaliers lancés à l'attaque, réussit à placer une volée supplémentaire en libre tir et recula de cinq pas.

Les chevaux, en fin de compte, se montrèrent trop malins pour s'empaler délibérément sur les pieux, quelle que fût l'ardeur avec laquelle leurs cavaliers les poussaient à le faire. Mais la deuxième et la troisième vague de cavalerie ne purent s'arrêter aussi brusquement que la première, et il suffit d'un seul instant dément pour que montures et cavaliers s'écroulent pêle-mêle dans un concert de cris et de hennissements aigus. Kassad s'élança en hurlant, s'attaquant à tous les Français désarçonnés qu'il voyait, abattant son marteau d'armes sur tous ceux qui étaient à terre sur son passage, plantant son long couteau au défaut de toutes les armures quand il n'avait pas la place de faire des moulinets avec le marteau. Bientôt, avec l'archer grisonnant et un soldat un peu plus jeune qui avait perdu son bassinet, il forma une équipe redoutable qui s'attaquait systématiquement à tous les cavaliers démontés, sur trois côtés à la fois. Kassad se servait de son marteau d'armes pour faire rouler à terre le cavalier qui l'implorait à genoux, puis tous les trois lui sautaient dessus avec leurs lames nues.

Un seul chevalier français réussit à se remettre debout et à leur opposer son épée. Soulevant sa visière, il formula la demande honorable d'un combat singulier. Mais tandis que le vieil homme et le jeune tournaient autour de lui comme des loups, Kassad alla prendre son arc et lui planta, à dix pas, une flèche dans l'œil gauche.

La bataille se poursuivit dans la veine mortelle d'un opéra comique propre à tous les combats depuis les premiers affrontements à coups de cailloux et de fémurs sur l'Ancienne Terre. La cavalerie française réussit à faire volte-face et à battre en retraite juste au moment où la première vague de dix mille hommes d'armes chargeait à pied le centre des forces anglaises. La mêlée qui s'ensuivit rompit le rythme de l'attaque et, avant que les Français n'eussent le temps de reprendre l'initiative, les hommes d'armes d'Henri les tenaient au bout de leurs piques, et des milliers d'archers, dont Kassad, lâchaient des volées de traits meurtriers, à courte distance, sur l'infanterie française massée en rangs serrés.

Cela ne mit pas un terme à la bataille. Ce ne fut pas non plus nécessairement le moment décisif. L'instant crucial, quand il arriva, fut perdu, comme cela arrive régulièrement en de telles circonstances, dans le tourbillon de poussière de mille rencontres individuelles, fantassin contre fantassin, uniquement séparés par la distance des armes individuelles. Avant la fin de la bataille, quelque trois heures plus tard, des variations mineures de thèmes répétés allaient prendre place, des poussées inefficaces, contrées par des contre-poussées maladroites, se succéderaient, et il y aurait un moment moins qu'honorable où Henri ordonnerait que l'on mît à mort les prisonniers français plutôt que de les abandonner sur les arrières lorsque les Anglais durent faire face à une nouvelle menace. Mais hérauts et historiens, plus tard, s'accorderaient pour dire que l'issue s'était jouée quelque part au milieu de la confusion qui avait marqué la première charge de l'infanterie française. Les soldats français avaient péri par milliers, et la domination anglaise sur cette partie du continent continuerait de s'exercer encore un bon moment. L'ère des hommes d'armes en armure, des chevaliers et de tout ce que la chevalerie représentait était terminée, clouée dans le cercueil de l'histoire par une armée disparate de quelques milliers de paysans munis de grands arcs. L'ultime insulte faite aux nobles français qui avaient trouvé la mort – si tant est que les morts puissent être insultés plus avant – résidait dans le fait que les archers anglais n'étaient pas seulement des hommes du commun, commun au sens le plus vil du terme, le plus infesté de poux et de puces, mais étaient également de simples conscrits, des appelés, des grognards, des troufions, des GI's, des bérets rouges, des techniciens de la mort, des Spets.

Tout cela, bien sûr, faisait partie de la leçon que Kassad était censé apprendre à l'occasion de cet exercice du RTH-ECMO. Mais il n'avait rien retenu du tout. Il était trop absorbé par un autre type de rencontre, qui allait bouleverser sa vie.

L'homme d'armes français passa par-dessus la tête de son cheval stoppé net, roula une fois sur lui-même et se releva aussitôt, avant que la boue ne retombe, pour courir vers l'abri des arbres. Kassad le suivit. Il se trouvait à mi-chemin de la ligne d'arbres lorsqu'il se rendit compte que le vieil archer et le jeune soldat n'étaient plus avec lui. Peu lui importait, après tout. L'adrénaline affluait, et l'appel du sang l'étreignait irrésistiblement.

L'homme d'armes, qui avait été désarçonné par son cheval lancé au galop et se trouvait empêtré dans une armure de soixante livres, aurait dû être pour Kassad une proie facile. Mais ce fut loin d'être le cas. Le Français, ayant jeté un seul coup d'œil en arrière, le vit arriver sur lui en courant, le marteau levé, le regard meurtrier. Il courut de plus belle et atteignit le bois avec une quinzaine de mètres d'avance sur son poursuivant.

Kassad ne ralentit que lorsqu'il eut pénétré assez profondément dans la forêt. Il s'appuya alors sur le manche de son marteau et considéra la situation. Les cris, les chocs et les commotions du champ de bataille lui parvenaient assourdis par la distance et la végétation. Les arbres, presque sans feuillage, laissaient encore tomber des gouttes de pluie du dernier orage. La forêt était tapissée d'une épaisse couche de feuilles mortes et de brindilles. L'homme d'armes avait laissé une piste de branches cassées visible sur la première vingtaine de mètres, mais elle devenait de plus en plus difficile à suivre avec la multiplication des sentiers d'animaux envahis par les broussailles.

Kassad progressait lentement, en s'efforçant de repérer le moindre bruit autre que ceux de sa respiration haletante ou de son propre cœur près d'éclater. Il s'avisa que, tactiquement parlant, ce qu'il était en train de faire n'était peut-être pas particulièrement prudent. L'homme d'armes portait une armure complète et tenait son épée à la main quand il avait disparu dans ces bois. D'un moment à l'autre, il pouvait se ressaisir, surmonter sa panique, regretter sa conduite peu honorable pour un chevalier et se souvenir de ses années d'entraînement au combat. Kassad, lui aussi, avait reçu un entraînement spécial. Il baissa les yeux vers son gilet de cuir et sa chemise de toile. Il tenait toujours son marteau à la main, et son poignard était passé à sa large ceinture. Il était entraîné à l'utilisation d'armes à haute énergie, capables de tuer dans un rayon allant de quelques mètres à des milliers de kilomètres. Il était qualifié dans le maniement des grenades au plasma, des claps, canons à fléchettes, soniques, armes sans recul sous gravité zéro, bâtons de la mort, fusils d'assaut cinétiques et autres gantelets à faisceau. Il possédait maintenant une bonne connaissance du grand arc anglais. Mais aucun de tous ces objets – pas même le grand arc – n'était à présent à portée de sa main.

– Merde! murmura le deuxième lieutenant Kassad.

L'homme d'armes sortit des buissons comme un ours lancé à la charge, les bras levés, les jambes écartées, l'épée décrivant un arc de cercle plat visant à éviscérer Kassad. L'élève officier de l'ECMO essaya de faire un bond en arrière et de lever son marteau en même temps, mais il ne réussit tout à fait ni dans l'un ni dans l'autre. La lourde épée du Français lui arracha le marteau de la main tandis que la pointe émoussée de la lame éraflait le cuir, la chemise et la peau.

Kassad bondit de nouveau en arrière en beuglant, portant instinctivement la main au poignard de sa ceinture. Mais son talon droit s'empêtra dans les branches d'un arbre déraciné, et il tomba en jurant dans le fouillis de branchages tandis que l'homme d'armes fonçait sur lui, son épée taillant à droite et à gauche comme une machette démesurée. Kassad avait réussi à sortir son poignard au moment où le Français commençait à se frayer un chemin dans l'enchevêtrement des branches, mais que pouvait faire une pauvre lame de dix pouces d'acier contre une armure, à moins que le chevalier ne fût immobilisé, ce qui n'était présentement pas le cas? Kassad savait qu'il n'aurait jamais aucune chance d'introduire sa lame à l'intérieur du cercle où opérait l'épée. Son seul espoir était dans la fuite, mais le gigantesque tronc derrière lui et l'enchevêtrement devant éliminaient cette option. Il ne tenait pas à se faire transpercer en tournant le dos au Français, ni à être embroché par-dessous en essayant de grimper. Il ne tenait à mourir d'aucune façon.

Il adopta la posture défensive du lutteur au couteau, qu'il n'avait pas utilisée depuis l'époque où il se battait dans les ruelles sordides des bas-fonds de Tharsis. Il se demandait comment la simulation allait traiter sa mort.

Une ombre apparut, surgie de nulle part, derrière le chevalier français. Le bruit du marteau de Kassad retombant sur l'épaulière d'acier de l'armure évoqua très précisément, dans l'esprit de ce dernier, celui qu'aurait fait un marteau-pilon en retombant sur le capot d'un véhicule EM.

Le Français tituba, se retourna pour faire face à la nouvelle menace et reçut le second coup de marteau sur son plastron. Le sauveur de Kassad était petit de taille. L'homme d'armes ne tomba pas. Il brandissait déjà son épée au-dessus de sa tête lorsque Kassad le frappa d'un violent coup d'épaule, par-derrière, à l'articulation de la genouillère.

Les branches craquèrent tandis que le Français en armure tombait lourdement. Le petit attaquant l'enjamba aussitôt, immobilisant son épée du pied et abattant à plusieurs reprises son marteau sur le heaume et son ventail. Kassad réussit enfin à s'extirper de l'enchevêtrement de branches et de jambes. Il s'assit sur les genouillères du chevalier abattu et commença méthodiquement à traverser l'armure avec son poignard aux articulations du bas-ventre, des côtés et des aisselles. Le petit combattant sauta alors à pieds joints sur le poignet du chevalier, et Kassad rampa vers l'endroit où le heaume s'articulait au reste de l'armure pour larder le Français de coups de poignard.

Il réussit enfin à introduire la pointe de son arme dans une fente du ventail, et un hurlement s'éleva tandis que le marteau retombait sur le manche du poignard, enfonçant les dix pouces de lame dans le défaut de l'armure comme un vulgaire piquet de tente dans le sol. Le chevalier souleva du sol, dans un dernier soubresaut, les soixante livres d'acier de son armure et Kassad, puis retomba inerte.

Kassad se laissa rouler sur le côté. Son sauveur tomba également près de lui. Ils étaient tous les deux couverts de transpiration et du sang du chevalier mort. Il regarda de plus près le visage de l'autre et vit qu'il s'agissait d'une femme, vêtue à peu près comme lui. Puis il laissa de nouveau retomber sa tête, haletant.

– Est-ce que... Est-ce que tout va bien ? réussit-il à dire au bout d'un moment.

Il ressentait maintenant le choc de la surprise. Elle avait les cheveux bruns et courts, tout au moins selon les critères actuellement en vigueur dans le Retz, avec, de part et d'autre de la raie, une frange qui naissait à quelques centimètres du centre de son front, sur le côté gauche, pour finir juste au-dessus de son oreille droite. C'était une coiffure de garçon appartenant à quelque époque révolue, mais elle était loin de ressembler à un garçon. Kassad se disait au contraire que c'était peut-être la plus belle femme qu'il eût jamais rencontrée. La structure osseuse de son visage était parfaite. Son menton et ses pommettes n'étaient ni trop ronds ni trop pointus ; ses grands yeux brillaient de vie et d'intelligence; ses lèvres étaient douces et tendres. Kassad se rendit compte qu'elle n'était pas si petite qu'il l'avait cru. Sans être aussi grande que lui, elle était d'une taille supérieure à la plupart des femmes du xv⁰ siècle. Et malgré sa tunique épaisse et son pantalon bouffant, il devinait la courbe douce de ses hanches et de sa poitrine. Elle paraissait plus vieille que lui de quelques années, peut-être la trentaine, mais c'est à peine s'il enregistra cette impression tandis qu'elle continuait de le dévisager de ses yeux enjôleurs aux profondeurs insondables.

– Vous n'avez pas de mal? demanda-t-il de nouveau, d'une voix qui parut étrange même à ses propres oreilles.

Elle ne répondit pas. Ou plutôt, sa réponse consista à faire glisser ses longs doigts le long du torse de Kassad, défaisant au passage les lanières de cuir qui fermaient le gilet grossier. Elle fit de même avec la chemise, à moitié déchirée et couverte de sang. Puis elle se serra contre lui, ses doigts et ses lèvres contre son torse nu, ses hanches déjà en mouvement. De la main droite, elle chercha les cordons qui fermaient le devant de son pantalon et les défit aussi.

Kassad l'aida à retirer les vêtements qu'il avait encore sur lui, puis fit glisser ceux de la fille en trois gestes fluides. Elle ne portait rien sous sa chemise et son pantalon de toile rude. Il passa la main entre ses cuisses, par-derrière, contre la rondeur de ses fesses, et glissa les doigts entre les lèvres humides de la toison rêche. Elle s'ouvrit à sa caresse tandis que sa bouche happait la sienne. Malgré tous leurs mouvements quand ils s'étaient déshabillés, à aucun moment leur peau n'avait perdu le contact, et le membre dur de Kassad se frottait contre le ventre rond de la fille.

Elle roula alors sur lui, ses cuisses écartées au-dessus de ses hanches, son regard toujours rivé au sien. Kassad ne s'était jamais senti aussi excité de sa vie. Il haleta lorsqu'elle passa une main derrière elle pour le saisir et le guider en elle. Lorsqu'il rouvrit les yeux, elle se balançait lentement sur lui, la tête en arrière, les paupières closes. Il fit remonter ses mains le long de ses hanches, jusqu'au galbe parfait de ses seins, dont il sentit le bout durcir contre ses paumes.

Ils firent alors l'amour, passionnément. À vingt-trois

ans standard, Kassad avait été amoureux une fois et avait connu plusieurs fois les plaisirs de la chair. Il pensait tout savoir de A à Z sur la question. Il n'y avait rien, dans son expérience antérieure, qu'il n'eût pu décrire d'une seule phrase accompagnée d'un éclat de rire à ses camarades d'escadron dans la soute d'un transport de troupes. Avec l'assurance tranquille et cynique d'un vétéran de vingt-trois ans, il était sûr qu'il ne connaîtrait jamais rien qui ne pût être ainsi décrit et oublié aussitôt après. Mais il s'était trompé. Jamais il ne pourrait communiquer en mots à qui que ce fût les impressions des quelques minutes qui suivirent. Jamais il ne se risquerait à essayer.

Ils firent l'amour dans le cercle soudain d'un rayon de lumière de cette fin d'octobre, sur un tapis de vêtements et de feuilles mortes, leur peau luisante lubrifiée par une pellicule de sueur et de sang. Elle ne cessait de regarder Kassad de ses grands yeux verts, qui s'élargirent légèrement lorsqu'il commença à accélérer le rythme, et se fermèrent à la même seconde que les siens.

Ils synchronisèrent alors leurs mouvements, portés par une vague soudaine de sensations aussi éternelles et inéluctables que le cours des planètes. Leur pouls s'accéléra, leur chair suivit les tropismes de ses propres liquides dans une pâmoison finale commune où le monde extérieur était réduit à rien du tout. Puis, toujours joints par le sens du toucher, au diapason de leurs battements de cœur et de l'excitation de leur passion assouvie, ils laissèrent la conscience réintégrer lentement leur chair de nouveau dissociée tandis que le monde se remettait à couler à travers leurs perceptions momentanément oubliées.

Ils demeurèrent quelque temps étendus côte à côte. L'armure du mort était glacée au contact du bras gauche de Kassad, dont la jambe droite touchait la cuisse chaude de la fille. Les rayons du soleil étaient une bénédiction. Des couleurs cachées remontaient à la surface des choses. Kassad tourna la tête pour la regarder tandis qu'elle appuyait la tête contre son épaule. Elle avait les joues roses, et la lumière de l'automne jouait sur les fils d'or de sa chevelure étalée sur le bras de Kassad. Elle souleva sa jambe pliée pour la poser sur la cuisse de Kassad, et celui-ci sentit renaître en lui un tourbillon d'excitation. Le soleil lui caressait le visage. Il ferma les yeux.

Quand il se réveilla, elle n'était plus là. Il était certain qu'il ne s'était pas écoulé plus de quelques secondes – une minute, peut-être, au maximum. Pourtant, le soleil avait disparu, la forêt avait perdu ses couleurs, et une brise froide agitait les branches nues des arbres.

Il remit en frissonnant ses vêtements déchirés rigidifiés par le sang. L'homme d'armes gisait toujours à ses pieds dans l'attitude impersonnelle de la mort, comme un objet qui aurait toujours fait partie du décor. Il n'y avait pas le moindre signe d'une présence féminine.

Fedmahn Kassad retourna en boitant vers le champ de bataille, à travers la forêt sombre et glacée.

La plaine était jonchée de corps, morts et vivants. Les morts étaient entassés par paquets comme les soldats de plomb avec lesquels il jouait quand il était enfant. Les blessés rampaient, aidés par des soldats valides. Çà et là, des formes furtives se frayaient un chemin parmi les morts. Près de la ligne d'arbres opposée à celle d'où il venait, un groupe animé de hérauts, anglais et français, tenait un conclave ponctué d'exclamations et de gesticulations. Kassad savait qu'ils étaient en train de décider du nom de cette bataille, afin d'accorder leurs archives. Il savait aussi que le nom choisi serait celui de la forteresse la plus proche, Azincourt, même si ce nom n'avait figuré jusque-là dans aucun plan de bataille ou de stratégie.

Kassad commençait à croire qu'il ne faisait pas du tout partie d'une simulation, que cette journée de grisaille était la réalité et que le rêve était son existence dans le Retz lorsque soudain toute la scène se figea, hommes, chevaux et paysage. La forêt sombre devint transparente comme une image holo en train de s'éteindre, et quelqu'un l'aida à sortir de sa crèche de simulation de l'École de Commandement Militaire d'Olympus. Les instructeurs et les autres élèves officiers discutaient et riaient, apparemment inconscients du fait que le monde avait à jamais changé.

Des semaines durant, après cela, Kassad passa chacune de ses heures libres à errer le long des remparts de l'école militaire pour observer les ombres du mont Olympus qui couvraient d'abord la forêt du plateau, puis les hautes terres, puis tout ce qui s'étendait à mi-chemin de l'horizon, puis la planète entière. Et pas une seule seconde il ne pensait à autre chose que ce qui lui était arrivé. Il ne pensait qu'à elle.

Personne n'avait rien remarqué d'anormal dans la simulation. Personne d'autre que lui n'avait quitté le champ de bataille. Un instructeur lui avait même expliqué que rien ne pouvait exister au-delà du secteur limité de la simulation. Personne ne s'était aperçu de l'absence de Kassad. Tout se passait comme si la poursuite dans la forêt – et la rencontre de cette femme – n'avaient jamais eu lieu.

Mais Kassad n'en pensait pas moins. Il suivait régulièrement ses cours d'histoire militaire et de mathématiques. Il faisait le nombre d'heures requis au polygone et à la salle de gym. Il exécutait sans rechigner les marches disciplinaires sur le terrain de Caldera, bien qu'il fût rarement puni. D'une manière générale, le jeune Kassad devint un élève officier encore mieux noté qu'il ne l'était déjà. Mais durant tout ce temps il n'avait qu'une seule idée en tête.

Et il finit par la revoir.

Cela se passa, de nouveau, vers la fin d'une simulation du RTH-ECMO. Entre-temps, Kassad avait appris que ces exercices étaient un peu plus que de simples sims. Le RTH-ECMO faisait partie de la Pangermie du Retz, le réseau en temps réel qui supervisait toute la politique hégémonienne, fournissait des informations aux dizaines de milliards de citoyens avides de données et avait fini par acquérir une forme particulière de conscience et d'autonomie. Plus de cent cinquante infosphères planétaires mêlaient leurs ressources dans un cadre commun créé par quelque six mille IA de classe oméga pour permettre au RTH-ECMO de fonctionner.

– Le RTH ne simule pas à proprement parler, lui avait expliqué l'élève officier Radinski, le meilleur expert en la matière que Kassad eût réussi à faire parler. Il *rêve,* d'une manière aussi conforme que possible avec la réalité historique du Retz. Et le résultat dépasse largement la somme des parties en cause, car il introduit, à côté des faits réels, la notion d'intuition holistique, qui nous permet de faire partie intégrante du rêve.

Kassad n'avait pas trop compris cette explication, mais il était prêt à y croire. Elle était revenue.

Durant la première guerre entre les États-Unis et le Viêt-nam, ils firent l'amour dans les instants de ténèbres et de terreur qui suivirent une embuscade contre une

patrouille nocturne. Kassad portait une tenue de camouflage grossière, sans sous-vêtements à cause des risques,
dans la jungle, d'attraper des champignons au scrotum. Il
avait sur la tête un casque d'acier qui n'était guère plus
perfectionné que ceux d'Azincourt. Elle était vêtue d'un
kimono noir et de sandales, costume traditionnel des paysans du Sud-Est asiatique – et du Viêt-cong. Mais, très
vite, ils n'eurent plus aucun vêtement sur eux tandis qu'ils
faisaient l'amour debout dans la nuit, elle adossée à un
arbre, les jambes enserrant sa taille, et que le monde
explosait un peu plus loin à la lueur verdâtre des feux
périphériques, sous les détonations en série des mines
antipersonnel.

Elle vint à lui au deuxième jour de la bataille de Get-
tysburg, puis à Borodino, où la fumée de la poudre formait des nuages qui stagnaient au-dessus des tas de
cadavres telles les vapeurs figées des âmes sur le départ.

Ils firent l'amour dans la carcasse éventrée d'un véhicule blindé de transport de troupes, près du bassin de Hellas, alors que la bataille de blindés à effet de sol faisait
encore rage et que la poussière rouge du simoun menaçant commençait à crépiter sur la coque en titane.

– Dis-moi au moins comment tu t'appelles, avait-il
murmuré en standard.

Mais elle s'était contentée de secouer la tête.

– Es-tu réelle... en dehors de la sim? avait-il demandé
en nippo-anglais de l'époque.

Elle avait hoché affirmativement la tête tout en se penchant sur lui pour l'embrasser.

Ils étaient longtemps demeurés côte à côte, dans un
endroit bien abrité, au milieu des ruines de Brasilia, tandis que les rayons de mort des VEM chinois jouaient
comme des projecteurs bleutés sur les murs disloqués de
céramique bleue. Pendant une bataille sans nom qui faisait suite au siège d'une ville-tour oubliée des steppes
russes, il la retint par le bras dans le local bombardé où ils
venaient de faire l'amour pour murmurer à son oreille :

– Je veux rester avec toi.

Mais elle lui posa un doigt sur la bouche en secouant
doucement la tête.

Après l'évacuation de New Chicago, alors qu'ils se
reposaient sur le balcon du centième étage où Kassad
s'était embusqué pour assurer une couverture défensive

162

désespérée à l'action d'arrière-garde du dernier Président des États-Unis, il avait posé la main sur la peau douce et chaude entre ses deux seins en disant :

– Nous ne pouvons donc pas nous retrouver... en dehors de ces exercices?

Elle lui avait simplement effleuré la joue de la paume de sa main fine en souriant.

Durant sa dernière année à l'école militaire, les élèves officiers de sa promotion étant de plus en plus conviés à de vraies manœuvres sur le terrain, il ne participa qu'à cinq simulations du RTH. Sanglé dans son fauteuil de commandement tactique, il lui arriva ainsi de fermer les yeux, durant l'assaut aéroporté de tout un bataillon sur Cérès, et de sentir, entre les points primaires colorés de la matrice géographique corticale représentant les opérations tactiques sur le terrain, la présence de... quelqu'un qui cherchait peut-être à le rejoindre. Mais ce n'était qu'une impression.

Il ne devait plus la revoir avant son départ de l'école. Elle ne vint pas dans la dernière sim, celle de la grande bataille de Coal Sack, où la mutinerie du général Horace Glennon-Height fut écrasée. Elle ne vint pas non plus aux fêtes et aux défilés de la promotion, ni à la revue finale où le Président de l'Hégémonie les salua du haut de sa plate-forme de lévitation tout illuminée de rouge.

Les jeunes officiers n'avaient plus, au demeurant, le temps de rêver, occupés qu'ils étaient à se distransporter sur la Lune terrestre pour assister à la cérémonie du Massada, puis sur Tau Ceti Central, pour y prêter officiellement serment d'allégeance à la Force.

Le deuxième lieutenant Kassad, devenu le lieutenant Kassad, put alors passer trois semaines standard de permission dans le Retz, muni d'une plaque universelle de la Force qui lui permettait de se distransporter aussi loin et aussi souvent qu'il en avait envie. Après cela, on l'envoya à l'École Coloniale de l'Hégémonie sur Lusus, pour le préparer au service actif outre-Retz. Il était certain de ne plus jamais la revoir.

Il se trompait.

Fedmahn Kassad avait grandi dans un contexte de pauvreté et de mort précoce. Membre d'une minorité qui portait encore le nom de Palestiniens, il avait vécu, avec sa famille, dans les taudis de Tharsis, exemple vivant du stade ultime de déchéance auquel peut arriver un être humain dépossédé de tout. Chaque Palestinien du Retz et d'ailleurs portait en lui la mémoire culturelle d'un siècle de combats couronné par un mois de triomphe nationaliste juste avant que le djihad nucléaire de 2038 ne balaye tout. Ce fut alors le début de leur seconde diaspora, qui devait durer cinq siècles et les conduire, leur rêve ayant pris fin avec la mort de l'Ancienne Terre, sur des mondes-déserts tels que Mars.

Kassad, comme tous les autres garçons des Camps de Regroupement de Tharsis-Sud, était obligé de se joindre à une bande ou de se résigner à être la proie de tous les prédateurs improvisés du camp. Il avait choisi les bandes. Avant d'atteindre l'âge de seize années standard, il avait déjà tué un rival.

Si Mars était réputée dans le Retz pour quelque chose, c'était pour ses parties de chasse dans Valles Marineris, pour son massif zen de Schrauder, dans le bassin de Hellas, et pour son École de Commandement Militaire d'Olympus. Kassad n'avait nul besoin de visiter Valles Marineris pour apprendre à être chasseur ou proie. Il n'éprouvait aucune attirance pour le gnosticisme zen, et il ne ressentait, adolescent, que mépris pour les élèves officiers en uniforme qui venaient de tous les coins du Retz pour entrer dans la Force. Avec ceux de sa bande, le jeune Kassad traitait les membres du Nouveau Bushido de pédés, mais il avait en lui, de longue date, une fibre d'honneur qui résonnait secrètement à l'évocation des samouraïs dont l'existence était organisée autour des notions de devoir, de dignité et de respect absolu de la parole donnée.

À l'âge de dix-huit ans, Kassad se vit offrir par un juge itinérant de la province de Tharsis le choix entre une année martienne de travail forcé dans un camp de la région du Pôle et l'engagement, en tant que volontaire, dans la brigade John Carter, qui se formait alors en vue d'aider la Force à écraser les rebelles du général Glennon-Height, dont les activités étaient en recrudescence dans toutes les colonies de classe 3. Kassad fut donc volontaire. Il s'aperçut que la discipline et l'hygiène de vie militaires lui convenaient parfaitement, même si la brigade John Carter ne mena jamais qu'une vie de garnison au sein du

Retz et fut dissoute peu après la mort du petit-fils cloné de Glennon-Height sur la planète Renaissance. Deux jours après son dix-neuvième anniversaire, Kassad présenta sa candidature à la Force et fut refusé. Il ne dessoûla pas pendant les neuf jours qui suivirent, et se réveilla dans l'un des souterrains les plus profonds de Lusus, dépouillé de son implant persoc militaire (par quelqu'un qui, apparemment, avait suivi des cours de chirurgie par correspondance) et de sa plaquette universelle. Il n'avait plus accès au distrans, et sa tête explorait de nouveaux territoires de douleur.

Il travailla sur Lusus durant toute une année standard pour économiser un peu plus de six mille marks. Soumis à une gravité égale à 1,3 par rapport au standard terrestre, il eut amplement le temps de s'adapter aux conditions martiennes, de sorte que, lorsqu'il eut enfin de quoi se payer le passage pour Alliance-Maui sur un antique cargo à voiles solaires équipé de réacteurs Hawking bricolés, Kassad pouvait toujours être qualifié de grand et maigre selon les critères généralement en vigueur dans le Retz, mais cela ne l'empêchait pas de posséder une musculature qui donnait toute satisfaction en quelque lieu que ce fût.

Il arriva sur Alliance-Maui exactement trois jours avant le début de la sale et impopulaire Guerre des Îles. Au bout de quelque temps, le commandant interarmes de la Force sur le Site n° 1 en eut tellement assez de voir le jeune Kassad faire antichambre devant son bureau qu'il l'autorisa à s'engager dans le Vingt-troisième Régiment d'Approvisionnement comme pilote auxiliaire d'hydroptère. Onze mois standard plus tard, le caporal Fedmahn Kassad du Douzième Bataillon d'Infanterie Mobile s'était déjà vu décerner deux Constellations du Mérite Militaire, une citation du Sénat pour sa bravoure durant la campagne de l'archipel Équatorial et deux médailles pourpres. De plus, il figurait sur la liste des postulants à l'école militaire de la Force, et fut renvoyé dans le Retz avec le convoi suivant.

Il rêvait souvent d'elle. Elle ne lui avait jamais dit son nom, elle ne lui avait même jamais parlé, mais il l'aurait reconnue sans hésitation au toucher et à l'odeur parmi dix mille autres dans l'obscurité la plus totale. Il avait fini par l'appeler Arcane.

Lorsque les autres élèves officiers allaient voir les putes ou se trouvaient des filles dans la population indigène, Kassad restait à la base militaire ou faisait de longues promenades à travers les cités étrangères. Il tenait secrète son obsession, car il savait très bien ce que cela donnerait dans un rapport psychologique. Parfois, durant un bivouac sous un ciel éclairé par des lunes multiples ou dans le ventre à gravité zéro d'un transport de troupes, il prenait conscience du caractère insensé de son histoire d'amour avec un fantôme. Mais il se souvenait alors du petit grain de beauté, sous le sein gauche, qu'il avait embrassé une nuit. Il avait senti palpiter le cœur d'Arcane sous ses lèvres tandis que la terre tremblait sous les coups des canons géants de Verdun. Et il se rappellerait toujours le petit geste d'impatience avec lequel elle avait ramené ses cheveux en arrière en soulevant légèrement la joue qui reposait sur sa cuisse. Les jeunes officiers continuaient donc d'aller en ville ou dans les huttes qui entouraient la base pendant que Kassad lisait des livres d'histoire, courait autour de l'enceinte militaire ou faisait des simulations tactiques sur son persoc.

Il ne fallut pas très longtemps pour que ses supérieurs le remarquent.

Pendant la guerre non déclarée avec les Libres Mineurs des Territoires Périphériques de Lambert, ce fut le lieutenant Kassad qui conduisit les troupes d'infanterie survivantes et les *marines* à travers le puits de mine de Peregrine, sur le vieil astéroïde, pour évacuer le personnel du consulat et les citoyens de l'Hégémonie qui s'étaient réfugiés au fond.

Mais c'est durant le court règne du Nouveau Prophète sur Qom-Riyad que le capitaine Fedmahn Kassad s'imposa à l'attention du Retz tout entier.

Le commandant du seul vaisseau de la Force Spatiale de l'Hégémonie qui se trouvât à moins de deux années de voyage du monde-colonie était à la surface en visite de courtoisie lorsque le Nouveau Prophète décida de dresser trente millions de chiites de l'Ordre Nouveau contre deux continents entiers de petits boutiquiers sunnites et quatre-vingt-dix mille résidents infidèles, ressortissants de l'Hégémonie. Le commandant du vaisseau et cinq de ses officiers supérieurs furent faits prisonniers. Des messages urgents de Tau Ceti Central affluèrent sur les mégatrans, réclamant que l'officier le plus gradé à bord de l'*HS Denieve* prît immédiatement des mesures pour régler la situation sur Qom-Riyad, libérer les otages et déposer le Nouveau Prophète, tout cela sans recourir à l'utilisation d'armes nucléaires dans l'atmosphère de la planète. Le *Denieve* était un vieux patrouilleur du système orbital de défense, qui ne possédait pas le moindre armement nucléaire susceptible d'être utilisé à l'intérieur ou à l'extérieur d'une quelconque atmosphère. Et l'officier le plus gradé à bord était le capitaine Fedmahn Kassad.

Le troisième jour de la révolution, Kassad posa l'unique bâtiment d'assaut dont disposait le *Denieve* dans la cour centrale de la grande mosquée de Mashhad. À la tête de trente-quatre combattants de la Force, il vit grossir la foule des fidèles en colère jusqu'à trois cent mille personnes uniquement retenues par le champ de confinement du vaisseau d'intervention et l'absence d'ordre d'attaque du Nouveau Prophète. Celui-ci n'était pas sur les lieux. Il s'était rendu dans l'hémisphère Nord pour célébrer sa victoire.

Deux heures après avoir posé son vaisseau, le capitaine Kassad sortit pour diffuser un bref communiqué. Il y disait qu'il était né et avait été élevé en tant que musulman, et que toutes les interprétations du Coran depuis l'époque des vaisseaux d'ensemencement chiites indiquaient sans équivoque possible que le Dieu de l'Islam n'excuserait ni ne permettrait jamais un massacre d'innocents, quels que soient les djihads proclamés par des hérétiques de pacotille comme leur Nouveau Prophète. Kassad avait ensuite donné trois heures aux dirigeants des trente millions de fanatiques pour lui remettre leurs otages et rentrer chez eux, sur le continent-désert de Qom.

Au cours des trois premiers jours de la révolution, les armées du Nouveau Prophète avaient occupé la plupart des villes importantes des deux continents et pris plus de vingt-sept mille otages hégémoniens. Des pelotons d'exécution s'étaient occupés, jour et nuit, de régler les anciennes querelles théologiques. Selon les estimations de Kassad, au moins deux cent cinquante mille sunnites avaient été massacrés les deux premiers jours de l'occupation. En réponse à l'ultimatum, le Nouveau Prophète fit savoir qu'il mettrait tous les infidèles à mort immédiatement après son intervention télévisée en direct prévue dans la soirée. Il ordonna également que l'assaut soit donné contre le vaisseau d'intervention.

Évitant l'emploi d'explosifs trop puissants à cause de la grande mosquée, la Garde Révolutionnaire n'avait à sa disposition que des armes automatiques, des canons à énergie, des charges au plasma et les vagues d'assaut de ses fantassins. Le champ de confinement tint bon.

L'allocution télévisée du Nouveau Prophète commença un quart d'heure avant l'expiration de l'ultimatum de Kassad. Le Nouveau Prophète y disait en substance qu'il partageait l'opinion de Kassad sur le terrible châtiment qu'Allah réservait aux hérétiques, mais que ce châtiment s'abattrait sur les infidèles de l'Hégémonie. C'était la première fois que le Nouveau Prophète perdait son calme devant les caméras. Écumant de rage, il renouvela son ordre de lancer des vagues d'assaut humaines contre le vaisseau stationné dans la cour de la mosquée, et annonça qu'une douzaine de bombes à fission étaient assemblées en ce moment même dans la ville d'Ali, sur le site occupé du réacteur Énergie Pour la Paix. Avec ces bombes, les forces d'Allah deviendraient maîtresses de l'espace lui-même. La première bombe à fission serait utilisée ce soir même contre le vaisseau satanique de l'infidèle Kassad.

Le Nouveau Prophète se mit alors à expliquer en détail de quelle manière les otages de l'Hégémonie allaient être exécutés, mais l'ultimatum de Kassad expira au milieu d'une de ses phrases.

Qom-Riyad était, de par son propre choix et de par sa situation éloignée dans l'espace, un monde à la technologie primitive, mais pas assez, toutefois, pour ignorer l'infosphère. Les mollahs révolutionnaires à la tête de l'invasion n'étaient pas opposés au « grand Satan de la science hégémonienne » au point de refuser de connecter leurs persocs au réseau d'information global.

Le *HS Denieve* avait disséminé suffisamment de satellites espions pour que, à 17 h 29, heure locale centrale de Qom-Riyad, l'infosphère eût livré au vaisseau de l'Hégémonie les coordonnées de six mille huit cent trente mollahs révolutionnaires, y compris leur code d'accès. À 17 h 29 mn 30 s, les satellites espions commencèrent à émettre leurs instructions de tir en temps réel à l'intention des vingt et un satellites de défense périphérique que le vaisseau d'intervention de Kassad avait laissés sur orbite basse. Ces armes de défense orbitale étaient si anciennes que la mission du *Denieve* consistait précisément à les ramener dans le Retz pour les y détruire sans danger. Mais Kassad leur avait trouvé une autre utilisation.

À 17 h 30 précises, dix-neuf de ces petits satellites amorcèrent l'explosion de leur noyau de fusion. Dans les nanosecondes précédant cette autodestruction, les rayons X ainsi produits furent concentrés, dirigés puis lâchés, sous la forme de seize mille huit cent trente faisceaux de particules invisibles mais non moins cohérentes. Les vieux satellites de défense n'étaient pas conçus pour un usage atmosphérique. Leur rayon de destruction efficace était de l'ordre du millimètre. Cependant, il n'en fallait pas plus. Ils ne franchirent pas tous les différents obstacles qui s'interposaient entre les mollahs et le ciel, mais quinze mille sept cent quatre-vingt-quatre d'entre eux y parvinrent quand même, ce qui n'était pas trop mal.

L'effet fut immédiat et spectaculaire. Dans chaque cas, le cerveau et les fluides cérébraux de la cible humaine entrèrent en ébullition, se transformèrent en vapeur et firent éclater en morceaux la boîte crânienne. À 17 h 30, le Nouveau Prophète était en plein milieu de son allocution diffusée en direct sur toute la planète, et, plus précisément, au milieu du mot : *hérétique.*

Durant près de deux minutes, les écrans de télévision et les écrans muraux de toute la planète montrèrent l'image du corps sans tête du Nouveau Prophète affaissé sur son micro. Puis Fedmahn Kassad intervint sur l'ensemble du réseau pour annoncer que la prochaine échéance se situait dans une heure et que toute action entreprise contre les otages se solderait par une démonstration encore plus sévère du déplaisir d'Allah.

Les otages furent libérés.

Cette nuit-là, en orbite autour de Qom-Riyad, Arcane rendit visite à Kassad pour la première fois depuis les sims de l'école militaire. Il dormait, mais cette visite fut un peu plus qu'un rêve tout en étant un peu moins que la réalité parallèle des simulations du RTH-ECMO. Ils étaient côte à côte sous une couverture légère, à l'abri d'une toiture à moitié défoncée. Sa peau était chaude et électrique, son visage n'était qu'un vague contour parmi les ombres de la nuit. Au-dessus d'eux, les étoiles commençaient à peine à disparaître dans la fausse clarté qui précède l'aube. Kassad se rendit compte qu'elle faisait des efforts pour lui dire quelque chose. Les lèvres douces formaient des mots juste en dessous de son seuil de perception auditive. Il prit un peu de recul pour essayer de mieux distinguer ses lèvres, mais, ce faisant, perdit tout contact avec elle. Il sortit du sommeil, dans son harnais de nuit, avec des traces humides sur la joue, et le ronronnement des systèmes de bord parvenait à ses oreilles comme la respiration étrange de quelque bête à demi éveillée.

Neuf semaines-vaisseau standard plus tard, Kassad fut traduit devant une cour martiale de la Force sur Freeholm. Il savait très bien, lorsqu'il avait pris sa décision sur Qom-Riyad, que ses supérieurs n'auraient pas d'autre choix que de le crucifier ou de le faire monter en grade.

La Force se targuait de pouvoir faire face à n'importe quel type de situation dans le Retz ou les mondes coloniaux, mais rien ne l'avait préparée vraiment à la bataille du continent Sud de Bressia, avec ses répercussions sur le Nouveau Bushido.
Le code d'honneur du Nouveau Bushido qui gouvernait la vie de Kassad avait évolué en fonction de la nécessité de survivre de la classe militaire. Après les atrocités de la fin du xxᵉ et du début du xxiᵉ siècles sur l'Ancienne Terre, où les chefs de guerre avaient engagé leurs nations respectives dans des stratégies qui prenaient des populations civiles tout entières comme objectif légitime tandis que les bourreaux en uniforme se réfugiaient à cinquante mètres sous terre dans des bunkers pourvus de tout, l'hostilité des civils survivants envers tout ce qui portait le nom de « militaire » avait été si forte que, durant plus d'un siècle, ce seul mot avait été synonyme d'appel au lynchage.
Dans son évolution, le Nouveau Bushido avait combiné les anciens concepts d'honneur et de vaillance avec la nécessité absolue d'épargner les populations civiles chaque fois que la chose était possible. Il avait également retenu comme souhaitable le retour au concept prénapoléonien de guerre « non totale » à objectif bien défini, d'où tout excès devait être proscrit. Le Nouveau Bushido exi-

geait non seulement l'abandon de toutes les armes nucléaires et de toutes les campagnes de bombardement stratégique à l'exception des cas de nécessité absolue, mais il allait encore plus loin en demandant le retour au concept médiéval de la bataille rangée entre des forces limitées de soldats professionnels en un lieu et en un moment mutuellement convenus d'avance dans le but de limiter le plus possible toute destruction de biens publics ou privés.

Le code d'honneur du Nouveau Bushido fonctionna à peu près correctement durant les quatre siècles d'expansion posthégirienne. Le fait que les technologies essentielles eussent été relativement figées durant trois de ces siècles joua en la faveur de l'Hégémonie, dont le monopole d'utilisation du distrans lui permettait d'utiliser ponctuellement les modestes ressources de la Force chaque fois que le besoin s'en faisait sentir. Même séparé du reste de l'univers par les inévitables années de voyage du déficit temporel, aucun monde colonial ou indépendant ne pouvait espérer tenir tête à l'Hégémonie. Des incidents tels que la rébellion politique d'Alliance-Maui, avec sa manière toute particulière de conduire une guérilla, ou encore les insanités religieuses de Qom-Riyad, avaient été réprimés rapidement et fermement, et tout excès commis à l'occasion de ces campagnes ne faisait que souligner l'importance de la stricte application du Nouveau Bushido. Cependant, malgré tous les calculs et toutes les précautions de la Force, personne n'avait réellement prévu ce qui se passerait lors de l'inévitable confrontation avec les Extros.

Les Extros constituaient la seule menace extérieure qui pesait sur l'Hégémonie durant les quatre siècles qui suivirent le départ du système Sol des ancêtres des hordes barbares, avec leur flotte archaïque de cités O'Neill dégoulinantes, d'astéroïdes déboulants et d'agricomètes expérimentales. Même après l'acquisition du réacteur Hawking par les Extros, la politique officielle de l'Hégémonie fut de les ignorer aussi longtemps que leurs essaims restaient dans les ténèbres interstellaires et limitaient leurs rapines au prélèvement de petites quantités d'hydrogène sur les géantes gazeuses ou de blocs de glace pour leur approvisionnement en eau sur des lunes inhabitées.

Les premiers raids des Extros sur le monde de Bent ou

sur GHC en 2990 furent considérés comme des accidents présentant peu d'intérêt pour l'Hégémonie. Même la bataille rangée pour la conquête de Lee 3 fut traitée comme un problème ne dépassant pas le cadre du Service Colonial, et lorsque l'unité d'intervention de la Force arriva sur les lieux, six années locales après le début de l'attaque et cinq années locales après le départ des Extros, les exactions commises furent commodément oubliées en fonction du principe selon lequel aucun raid barbare ne saurait se reproduire dès lors que l'Hégémonie serait là pour montrer sa force.

Au cours des décennies qui suivirent l'épisode de Lee 3, la Force et les Extros s'affrontèrent dans des centaines d'escarmouches aux confins du Retz. Cependant, à l'exception de quelques étranges rencontres faites par les *marines* dans des endroits sans atmosphère et sans gravité, il n'y eut pas de véritables affrontements entre des armées de fantassins. Les rumeurs se multipliaient dans tout le Retz. Les Extros ne constitueraient jamais une menace pour les mondes de type terrestre en raison de leur adaptation, étalée sur trois siècles, à l'impesanteur. Les Extros avaient évolué pour devenir quelque chose de plus – ou peut-être de moins – que de simples humains. Les Extros ignoraient la technologie distrans ; ils ne la maîtriseraient jamais, et ne constitueraient par conséquent jamais une menace pour la Force.

Jusqu'à Bressia.

Il s'agissait d'un de ces petits mondes tranquilles et indépendants, qui se satisfaisait à la fois d'un accès commode au reste du Retz et des quelque huit mois de voyage qui l'en séparaient. Il s'enrichissait de plus en plus grâce au commerce des diamants, de la racine de bourre et de son inégalable café. Il refusait modestement de devenir une colonie à part entière, mais continuait de compter sur le protectorat de l'Hégémonie et sur son marché commun pour répondre à ses objectifs économiques en très forte expansion. Comme la plupart des autres planètes de cette catégorie, Bressia était fière de sa Force de Défense Autonome, qui comprenait douze vaisseaux-torches, un porte-croiseurs remis à neuf – racheté à l'Hégémonie, qui l'avait mis au rancart un demi-siècle auparavant –, une cinquantaine de petits patrouilleurs orbitaux rapides, une infanterie de quatre-vingt-dix mille engagés, une marine planétaire respectable et tout un stock d'armes nucléaires dont le rôle était principalement symbolique.

La signature Hawking des Extros avait été détectée par les stations de surveillance hégémoniennes, mais interprétée à tort comme une nouvelle migration d'essaim qui passerait à plus d'une demi-année de lumière du système de Bressia. Au lieu de quoi, avec une seule correction de trajectoire qui ne fut détectée que lorsque l'essaim se trouva à l'intérieur du nuage d'Oört, les Extros fondirent sur Bressia comme un fléau de l'Ancien Testament. Sept mois standard au moins séparaient la planète de toute expédition hégémonienne de secours ou de représailles.

La Force de Défense Autonome de Bressia fut anéantie en moins de vingt-quatre heures de combat. L'essaim extro injecta alors plus de trois mille vaisseaux dans l'espace cislunaire de Bressia, et entreprit la réduction systématique de toutes les défenses planétaires.

Bressia avait été colonisée par d'austères pionniers venus d'Europe centrale lors de la première vague d'émigration hégirienne. Ses deux continents, très prosaïquement, portaient les noms de continent Nord et de continent Sud. Le continent Nord comprenait des déserts, une toundra d'altitude et six villes de moyenne importance, principalement peuplées d'exploitants agricoles de racine de bourre et de travailleurs du pétrole. Le continent Sud, au climat et à la géographie beaucoup plus souriants, abritait la grande majorité de la population planétaire, forte de quatre cents millions de personnes. C'était là, également, que se trouvaient les immenses plantations de café.

Comme s'ils voulaient faire une démonstration complète des horreurs de la guerre ancienne, les Extros lâchèrent sur le continent Nord un déluge de plusieurs centaines de bombes nucléaires sans retombées ainsi que des bombes tactiques au plasma. Il y eut ensuite les rayons de mort et, pour couronner le tout, des virus modifiés. Seule une poignée de résidents parmi les quatorze millions en réchappa. Le continent Sud, par contre, ne fut pas bombardé, à l'exception de quelques missiles lancés sur des objectifs militaires, des aéroports et les installations portuaires de Solno.

La doctrine de la Force était que, s'il était possible de

réduire une planète à partir d'une position orbitale, il était tout à fait impossible, par contre, d'envisager l'occupation militaire d'un monde industrialisé. Les problèmes de logistique, les dimensions de la zone à occuper et les effectifs inadéquats de l'armée d'invasion rendaient la tâche beaucoup trop difficile.

De toute évidence, les Extros n'avaient pas connaissance des manuels de théorie militaire de la Force. Vingt-trois jours après le début de l'attaque, plus de deux mille vaisseaux de descente et d'assaut s'abattirent sur le continent Sud. Le reste de l'aviation bressiane fut détruit dans les premières heures de cette invasion. Deux engins à charge nucléaire explosèrent bien dans la zone de rassemblement extro, mais les effets du premier furent déviés par des champs énergétiques et le second ne détruisit qu'une unité de reconnaissance qui était peut-être un leurre.

Les Extros, comme on devait s'en apercevoir bientôt, avaient effectivement changé au cours de ces trois siècles. Ils préféraient bien évoluer dans un environnement à gravité zéro, mais leur infanterie mobile était munie d'exosquelettes motorisés très performants, et il ne lui fallut que quelques jours pour amener ses troupes aux longs membres, en uniforme noir, à pied d'œuvre devant les cités de Bressia comme une armée d'araignées géantes.

Les dernières velléités de résistance organisée s'éteignirent le dix-neuvième jour de l'invasion. Buckminster, la capitale, tomba dans la même journée. Le dernier message mégatrans de Bressia à destination de l'Hégémonie fut coupé en pleine transmission une heure à peine après l'entrée des troupes extros dans la ville.

Le colonel Fedmahn Kassad arriva avec la Première Flotte de la Force vingt-neuf semaines standard plus tard. Trente vaisseaux-torches de la classe Oméga, assurant la protection d'un seul portier équipé d'un distrans, pénétrèrent le système à grande vitesse. La sphère de singularité fut activée trois heures après la descente. Dix heures plus tard, il y avait quatre cents unités de la Force en ligne à l'intérieur du système. La contre-invasion débuta vingt et une heures après.

Telle fut la réalité mathématique des premières minutes de la bataille de Bressia. Mais, pour Kassad, le souvenir de ces jours et de ces semaines n'était pas fait de mathématiques. Il était fait de la terrible beauté du combat. C'était la première fois qu'un vaisseau portier était utilisé à un niveau supérieur à celui d'une division, et il s'ensuivit une confusion qui n'était pas tout à fait inattendue. Kassad traversa à une distance de cinq minutes de lumière et tomba sur une pente de gravier et de poussière jaune, car la porte distrans du bâtiment d'assaut faisait face à un versant de colline escarpé rendu glissant par la boue et le sang des premiers escadrons qui venaient de passer. Il demeura quelques instants dans la boue, contemplant, au pied de la colline, un spectacle de pure folie. Dix des dix-sept bâtiments d'assaut équipés de distrans étaient en train de brûler au sol, dispersés parmi les collines et les plantations comme des jouets disloqués. Les champs de confinement des vaisseaux rescapés se rétractaient sous les assauts des missiles et des BCC, qui transformaient les zones d'arrivée en dômes de feu orange. Le visu tactique de Kassad était en pièces. Son casque n'affichait qu'un impossible emmêlement de vecteurs de tir et de points rouges clignotants indiquant les endroits où les unités de la Force gisaient agonisantes, sur fond de brouillage extro générant des images fantômes en surimpression.

— Bordel de Dieu! gémissait une voix sur son circuit primaire de commandement. Bordel de Dieu!

Là où les instructions de son groupe de commandement auraient dû se trouver, ses implants ne captaient plus qu'un grand vide. Un soldat l'aida à se relever. Il secoua son bâton de colonel pour en dégager la boue et s'empressa de s'éloigner pour laisser place au nouvel escadron qui allait arriver par le distrans. La guerre était bien partie.

Dès les premières secondes sur le continent Sud de Bressia, Kassad avait compris que le Nouveau Bushido était mort et enterré. Quatre-vingt mille fantassins de la Force, superbement armés et entraînés, s'avancèrent néanmoins au combat, espérant que l'affrontement aurait lieu sur un champ de bataille désert, tandis que les Extros battaient en retraite derrière des lignes de terre brûlée où il n'y avait que des mines et des cadavres de civils. La Force utilisa ses modulateurs distrans pour contourner les positions de l'ennemi et le forcer à accepter le combat, mais les Extros répliquèrent par des tirs de barrage d'obus nucléaires et au plasma qui clouèrent les fantassins de l'Hégémonie sous les abris des champs de force, donnant ainsi à leur propre infanterie le temps de se retirer sur des positions de défense préparées à l'avance aux abords des villes et des zones de rassemblement des vaisseaux de descente.

Aucune victoire spatiale ne vint compenser les revers du continent Sud. Malgré quelques belles manœuvres et quelques engagements féroces, les Extros demeurèrent maîtres de la situation dans un rayon de trois UA autour de Bressia. Les unités spatiales de la Force se replièrent, ne cherchant plus qu'à demeurer à portée de distrans et à protéger leur vaisseau portier.

La bataille, au lieu de durer deux jours au sol, comme l'avaient prévu les états-majors, s'étira sur trente jours, puis soixante. Les méthodes de guerre avaient régressé jusqu'au XXe ou XXIe siècle. Les sinistres campagnes se succédaient sur les ruines des villes et les cadavres de la population civile. Les quatre-vingt mille soldats hégémoniens du début furent décimés, renforcés par cent mille autres, et le massacre continuait toujours lorsque des renforts de deux cent mille hommes furent demandés. Seule l'obstination farouche de Meina Gladstone, soutenue par une douzaine de sénateurs tout aussi déterminés, maintint la guerre en vie et les troupes au casse-pipe tandis que des milliards de voix, dans toute la Pangermie et à l'Assemblée consultative des IA, réclamaient le désengagement.

Kassad n'avait pas tardé à comprendre le changement de tactique. Ses instincts de bagarreur des rues avaient pris le dessus avant que sa division ne fût totalement anéantie dans la bataille de Stoneheap. Alors que les autres commandants étaient paralysés par cette série de violations du Nouveau Bushido, Kassad, à la tête de son régiment, et bientôt de toute une division à la suite de la destruction nucléaire du centre d'opérations Delta, essayait de gagner du temps pour économiser ses hommes et préconisait l'emploi d'armes à fusion pour servir de fer de lance à sa contre-attaque. Lorsque les Extros se retirèrent enfin, quatre-vingt-dix-sept jours après que la Force eut « sauvé » Bressia, Kassad avait gagné le surnom à double tranchant de « Boucher de Bressia », et l'on murmurait que même ses propres hommes étaient terrorisés devant lui.

176

Mais pendant tout ce temps, Kassad continuait de la voir, dans des rêves qui étaient un peu plus et un peu moins qu'un songe.

Le dernier soir de la bataille de Stoneheap, dans le dédale noir des galeries où Kassad et son groupe de choc utilisaient des soniques et des gaz T-5 pour nettoyer les derniers terriers des commandos extros, le colonel s'endormit au milieu des flammes et des cris, et sentit le contact de ses longs doigts sur sa joue ainsi que la douce pression de ses seins contre lui.

Quand ils étaient entrés dans la Nouvelle-Vienne, le lendemain matin de la frappe nucléaire spatiale ordonnée par Kassad, les troupes victorieuses suivant les sillons vitrifiés de vingt mètres de large jusque dans la cité dévastée par les missiles, le colonel avait contemplé sans broncher les rangées de têtes humaines soigneusement alignées sur les trottoirs comme pour souhaiter la bienvenue, de leur regard accusateur, aux troupes libératrices de la Force. Puis il avait regagné son VEM de commandement. Après avoir verrouillé les portes, il s'était couché en chien de fusil dans la chaude obscurité ionisée, imprégnée d'odeurs de caoutchouc et de plastique surchauffé. Il avait alors entendu sa voix qui lui murmurait des mots doux, couvrant le babillage de la radio et de ses implants de communication.

La nuit qui avait précédé la retraite des Extros, Kassad avait quitté la conférence de commandement, à bord du vaisseau amiral *Brazil,* pour se distransporter dans son QG des Indélébiles, au nord de la vallée de la Hyne. Là, il avait pris son véhicule d'état-major blindé pour grimper au sommet de la colline afin de contempler le bombardement final. La frappe nucléaire tactique la plus proche se situait à une distance de quarante-cinq kilomètres. Les bombes au plasma s'ouvrirent comme des fleurs orangées et sanguines disposées selon une grille parfaite. Kassad compta plus de deux cents colonnes dansantes de lumière verte tandis que les rayons des claps lacéraient le vaste plateau. Et sans même qu'il s'endorme, alors qu'il était adossé à la jupe évasée du VEM, secouant la tête pour chasser de sa rétine les pâles rémanences, il la vit de nouveau. Elle portait une robe bleu clair et s'avançait vers lui d'un pas aérien, au milieu des buissons de bourre calcinés de la colline. La brise soulevait l'ourlet du tissu diaphane de son vêtement. Ses bras et son visage étaient d'une pâleur presque transparente. Elle cria son nom – il eut l'impression de l'entendre de loin – au moment où la deuxième vague de missiles surgissait à travers la plaine qu'il dominait et où tout était secoué par un déchaînement de bruit et de flammes.

Comme c'est souvent le cas dans un univers apparemment gouverné par l'ironie, Fedmahn Kassad passa indemne au travers de quatre-vingt-dix-sept jours des pires combats que l'Hégémonie eût connus pour se faire grièvement blesser deux jours après le départ du dernier Extro dans son vaisseau d'essaim en déroute. Il se trouvait à l'intérieur du Centre Civique de Buckminster, l'un des trois seuls immeubles encore debout de toute la ville, occupé à répondre de manière laconique à une série de questions stupides posées par un médiatique du Retz, lorsqu'une bombe-piège au plasma, pas plus grande qu'un microrupteur, explosa quinze étages plus haut. Le souffle éjecta dans la rue, par une grille de ventilation, le médiatique et deux des collaborateurs de Kassad. L'immeuble s'écroula sur les autres.

Kassad fut médévacué jusqu'au QG de division, puis distransporté à bord du vaisseau portier en orbite autour de la deuxième lune de Bressia. On le ressuscita et on le maintint en vie pendant que les plus hauts militaires et politiciens de l'Hégémonie décidaient de ce qu'il convenait de faire de lui.

En raison des liaisons distrans et de la couverture médiatique en temps réel des événements de Bressia, Kassad était plus ou moins devenu une figure célèbre. Les milliards de personnes qui s'indignaient de la sauvagerie sans précédent de la campagne de Bressia auraient été heureux de voir le colonel Kassad traduit devant une cour martiale qui l'aurait condamné pour crimes de guerre. Mais la Présidente Gladstone, ainsi que beaucoup d'autres, considérait Kassad et les autres commandants de la Force comme des sauveurs.

Finalement, Kassad fut mis dans un vaisseau de la Force à effet de spin pour accomplir le lent voyage de retour au Retz. Comme, de toute manière, les interventions chirurgicales nécessaires pouvaient se faire en état de fugue, il paraissait sensé de grouper les blessés et les morts ressuscitables à bord de ce vieux navire-hôpital. Lorsqu'ils arriveraient dans le Retz, ils seraient tous rétablis et bons pour le service actif. Mais, chose très importante pour Kassad, il aurait accumulé dans l'intervalle un déficit de temps au moins égal à dix-huit mois standard, et il y avait de fortes chances pour que les controverses dont il était l'objet soient alors oubliées.

Lorsqu'il ouvrit les yeux, il vit la silhouette obscure d'une femme qui se penchait sur lui. Un instant, il crut que c'était *elle,* mais il se rendit bientôt compte qu'il s'agissait d'un médecin de la Force.

– Est-ce que je suis mort? murmura-t-il.

– Vous l'avez été. Vous vous trouvez à bord du vaisseau-hôpital *Merrick.* Vous avez fait l'objet de plusieurs procédures de résurrection et de rénovation, mais vous n'en gardez probablement aucun souvenir à cause des effets de la fugue. Nous allons maintenant passer au stade thérapeutique suivant. Vous sentez-vous capable de marcher?

Il souleva un bras pour se cacher les yeux. Malgré la désorientation due à la fugue, il avait de vagues souvenirs des douloureuses séances de thérapie, des longues heures passées dans les bains de virus ARN et sur la table d'opération. Surtout la table d'opération.

– Quelle route faisons-nous? demanda-t-il sans cesser de s'abriter les yeux. J'ai oublié comment nous allons regagner le Retz.

Elle sourit, comme si c'était une question qu'elle entendait chaque fois qu'il sortait de fugue. Ce qui était bien possible.

– Nous ferons escale sur Hypérion et sur Garden, dit-elle. Nous sommes actuellement sur le point de nous mettre en orbite autour de...

Elle fut interrompue par un vacarme de fin du monde. Des barrissements de trompette, des déchirures de métal, des hurlements de furies. Il se laissa rouler à bas de son lit, enroulant le matelas autour de lui dans sa chute sous une gravité d'un sixième de g. Une tornade balaya le pont, faisant voler plateaux, éprouvettes, literie, livres, infirmières, instruments de métal et innombrables autres objets divers dans sa direction. Hommes et femmes glapissaient, avec des voix de fausset de plus en plus aiguës à mesure que l'air quittait la cabine. Le matelas de Kassad heurta une cloison. Il regarda à travers ses mains crispées demeurées sur ses yeux.

À un mètre de lui, une araignée de la taille d'un ballon de football, dont les pattes s'agitaient frénétiquement comme des tentacules, était en train d'essayer de se forcer un passage à travers une brèche soudain apparue dans la cloison. Elle semblait s'acharner à battre de ses tentacules en folie les papiers et autres détritus qui tourbillonnaient autour d'elle. Puis elle pivota vers Kassad, et celui-ci réalisa qu'il s'agissait de la tête du médecin qui lui avait parlé. Elle avait été arrachée par la première explosion, et sa longue chevelure s'agitait frénétiquement en direction du visage horrifié de Kassad. Puis la brèche s'élargit, et la tête s'y engouffra.

Il se redressa juste au moment où l'axe des mâts de spin cessa de tourner et où le « haut » et le « bas » cessèrent d'exister. Les seules forces encore en action étaient les tornades, qui précipitaient tout vers les brèches de la cloison, et l'écœurant mouvement de tangage et de ballottement du vaisseau. Kassad s'efforçait de remonter le courant, en se halant vers la porte de la coursive où se trouvait l'axe de spin au moyen de tout ce qui pouvait lui fournir une prise. Il parcourut les derniers mètres en se propulsant d'un coup de talon. Un plateau de métal le heurta au-dessus de l'œil. Un cadavre aux yeux dégoulinants de sang faillit le repousser en arrière dans la salle de soins. La porte étanche battait inutilement contre le cadavre d'un *marine* en combinaison spatiale, qui l'empêchait de se refermer. Kassad se propulsa en direction de l'axe, dans lequel il s'introduisit tout en traînant le corps du *marine* derrière lui. La porte étanche se referma, mais il n'y avait pas plus d'air dans le puits de l'axe que dans la salle de soins. Quelque part, le hurlement d'une sirène devenait de plus en plus aigu et inaudible.

Kassad hurla aussi, essayant de se libérer de la pression qui menaçait de faire éclater ses poumons et ses tympans. L'axe de spin aspirait toujours de l'air. Il était entraîné, sur les cent trente mètres qui le séparaient du corps principal du vaisseau, en compagnie du cadavre du *marine*, qui semblait exécuter avec lui quelque macabre valse dans un puits sans fond.

Il lui fallut vingt secondes pour faire sauter les attaches

de secours de la combinaison du *marine,* puis une minute pour l'en extirper et s'y introduire à sa place. Il mesurait au moins dix centimètres de plus que le mort et, bien que la combinaison fût en partie ajustable, elle lui faisait mal au cou, aux poignets et aux genoux. Le casque lui pressait le front comme un étau rembourré. Des gouttelettes de sang et d'une matière blanchâtre et humide maculaient l'intérieur de la visière. L'éclat de shrapnel qui avait tué le *marine* avait laissé un trou d'entrée et un trou de sortie, mais la combinaison s'était autoréparée de son mieux. Cependant, la plupart des voyants étaient au rouge, et Kassad n'obtint aucune réponse quand il demanda une évaluation des dommages. Le respirateur fonctionnait encore, mais avec un sifflement inquiétant.

Il essaya la radio. Rien, pas même un souffle. Il trouva le fil de raccordement du persoc, fiché dans un termex relié à la coque. Rien non plus. Le vaisseau eut à ce moment-là un brusque mouvement de tangage, et une succession de chocs métalliques se répercuta jusqu'à Kassad, qui fut projeté contre la paroi du puits de l'axe. L'une des cages de transport passa devant lui en culbutant, ses câbles sectionnés battant comme les tentacules d'une anémone de mer affolée. Il y avait des cadavres à l'intérieur, et d'autres ballottés dans les parties encore intactes de l'escalier en spirale qui faisait le tour du puits à l'extérieur. Kassad se propulsa jusqu'à l'extrémité du puits, et trouva toutes les portes étanches fermées. Le diaphragme du puits s'était également refermé, mais il y avait des brèches dans la cloison primaire par lesquelles on aurait pu faire passer un VEM civil.

Le vaisseau fit une nouvelle embardée, et tout fut secoué de plus belle à l'intérieur. Kassad se trouva animé, ainsi que tout ce qui se trouvait à l'intérieur du puits, par des forces complexes de Coriolis. Il se raccrocha à une poutrelle de métal tordue et se hissa à travers une brèche de la triple coque du *Merrick.*

Il faillit éclater de rire en voyant dans quel état se trouvait l'intérieur. Ceux qui avaient pris pour cible le vieux vaisseau-hôpital n'avaient pas fait les choses à moitié. La coque avait été éventrée avec des BCC jusqu'à ce que les joints de pressurisation cèdent, que les unités d'auto-pressurisation se désagrègent, que les détecteurs d'avaries soient saturés et que les cloisons intérieures s'effondrent.

Le vaisseau ennemi avait alors déversé ses missiles, munis de charges militaires curieusement baptisées « mitraille » par les spécialistes de la Force, à l'intérieur de la coque. L'effet équivalait à peu près à celui qu'aurait pu produire une grenade antipersonnel explosant à l'intérieur d'un labyrinthe rempli de rats de laboratoire.

La lumière pénétrait par mille ouvertures, se transformant en rayon irisé partout où elle trouvait une base colloïdale suffisante dans les nuages flottants de poussières, de lubrifiants et de sang. De l'endroit où se tenait Kassad, secoué par les trépidations du vaisseau, il apercevait plus d'une vingtaine de cadavres, nus et déchiquetés, qui dansaient avec la grâce sous-marine trompeuse d'un ballet d'outre-tombe sous gravité zéro. La plupart des corps flottaient au centre d'un microcosme de tissus et de sang. Plusieurs regardaient Kassad de leurs yeux exorbités comme dans un dessin animé, et les mouvements lents et langoureux de leurs bras et de leurs mains semblaient lui faire signe de s'approcher.

Kassad se propulsa à travers les débris flottants jusqu'au puits de descente qui menait au cœur de manœuvre du vaisseau. Il n'avait pas vu d'armes jusque-là – apparemment, personne à l'exception du *marine* n'avait eu le temps de s'équiper d'un scaphandre –, mais il savait qu'il devait y avoir une armurerie dans le cœur de manœuvre ou dans le quartier des *marines* à l'arrière.

Il s'arrêta devant le dernier joint de pressurisation déchiqueté. Il laissa échapper un rire, cette fois-ci, derrière sa visière. Le puits de descente s'arrêtait là. Il n'y avait plus de tronçon arrière. Plus de vaisseau. Le tronçon où il se trouvait – un puits d'axe et un module de soins – avait été arraché au vaisseau aussi aisément que Beowulf avait arraché un bras au corps du monstre Grendel. La dernière porte, non fermée, du puits de descente s'ouvrait sur l'espace. À quelques kilomètres de là, Kassad apercevait une douzaine d'autres fragments ravagés du *Merrick,* culbutant sur eux-mêmes dans la lumière éblouissante du soleil. Une planète vert et lapis grossissait, si proche que, lorsque Kassad se tourna vers elle, il fut pris d'un violent accès d'acrophobie qui l'obligea à s'agripper encore plus fort à l'encadrement d'une porte. Au même moment, une étoile se détacha du limbe de la planète, des lasers de combat crachèrent leur morse couleur de rubis, et un tronçon mutilé de vaisseau, à cinq cents mètres de lui, explosa dans l'abîme spatial, projetant autour de lui une pluie de particules métalliques vaporisées, de matières volatiles gelées et de points noirs dont Kassad s'avisa qu'ils devaient être des cadavres humains.

Il se hâta de retourner dans la sécurité relative des profondeurs de l'épave et considéra la situation. La combinaison du *marine* lui permettrait de survivre encore une heure au maximum. Déjà, il sentait l'odeur d'œuf pourri du respirateur déréglé. Il n'avait vu, en traversant l'épave, aucun compartiment étanche, aucun caisson d'air. Et même s'il découvrait un sas ou un compartiment susceptible de l'abriter, en quoi cela l'avancerait-il? Il ignorait si la planète qu'il avait vue était Garden ou Hypérion, mais il était sûr que la Force n'occupait aucun de ces deux mondes. Il était également certain qu'aucune force de défense locale n'était capable de tenir tête à un vaisseau extro. Des jours s'écouleraient avant qu'une patrouille ne vienne explorer cette épave. Et il n'était pas impossible que l'orbite de la carcasse pourrie qui lui servait d'abri se dégrade peu à peu, précipitant ses milliers de tonnes de métal vers une atmosphère qui la consumerait avec tout ce qu'elle contenait. Les autochtones n'apprécieraient pas beaucoup cela, mais il était peut-être préférable pour eux de laisser un morceau de ciel leur tomber sur la tête que de faire quelque chose qui risquerait de mécontenter les Extros. Si la planète possédait des systèmes de défense orbitale, même primitifs, ou bien des BCC sol-espace, se disait-il avec un sourire sinistre, il serait plus intelligent pour eux de pulvériser l'épave que de s'attaquer au vaisseau extro.

Pour Kassad, de toute manière, cela ne ferait aucune différence. Il serait mort longtemps avant que la carcasse ne pénètre dans l'atmosphère ou que les autochtones ne passent à l'action.

L'écran amplificateur du *marine* avait été fêlé par le shrapnel qui l'avait tué, mais Kassad fit descendre ce qu'il en restait à hauteur de sa visière. Des voyants rouges clignotèrent. Cependant, il restait assez d'énergie dans la combinaison pour afficher une vue amplifiée d'un vert pâle sur le fond craquelé. Kassad repéra ainsi le vaisseau-torche des Extros, à une centaine de kilomètres de là, avec ses champs de protection qui occultaient les étoiles à l'arrière-plan. Plusieurs objets furent lancés à ce moment-là. Un instant, Kassad fut persuadé que c'était le coup de grâce et qu'il n'avait plus que quelques secondes à vivre. Un sourire amer éclaira son visage. Puis il remarqua la faible vitesse des engins, et augmenta légèrement l'amplification. Les voyants rouges clignotèrent de plus belle, et l'amplification tomba en panne, mais Kassad avait eu le temps d'apercevoir les formes ovoïdes, effilées à l'arrière, hérissées de propulseurs et de bulles de cockpit. Chaque engin remorquait un enchevêtrement de six bras manipulateurs sans articulations. Les militaires de la Force appelaient ces vaisseaux d'abordage extros des « calmars ».

Kassad s'enfonça au cœur de l'épave. Il estimait qu'il ne disposait que de quelques minutes avant que les calmars n'arrivent jusqu'à lui. Combien d'Extros pouvait-il y avoir à bord de ces engins? Une dizaine? Vingt? Pas moins de dix, en tout cas, et ils seraient puissamment armés, équipés de viseurs infrarouges et de détecteurs de mouvements. Ce seraient des commandos d'élite, l'équivalent des *marines* de l'Hégémonie, non seulement entraînés à se battre sous gravité zéro mais vivant depuis toujours en impesanteur. Leurs longs membres, leurs orteils préhensiles et leur prothèse caudale leur donnaient un avantage accru dans ce type d'environnement. Et des avantages, ils en avaient déjà bien plus qu'il ne leur en fallait pour affronter Kassad.

Il se tapit silencieusement au milieu des morceaux de ferraille tordus, en luttant contre la montée d'adrénaline qui le poussait à se précipiter, hurlant de peur, dans les ténèbres extérieures. Que cherchaient les Extros? Des prisonniers. C'était une manière immédiate de résoudre son problème de survie. Il n'avait qu'à se rendre. L'ennui, c'était qu'il avait vu des holos des services de renseignement de la Force montrant l'intérieur des vaisseaux extros capturés dans l'espace de Bressia. L'un des vaisseaux contenait dans ses soutes de conservation plus de deux cents prisonniers. Et les Extros avaient dû avoir beaucoup de choses à demander à ces citoyens de l'Hégémonie. Peut-être était-ce dû à leur désir de ne pas s'encombrer de tant de bouches à nourrir et de tant de prisonniers à garder. Peut-être était-ce le fait de leur manière de procéder aux interrogatoires. Toujours est-il que les civils de Bressia et les militaires capturés de la Force avaient été trouvés écorchés vifs, éventrés et cloués sur des râteliers comme des grenouilles dans un laboratoire de biologie, leurs organes baignant dans des fluides nutritifs, leurs bras et leurs jambes amputés avec une précision chirurgicale, leurs yeux retirés, leur cerveau préparé pour l'interrogatoire à l'aide de rudimentaires contacts corticaux et de dérivations connectées directement à un appareillage de communication à travers des trous de trois centimètres de diamètre pratiqués dans la boîte crânienne.

Kassad se hala doucement en se laissant flotter parmi les débris enchevêtrés des faisceaux de câblage de la carcasse. Il ne tenait vraiment pas à se rendre. Il sentit le choc de l'accostage lorsqu'un engin extro au moins heurta la coque, stabilisant un peu l'épave. *Utilise ta cervelle,* se dit-il. Plus que d'une cachette, il avait surtout besoin d'une arme. Qu'avait-il vu, en se traînant tout à l'heure dans l'épave, qui pourrait éventuellement l'aider à survivre ?

Il s'immobilisa et resta agrippé, tout en réfléchissant intensément, à une longueur de câble de fibres optiques à nu. La salle de soins où il avait repris conscience, les lits, les caissons de fugue, l'appareillage médical de soins intensifs... presque tout cela avait été aspiré à travers la coque du module à effet de spin. Le puits de l'axe, la cage de transport, les corps partout... aucune arme dans tout cela. Presque tous les cadavres avaient été déshabillés par le souffle des bombes à mitraille ou par la décompression subite. Les câbles des cages élévatrices ? Non... ce serait trop long. Impossible de les sectionner sans outils. Des outils ? Il n'en avait vu nulle part. Bureaux éventrés le long de la coursive médicale. Salles d'imagerie. Caissons RM. Cuves CC béantes comme des sarcophages pillés. Au moins un bloc opératoire intact, mais à l'intérieur un fouillis d'appareils et de câbles flottants de toutes sortes. Le solarium, vidé de tout ce qu'il contenait lorsque les vitres avaient éclaté. Les salles d'attente. Les salles de repos du personnel. Les salles d'entretien. Les couloirs. Des cellules affectées à un usage indéterminé. Et encore des cadavres un peu partout.

Il ne demeura là que quelques secondes de plus, le temps de s'orienter dans le dédale de lumière et d'ombre, puis il se propulsa d'un coup de talon. Il avait espéré pouvoir disposer de dix minutes, mais ils ne lui en laissèrent même pas huit. Il savait que les Extros se montreraient méthodiques et efficaces dans leur fouille. Mais il avait sous-estimé leurs capacités sous gravité zéro. Il jouait sa vie sur l'espoir qu'ils ne seraient pas plus de deux à chaque ratissage. C'était la procédure standard des *marines* de la Force, qui ressemblait à celle des paras de l'armée de terre à qui l'on apprenait à progresser, dans les combats de rue, d'une entrée de porte à l'autre, l'un faisant irruption dans chaque pièce tandis que l'autre le couvrait. S'ils étaient plus de deux, si les Extros travaillaient par patrouilles de quatre, Kassad était probablement fini.

Il flottait au milieu de la salle d'opération n° 3 lorsque l'Extro franchit la porte. Le respirateur de Kassad était en train de rendre l'âme. Il était immobile, aspirant par saccades haletantes un air vicié, lorsque le commando s'introduisit d'un bond, s'écarta de la porte et amena ses deux armes, d'un mouvement tournant, sur la silhouette désarmée d'un *marine* en combinaison cabossée.

Kassad avait escompté que l'aspect délabré de son costume spatial et de son casque lui ferait gagner une seconde ou deux. Derrière la visière maculée de sang, ses yeux étaient braqués vers le haut, comme aveugles, tandis que la lumière fixée sur la poitrine de l'Extro le balayait. Les deux armes du commando étaient un étourdisseur sonique, à la main, et un pistolet à faisceau serré, plus petit mais beaucoup plus mortel, qu'il tenait entre les longs « orteils » de son pied droit. Il leva d'abord le sonique. Kassad eut le temps de remarquer l'aiguillon de combat de sa prothèse caudale. Puis il appuya sur la commande qu'il tenait dans son gantelet droit.

Il lui avait fallu la presque totalité des huit minutes pour connecter le générateur de secours aux circuits de la salle d'opération. Une partie seulement des lasers chirurgicaux étaient encore en état de marche, mais il avait pu en mettre six en position. Les quatre plus petits couvraient la zone située juste à droite de la porte, et les deux lasers à sectionner les os avaient pour cible l'espace de droite. L'Extro avait fait un bond sur la droite.

La combinaison explosa. Les lasers continuèrent leurs cercles préprogrammés tandis que Kassad se propulsait en avant, passant sous les rayons bleus qui tranchaient maintenant à vide dans une bruine grandissante de fluides de réparation de la combinaison et de sang bouillonnant. Il arracha le sonique au passage juste au moment où le deuxième Extro bondissait dans la salle avec l'agilité d'un chimpanzé de l'Ancienne Terre.

Kassad appuya le sonique contre le casque de l'homme et fit feu. L'occupant de la combinaison s'affaissa. La prothèse caudale fit quelques soubresauts dus à des impulsions nerveuses incontrôlées. Utiliser un sonique à cette distance n'était pas la meilleure façon de faire un prisonnier. À bout portant, une décharge sonique transformait un cerveau humain en quelque chose qui tenait davantage de la bouillie d'avoine. Mais Kassad ne souhaitait pas faire de prisonniers.

Il se dégagea d'un coup de talon, agrippa une poutrelle et balaya de son sonique l'entrée du corridor. Quelques secondes plus tard, il put s'assurer que personne ne venait de ce côté.

Ignorant le premier cadavre, il extirpa le second de la combinaison intacte. Le commando était nu dans son scaphandre, et il constata que ce n'était pas un homme, mais une femme. Elle avait des cheveux blonds coupés court, des seins menus et un tatouage juste au-dessus de la ligne de toison pubienne. Sa peau était d'une pâleur extrême, et des gouttelettes de sang s'échappaient de son nez, de ses oreilles et de ses yeux. Kassad prit mentalement note du fait que les Extros utilisaient des femmes dans leurs commandos. Tous les cadavres ennemis trouvés à Bressia étaient de sexe mâle.

Il garda son casque et son bloc respirateur pendant qu'il enfilait la combinaison aux formes peu familières. Le vide fit exploser des vaisseaux sanguins dans sa chair. Des aiguilles de froid le figèrent tandis qu'il luttait pour refermer des attaches d'un modèle jamais vu. Malgré sa grande taille, il était encore trop petit pour ce scaphandre de femme. Il pouvait faire fonctionner les gantelets en étirant les bras, mais les moufles des pieds et le logement de la prothèse caudale étaient sans objet pour lui. Il les laissa pendre, inutiles, tout en retirant son casque pour fixer maladroitement le globe extro à sa place.

Plusieurs voyants, sur la corolle du casque, étaient allumés. Ses tympans endoloris lui faisaient entendre le sifflement de l'air qui s'engouffrait. Il faillit suffoquer lorsque d'épais miasmes l'assaillirent. Ce devait être la douce odeur du pays pour un Extro, supposait-il. Les pastilles com du globe susurraient des commandements codés dans un langage qui évoquait une bande audio en anglais archaïque passée à l'envers à grande vitesse. Kassad jouait sa vie, de nouveau, sur le fait que les unités extros fonctionnaient, sur Bressia, par équipes semi-autonomes, reliées uniquement par la radio vocale et la télémétrie de base, contrairement aux groupes d'opérations de la Force, unis par leurs implants à un réseau tactique. Si c'était un système de ce type qu'ils utilisaient ici, le commandant du groupe devait déjà savoir que deux de ses hommes (ou femmes) manquaient à l'appel. Il disposait peut-être même d'un système de surveillance des paramètres vitaux. Mais il n'était pas forcément en mesure de les localiser.

Kassad décida qu'il était temps de mettre fin aux conjectures et de quitter cet endroit malsain. Il programma la télécommande des lasers pour qu'ils soient activés dès que quelqu'un pénétrerait dans cette salle. Puis il s'enfonça, par petits bonds maladroits, dans le couloir. Se déplacer dans un de ces foutus scaphandres équivalait à essayer d'avancer dans un champ gravifique en se servant de son propre pantalon comme d'une paire d'échasses. Il emportait les deux pistolets à énergie et, n'ayant trouvé aucune ceinture ni boucle, aucun étui, aucune attache Velcro ni poche ni plaquette mag pour les maintenir, flottait comme un pirate ivre d'holofilm, une arme dans chaque main, rebondissant d'un mur à l'autre. À contrecœur, il abandonna derrière lui l'un des deux pistolets tout en essayant de se guider d'une seule main. Le gantelet lui allait comme une mitaine extra-large sur la main d'un enfant. Sa foutue queue ballottait de tous les côtés, heurtait la bulle de son casque, et il en avait, littéralement, plein le cul.

Deux fois, il se coula dans des fissures du couloir après avoir vu de la lumière au loin. Il était presque arrivé à la cassure de la coque d'où il avait observé l'arrivée du calmar lorsqu'il tomba nez à nez, au détour d'un corridor, avec trois commandos extros.

Son scaphandre d'Extro lui donna un avantage de deux ou trois secondes. Il tira presque à bout portant dans le casque du premier. Le deuxième lâcha une décharge sonique qui passa au-dessus de son épaule gauche une seconde avant qu'il loge trois rayons d'énergie dans la plaque de poitrine de l'Extro. Le troisième fit un bond en arrière, trouva un triple point d'appui pour s'élancer et disparut au détour d'une cloison déchirée avant que Kassad eût le temps de l'ajuster. Une pluie de jurons, de questions et de commandements rauques fit résonner le casque de Kassad tandis qu'il lui donnait la chasse sans répondre.

L'Extro aurait pu s'échapper si, sans doute poussé par un sens de l'honneur retrouvé, il n'avait fait subitement volte-face pour se battre. Kassad ressentit une inexplicable impression de déjà vu lorsqu'il lui transperça l'œil gauche d'une décharge d'énergie à cinq mètres de distance.

L'Extro bascula en arrière dans la lumière du soleil. Kassad se propulsa jusqu'à l'ouverture béante et se pencha pour regarder le calmar amarré à une vingtaine de mètres de là. C'était, se disait-il, son premier réel coup de veine depuis longtemps.

Il plongea à travers l'ouverture en se propulsant des deux pieds, conscient d'offrir une cible parfaite à la fois pour les occupants du calmar et pour ceux de l'épave. Son scrotum se rétracta de panique comme chaque fois qu'il s'était senti exposé ainsi. Mais aucun coup ne fut tiré. Les ordres et les demandes continuaient de se succéder dans son casque comme des glapissements. Il ne les comprenait pas, il ignorait d'où ils venaient, et il ne tenait pas à engager le dialogue.

Son manque de contrôle sur le scaphandre lui fit presque rater le calmar. L'idée le traversa qu'un tel gag risquait de sonner le glas approprié de l'univers sur ses prétentions martiales. Le vaillant guerrier de l'espace s'éloignant, sur une orbite quasi planétaire, sans aucun dispositif de manœuvre, sans aucun propulseur, sans masse de réaction d'aucune sorte. Même le pistolet était sans recul. Sa carrière finirait aussi dérisoirement et inutilement que celle d'un ballon lâché par un enfant.

Il tendit les deux bras jusqu'à ce que ses jointures craquent, happa l'extrémité d'une antenne flexible et se hala, centimètre par centimètre, jusqu'à la coque du calmar.

Où était ce foutu sas? La coque était relativement lisse

189

pour un vaisseau spatial, mais ornée d'une multitude de motifs, plaques et panneaux représentant, supposait-il, l'équivalent des avertissements de la Force, du genre : « Ne pas piétiner » ou bien : « Danger, propulseur ». Il ne voyait d'entrée nulle part. Il était probable que des Extros se trouvaient à bord, au moins un pilote, et ils devaient se demander pourquoi leur commando se traînait sur la coque comme un crabe boiteux au lieu d'actionner le sas. Mais peut-être savaient-ils déjà pourquoi et l'attendaient-ils de pied ferme, le doigt sur la détente. N'importe comment, personne, de toute évidence, n'allait lui ouvrir la porte.

Qu'ils aillent au diable, se dit-il en fracassant l'une des bulles d'observation.

Les Extros ne devaient pas laisser traîner beaucoup d'objets dans leurs vaisseaux. Seul l'équivalent de quelques pièces de monnaie et attaches trombones se déversa en même temps que l'air du vaisseau. Kassad attendit la fin du geyser et se glissa à l'intérieur à travers la bulle.

Il se trouvait dans la section du matériel, une soute capitonnée qui ressemblait à la chambre de largage des paras de n'importe quel vaisseau de descente ou bien à l'intérieur d'un blindé de transport de troupes. Kassad nota mentalement qu'un calmar devait pouvoir contenir une vingtaine de commandos extros en tenue de combat spatial. Mais celui-ci semblait vide.

Une porte étanche ouverte menait au cockpit. Seul le pilote était resté à bord, et il était occupé à se dessangler lorsque Kassad l'abattit. Il traîna le corps dans la soute et se sangla dans ce qu'il espérait être le siège de pilotage.

Une chaude lumière pénétrait par la verrière au-dessus de lui. Les moniteurs vidéo et les holos montraient des vues de l'avant et de l'arrière du calmar ainsi que quelques aperçus, pris par une caméra portative, de la fouille qui se déroulait à l'intérieur de l'épave. Kassad entrevit le cadavre de la femme nue du bloc opératoire et les lasers chirurgicaux en action contre plusieurs silhouettes en scaphandre.

Dans les holofilms qu'il avait vus dans sa jeunesse, les héros de Fedmahn Kassad savaient toujours faire marcher du premier coup les engins exotiques et autres véhicules EM dont ils s'emparaient. Kassad était entraîné à piloter des transports militaires, des tanks, des engins d'assaut et même des vaisseaux de descente, si la situation l'exigeait. Seul à bord d'un vaisseau de la Force, il aurait pu, si jamais cette situation improbable s'était présentée, retrouver son chemin dans le dédale du cœur de manœuvre au moins pour communiquer avec l'ordinateur central ou pour lancer un message de détresse à la radio ou dans un mégatrans. Mais ici, dans le fauteuil de pilotage d'un calmar extro, il n'avait pas idée de ce qu'il fallait faire pour commencer.

Plus exactement, il reconnaissait les alvéoles de manipulation des tentacules, et il pensait pouvoir se servir de plusieurs autres commandes pour peu qu'on lui laisse trois heures de réflexion et d'expérimentation. Malheureusement, il ne disposait pas d'un tel délai. L'écran lui montrait, à l'avant, trois silhouettes en scaphandre qui se propulsaient vers le calmar tout en tirant devant elles. La figure pâle, curieusement extra-terrestre, d'un commandant extro se dessina soudain dans le foyer de la console holo tandis qu'une pluie de jurons se déversait des plaquettes audio de son casque.

Des globules de transpiration se formèrent devant ses yeux, flottant à l'intérieur du globe. Il les secoua de son mieux en se concentrant sur les commandes. Il appuya sur quelques plaques dont il croyait deviner l'usage. Si ce vaisseau était piloté par commande vocale, par programmation à distance ou par une sorte d'ordinateur de bord, il était fichu. Il y avait déjà pensé une seconde ou deux avant d'abattre le pilote, mais il n'avait pas trouvé de solution pour forcer l'homme à coopérer. Il n'y avait que ce moyen-là, se disait-il en enfonçant d'autres plaques de commande.

Une tuyère fit entendre le sifflement de sa mise à feu. Le calmar tira sur ses amarres. Kassad se sentit poussé en avant puis tiré en arrière dans son harnais.

– Merde! s'exclama-t-il, parlant pour la première fois depuis qu'il avait demandé à la femme médecin de la Force sur quelles planètes le vaisseau faisait escale.

Il se pencha le plus possible en avant, essayant d'introduire les doigts de son gantelet dans les alvéoles. Quatre des six manipulateurs se mirent en mouvement. Le premier dérapa sur la coque. Le dernier finit par arracher un morceau de cloison à l'épave du *Merrick*.

Le calmar se libéra d'une secousse. Les caméras vidéo

191

montrèrent deux silhouettes en scaphandre qui rataient leur cible et une troisième qui se raccrochait à la même antenne qui avait sauvé la vie de Kassad. Celui-ci savait à présent plus où moins où se trouvaient les commandes des propulseurs. Il les actionna frénétiquement. Un voyant s'alluma sur le tableau. Les projecteurs holos s'éteignirent. Le calmar se lança dans une manœuvre complexe qui réunissait tous les plus violents éléments du tangage, du lacet et du roulis. Kassad vit passer la silhouette en scaphandre au-dessus de la verrière du cockpit, l'écran vidéo avant la montra une fraction de seconde, puis l'écran arrière prit le relais jusqu'à ce que l'Extro ne fût plus qu'un point bientôt invisible. Et pendant tout ce temps, il – ou elle – continuait de décharger son pistolet à énergie jusqu'à ce que tout disparaisse.

Kassad luttait pour ne pas perdre conscience en raison des violents mouvements désordonnés de l'engin. Toutes les alarmes vocales et visuelles étaient déchaînées. Il actionna de nouveau les commandes des propulseurs, et estima que ses efforts étaient couronnés de succès lorsqu'il ne se sentit plus écartelé dans cinq directions à la fois mais dans deux seulement.

Une manipulation de caméra au hasard lui montra que le vaisseau-torche s'éloignait. Parfait. Il ne doutait pas que les Extros fussent capables de le détruire à tout instant, et ils le feraient à coup sûr s'il s'approchait d'eux ou s'il les menaçait de manière quelconque. Il ignorait si le calmar était armé, mais il ne devait pas contenir beaucoup plus que des armes antipersonnel. Dans tous les cas, aucun commandant de vaisseau-torche ne prendrait le risque de laisser s'approcher une navette incontrôlée. Kassad supposait que les Extros savaient tous maintenant que le calmar était aux mains d'un ennemi. Il ne serait pas surpris – simplement déçu – d'être vaporisé d'une seconde à l'autre par le vaisseau-torche. En attendant, il tablait sur deux émotions au plus haut degré humaines – sinon extro-humaines –, la curiosité et le désir de vengeance.

La curiosité, comme il le savait, pouvait être aisément court-circuitée dans les moments de stress, mais il comptait sur une société semi-féodale et paramilitaire comme celle des Extros pour placer au plus haut les concepts d'honneur et de vengeance. Toutes choses étant égales par ailleurs, n'ayant pas la moindre chance de leur faire davantage de mal ni de leur échapper, il semblait bien que le colonel Kassad fût devenu le candidat le mieux placé pour l'accession à l'un de leurs plateaux de dissection. C'était son dernier espoir.

Il jeta un coup d'œil au moniteur vidéo avant, fronça les sourcils et relâcha juste assez longtemps son harnais pour regarder par la verrière au-dessus de lui. L'engin tournoyait toujours, mais pas aussi violemment que précédemment. La planète semblait se rapprocher. L'un des hémisphères emplissait l'horizon « supérieur », mais il n'avait aucune idée de la distance qui le séparait de l'atmosphère. Il était incapable de lire les paramètres affichés. Il ne pouvait que faire des conjectures sur sa vitesse orbitale et sur la violence du choc en cas de rentrée. Son examen visuel attentif de l'épave du *Merrick* lui avait donné l'impression qu'elle se trouvait tout près de la surface, peut-être pas à plus de cinq ou six cents kilomètres, sur une orbite d'attente convenant, par exemple, au lancement d'un vaisseau de descente.

Il voulut essuyer la transpiration sur son front, et poussa un juron lorsque le bout flasque de son gantelet cogna la visière de son casque. Il était épuisé. Il n'y avait que quelques heures qu'il était sorti de fugue, et on l'avait ramassé corporellement mort à peine quelques semaines de voyage avant cela.

Il aurait bien voulu savoir si la planète au-dessous de lui était Hypérion ou Garden. Il ne connaissait ni l'une ni l'autre, mais il savait que Garden était plus peuplée et sur le point de devenir une colonie de l'Hégémonie. Il espérait que c'était celle-là.

Le vaisseau-torche largua trois engins d'assaut. Kassad les aperçut clairement avant que la caméra de poupe ne les fasse sortir du champ. Il actionna les commandes des propulseurs jusqu'à ce qu'il eût l'impression de dégringoler un peu plus vite vers la muraille planétaire au-dessus de lui. Il ne voyait pas ce qu'il aurait pu faire de plus.

Le calmar atteignit l'atmosphère avant d'être rejoint par les trois chasseurs extros. Il était probablement à portée de tir, mais quelqu'un, dans le circuit de commandement, devait être assez curieux – ou furieux – pour ne pas ordonner de faire feu.

L'engin de Kassad était loin d'avoir un profil aérodynamique. Comme la plupart des navettes de vaisseau à vaisseau, il était conçu pour flirter avec les atmosphères planétaires, mais ce serait sa perte s'il plongeait trop brutalement dans le puits gravifique. Il vit le rougeoiement caractéristique de la rentrée, entendit l'accroissement de l'activité ionique sur les canaux ouverts de la radio et se demanda subitement si son idée était si bonne que ça.

Le flux atmosphérique stabilisa le calmar, et Kassad ressentit les premiers effets de la gravité en cherchant, parmi les commandes du fauteuil et du tableau, celles qui actionnaient les circuits qu'il espérait trouver. Un écran vidéo envahi par les parasites lui montra l'un des vaisseaux de descente, suivi de la traîne de plasma bleuâtre de sa décélération. L'effet d'optique était analogue à celui que connaissaient bien les chuteurs lorsqu'ils voyaient un de leurs compagnons en chute libre au moment où il ouvrait son parachute ou déployait ses suspentes. Le chasseur sembla grimper subitement.

Mais Kassad avait d'autres sujets de préoccupation. Il ne semblait pas y avoir de mécanisme d'éjection ni de système d'évacuation d'urgence de l'appareil. Toutes les navettes spatiales de la Force étaient munies d'un dispositif de sortie dans l'atmosphère. C'était une habitude qui datait de près de huit siècles et remontait à l'époque où les vols spatiaux dépassaient rarement la limite de l'atmosphère de l'Ancienne Terre. Une navette conçue pour des transbordements de vaisseau à vaisseau n'était pas censée avoir besoin de dispositifs d'éjection atmosphérique. Cependant, les terreurs ancestrales inscrites dans les anciens règlements de sécurité avaient la peau dure.

Telle était, tout au moins, la théorie. Kassad ne trouvait toujours rien. Le calmar commençait à trépider dangereusement. Il tournoyait, et la température grimpait rapidement. Kassad défit les attaches de son harnais et se traîna vers la soute, sans même savoir ce qu'il espérait y trouver. Un paquetage de survie ? Un parachute ? Une paire d'ailes ?

Il n'y avait rien, à l'exception du cadavre du pilote et de quelques cartons pas plus grands qu'une boîte à chaussures. Kassad les ouvrit, mais n'y trouva rien de plus utile qu'une trousse médicale, sans remède miracle.

Il entendait maintenant les craquements des membrures du calmar et se disait, agrippé à un anneau à pivot, que les Extros n'avaient sans doute pas gaspillé de l'argent ou de la place pour un dispositif qui avait si peu de chances de servir un jour. Pourquoi l'auraient-ils fait? Ils passaient toute leur existence dans l'obscurité des espaces interstellaires, et l'idée qu'ils se faisaient d'une atmosphère correspondait au tube pressurisé de huit kilomètres de long d'une de leurs cités de métal.

Les détecteurs audio externes de son casque-bulle commencèrent à lui transmettre le sifflement furieux de l'air sur la coque et à travers la verrière cassée de la section arrière. Kassad haussa les épaules, résigné. Il avait trop pris de paris. Cette fois-ci, il avait perdu.

Le calmar fit une série d'embardées. Kassad entendit le bruit du manipulateur arraché à l'avant. Le cadavre de l'Extro s'envola soudain à travers la verrière cassée comme une fourmi happée dans un aspirateur. Kassad, agrippé maintenant des deux mains à son anneau, avait les yeux tournés vers le cockpit et se disait que ces installations étaient vraiment archaïques, comme s'il s'agissait de pièces de musée. Une partie du revêtement extérieur était en train de brûler. Des fragments enflammés passaient au-dessus des verrières comme des projectiles de lave en fusion. Kassad ferma les yeux, essayant de se rappeler ce qu'il avait appris à l'École Militaire d'Olympus sur les structures et le revêtement des premiers vaisseaux de l'espace. Le calmar était maintenant secoué comme s'il allait se désagréger d'un instant à l'autre, dans un tumulte incroyable.

– Par Allah! s'exclama Kassad.

Il n'avait pas poussé ce cri depuis son enfance. Il se hala frénétiquement en direction du cockpit, luttant contre le souffle qui l'attirait vers la verrière, en s'aidant des poignées du pont comme s'il grimpait sur une paroi verticale. Ce qu'il faisait en réalité. Le calmar avait pivoté, stabilisé en un plongeon de la mort, poupe pardessus tête. Kassad devait lutter contre une force de 3 g, conscient du fait que le moindre faux mouvement risquait de rompre tous les os de son corps. Derrière lui, le sifflement de l'atmosphère se transforma en rugissement puis en hurlement de dragon. La soute s'embrasa dans une série d'explosions soufflées.

Grimper dans le siège de pilotage équivalait à escalader un surplomb de paroi avec le poids de deux autres grimpeurs suspendus à son dos. Les gantelets trop grands ne lui facilitaient pas la tâche tandis qu'il se balançait au-dessus du chaudron en flammes de la section arrière. Puis le vaisseau fit une nouvelle embardée, et Kassad en profita pour ramener ses jambes et se hisser dans le fauteuil. Les moniteurs vidéo avaient cessé de fonctionner. La verrière surchauffée avait un rougeoiement écœurant. Kassad était sur le point de perdre conscience lorsqu'il rassembla ses dernières forces pour se pencher en avant, tâtonnant dans l'obscurité au-dessous du siège, entre ses genoux, à la recherche de... Oui! Une poignée... Non, par le Christ et Allah... Un anneau en D... issu tout droit des livres d'histoire...

L'engin était en train de se disloquer. Au-dessus de sa tête, la verrière éclata, répandant du Perspex liquide dans tout l'habitacle, éclaboussant la combinaison et la visière de Kassad. L'odeur du plastique fondu parvint à ses narines. Le calmar s'était remis à tournoyer en se désagrégeant. La vision de Kassad rosit, s'affaiblit, disparut totalement... De ses doigts gourds, il serra le harnais... serra... Ou les sangles lui rentraient dans la poitrine, ou le Perspex avait traversé sa combinaison... Sa main chercha de nouveau l'anneau en D. Ses doigts étaient trop maladroits pour se refermer dessus... Non... Tirer de toutes ses forces...

Trop tard. Le calmar explosa en un bouquet final de sifflements et de flammes. Le tableau de commande vola à travers le cockpit en un millier d'éclats de shrapnel.

Kassad se sentit écrasé contre son siège. Il se sentit projeté. Dans le ciel, au cœur des flammes.

Tout culbuta à plusieurs reprises.

Kassad eut vaguement conscience du fait que son siège, en basculant, s'était entouré d'un champ de confinement limité. Les flammes étaient à quelques centimètres à peine de son visage.

Des charges explosives propulsèrent le siège hors du sillage enflammé du calmar. Le fauteuil éjecté laissait sa propre trace bleue derrière lui tandis que ses microprocesseurs l'orientaient de manière à interposer l'écran de force entre son occupant et la fournaise de friction. Un géant était assis sur la poitrine de Kassad tandis qu'il décélérait sur deux mille kilomètres de ciel, sous une pression de huit gravités.

Il se força à ouvrir les yeux une seule fois, s'aperçut qu'il était replié en position fœtale dans le ventre d'une longue colonne de flammes d'un bleu presque blanc, puis referma les yeux. Il n'avait pas vu trace d'un système quelconque de parachute, de suspension ou de freinage. Mais peu importait. Il n'était plus capable de remuer ni les bras ni les jambes.

Le géant changea son poids de place, devint plus lourd.

Kassad s'aperçut qu'une partie de la bulle de son casque avait fondu ou disparu, emportée par le souffle. Le vacarme était insupportable. Mais quelle importance?

Il serra les paupières encore plus fort. C'était le moment de faire un somme.

Lorsqu'il rouvrit les yeux, il vit la silhouette indistincte d'une femme penchée sur lui. Un instant, il crut que c'était *elle*. Puis il la regarda attentivement, et vit que c'était bien elle. Elle lui toucha la joue de ses doigts glacés.

– Est-ce que je suis mort? murmura-t-il en levant la main pour lui saisir le poignet.

– Non.

Sa voix avait une douceur un peu rauque, voilée par un léger accent qu'il ne parvenait pas à identifier. C'était la première fois qu'il l'entendait parler.

– Es-tu réelle?

– Oui.

Il soupira et regarda autour de lui. Il était nu sous une robe de chambre légère sur une sorte de lit ou de plate-forme au milieu d'une grande salle obscure comme une caverne. Au-dessus de lui, les étoiles étaient visibles à travers une brèche du plafond. Il tendit l'autre main pour lui toucher l'épaule. Ses cheveux formaient un nimbe noir au-dessus de lui. Elle portait une robe ample d'un tissu fin qui, même à la lumière des étoiles, lui laissait voir les contours de son corps. Il respirait son parfum, fait de l'arôme délicat du savon, de sa peau et du reste d'elle, qu'il se rappelait si bien de leurs précédentes rencontres.

– Tu dois avoir des choses à me demander, murmura-t-elle tandis que Kassad dégrafait la boucle dorée qui maintenait sa robe.

Le vêtement glissa au sol dans un froissement soyeux. Elle ne portait rien d'autre. Au-dessus d'eux, la ceinture de la Voie lactée était parfaitement visible.

– Non, fit Kassad en l'attirant contre lui.

Au petit matin, une brise se leva, mais Kassad remonta sur eux la couverture légère dont l'étoffe fine sembla préserver la chaleur de leurs corps tandis qu'ils demeuraient blottis dans les bras l'un de l'autre dans une quiétude parfaite. Quelque part, des rafales de sable ou de neige crissaient contre les murs nus. Les étoiles étaient nettes et brillantes.

Ils se réveillèrent peu de temps après le point du jour, leurs visages se touchant sous la couverture soyeuse. Elle passa la main le long de la hanche de Kassad, s'arrêtant sur ses cicatrices anciennes et récentes.

– Ton nom? chuchota Kassad.

– Chut! fit-elle en laissant glisser sa main plus bas.

Il enfouit son visage dans le creux parfumé de son cou. Ses seins étaient chauds et doux contre lui. Une lumière pâle les baignait. Quel-que part, un vent de sable ou de neige crépitait contre les murs nus.

Ils firent l'amour, se rendormirent, refirent l'amour. Puis ils s'habillèrent. Il faisait maintenant plein jour. Elle avait disposé pour lui sur le lit des sous-vêtements, une tunique et un pantalon gris. Ils lui allaient parfaitement, de même que les chaussettes de mousse et les chaussures souples. Elle avait un ensemble du même genre, bleu marine.

– Dis-moi ton nom, lui redemanda Kassad tandis qu'ils quittaient le bâtiment à la toiture défoncée et sortaient dans les rues d'une cité morte.

– Monéta, lui répondit la fille de son rêve. Ou bien Mnémosyne. Celui que tu préféreras.

– Monéta... chuchota Kassad.

Il leva les yeux vers un minuscule soleil qui se levait dans un ciel lapis.

– Hypérion? demanda-t-il.

– Oui.

– Comment suis-je arrivé à la surface? Un champ de suspension? Un parachute?

– Tu es descendu sous une aile dorée.

– Je n'ai mal nulle part. Je n'ai pas été blessé?

– On s'en est occupé.

– Où sommes-nous?

– C'est la Cité des Poètes. Abandonnée depuis plus d'un siècle. Derrière cette colline se trouvent les Tombeaux du Temps.

– Et les chasseurs extros qui me poursuivaient?

– L'un d'eux s'est posé non loin d'ici. Le Seigneur de la Douleur a pris pour lui son équipage.

– Qui est le Seigneur de la Douleur?

– Viens, fit Monéta.

La cité morte se terminait en désert. Le sable fin balayait du marbre blanc à demi enfoui sous les dunes. À l'ouest, un vaisseau de descente extro était posé avec son diaphragme de chargement ouvert. Non loin d'eux, sur une colonne de marbre abattue, un thermocube offrait du café chaud et des petits pains frais. Ils burent et mangèrent en silence.

Kassad fit un effort pour se remémorer les légendes d'Hypérion.

– Le Seigneur de la Douleur, c'est le gritche, murmura-t-il enfin.

– Évidemment.

– Tu es d'ici? De la Cité des Poètes?

Elle sourit tout en secouant doucement la tête.

Kassad finit de boire son café et reposa la tasse. Il avait toujours l'impression de se trouver dans un rêve, mais ce rêve était d'une réalité bien plus concrète que toutes les sims auxquelles il avait jamais participé. Le soleil était chaud sur son visage et sur ses mains, et le café avait un goût amer non déplaisant.

– Viens, Kassad, lui dit Monéta.

Ils traversèrent une étendue de sable froid. Kassad leva plusieurs fois les yeux vers le ciel, sachant que le vaisseau-torche extro pouvait les anéantir du haut de son orbite, mais... brusquement certain qu'il ne le ferait pas.

Les Tombeaux du Temps se trouvaient au fond d'une vallée. Un obélisque court y brillait d'une lueur intérieure, tandis qu'un Sphinx de pierre semblait au contraire absorber la lumière. Une structure complexe de pylônes aux formes contournées semblait projeter des ombres uniquement sur elle-même. D'autres tombeaux se profilaient contre le soleil levant. Chacun avait sa porte, et aucune n'était fermée. Kassad savait que cela datait du temps où les premiers explorateurs avaient découvert les sites, et qu'il n'y avait plus rien à l'intérieur. Plus de trois siècles de fouilles à la recherche d'autres caveaux, monuments ou galeries cachés n'avaient abouti à aucun résultat.

— Tu ne peux pas aller plus loin, lui dit Monéta tandis qu'ils s'approchaient de la paroi qui marquait le début de la vallée. Les marées du temps sont trop fortes aujourd'hui.

L'implant tactique de Kassad ne pouvait pas l'aider. Il n'avait pas de persoc. Il fouilla sa mémoire.

— Tu veux parler des champs de force anentropiques qui entourent les Tombeaux du Temps, dit-il enfin.

— Oui.

— Ces ruines sont très anciennes. Les champs de force anentropiques les empêchent de vieillir.

— Non, fit Monéta. Les marées du temps servent à ramener les Tombeaux en arrière dans le temps.

— En arrière dans le temps, répéta stupidement Kassad.

— Regarde.

Quelque chose de miroitant, comme un mirage, venait d'apparaître soudain dans la brume au milieu d'un nuage de sable et d'ocre tourbillonnant. Cela ressemblait à un arbre bardé d'épines de fer, qui remplissait la vallée et s'élevait sur deux cents mètres jusqu'à la hauteur du sommet de la paroi rocheuse. Ses branches ne cessaient de disparaître et de se reformer comme les éléments d'un hologramme mal réglé. La lumière du soleil faisait jouer des reflets sur les épines de cinq mètres de long. Sur une vingtaine au moins de ces épines, des Extros, hommes et femmes, entièrement nus, étaient empalés. Sur d'autres branches, il y avait d'autres cadavres ainsi suppliciés, et ils n'étaient pas tous humains.

Le sable tourbillonnant empêchait de bien voir. Quand le vent se calma, la vision disparut.

— Viens, répéta Monéta.

Kassad la suivit à travers les rides des marées du temps, évitant le flux et le reflux des champs anentropiques un peu comme un enfant jouant à cloche-pied avec le ressac sur une vaste plage de l'océan. Il sentait physiquement le contact des vagues du temps dans chaque cellule de son corps, et cela lui procurait une curieuse sensation de déjà vu.

Juste après l'entrée de la vallée, là où les collines

s'ouvraient sur les dunes et où les basses plaines marécageuses conduisaient à la Cité des Poètes, Monéta effleura
de la main un mur d'ardoise bleue, et une entrée secrète
leur ouvrit le passage dans une longue salle basse taillée à
même la face de la falaise.

– C'est ici que tu vis? demanda Kassad.

Il ne voyait cependant aucun signe d'habitation dans
cette chambre dont les parois de pierre étaient creusées
d'une multitude de niches et de renfoncements.

– Nous devons nous préparer, chuchota Monéta tandis
que la lumière ambiante prenait des reflets dorés. Elle
abaissa du plafond un râtelier chargé d'accessoires tandis
qu'une fine bande de polymère accrochée au plafond lui
servait de miroir.

Kassad la regardait faire avec la placidité d'un rêveur.
Elle ôta ses vêtements, puis le déshabilla à son tour. Leur
nudité n'avait plus rien d'érotique, elle était devenue céré-
monielle.

– Tu hantes mes rêves depuis des années, lui dit-il.

– Je sais. Ton passé et mon avenir. L'onde de choc des
événements se déplace dans le temps comme les rides à la
surface d'une mare.

Kassad cligna des paupières tandis qu'elle saisissait une
férule d'or pour lui toucher la poitrine. Il ressentit un
léger choc, et sa chair devint un miroir, son visage et sa
tête un ovoïde lisse reflétant les couleurs et les textures de
la salle. Un instant plus tard, elle le rejoignit, et sa peau
devint une cascade irisée de reflets liquides, comme de
l'eau sur du vif-argent sur du chrome. Il vit les reflets de
ses propres reflets sur chaque courbe et chaque muscle du
corps de Monéta, dont les seins captaient et courbaient la
lumière, les pointes dressées comme de minuscules geysers à la surface lisse d'un lac. Il s'avança pour l'enlacer,
et sentit leurs surfaces se joindre comme des fluides
magnétisés. Sous les champs connectés, leurs chairs se
touchaient.

– Tes ennemis t'attendent aux portes de la cité, murmura-t-elle.

Le chrome de son visage était animé d'une lumière
mouvante.

– Mes ennemis?

– Les Extros. Ceux qui t'ont suivi jusqu'ici.

Il secoua la tête, et vit son reflet déformé faire de
même.

– Ils n'ont plus aucune importance, dit-il.

– Ils en ont, murmura Monéta. Les ennemis sont toujours importants. Tu dois t'armer.

– Avec quoi ?

Au moment même où elle disait ces mots, il sentit qu'elle le touchait avec une sphère de bronze, ou plutôt un tore d'un bleu terne. Son propre corps modifié communiquait maintenant avec lui aussi clairement qu'un soldat au rapport dans l'implant de son circuit de commandement. Il sentit le sang affluer en lui avec une vigueur turgescente.

– Viens, souffla Monéta en le guidant de nouveau vers le désert.

La lumière solaire semblait lourde et polarisée. Il se sentit glisser le long des dunes, couler comme un liquide dans les rues de marbre blanc de la cité abandonnée. Près de l'extrémité ouest des ruines, là où les restes délabrés d'un monument laissaient encore lire sur leur linteau le nom d'Amphithéâtre des Poètes, quelque chose se dressait, qui les attendait.

Un instant, Kassad crut qu'il s'agissait d'une autre personne parée des reflets chrome des champs de force dont ils étaient eux-mêmes drapés. Mais il n'y avait rien d'humain dans cet assemblage de vif-argent et de chrome. Comme en un rêve, Kassad remarqua ses quatre bras, les lames rétractiles de ses doigts, la profusion de piquants sur la gorge, au front, aux poignets, aux genoux et sur tout le corps. Mais il ne pouvait, surtout, détacher son regard des deux yeux aux milliers de facettes qui brûlaient d'une flamme rouge auprès de laquelle la lumière du soleil pâlissait et les ombres prenaient des reflets sanglants.

Le *gritche* ! se dit Kassad.

– Le Seigneur de la Douleur, chuchota Monéta.

La créature tourna alors les talons et les guida vers la sortie de la cité morte.

Kassad approuvait en connaisseur la manière dont les Extros avaient organisé leurs défenses. Les deux engins d'assaut étaient posés à moins de cinq cents mètres l'un de l'autre, leurs canons, projecteurs et tourelles lance-missiles se couvrant respectivement ainsi qu'un champ de trois cent soixante degrés de tir. Les fantassins extros avaient pris la peine d'élever des remblais à une centaine de mètres de chaque vaisseau, et Kassad aperçut au moins deux blindés EM au sol, leurs tubes de projection et de lancement commandant la large plaine marécageuse déserte qui les séparait de la Cité des Poètes. Il y avait quelque chose d'anormal dans la vision de Kassad. Il percevait les champs de confinement des vaisseaux, qui se recouvraient en partie, sous la forme de minces rubans de brume jaune, et les détecteurs de mouvement ou les mines antipersonnel comme des œufs entourés de pulsations de lumière rouge.

Il cligna plusieurs fois des paupières, conscient d'une autre anomalie qu'il ne parvenait pas à définir. Puis il comprit soudain. En plus de la consistance de la lumière et de sa perception augmentée des champs d'énergie, c'était l'absence de tout mouvement qui était inhabituelle. Les Extros qu'il apercevait, y compris ceux qui se trouvaient dans une posture de mouvement, étaient aussi figés que les soldats de plastique avec lesquels il jouait, enfant, dans les bidonvilles de Tharsis. Les blindés étaient en position basse au centre de leurs fortifications, mais même leurs radars d'acquisition – qu'il percevait sous la forme d'un triangle d'arcs mauves concentriques – étaient immobiles. Il leva les yeux vers le ciel et vit une sorte de gros oiseau en suspens, comme un insecte dans une inclusion de résine. Il passa à portée d'un nuage de poussière soulevée par le vent, elle aussi en suspens, tendit une main de chrome et fit tomber à terre des spirales de particules brillantes.

Devant eux, le gritche s'avançait sans se presser à travers le dédale rouge des mines à détecteur de présence, enjambait les cordons bleutés des rayons de déclenchement, se baissait pour passer sous les pulsations mauves et immobiles des détecteurs des batteries de tir automatique, traversait le champ de confinement jaune puis le mur bleu-vert du périmètre de défense sonique, et pénétrait dans l'ombre de l'engin d'assaut, suivi de Monéta et de Kassad.

Comment est-ce possible?

Il se rendit compte qu'il avait formulé la question par un moyen qui n'était pas tout à fait de la télépathie mais qui dépassait de beaucoup les possibilités technologiques d'un simple implant de conduction.

Il contrôle le temps.

Le Seigneur de la Douleur?

Évidemment.

Que faisons-nous ici?

Elle fit un geste en direction des Extros figés.

Ce sont tes ennemis.

Kassad eut l'impression de sortir finalement d'un long rêve. Tout cela était réel! Les yeux de l'Extro devant lui, qui ne clignaient pas sous son casque, étaient réels, de même que le vaisseau d'assaut extro, dressé comme une pierre tombale géante couleur de bronze.

Fedmahn Kassad s'avisa alors qu'il aurait pu les tuer tous, jusqu'au dernier – commandos, *marines*, équipages – sans qu'ils puissent rien faire pour se défendre. Le temps ne s'était pas arrêté, il le savait, pas plus qu'il ne s'arrêtait lorsqu'un vaisseau passait en mode de propulsion Hawking. C'était juste une question de vitesse relative. L'oiseau figé finirait par achever son battement d'ailes au bout de quelques minutes ou de quelques heures. La paupière de l'Extro battrait si Kassad avait la patience de l'observer jusque-là. Mais, dans l'intervalle, Kassad, Monéta et le gritche pouvaient les tuer tous sans qu'ils sachent même qu'ils étaient attaqués.

Ce ne serait vraiment pas juste, se disait Kassad. Cela représenterait la violation ultime du Nouveau Bushido, pire, à sa manière, que le massacre gratuit des civils. L'essence de l'honneur résidait dans l'instant de l'affrontement d'égal à égal. Il allait faire part de ces réflexions à Monéta lorsqu'elle lui dit – ou plutôt, pensa :

Regarde bien!

Le temps s'était remis à couler, dans une explosion qui n'était pas sans rappeler l'irruption brutale de l'air dans un sas. L'oiseau reprit son cercle et son vol vers le haut. La brise du désert souffla de nouveau ses particules de poussière contre le champ de confinement à charge statique. Un commando extro qui avait un genou à terre se releva pour voir le gritche et les deux silhouettes humaines, cria quelque chose dans son équipement de communication tactique et leva le canon de son pistolet à énergie.

Le gritche ne parut pas se déplacer. Pour Kassad, il cessa simplement d'être à un endroit pour apparaître simultanément à un autre endroit. Le commando poussa un deuxième cri, plus bref, puis baissa les yeux, comme incrédule, tandis que la main du gritche se retirait de sa poitrine en tenant son cœur entre ses doigts de métal acéré. Il ouvrit la bouche pour parler, puis s'écroula.

Kassad pivota sur sa droite pour faire face à un autre Extro en combinaison de combat, qui levait lourdement une arme. Kassad avança la main, perçut le bourdonnement du champ de force aux reflets de chrome et vit le tranchant de sa main pénétrer la combinaison, le casque et la base du cou de l'Extro, dont la tête se détacha et roula dans le sable.

Il sauta à pieds joints dans une tranchée. Plusieurs soldats commencèrent à se retourner. Le temps était toujours désarticulé. L'ennemi se déplaçait un instant au grand ralenti, puis aux quatre cinquièmes de la normale l'instant d'après. Mais jamais aussi vite que Kassad. Envolés, ses scrupules à propos du Nouveau Bushido! Il avait devant lui des barbares qui avaient essayé de le tuer! Il brisa la nuque d'un fantassin, s'écarta, fit entrer ses doigts de chrome rigides dans le corps d'un deuxième, broya le larynx d'un troisième, esquiva sans difficulté une lame de poignard plongeant sur lui au ralenti et disloqua d'un coup de pied l'épine dorsale de celui qui l'attaquait. Puis il bondit hors de la tranchée.

Kassad!

Il baissa la tête pour éviter le rayon laser qui balayait l'air au niveau de son épaule dans un grésillement de lumière rubis. L'odeur d'ozone demeura.

Impossible! se dit-il. *Je viens d'esquiver un rayon laser!*

Il ramassa un caillou et le lança sur l'Extro qui servait le clap monté sur l'un des blindés. Il y eut un bang sonique, puis l'artilleur explosa entièrement vers l'arrière. Kassad se baissa pour extraire une grenade au plasma de la cartouchière d'un cadavre, se rua vers l'écoutille du blindé et se trouvait déjà à trente mètres de distance lorsque l'explosion souleva un geyser de flammes aussi haut que le nez d'un vaisseau de descente.

Kassad s'arrêta au cœur de la tempête pour observer Monéta, entourée de son propre cercle de carnage. Elle était éclaboussée de sang, mais celui-ci n'adhérait pas à elle et coulait comme de l'huile à la surface de l'eau sur les courbes irisées de son menton, ses épaules, ses seins et son ventre. Elle le regarda, par-dessus le champ de bataille, et il sentit monter en lui un nouvel élan de désir de sang.

Derrière Monéta, le gritche se déplaçait lentement au milieu du chaos, choisissant ses victimes comme s'il cueillait des fruits. Il continuait de disparaître et d'apparaître, et Kassad comprit que, pour le Seigneur de la Douleur, Monéta et lui devaient donner l'impression de se déplacer aussi lentement que les Extros par rapport à eux.

Le temps fit un nouveau bond aux quatre cinquièmes. Les Extros survivants étaient pris de panique. Ils se tiraient les uns sur les autres, abandonnant leurs postes, se battant pour monter les premiers dans le vaisseau. Kassad essaya d'imaginer ce que les deux dernières minutes avaient dû représenter pour eux. Des fantômes flous pénétrant leurs défenses, faisant sauter leurs têtes ou leurs membres dans des gerbes de sang. Il voyait Monéta qui s'en donnait à cœur joie, tailladant et broyant l'ennemi. À sa grande surprise, il s'aperçut qu'il pouvait, dans une certaine mesure, agir sur le temps. Un battement de paupières, et ses adversaires ralentissaient à un tiers de son propre rythme. Un autre battement, et le flux du temps redevenait presque normal. Son sens de l'honneur et de l'équité lui dictait d'arrêter le massacre, mais sa soif de sang, d'une agressivité presque sexuelle, balayait tout scrupule.

Quelqu'un, à l'intérieur du vaisseau, avait bloqué le sas, et un commando terrorisé lança une charge creuse au plasma pour faire sauter la porte. La foule des Extros s'engouffra à l'intérieur, piétinant les blessés dans sa fuite éperdue devant des tueurs invisibles. Kassad entra avec les autres.

L'expression « se défendre comme une panthère acculée » dit bien ce qu'elle veut dire. Dans toute l'histoire des grandes batailles militaires, il y a toujours eu des combattants humains qui se sont défendus avec la dernière énergie dans des endroits où toute fuite leur était impossible. Que ce soit dans les couloirs de La Haye Sainte et de Hougoumont, à Waterloo, ou bien au plus profond des souterrains de Lusus, quelques-uns des plus féroces corps à corps de l'histoire se sont déroulés dans des espaces exigus interdisant toute retraite, et ce fut le cas ce jour-là. Les Extros se battirent comme des panthères acculées... et périrent jusqu'au dernier.

Le gritche avait démantelé le vaisseau. Monéta s'occupa de massacrer la soixantaine de commandos demeurés à leurs postes à l'extérieur, et Kassad extermina ceux qui étaient à l'intérieur.

Finalement, le deuxième vaisseau extro tira sur celui qui était condamné. Mais Kassad l'avait déjà quitté, et il contempla les couleurs irisées des rayons de particules et des faisceaux laser à haute énergie qui se traînaient vers lui, suivis, une éternité plus tard, de missiles qui avançaient si lentement qu'il aurait pu écrire son nom sur eux pendant leur vol. Tous les Extros du premier vaisseau étaient déjà morts. Le bâtiment était couché sur le flanc, mais son champ de confinement était toujours actif. La dispersion de l'énergie et les explosions provoquées par l'impact projetèrent des cadavres sur tout le périmètre, mirent le feu au matériel et vitrifièrent le sable. Mais Kassad et Monéta étaient à l'abri d'un dôme de flammes orange lorsque le deuxième vaisseau se retira dans l'espace.

Est-ce qu'on ne peut pas les arrêter? haleta Kassad, qui transpirait à grosses gouttes et tremblait littéralement d'excitation.

Ce serait possible, répliqua Monéta, *mais nous préférons qu'ils s'enfuient pour transmettre le message à leur essaim.*

Le message? Quel message?

– Approche, Kassad.

Il se retourna au son de sa voix. Autour d'elle, le champ de force réfléchissant avait disparu. La peau de Monéta était luisante de sueur. Ses cheveux noirs collaient à ses tempes. Les pointes de ses seins avaient durci.

– Viens, dit-elle.

Kassad baissa les yeux pour examiner son propre corps. Le champ de force qui le protégeait avait disparu – il l'avait supprimé par sa simple volonté –, et il était sexuellement plus excité que jamais.

– Viens, répéta Monéta à voix basse.

Il s'avança jusqu'à elle et la souleva, sentant dans ses mains la douceur de ses fesses huilées de sueur. Il la porta sur une élévation de terrain couverte d'un tapis d'herbe, et la posa entre des piles de cadavres extros. Puis il lui ouvrit les cuisses d'un mouvement du genou, en tirant vers le haut ses deux poings serrés dans une seule main pour les clouer au sol dans le prolongement de son corps. Il abaissa ensuite son corps mince et glissant entre ses jambes.

– Oui, murmura-t-elle tandis qu'il lui embrassait le lobe de l'oreille gauche, posait les lèvres sur la pulsation qui faisait battre le creux de son cou, léchait la pellicule de sueur salée sur ses seins.

Tous ces morts gisant autour de nous. Et tant d'autres à venir. Des milliers. Des millions. Tous ces ventres morts qui gargouillent de rire. Ces longues files de soldats sortant des grands vaisseaux portiers pour se jeter directement dans les flammes qui les attendent...

– Oui, fit le souffle chaud de Monéta à son oreille.

Libérant ses mains, elle les glissa le long des épaules trempées de Kassad, creusant de longs sillons avec ses ongles dans son dos puis agrippant ses fesses pour l'attirer plus près d'elle. Son érection racla la toison pubienne, pulsa contre l'arrondi de son ventre.

Portes distrans s'ouvrant pour laisser passer les fuseaux glacés des gros porteurs de combat. Chaleur des explosions au plasma. Vaisseaux dansant et mourant par centaines, par milliers, comme des grains de poussière dans la tempête. Rayons géants de lumière rubis solidifiée traversant d'immenses étendues, baignant leur objectif d'un spasme ultime de chaleur irradiante, corps en ébullition dans la lumière rougeoyante...

– Oui, fit Monéta en lui ouvrant sa bouche et son corps.

Il sentit sa chaleur en haut et en bas, sa langue explorant sa bouche tandis qu'il la pénétrait, accueilli par un doux étau de friction lubrifiée. Il s'enfonça de tout son corps, se retira légèrement, se laissa envahir par l'ivresse moite et brûlante et replongea tandis qu'elle synchronisait ses mouvements avec lui.

Explosions de soleils sur des centaines de mondes. Continents livrés aux flammes de spasmes aveuglants. Mers en ébullition. L'atmosphère elle-même prend feu. Les océans d'air superchaud se soulèvent comme la peau excitée au contact de la main d'un amant.

– Oui... Oui... Oui...

Le souffle brûlant des lèvres de Monéta effleure les siennes. Sa peau est d'huile et de soie. Il accélère maintenant son rythme, l'univers se contracte et les sensations éclatent. Ses sens se rétractent tandis qu'elle le serre dans son fourreau lustré et que ses hanches le cognent sauvagement en réponse à la terrible montée en puissance qui fait trembler, irrésistible, la base de son être. Il grimace, ferme les yeux, et voit...

... *des boules de feu qui entrent en expansion, des étoiles qui meurent, des soleils qui explosent en un brasier de pulsations géantes, des systèmes solaires qui meurent dans un déchaînement de destruction extatique...*

... il sent une douleur dans sa poitrine. Son mouvement de hanches continue, s'accélère, même quand il ouvre les yeux et voit...

... l'énorme épine d'acier qui surgit de la poitrine de Monéta et qui manque de l'empaler tandis qu'il se redresse par réflexe, en arrière. La lame d'acier a fait couler son sang, qui goutte sur la chair pâle de la fille, à présent réfléchissante comme un miroir, froide comme du métal mort. Les hanches de Kassad sont toujours en mouvement, bien qu'il perçoive, de son regard voilé par la passion, les changements qui rétractent et durcissent les lèvres de Monéta, révélant des rangées de lames d'acier à la place des dents. Des scalpels lacèrent ses fesses là où des doigts l'étreignaient, ses hanches sont prisonnières de puissants cercles d'acier là où des jambes se refermaient sur lui, et il voit ses yeux... dans les quelques secondes précédant l'orgasme, où il tente de se retirer... refermant ses mains sur la gorge d'acier... tandis qu'elle s'agrippe comme une sangsue, une lamproie prête à le vider... et qu'ils roulent contre les cadavres environnants... ses yeux rouges brillant comme des rubis... brûlant d'une chaleur folle, comme celle qui ravage ses testicules près d'éclater, de s'embraser comme un incendie, de verser leur flot jaillissant...

Il plaque violemment ses deux mains au sol, se soulève pour lui échapper, mû par une énergie insensée, mais impuissante à lutter contre la terrible gravité qui les cloue ensemble, qui les suce comme une bouche de lamproie et qui menace de le faire exploser... Il la regarde dans les yeux, et voit... la mort d'un monde... *la mort de tous les mondes !*

Il se redresse, de nouveau, en hurlant, et des lanières de chair se déchirent de lui tandis qu'il réussit enfin à s'arracher à elle. Des mâchoires se referment en claquant dans le vagin de fer, manquant son gland d'un millimètre moite. Il retombe sur le côté, roule sur lui-même, encore pompant des hanches, incapable de retenir son éjaculation. Le sperme jaillit en torrent, retombe sur le poignet serré d'un mort. Kassad gémit, roule encore sur lui-même, se rétracte dans la position du fœtus et jouit encore, et encore.

Il entend le sifflement et le frottement de son mouvement lorsqu'elle se lève derrière lui. Il roule sur le dos et plisse les paupières pour lutter contre le soleil aveuglant et sa propre douleur. Elle le surplombe, les jambes écartées, silhouette hérissée de piquants. Il essuie la sueur sur son front, voit son poignet couvert de sang et se prépare à recevoir le coup de grâce. Sa peau se contracte, attendant la lame qui va le déchirer. Haletant, il lève les yeux et ne voit plus que Monéta au-dessus de lui, ses cuisses de chair – et non d'acier – luisantes, sa toison mouillée du flot de leur étreinte passionnée. Son visage est sombre, elle a le soleil derrière elle, mais il aperçoit des restes de flammes rouges qui se meurent dans l'abîme à multiples facettes de son regard. Elle lui sourit, et il voit des éclats de soleil se refléter sur l'alignement de ses dents de métal. Elle murmure :

– Kassad...

Mais c'est le bruit du sable crépitant contre des ossements qu'il entend.

Il arrache son regard au sien, se remet péniblement debout et enjambe les morts et les décombres encore fumants dans sa terreur panique qui le pousse à fuir ces lieux de toute la vitesse de ses jambes. Il ne se retourne pas une seule fois.

Un peu moins de deux jours plus tard, une patrouille des Forces Territoriales d'Hypérion retrouva le colonel Fedmahn Kassad gisant, inconscient, sur une petite élévation de terrain couverte d'un tapis d'herbe, à peu de distance de la forteresse abandonnée de Chronos, et à une vingtaine de kilomètres de la cité morte et de l'épave du compartiment d'éjection extro. Kassad était entièrement nu, et presque mort des suites de ses blessures graves et de son séjour exposé aux éléments. Il réagit cependant de manière satisfaisante aux premiers soins sur le terrain, et fut immédiatement évacué par la voie des airs vers la Chaîne Bridée puis sur un hôpital de Keats. Les patrouilles de reconnaissance des FT firent prudemment route vers le nord, en prenant soin d'éviter le plus possible les marées anentropiques aux abords des Tombeaux du Temps, attentives aux engins piégés que les Extros auraient pu laisser derrière eux. Mais elles ne trouvèrent rien de tel. Tout ce qu'elles découvrirent, ce fut l'épave de l'appareil qui avait permis à Kassad d'échapper aux Extros ainsi que les carcasses brûlées des deux vaisseaux de descente qui l'avaient poursuivi. Aucun indice n'expliquait pourquoi ils avaient scorifié leurs propres vaisseaux et les cadavres disséminés à l'intérieur et autour des épaves, brûlant le tout en une masse impossible à analyser ou à autopsier.

Kassad avait repris conscience trois jours locaux plus tard, en jurant qu'il ne se rappelait absolument rien à compter du moment où il s'était emparé du calmar. Un vaisseau-torche de la Force l'avait pris à son bord quinze jours après pour lui faire regagner le Retz.

Il démissionna alors de l'armée, et participa quelque temps aux activités de plusieurs mouvements anti-militaristes. On le vit deux ou trois fois sur les écrans de la Pangermie, à l'occasion de débats où il défendait le désarmement. Mais l'attaque de Bressia avait orienté l'opinion de l'Hégémonie vers la guerre interstellaire totale, mieux que n'auraient su le faire trois siècles de discours, et la voix de Kassad fut noyée ou bien mise sur le compte de scrupules de conscience affectant tardivement le Boucher de Bressia.

Durant les seize années qui suivirent Bressia, Kassad disparut totalement de la conscience du Retz. Il n'y eut plus de grande bataille, les Extros demeurant cependant les croque-mitaines de l'Hégémonie tandis que s'estompait le souvenir des prouesses de Kassad.

La matinée était presque achevée lorsque Fedmahn Kassad acheva son histoire. Le consul battit des paupières et regarda autour de lui, de nouveau conscient du vaisseau et de tout ce qui l'entourait pour la première fois depuis deux bonnes heures. Le *Bénarès* avait maintenant rejoint le cours principal du fleuve Hoolie. Le consul entendait les craquements des chaînes et des câbles tirés par les mantas dans leurs harnais. Le *Bénarès* était apparemment le seul navire qui remontait le fleuve, mais il y en avait plusieurs dans l'autre sens. Le consul se frotta le front. Il fut surpris de retirer sa main couverte de sueur. La journée était chaude, et l'ombre de la bâche s'était déplacée sans qu'il s'en aperçût. Il cilla, se frotta les yeux et gagna un coin d'ombre pour se verser à boire en choisissant l'une des bouteilles que les androïdes avaient posées sur un petit meuble à proximité de la table.

– Mon Dieu! fit alors le père Hoyt. D'après cette Monéta, les Tombeaux du Temps se déplaceraient donc en arrière dans le temps?

– C'est exact, répliqua Kassad.

– Est-ce vraiment possible?

– Tout à fait, lui répondit Sol Weintraub.

– Si ce que vous dites est vrai, intervint Brawne Lamia, vous auriez rencontré cette Monéta dans son passé, mais dans votre propre avenir, en un moment qui n'est pas encore arrivé pour nous.

– C'est cela, fit Kassad.

Martin Silenus alla se pencher sur le bastingage et cracha dans le fleuve.

– Colonel, est-ce que vous croyez que cette salope était en réalité le gritche?

– Je l'ignore, fit Kassad dans un murmure à peine audible.

Silenus se tourna vers Sol Weintraub.

– Vous êtes un érudit. Y a-t-il quoi que ce soit dans la mythographie du gritche qui indique que ce monstre soit capable de changer de forme?

– Non, répondit Weintraub.

Il était en train de préparer un biberon sphérique pour sa fille, qui babillait en pliant et dépliant les doigts de ses petites mains.

– Colonel, demanda Het Masteen, ce champ de force individuel, ou cet habit de combat... avez-vous pu le ramener avec vous après votre rencontre avec les Extros et cette... créature femelle?

Kassad regarda le Templier quelques secondes avant de secouer négativement la tête.

Le consul contemplait le fond de son verre, mais il redressa brusquement la tête, comme frappé par une forte pensée.

– Vous dites que vous avez eu la vision de l'arbre aux supplices du gritche... de cette structure, cette *chose* qui lui sert à empaler ses victimes.

Kassad détacha du Templier son regard de basilic pour le reporter sur le consul. Il hocha lentement la tête.

– Et il y avait des cadavres accrochés aux branches?

Nouveau hochement de tête.

Le consul se frotta le haut de la lèvre supérieure où perlait la transpiration.

– Si l'arbre se déplace à rebours dans le temps comme les Tombeaux, dit-il, cela signifie que les victimes viennent de notre futur.

Kassad ne répondit pas. Les autres regardaient maintenant le consul, mais seul Weintraub semblait comprendre le sens de sa remarque et sa finalité.

Résistant à l'envie de se frotter de nouveau le haut de la lèvre, le consul reprit d'une voix tranquille :

– Avez-vous reconnu dans l'arbre certains d'entre nous?

Kassad demeura silencieux durant une bonne minute. Puis les bruits du fleuve et des superstructures du navire parurent s'amplifier tandis qu'il répondait, après avoir pris une longue inspiration :

– Oui.

Le silence, de nouveau, s'étira. Ce fut Brawne Lamia qui le rompit.

– Vous ne voulez pas nous dire qui?

– Non.

Il se leva de son siège et se dirigea vers l'escalier qui menait aux ponts inférieurs.

– Attendez! lui cria le père Hoyt.

Kassad s'immobilisa en haut de l'escalier.

– Il y a deux autres choses que j'aimerais que vous nous disiez.

– Lesquelles?

Le père Hoyt grimaça sous l'effet d'une vague de douleur. Son visage décharné pâlit sous la pellicule de transpiration qui le recouvrait. Il prit une profonde inspiration, puis murmura :

– Premièrement, est-ce que vous avez l'impression que le gritche... cette femme... ou qui que ce soit... voudrait se servir de vous pour déclencher cette terrible guerre interstellaire dont vous avez eu la vision?

– Oui, murmura doucement Kassad.

– Deuxièmement, pourriez-vous nous dire quel vœu vous avez l'intention de présenter au gritche... ou à cette Monéta... quand vous serez en leur présence à l'occasion du pèlerinage?

Pour la première fois, Kassad sourit. Ce fut un sourire pâle et froid, d'une froideur extrême.

– Je n'aurai aucun vœu à leur soumettre, dit-il. Lorsque je les reverrai, je les tuerai.

Les pèlerins demeurèrent silencieux lorsque Kassad descendit dans les profondeurs du navire. Ils n'échangèrent même pas un regard tandis que le *Bénarès* continuait sa route nord-nord-est dans la chaleur étouffante de l'après-midi.

3

La barge *Bénarès* entra dans le port fluvial de Naïade une heure avant le coucher du soleil. L'équipage et les pèlerins se pressèrent contre le bastingage pour regarder les cendres encore fumantes de ce qui avait été naguère une ville de vingt mille âmes. Il en restait peu de chose. La célèbre *Hostellerie du Fleuve*, construite à l'époque de Billy le Triste, avait brûlé jusqu'aux fondations. Son débarcadère et ses pontons carbonisés, ainsi qu'une partie de ses terrasses ombragées, étaient à demi affaissés dans le lit peu profond du fleuve. Le bâtiment des douanes n'était plus qu'une carcasse incendiée. Le terminal des dirigeables, à l'extrémité nord-est de la ville, subsistait uniquement sous la forme d'une tour d'amarrage noire comme du charbon. Il n'y avait plus le moindre vestige du petit temple gritchtèque du bord de l'eau. Plus grave encore, du point de vue des pèlerins, était la destruction de la Gare Fluviale de Naïade. Le débarcadère était entièrement dévasté, et les enclos des mantas s'ouvraient sur le fleuve.

– Bordel de Dieu! s'exclama Martin Silenus.

– Qui a pu faire ça? demanda le père Hoyt. Le gritche, vous croyez?

– Les FT, plus vraisemblablement, lui dit le consul. Peut-être en se battant contre le gritche, au demeurant.

– Je n'arrive pas à y croire, fit Brawne Lamia.

Elle se tourna vers A. Bettik, qui venait de les rejoindre sur le pont arrière.

– Vous n'étiez pas au courant?

– Non, répondit l'androïde. Nous n'avons plus aucun contact, depuis huit jours, avec toute la zone située au nord des écluses.

– Comment ça ? s'étonna Lamia. Même s'il n'y a pas d'infosphère sur ce foutu monde, vous devez bien avoir des radios ?

A. Bettik eut un léger sourire.

– Nous avons bien la radio, H. Lamia, mais les satcoms ont été détruits, ainsi que les relais hyperfréquences des écluses de Karla. Quant aux ondes courtes, nous n'y avons pas accès.

– Et les mantas ? demanda Kassad. Croyez-vous que nous puissions arriver jusqu'à la Bordure avec celles que nous avons ?

Bettik fronça les sourcils.

– Il le faudra bien, colonel. Mais c'est un crime. Les deux mantas déjà harnachées ne s'en remettront pas. Avec de nouvelles bêtes, nous aurions pu atteindre la Bordure avant l'aube. Avec ces deux-là, ajouta l'androïde en haussant les épaules, peut-être dans l'après-midi, si elles tiennent le coup jusque-là.

– Le chariot à vent nous attendra ? demanda Het Masteen.

– Il faut l'espérer, répondit A. Bettik. À présent, si vous voulez bien m'excuser, je vais voir ce que je peux faire pour nourrir ces pauvres bêtes. Il faudrait que nous puissions repartir dans l'heure qui vient.

Ils ne virent absolument personne dans les ruines de Naïade ou aux alentours. Aucun bateau n'arriva de l'amont. Après avoir navigué une heure en direction du nord-est, ils pénétrèrent dans une région où les forêts et les plantations du cours inférieur du Hoolie cédaient la place aux prairies orange et vallonnées du sud de la mer des Hautes Herbes. De temps à autre, le consul apercevait la tour de terre d'une colonie de fourmis architectes. Ces structures dentelées, au bord du fleuve, atteignaient parfois près de dix mètres de haut. Nulle part ils ne virent trace d'une habitation humaine intacte. Le ferry du gué de Betty avait totalement disparu. Il ne restait même pas un bout de câble ou un abri pour marquer l'endroit où il avait fonctionné durant près de deux siècles. *L'Auberge des Randonneurs*, au cap de la Grotte, était sombre et silencieuse. A. Bettik et les autres membres de l'équipage appelèrent à plusieurs reprises, mais aucune réponse ne sortit de l'entrée noire de la caverne.

Le coucher de soleil fit descendre sur le fleuve une quiétude sensuelle que brisa bientôt un chœur d'insectes et de cris d'oiseaux de nuit. Durant quelque temps, la surface du fleuve Hoolie servit de miroir au disque gris-vert du ciel crépusculaire, uniquement troublée par les bonds des poissons happant les insectes du soir et par le sillage des mantas qui peinaient pour remorquer la barge. Tandis que l'obscurité s'établissait enfin, d'innombrables diaphanes de la prairie, beaucoup plus ternes que leurs cousines de la forêt, mais aux ailes plus larges, formant des taches d'ombres luminescentes de la taille d'un jeune enfant, prenaient leur vol au fond des vallées, entre les ondulations des collines. Lorsque les constellations s'allumèrent et que les météores commencèrent à sillonner le ciel nocturne, spectacle merveilleux qu'aucune lumière d'origine humaine ne venait troubler, les lanternes du bateau s'allumèrent et le dîner fut servi sur le pont arrière.

Les pèlerins du gritche étaient silencieux, comme s'ils retournaient encore dans leur tête le sombre et déroutant récit de Kassad. Le consul n'arrêtait pas de boire depuis la fin de la matinée, et il ressentait maintenant l'agréable sensation de déphasement – par rapport à la réalité, et aussi à la douleur du souvenir – qui lui permettait d'affronter chaque soirée et chaque longue nuit. Il demanda, de la voix ferme et posée qui est la marque du véritable alcoolique, à qui il incombait d'entreprendre le récit suivant.

– C'est mon tour, fit Martin Silenus.

Le poète, lui aussi, avait bien bu depuis le début de la matinée. Sa voix n'était pas moins assurée que celle du consul, mais la rougeur de ses pommettes osseuses et la lueur un peu hallucinée de son regard le trahissaient.

– Disons que c'est moi qui ai tiré le numéro 3, fit-il en brandissant son bout de papier. Si vous tenez toujours à entendre ma putain d'histoire...

Brawne Lamia souleva son verre de vin à hauteur de ses lèvres, fronça les sourcils et le reposa devant elle.

– Ne vaudrait-il pas mieux discuter d'abord de ce que les deux premiers récits nous ont appris, afin de voir comment notre... situation présente pourrait en être affectée? demanda-t-elle.

– Pas encore, intervint Kassad. Les informations dont nous disposons ne sont pas suffisantes.

– Laissons parler H. Silenus, déclara Sol Weintraub. Nous discuterons ensuite de ce que nous aurons entendu.

– Je suis d'accord, approuva Lénar Hoyt.

Het Masteen et le consul hochèrent la tête.

– Très bien, fit Martin Silenus. Je vais vous raconter mon histoire. Laissez-moi seulement finir ce putain de vin.

Le récit du poète :

« Les Chants d'Hypérion »

Au commencement était le Verbe. Puis arriva le traitement de texte, et leur foutu processeur de pensée. La mort de la littérature s'ensuivit. Ainsi va la vie.

Francis Bacon a déclaré un jour : « De la mauvaise et inadéquate formation des mots découle une délicieuse obstruction de l'esprit. » Nous avons tous eu nos moments de délicieuse obstruction, n'est-ce pas? Et moi un peu plus que les autres. L'un des plus grands écrivains du XXe siècle, aujourd'hui oublié – l'écrivain, pas le siècle –, a eu un jour ce bon mot : « J'adore le métier d'écrire. C'est l'encre et le papier que je ne peux pas voir. » Vous saisissez? Eh bien, amigos et amiguette, j'adore le métier de poète. Ce sont ces putains de mots que je ne peux pas supporter.

Par où commencer?

Par Hypérion, peut-être?

(Fondu)

Près de deux siècles standard plus tôt.

Les cinq vaisseaux d'ensemencement du roi Billy le Triste spiralent comme des pissenlits dorés sur le fond lapis d'un ciel qui ne nous est que trop familier. Nous nous posons comme des conquistadors à la parade. Plus de deux mille créateurs des arts visuels, écrivains, sculpteurs, poètes, ARNistes, vidéo et holoréalisateurs, compositeurs et décompositeurs – j'en passe, et des meilleurs –, entourés de cinq fois leur nombre d'administrateurs, techniciens, écologistes, superviseurs, chambellans et autres lèche-cul professionnels, sans mentionner la famille des culs royaux en chair et en os, entourée à son tour de dix fois son nombre d'androïdes prêts à retourner la terre, à pelleter le charbon dans les réacteurs, à édifier des cités, à coltiner un fardeau ou un autre... Vous voyez le tableau, quoi.

Nous avions posé le pied sur un monde déjà ensemencé par de pauvres bougres qui avaient régressé à l'état primitif deux siècles plus tôt, et qui survivaient au jour le jour, selon la loi du gourdin, comme ils pouvaient. Naturellement, les nobles descendants de ces vaillants pionniers nous prirent pour des dieux, surtout après que quelques représentants de nos forces de sécurité eurent scorifié deux ou trois des plus agressifs d'entre eux. Tout aussi naturellement, nous acceptâmes leur vénération comme un dû, et nous les fîmes travailler pour nous aux côtés de nos peaux-bleues, labourant le quarantième Sud et édifiant notre rutilante cité sur la colline.

Pour une rutilante cité, on peut dire que c'en était une. Les ruines que vous voyez aujourd'hui ne peuvent pas vous donner une idée de ce qu'était cette cité. Le désert, en trois siècles, s'est avancé, et les aqueducs venus de la montagne se sont écroulés. Il ne reste plus qu'un squelette. Mais à son heure de gloire, la Cité des Poètes était resplendissante : l'Athènes de Socrate avec le piment intellectuel de la Venise de la Renaissance, plus la ferveur artistique du Paris des impressionnistes, la vraie démocratie de la première décennie d'Orbit City, et l'avenir sans fin de Tau Ceti Central.

Vers la fin, bien sûr, il ne restait plus rien de toute cette splendeur. Il n'y avait plus que le claustrophobique hall à hydromel de Hrothgar, avec le monstre qui attendait dans les ténèbres de l'extérieur. Nous avions notre Grendel, pour sûr. Nous avions même notre Hrothgar, si l'on veut bien serrer un peu les paupières en regardant le profil pathétique et quelque peu voûté du roi Billy le Triste. Il ne nous manquait que les Geats, notre grand Beowulf aux larges épaules et à la petite cervelle, avec sa bande de joyeux psychopathes. C'est pourquoi, faute d'avoir un héros, nous nous sommes cantonnés dans les rôles de victimes, composant nos propres sonnets, répétant nos ballets et déroulant nos parchemins pendant que notre Grendel aux épines d'acier emplissait la nuit de terreur et moisson-nait les fémurs et les cartilages.

C'est vers cette époque que, sous l'apparence d'un satyre dont la chair était le miroir de l'âme, je me trouvai plus près de finir mes *Cantos,* l'œuvre de toute ma vie, que je ne me suis jamais trouvé au cours de ces cinq siècles de poursuite opiniâtre.

(Fondu au noir)

Il me vient à l'esprit que l'histoire de Grendel est quel-que peu prématurée. Les personnages ne sont pas encore en scène. Les scénarios dislinéaires et la prose non conti-guë ont leurs défenseurs, dont je ne suis pas le moindre, mais au bout du compte, mes amis, c'est le personnage qui gagne ou perd l'immortalité sur le vélin. N'avez-vous jamais eu le secret sentiment que, quelque part, en cet instant même, Huckleberry Finn et son ami Jim font avancer leur radeau sur une rivière lointaine, et qu'ils sont beaucoup plus réels que le chausseur oublié qui nous a vendu une paire de souliers pas plus tard qu'hier? N'importe comment, s'il faut que cette putain d'histoire soit racontée, il faut aussi que vous sachiez qui est dedans. Par conséquent – et croyez qu'il m'en coûte –, je suis obligé de commencer par le commencement.

Au commencement était le Verbe. Et le Verbe était programmé en langage binaire. Et le Verbe dit : « Que la vie soit! » C'est ainsi que, quelque part au plus profond des voûtes du TechnoCentre du domaine de ma mère, le sperme congelé de mon papa depuis longtemps décédé fut décongelé, mis en suspension, secoué comme les milk-shakes à la vanille d'antan, fourré dans un engin qui res-semblait pour moitié à un pistolet à eau et pour moitié à un godemiché, puis éjaculé – en appuyant sur une poire magique – dans ma maman, à l'époque où la lune était pleine et l'ovule à point.

Il n'était pas vraiment indispensable que ma maman se fasse imprégner de cette manière barbare, naturellement. Elle aurait pu opter pour une fécondation *ex utero,* pour un amant auquel on aurait greffé l'ADN de papa, pour un clone de substitution, pour une naissance virginale à base de greffe génétique ou tout ce que vous voudrez... Cepen-dant, comme elle me l'a confié bien plus tard, elle a pré-féré ouvrir les jambes à la tradition. J'ai idée qu'elle y a pris son pied.

Quoi qu'il en soit, je naquis ainsi.

Oui, je suis bien né sur la Terre, l'Ancienne Terre, et allez vous faire empaler, Lamia, si vous ne me croyez pas. Nous vivions dans le domaine de ma mère, sur une île qui n'était pas très éloignée de la Grande Réserve d'Amérique du Nord

(Notes pour la description de la maison natale sur l'Ancienne Terre :)

Crépuscules fragiles passant du violet au fuchsia puis au pourpre au-dessus des silhouettes de papier crépon des arbres qui prolongent la perspective de la pelouse au sud-ouest. Le ciel, que ne trouble aucun nuage ni aucune traînée de condensation, a la transparence délicate de la porcelaine de Chine. Silence présymphonique de la première lumière de l'aube, suivi du coup de cymbale du lever de soleil dont l'orange et le roux s'illuminent d'or. Puis c'est la longue et froide descente vers le vert : ombres des frondaisons de cyprès et de saules pleureurs, feutre vert des clairières.

Le domaine de ma mère – notre domaine – occupe cinq cents hectares centrés au milieu d'un million d'autres. Ses pelouses ont la taille de petites prairies dont l'herbe est si parfaite qu'elle invite à s'y coucher pour une douce sieste. Les essences nobles servent de cadran solaire à la Terre. Leur ombre tourne sans relâche, se contractant à midi, se profilant à l'est lorsque le jour vient à mourir. Chêne royal. Orme géant. Peuplier du Canada. Cyprès. Séquoia. Bonzaïs. Banians abaissant leurs nouveaux troncs comme les colonnes lisses d'un temple auquel le ciel sert de toit. Saules, alignés le long de canaux soigneusement quadrillés ou de cours d'eau capricieux, dont les longues branches semblent lancer au vent d'antiques chants funèbres.

La maison se dresse au sommet d'une basse colline où, l'hiver, les courbes brunes du sol ressemblent aux flancs lisses de quelque animal femelle aux muscles puissants faits pour la course. La construction accuse le poids des siècles accumulés. Une tour de jade, sur la cour de l'est, capte le premier rayon de l'aube. Une série de pignons, au sommet de l'aile sud, projette des triangles d'ombre sur la serre de cristal, à l'heure du thé, tandis que les terrasses et le dédale des escaliers extérieurs, le long des galeries à colonnades de la façade à l'est, jouent leurs jeux d'Escher avec les ombres de l'après-midi.

C'était après la Grande Erreur, mais avant que tout ne devienne inhabitable. Nous occupions principalement le domaine durant ce que nous appelions, assez curieusement, les « périodes de rémission », qui étaient des oasis de dix à dix-huit mois de tranquillité relative entre deux spasmes planétaires tandis que ce putain de mini-trou noir du Groupe de Kiev digérait des morceaux de choix du cœur de la Terre en attendant le prochain festin. Pendant les périodes « chaudes », nous allions en villégiature chez l'oncle Kowa, dans la banlieue de la Lune, sur un astéroïde terraformé amené là avant la migration extro.

Vous êtes peut-être en train de vous dire que je suis né avec une putain de petite cuiller d'argent entre les miches. Je ne chercherai pas à me disculper. Après trois mille ans de bricolage raté autour de la notion de démocratie, les familles survivantes de l'Ancienne Terre en étaient arrivées à la conclusion que la seule manière de mettre un terme à la prolifération de toute cette racaille, c'était de l'empêcher de se reproduire ou, plutôt, de financer la création de flottes d'ensemencement ou d'exploration par vaisseaux à effet de spin, d'encourager l'émigration distrans – tous les thèmes hégiriens apportés par le vent de panique qui soufflait sur la planète. Qu'ils se reproduisent tant qu'ils veulent, pourvu qu'ils laissent la Terre tranquille. Et le fait que la planète mère était une vieille pute malade qui puait de la bouche n'était pas de nature à arrêter ladite racaille dans son élan. Elle n'était pas si bête.

Comme Bouddha, j'avais presque atteint l'âge adulte lorsque je connus les premières atteintes de la pauvreté. J'étais âgé de seize années standard, en pleine *Wanderjahr,* et je parcourais l'Inde sac au dos lorsque je rencontrai un mendiant. Les Vieilles Familles de L'Inde les gardaient en circulation pour des motifs religieux, mais tout ce que je savais, à l'époque, c'était que j'avais devant moi un homme en haillons, dont on voyait les côtes, qui tendait une corbeille d'osier au milieu de laquelle il y avait un ancien lecteur de crédit, et qui suppliait les passants d'y insérer leur plaque universelle. Mes amis jugèrent ce spectacle hystérique. Je me mis à vomir. Cela se passait à Bénarès.

Mon enfance fut privilégiée, mais pas outrancièrement. Je conserve un plaisant souvenir de la « grande dame »

Sybil (c'était ma grand-tante du côté de ma mère) et de ses fastueuses réceptions. Je me rappelle une certaine virée de trois jours dans l'archipel de Manhattan, où les invités furent amenés d'Orbit City et des arcologies européennes par vaisseau de descente. Je me rappelle l'Empire State Building se dressant sur l'eau avec ses innombrables lumières reflétées dans les lagunes et les canaux bordés de fougères tandis que les VEM déversaient leurs passagers sur la plate-forme panoramique d'où l'on apercevait les foyers allumés, tout en bas, sur les îles surpeuplées des gratte-ciel environnants.

La Grande Réserve d'Amérique du Nord était pour nous, en ce temps-là, un vaste terrain de jeux. On dit qu'il restait encore huit mille habitants sur ce mystérieux continent, mais une moitié était composée de vagabonds tandis que l'autre comprenait des ARNistes renégats qui exerçaient leur art en ressuscitant des espèces végétales et animales depuis longtemps disparues de leur habitat nord-américain antédiluvien, des ingénieurs écologistes, des primitifs patentés tels les Sioux Ogalalla ou la confrérie des Hell's Angels, sans compter, bien sûr, les touristes occasionnels. J'avais un cousin qui prétendait parcourir la réserve sac au dos, d'une zone panoramique à l'autre, mais ses déplacements se limitaient en réalité au Middle West, où ces zones étaient relativement plus proches les unes des autres et où les hordes de dinosaures étaient beaucoup moins nombreuses.

Durant le premier siècle qui suivit la Grande Erreur, Gaïa, grièvement blessée, fut néanmoins lente à mourir. L'effet de dévastation était plus prononcé durant les périodes chaudes, qui revenaient régulièrement en spasmes précisément programmés, suivis de rémissions de plus en plus courtes et de conséquences de plus en plus terribles. Cependant, chaque fois, la planète tenait bon et se réparait du mieux qu'elle pouvait.

Comme je l'ai dit, la Grande Réserve était notre terrain de jeux, mais la Terre agonisante l'était aussi, au sens propre. Ma mère m'avait offert mon premier VEM lorsque j'avais sept ans, et aucun endroit du globe ne se trouvait à plus d'une heure de vol de chez nous. Mon meilleur copain, Amalfi Schwartz, habitait dans le Grand Ensemble du Mont Erebus, sur le territoire de l'ancienne République de l'Antarctique. Nous nous retrouvions tous les jours. Le fait que les transports distrans fussent prohibés par les lois de l'Ancienne Terre ne nous gênait pas le moins du monde. Étendus côte à côte, la nuit, sur le versant de quelque colline, contemplant dans le ciel les dix mille Lumières en Orbite, les vingt mille feux de la Ceinture et les deux ou trois mille étoiles visibles, nous ne ressentions aucune jalousie, aucun désir de rejoindre l'hégire qui, en ce moment même, tissait la toile distrans du Retz. Nous étions tout simplement heureux.

Les souvenirs que je conserve de ma mère sont étrangement stylisés, comme si elle n'était qu'un personnage issu de mon cycle de romans de *La Terre qui meurt*. Ce qui n'est pas totalement à exclure. Peut-être ai-je été élevé par des robots dans les cités automatisées d'Europe, nourri au sein par des androïdes du désert de l'Amazonie. Peut-être ai-je simplement germé dans une cuve, comme la levure de bière. Ce qui reste de ma mère dans mon souvenir, c'est une longue robe blanche qui glisse sans bruit, comme un fantôme, dans l'ombre des grandes salles du domaine, ou bien les veines bleues, d'une délicatesse infinie, sur le dos de ses mains aux doigts effilés, tandis qu'elle sert le thé dans la lumière damasquinée de poussière d'or de notre serre, ou bien encore la lueur d'une bougie, capturée comme une mouche d'or dans la toile luisante de sa chevelure, relevée en chignon dans le style des grandes dames du temps jadis. Il m'arrive de rêver que j'entends sa voix dans toute sa *centralité* berçante et fœtale, mais lorsque je me réveille il n'y a plus que le vent qui agite les rideaux de dentelle ou bien les bruits d'un océan inhumain qui fait crisser les galets.

Dès que j'ai été en âge de penser par moi-même, j'ai su que je serais – qu'il fallait que je sois – poète. Ce n'était pas comme si j'avais eu vraiment le choix. C'était plutôt comme si toute cette beauté agonisante qui m'entourait rendait en moi son dernier soupir et m'ordonnait, me condamnait à passer le restant de mes jours à jouer avec les mots, en expiation, peut-être, du massacre irréfléchi de son propre monde-berceau par notre race. Poète je devins donc, pour le meilleur et pour le pire.

J'avais un précepteur du nom de Balthazar, humain mais décrépit, rescapé des antiques ruelles odoriférantes d'Alexandrie, d'une pâleur presque bleue à force d'avoir subi tous ces traitements Poulsen. On aurait dit une momie irradiée incluse dans du plastique liquide. Et avec ça, aussi lubrique que le bouc proverbial. Des siècles plus tard, dans ma période de satyre, je pense que j'ai fini par comprendre les pulsions priapiques de ce pauvre don Balthazar. Mais, à cette époque, c'était plutôt embarrassant pour les petites filles qui faisaient partie du personnel du domaine. Humaines ou androïdes, Balthazar ne faisait pas le détail, elles y passaient toutes.

Heureusement pour moi et pour mon éducation, le goût prononcé de don Balthazar pour les tendrons n'avait aucune composante homosexuelle. Ses frasques ne se traduisaient pour moi que par des absences à nos séances de répétition ou par une propension excessive à me faire apprendre par cœur des vers d'Ovide, de Senesh ou de Wu.

Ce fut, au demeurant, un excellent précepteur. J'étudiai avec lui les classiques de la dernière période et les Anciens, il me montra les ruines d'Athènes, de Rome, de Londres et d'Hannibal, dans le Missouri. Je n'avais jamais d'interrogations de contrôle ni d'examens. Il voulait que je retienne tout par cœur dès le premier contact, et je ne l'ai jamais déçu sur ce point. Il parvint à convaincre ma mère que les traquenards de l'« éducation progressive » n'étaient pas pour une famille de l'Ancienne Terre, de sorte que je ne connus jamais les raccourcis mentaux acrobatiques de la thérapie ARN, de l'immersion totale dans l'infosphère, du flashback systémique, des groupes transcendantaux, de la « pensée élevée » aux dépens des faits, ou encore de la programmation préscolaire. La conséquence de toutes ces lacunes fut que, dès l'âge de six ans, j'étais capable de réciter par cœur toute la traduction donnée par Fitzgerald de *L'Odyssée,* que je composai une sextine avant de savoir m'habiller tout seul, et que je pensais en vers de fugue spiralés avant même ma première interface avec une IA.

Mon éducation scientifique, par contre, manqua quelque peu de rigueur. Don Balthazar n'éprouvait qu'un intérêt limité pour ce qu'il nommait le « côté mécanique de l'univers ». J'atteignis vingt-deux ans avant de m'apercevoir que les ordinateurs, les UMT et les systèmes de vie de l'astéroïde de mon oncle Kowa étaient des machines, et non des manifestations bienveillantes des *animas* qui nous entouraient. Je croyais dur comme fer aux lutins, aux

225

fées, à la numérologie, à l'astrologie et à la magie de la nuit de la Saint-Jean, au fond des forêts primitives de la GRAN. Comme Keats et Lamb dans le studio de Haydon, don Balthazar et moi portions des toasts à la « confusion des mathématiques » et pleurions la destruction de la poésie de l'arc-en-ciel par le prisme indiscret de H. Newton. Plus tard dans la vie, cette défiance, je peux même dire cette haine, inculquée en moi de manière précoce, de tout ce qui est scientifique ou clinique, devait beaucoup me servir. Il n'est guère difficile, ai-je appris, de vivre en païen précopernicien dans l'Hégémonie postscientifique.

Mes premiers poèmes étaient exécrables. Comme c'est le cas pour la plupart des mauvais poètes, je n'avais pas conscience de ce fait, ancré que j'étais dans mon arrogance et dans la croyance stupide que l'acte de création en soi confère de la valeur aux avortons sans valeur que l'on engendre en son nom. Ma mère faisait preuve d'une exquise tolérance tandis que je semais dans toute la maison d'infâmes mirlitons fumeux. Elle avait toujours été indulgente envers son unique enfant, même lorsque celui-ci était aussi incontinent qu'un lama insouciant et non apprivoisé. Don Balthazar, lui, ne faisait aucun commentaire sur mes œuvres, principalement, je suppose, parce que j'évitais de les lui montrer. Il estimait, de toute manière, que le vénérable Daton était un escroc, que Salmud Brevy et Robert Frost auraient dû se pendre avec leurs propres boyaux, que Wordsworth était un crétin, et que tout ce qui était au-dessous des *Sonnets* de Shakespeare représentait une profanation du langage. Je ne voyais aucune raison d'ennuyer don Balthazar avec mes vers, même si je me savais un génie en herbe.

Je publiai plusieurs de ces crottes littéraires dans les divers périodiques sur papier alors en vogue dans les principales arcologies des Grandes Maisons d'Europe, les responsables amateurs de ces publications étant aussi désireux d'obliger ma mère qu'elle l'était de me faire plaisir. De temps à autre, je priais Amalfi ou l'un de mes autres compagnons de jeux (moins aristocrates que moi, et donc branchés sur l'infosphère ou sur les modulateurs distrans) de transmettre quelques-unes de mes œuvres dans la Ceinture ou sur Mars, d'où elles prendraient peut-être le chemin distrans des lointaines colonies alors en plein essor, mais ils ne donnaient jamais suite à mes demandes, et j'en concluais qu'ils étaient trop absorbés par leurs occupations.

La croyance en une identité de poète ou d'écrivain avant l'épreuve du feu de la publication est aussi naïve et dérisoire que la croyance d'un enfant en sa propre immortalité. Et les désillusions qui s'ensuivent sont tout aussi douloureuses.

Ma mère rendit son dernier soupir en même temps que l'Ancienne Terre. La moitié environ des Anciennes Familles étaient encore là au moment du dernier cataclysme. J'avais alors vingt ans, et j'avais conçu le projet romantique de m'éteindre avec ma planète natale. Mais ma mère en décida autrement. Ce n'était pas tant ma disparition prématurée qui la préoccupait – tout comme moi, elle avait une tournure d'esprit beaucoup trop égocentrique pour penser à quelqu'un d'autre en un moment pareil – ni même le fait que l'extinction de l'ADN que je portais en moi signifierait la fin d'une longue lignée d'aristocrates remontant jusqu'au *Mayflower*. Non ; ce qui la tracassait, c'était que la famille allait mourir avec des *dettes*. Nos cent dernières années d'extravagances, semble-t-il, avaient été financées au moyen de prêts massifs accordés par la Banque de la Ceinture et quelques autres discrets établissements extraterrestres. Maintenant que les continents de la Terre se craquelaient, que les grandes forêts étaient en flammes, que les océans brûlants se soulevaient en une soupe stérile, que l'air lui-même se transformait peu à peu en un magma trop chaud et trop épais pour être respiré, mais pas encore assez consistant pour être labouré, les banques demandaient à être remboursées, et j'étais solidaire.

Ou, plutôt, c'était le calcul de ma mère qui l'était pour moi. Elle liquida tous nos avoirs quelques semaines avant qu'ils ne fussent liquéfiés au sens physique du terme. Puis elle déposa deux cent cinquante mille marks sur un compte à long terme à la Banque de la Ceinture, avant le transfert précipité de son agence, et m'expédia en villégiature dans le Protectorat Atmosphérique de Rifkin, sur Heaven's Gate, une planète mineure qui orbitait autour de l'étoile Véga. Même à cette époque reculée, ce monde toxique possédait une liaison distrans avec le système

Solaire, mais je n'en fis pas usage. Je ne voyageai pas non plus à bord de l'unique vaisseau à effet de spin, équipé d'un propulseur Hawking, qui faisait escale sur Heaven's Gate une fois par année standard. Non. Ma mère m'avait envoyé sur ce caillou du bout du monde à bord d'une vieille statofusée de la troisième génération, *infralumi-nique,* bourrée d'embryons de veaux congelés, de jus d'orange lyophilisé et de virus nourriciers, pour un voyage qui devait durer *cent vingt-neuf* années de vaisseau, avec un déficit de temps objectif qui s'élevait à *cent soixante-sept années standard!*

Ma mère avait calculé que les intérêts cumulés de son dépôt à long terme suffiraient à éponger la dette familiale, et peut-être à me faire vivre confortablement pendant quelque temps. Pour la première et la dernière fois de sa vie, cependant, elle avait fait une erreur dans ses calculs.

(Notes pour une esquisse d'Heaven's Gate :)

Rues bourbeuses rayonnant à partir des docks de transformation de la station comme des stigmates sur le dos d'un lépreux. Nuages d'un brun soufré pendant en haillons d'un ciel de jute pourri. Un enchevêtrement informe de structures de bois à moitié rongées avant même d'avoir été entièrement achevées, et les fenêtres sans carreaux tournent leur regard aveugle vers les bouches béantes de leurs voisines. Indigènes se reproduisant comme... comme des humains, je suppose. Infirmes sans yeux, les poumons brûlés par l'atmosphère pourrie, escortant un chapelet d'enfants à la peau boursouflée, autour de cinq années standard, aux yeux chassieux et larmoyants à cause d'une atmosphère empoisonnée qui les tuera avant la quarantaine. Leur sourire est carié, leurs cheveux gras pullulent de poux et de tiques draculéennes à la panse gonflée de sang. Des parents sourient fièrement. Vingt millions de ces bouseux entassés dans des bidonvilles qui débordent d'une île plus petite que la pelouse de l'aile ouest de ma demeure familiale sur l'Ancienne Terre, luttant pour respirer le seul bloc d'atmosphère respirable sur une planète où inhaler ailleurs, c'est mourir, se pressant le plus près possible du centre d'un cercle de moins de cent kilomètres qui demeure le seul lieu de survie depuis que la Station de Production d'Atmosphère est tombée en panne.

Heaven's Gate. Ma nouvelle patrie.

Ma mère n'avait pas envisagé la possibilité que tous les comptes de la Terre fussent gelés, puis absorbés par l'économie en pleine croissance du Retz. Elle ne s'était pas rappelé non plus que la raison pour laquelle les gens avaient attendu le propulseur Hawking avant d'aller voir comment était fait le bras spiralé de la Galaxie était que, dans le sommeil cryotechnique de longue durée, contrairement à ce qui se passe dans une fugue de quelques semaines ou de quelques mois, les risques d'accident cérébral irréversible s'élevaient à seize pour cent. J'ai eu, relativement, de la chance. Quand ils m'ont sorti de ma caisse, sur Heaven's Gate, et quand ils m'ont mis à la construction des canaux d'acide à la périphérie, je n'avais subi qu'une seule attaque cérébrale. Physiquement, j'étais bon, au bout de quelques semaines de temps local, pour le travail au fond des puits de boue. Mentalement, il y avait beaucoup à désirer.

Tout le côté gauche de mon cerveau avait été isolé, comme on isole un secteur endommagé dans un vaisseau, à l'aide de portes étanches qui laissent le reste des compartiments atteints exposé au vide spatial. J'étais capable de penser normalement. Je retrouvai rapidement le contrôle du côté droit de mon corps. Seuls les centres du langage étaient endommagés au point de ne plus pouvoir être réparés simplement. Le merveilleux ordinateur organique enfoncé dans mon crâne avait vidé son contenu de mots comme un programme avarié. L'hémisphère droit n'était pas dépourvu de toute capacité de langage, mais seules les unités de communication les plus émotionnellement chargées pouvaient trouver place dans cet hémisphère affectif, et mon vocabulaire se trouvait réduit à neuf mots (ce qui, je devais l'apprendre plus tard, était assez exceptionnel, la majorité des victimes d'AVC n'en retenant que deux ou trois). Pour la petite histoire, voici quels étaient ces mots : chier, putain, foufoune, merde, baiser, enfoiré, cul, pipi et caca.

Une analyse rapide mettra ici en évidence un certain facteur de redondance. J'avais à ma disposition six substantifs, deux verbes et un adjectif, plus un mot qui pouvait servir à la fois de substantif et de verbe, avec des sens différents. Il y avait donc en réalité trois verbes et sept substantifs. En outre, trois mots au moins pouvaient servir d'apostrophe. Mon nouvel univers linguistique était composé de trois monosyllabes, cinq bisyllabes et un trisyllabe. Parmi les bisyllabes, trois appartenaient au langage de la petite enfance, et deux consistaient en la répétition d'une même syllabe. Ma panoplie d'expressions offrait trois ou quatre possibilités d'exhortation à s'effacer et deux références directes à l'anatomie humaine. Six mots sur neuf correspondaient à deux fonctions d'élimination, et quatre à la fonction sexuelle.

L'un dans l'autre, c'était suffisant.

Je ne dirai pas que je me souviens des trois années passées au fond des puits de boue et des taudis d'Heaven's Gate avec attendrissement, mais je dois reconnaître que ce furent pour moi des années édifiantes, probablement plus que les deux premières décennies de ma vie sur l'Ancienne Terre.

Je m'aperçus bientôt que, avec mon entourage immédiat – Raclure, le pelleteur, Onk, la terreur des bidonvilles, à qui je payais une taxe de protection, et Kiti, la pute décolorée avec qui je pieutais quand j'en avais les moyens –, mon vocabulaire était bien utile.

– Putain merde! m'écriais-je en gesticulant. Pipi caca foufoune!

– Je vois, faisait Raclure, exhibant son unique dent. Tu veux aller au magasin de la compagnie acheter du chewing-gum aux algues, hein?

– Enfoiré! lui répondais-je en souriant.

La vie d'un poète ne réside pas seulement dans la danse-langage achevée de l'expression, mais également dans la combinaison quasi infinie de la mémoire et de la perception avec une sensibilité particulière à ce qui est perçu et remémoré. Mes trois années en temps local sur Heaven's Gate, représentant près de quinze cents jours standard, me permirent de voir, d'entendre, de sentir et de me rappeler, exactement comme si j'avais littéralement connu une seconde naissance. Quelle importance, si cette seconde naissance avait eu lieu en enfer? L'expérience retravaillée est la quintessence de toute véritable poésie, et l'expérience brute était mon cadeau de baptême pour cette seconde vie qui s'ouvrait à moi.

Je n'eus pas de problème pour m'adapter à un meilleur des mondes qui avait un siècle et demi d'avance sur celui d'où je venais. Malgré nos beaux discours sur l'expansion et l'esprit pionnier de ces cinq derniers siècles, nous savons tous à quel point notre univers humain est devenu statique et sclérosé. Nous sommes dans la confortable période d'obscurantisme de l'invention intellectuelle. Les institutions changent peu. Quand elles changent, c'est par une évolution graduelle plutôt que par une révolution. La recherche scientifique se traîne de côté, comme un crabe, au lieu de faire des bonds intuitifs en avant, comme par le passé. Les appareils changent encore moins. Les technologies de palier que nous connaissons tous seraient immédiatement identifiables – et utilisables – pour nos arrière-grands-parents. Pendant mon long sommeil, l'Hégémonie était devenue une entité formelle, et le Retz avait commencé à prendre sa forme finale. La Pangermie avait pris sa place démocratique au bas de la liste des despotes bienveillants de l'humanité, le TechnoCentre avait fait sécession du service des humains pour leur offrir son aide, un peu plus tard, en tant que partenaire et non plus comme esclave. Quant aux Extros, ils se cantonnaient dans l'ombre et dans leur rôle de Némésis.

Tout cela n'empêchait pas que la situation évolue, peu à peu, vers la masse critique, avant même que je ne me retrouve en état de congélation dans mon sarcophage de glace, entre des carcasses de porcs et des sorbets. Ces prolongements évidents d'anciennes applications exigeaient peu d'efforts de compréhension. En outre, l'histoire, vue de l'intérieur, est toujours une sombre bouillie digestive bien différente du ruminant trop aisément reconnaissable que les historiens voient de loin.

Ma vie était faite uniquement d'Heaven's Gate et des exigences de la survie au jour le jour sur ce monde. Le ciel y avait la couleur éternelle d'un coucher de soleil marron-jaune suspendu comme un plafond qui s'écroule à quelques mètres au-dessus de ma baraque. Celle-ci m'offrait un confort inattendu, sous la forme d'une table à manger, d'une paillasse à dormir et à baiser, d'un trou à pisser et à chier, et d'une fenêtre à contemplation silencieuse. Mon environnement était le reflet de mon vocabulaire.

La prison a toujours été un endroit stimulant pour les écrivains, en ce qu'elle tue le double démon de la mobilité et de la diversion. Heaven's Gate ne faisait nullement exception à la règle. Le Protectorat Atmosphérique s'était approprié mon corps, mais mon esprit – ou ce qu'il en restait – m'appartenait encore.

Sur l'Ancienne Terre, je composais mes poèmes sur un processeur de pensée persoc Sadu-Dekenar, affalé dans un fauteuil rembourré à dossier inclinable, ou bien flottant dans ma barge EM au-dessus des sombres lagunes, ou encore en me promenant à pied, absorbé dans mes pensées, dans des berceaux de verdure odoriférants. Les produits exécrables, indisciplinés, mous du poignet et flatulents de ces rêveries créatrices ont déjà été décrits. Mais sur Heaven's Gate, j'avais découvert les vertus stimulantes pour l'esprit du travail physique, et je devrais dire plutôt du travail physique brise-membres, éclate-poumons, tord-entrailles, déchire-ligaments et rompt-les-couilles. Mais tant que le labeur est pesant et répétitif, découvris-je, l'esprit n'est pas seulement libre de vagabonder vers des climats plus cléments, il s'envole littéralement vers les cimes.

Sur Heaven's Gate, tout en raclant la merde des canaux à boue dans la lumière rouge de Véga Primo, tout en rampant sur les mains et sur les genoux parmi les stalactites et les stalagmites des bactéries de recyclage qui tapissaient les conduites labyrinthiennes de la station, je devins poète.

Tout ce qu'il me manquait, c'était les mots.

L'auteur le plus honoré du xxᵉ siècle, William Gass, a déclaré un jour à l'occasion d'une interview : « Les mots sont les objets suprêmes. Ce sont des choses dotées d'*esprit*. »

Et c'est vrai. Ils sont aussi purs et transcendants que n'importe quelle Idée qui projeta jamais son ombre dans la caverne platonicienne de nos perceptions. Mais ce sont aussi des traquenards de tromperies et de perceptions erronées. Les mots déforment notre pensée en l'orientant dans des chemins infinis d'auto-illusion, et le fait que nous passions la plus grande partie de notre vie mentale dans des châteaux de l'esprit construits avec des mots signifie que nous manquons de l'objectivité nécessaire pour nous apercevoir de ces terribles distorsions de la réalité que nous apporte le langage. Exemple : l'idéogramme chinois désignant l'honnêteté est un symbole en deux parties représentant un homme qui se tient littéralement à côté du mot. Jusqu'ici, c'est très bien. Mais que signifie le mot « intégrité » dans les langues latines disparues, ou bien « patrie », ou « progrès », ou « démocratie », ou « beauté »? Même dans nos autotromperies, nous devenons des dieux.

Un philosophe mathématicien du nom de Bertrand Russel, qui vécut et mourut dans le même siècle que Gass, a écrit : « Le langage sert non seulement à exprimer la pensée, mais à rendre possibles des pensées qui ne pourraient exister sans lui. » C'est là que se trouve l'essence du génie créatif de l'humanité, et non dans les grands édifices de la civilisation ni dans les armes flashbang qui peuvent y mettre fin. C'est dans les mots qui fertilisent les nouveaux concepts comme le spermatozoïde attaquant un ovule. On pourrait rétorquer que les enfants siamois du mot/idée sont la *seule* contribution que l'espèce humaine puisse, veuille ou doive apporter à la complexité du cosmos. (Oui, notre ADN est unique, mais celui d'une salamandre ne l'est pas moins. Oui, nous construisons des artefacts, mais c'est aussi le propre de nombreuses espèces allant du castor à la fourmi architecte dont les tours crénelées sont visibles en ce moment par bâbord avant. Oui, nous tissons des objets réels à partir du fil de l'étoffe dont sont faits les rêves mathématiques, mais l'univers est câblé d'arithmétique. Tracez un cercle, et π surgit. Entrez dans un nouveau système solaire, et les formules de Tycho Brahe vous attendent, tapies sous la cape de velours noir de l'espace-temps. Mais où donc l'univers a-t-il caché un *mot* dans ses couches extérieures de biologie, de géométrie ou de roc insensé?) Même les traces de vie intelligente que nous avons découvertes – les ballons de Jupi II, les Constructeurs de Labyrinthes, les empathes seneshiens d'Hébron, les Bâtonniers de Durulis, les architectes des Tombeaux du Temps ou le gritche lui-même – nous ont laissé des mystères à étudier, ainsi que d'obscurs artefacts, mais pas de langage. Pas le moindre *mot*.

Le poète John Keats écrivit un jour à son ami Bailey : « Je ne suis certain de rien d'autre que du caractère sacré de l'affection du Cœur et de la vérité de l'Imagination – ce que l'imagination capture en tant que Beauté ne peut être que vérité –, qu'elle ait existé au préalable ou non. »

Le poète chinois George Wu, qui mourut au cours du

dernier conflit sino-japonais, environ trois siècles avant l'hégire, comprenait parfaitement ce problème lorsqu'il dictait à son persoc : « Les poètes sont les sages-femmes démentes de la réalité. Ils ne voient pas ce qui est, ni ce qui peut être, mais ce qui *doit devenir*. » Et, plus tard, dans sa dernière disquette adressée à son amante, une semaine avant sa mort, il dit encore : « Les mots sont les seules munitions dans la cartouchière de la vérité. Et les poètes sont les francs-tireurs qui s'en servent. »

Au commencement, voyez-vous, était le Verbe. Et le Verbe prit consistance de chair dans la trame de l'univers humain. Seul le poète peut assurer l'expansion de l'univers, en trouvant des raccourcis vers des réalités nouvelles de la même manière que le propulseur Hawking creuse des galeries sous la barrière de l'espace-temps einsteinien.

Être un poète, un vrai poète, me disais-je, c'était devenir l'avatar de l'humanité incarnée. Accepter de revêtir le manteau du poète, c'est porter la croix du Fils de l'Homme, et souffrir les affres de la naissance de la Mère Spirituelle de l'Humanité.

Devenir un *vrai* poète, c'est devenir Dieu.

J'essayais de mon mieux d'expliquer ces choses à mes amis d'Heaven's Gate.

– Cul baiser foufoune pipi caca cul. Enfoiré !

Ils secouaient la tête en souriant, et finissaient par s'éloigner. Les grands poètes sont rarement compris par leurs contemporains.

Les nuages marron-jaune faisaient pleuvoir sur moi leur pluie acide. Je pataugeais jusqu'aux cuisses dans la boue pour nettoyer les algues-sangsues qui obstruaient les canalisations d'égout de la ville. Raclure mourut au cours de ma deuxième année de séjour sur cette planète, alors que nous étions tous au travail sur le chantier de prolongement du canal de la Première Avenue jusqu'aux plaines de boue de Midsump. Un accident. Il avait voulu escalader une dune de vase pour sauver une rose soufrée de la jointoyeuse qui avançait lorsqu'un éboulement l'a englouti. Kiti s'est mariée quelque temps après. Elle a continué de tapiner à mi-temps, mais nous nous sommes peu à peu perdus de vue. Elle est morte en couches peu après le tsunami vert qui a emporté Bouseville. J'ai continué d'écrire des vers.

Comment, me demanderez-vous, peut-on écrire de la poésie avec un vocabulaire de neuf mots de l'hémisphère droit?

La réponse est que je me passais des mots. La poésie n'est faite qu'accessoirement de mots. Elle concerne au premier chef la *vérité*. Je traitais directement le *Ding an Sich,* la substance derrière l'ombre, tissant de puissants concepts, des images et des métaphores à la manière d'un ingénieur qui construirait un gratte-ciel en dressant d'abord un squelette en fibres composites, bien avant de mettre en place les revêtements de verre, de plastique et de chrome-aluminium.

Petit à petit, les mots me revinrent. Le cerveau possède une aptitude remarquable à se refaçonner et à se ressourcer. Ce qui s'était perdu dans l'hémisphère gauche s'était installé ailleurs ou avait fait valoir ses droits dans les régions sinistrées comme des fermiers qui retournent sur une plaine dévastée par l'incendie, mais rendue plus fertile par les cendres. Là où, peu de temps avant, un simple mot comme « sel » me faisait bafouiller et bégayer, mon cerveau explorant le vide comme le bout de la langue l'emplacement d'une dent manquante, les paroles et les phrases revenaient peu à peu, comme les noms de compagnons de jeux oubliés. Dans la journée, je peinais dans les champs de boue, mais la nuit, assis à ma table branlante, j'écrivais mes *Cantos* à la lumière d'une lampe à graisse fumante et grésillante. C'est Mark Twain qui a dit un jour de son ton bonhomme : « La différence entre le mot juste et le mot presque juste est la même qu'entre l'éclair et la luciole. » C'est amusant, mais incomplet. Au cours des longs mois où j'ai commencé à rédiger mes *Cantos* sur Heaven's Gate, je me suis aperçu que la différence entre trouver le mot juste et accepter d'utiliser un mot approximatif équivalait plutôt à la différence entre recevoir la foudre sur sa tête et contempler en spectateur les jeux d'éclairs dans le ciel.

Mes *Cantos* prirent forme et consistance. Écrits sur les fines feuilles de papier d'algue-sangsue recyclé dont ils nous distribuaient des tonnes en guise de papier hygiénique, griffonnés à l'aide de feutres à bon marché vendus dans le magasin de la compagnie, mes *Cantos* prirent peu à peu de l'ampleur. Tandis que les mots me revenaient et se mettaient en place comme les fragments éparpillés d'un puzzle en 3 D, j'avais éprouvé le besoin de leur donner une forme. Puisant dans les enseignements de don Balthazar, j'avais tâté de la noblesse mesurée du vers épique de Milton, auquel j'avais ajouté, reprenant de plus en plus confiance, la sensualité romantique de Byron, associée à la célébration keatsienne du langage. Remuant bien le tout, je l'avais assaisonné d'un rien de cynisme brillant à la manière de Yeats et d'une pincée de l'arrogance obscure et scolastique de Pound. J'avais haché menu puis réduit en cubes cette mixture, non sans y avoir ajouté des ingrédients tels que la maîtrise de l'imagerie d'Eliot, le sentiment de l'espace chez Dylan Thomas, le poids du destin chez Delmore Schwartz, avec un zeste d'épouvante emprunté à Steve Tem, un semblant d'innocence à Salmud Brevy, une métrique complexe à Daton, le culte du physique étant fourni par Wu et le sens ludique radical par Edmund Ki Fererra.

Pour finir, naturellement, j'avais écarté tout ce mélange, et j'avais écrit les *Cantos* dans un style entièrement à moi.

Sans Onk, la terreur des bidonvilles, je serais probablement encore sur Heaven's Gate, à creuser des canaux d'acide le jour et à écrire les *Cantos* la nuit.

C'était mon jour de repos, et je me rendais avec mes *Cantos* sous le bras – mon unique exemplaire manuscrit – à la bibliothèque de la compagnie, dans un coin du réfectoire, pour y faire quelques recherches, lorsque Onk et deux de ses copains apparurent au détour d'une ruelle pour me demander le paiement d'avance de la taxe de protection pour le mois suivant. Nous n'avions pas de plaques universelles dans le Protectorat Atmosphérique d'Heaven's Gate. Nous avions l'habitude de payer nos dettes en bons de la compagnie ou en marks de marché noir. J'étais également démuni des deux. Onk demanda à voir ce que j'avais sous le bras. Sans réfléchir, je lui opposai un refus. Ce fut une grave erreur. Si je lui avais montré le manuscrit, il se serait probablement contenté de l'éparpiller dans la boue en me frappant un peu pour accompagner ses menaces. Mais mon refus le mit en colère, et les trois énergumènes m'arrachèrent le paquet, le déchirèrent, en piétinèrent le contenu dans la boue et me donnèrent, comme on dit, la raclée de ma vie.

Or, il advint que, ce jour-là, un VEM appartenant à la direction du contrôle de l'air du Protectorat passait justement à basse altitude, et que l'épouse du directeur, qui se rendait seule au Magasin Résidentiel de la compagnie, ordonna au chauffeur de se poser, me fit ramasser par son domestique androïde avec ce qui restait de mes *Cantos*, puis me conduisit en personne à l'hôpital de la compagnie. Normalement, les membres de la force de travail dirigé ne recevaient d'aide médicale éventuelle que dans la clinique express, mais l'hôpital ne voulut pas refuser cette faveur à la femme du directeur, et je fus admis, toujours sans connaissance, dans le service d'un médecin humain qui me mit quelque temps dans un caisson de guérison.

Quoi qu'il en soit, pour rendre brève et banale une longue histoire banale, j'irai directement aux données ascendantes. Helenda – c'est ainsi que s'appelait la femme du directeur – lut mon manuscrit pendant que je flottais dans les fluides revitaliseurs. Et il lui plut. Le jour même où j'étais décanté à l'hôpital de la compagnie, Helenda se distransporta sur Renaissance, où elle montra mes *Cantos* à sa sœur Felia, qui avait un ami dont la maîtresse connaissait un éditeur chez Transverse. Lorsque je m'éveillai, le lendemain, mes côtes cassées étaient réparées, la colonne vertébrale en morceaux était guérie, mes ecchymoses avaient disparu, et j'avais cinq dents neuves, une cornée pour mon œil gauche et un contrat avec Transverse.

Mon recueil sortit cinq semaines plus tard. Huit jours après, Helenda et son directeur divorcèrent, et elle m'épousa. C'était son septième mariage et mon premier. Nous passâmes notre lune de miel dans le Confluent. À notre retour, un mois plus tard, le livre s'était vendu à plus d'un milliard d'exemplaires. C'était le premier recueil de poèmes figurant sur la liste des best-sellers depuis quatre siècles. Et j'étais plusieurs fois milliardaire.

Tyrena Wingreen-Feif fut ma première éditrice chez Transverse. C'est elle qui eut l'idée d'intituler le recueil : *La Terre qui meurt*. Une recherche de copyright fit apparaître que le titre avait déjà été utilisé pour un roman cinq cents ans plus tôt, mais il était maintenant dans le domaine public et épuisé. C'est elle aussi qui sélectionna pour la publication les seuls passages des *Cantos* où j'évoquais les derniers souvenirs nostalgiques de l'Ancienne Terre agonisante. Elle eut également l'idée de retirer les passages qui risquaient de rebuter le lecteur : les développements philosophiques, les descriptions de ma mère, les hommages aux poètes du passé, les pages où je m'étais amusé à faire de la métrique expérimentale, les méditations personnelles – tout, en fait, à l'exception des derniers jours idylliques qui, vidés de toute substance lourde, devenaient bassement sentimentaux, voire insipides. Quatre mois après sa première publication, *La Terre qui meurt* s'était vendu à deux milliards et demi d'exemplaires transcops, et une version abrégée et numérisée était disponible sur l'infosphère Voit-Tout. Il y avait une option pour les holos, et Tyrena estimait que l'opération avait été parfaitement synchronisée. Le choc traumatique original de la mort de l'Ancienne Terre s'était traduit par cent ans de refus pur et simple, comme si la Terre n'avait jamais existé ou presque, suivis d'une période d'intérêt renaissant, qui avait culminé dans le foisonnement des sectes nostalgiques de l'Ancienne Terre, que l'on pouvait trouver aujourd'hui sur tous les mondes du Retz. La sortie d'un livre – même en vers – qui traitait de la période finale était tombée juste à temps.

Pour moi, les premiers mois de cette nouvelle existence de célébrité médiatique de l'Hégémonie représentèrent une désorientation beaucoup plus grande que mon premier passage d'enfant gâté de l'Ancienne Terre à l'état de bétail humain sur Heaven's Gate. Pendant cette période, je signai mon livre et des transcops sur plus de cent planètes différentes. Je fis une apparition dans le show de Marmon Hamlit, je fus reçu par le Président Senister Perót, par le tribun de la Pangermie Drury Fein et par une vingtaine de sénateurs. Je pris la parole devant la Société Interplanétaire des Femmes de Lettres et devant l'Association des Écrivains de Lusus. Je fus nommé docteur *honoris causa* de l'université de la Terre Nouvelle et de Cambridge II. Je fus fêté, interviewé, médiatisé, critiqué (favorablement), biographié (illicitement), vedettisé, feuilletonisé et grugé. Je ne m'ennuyais pas.

(Notes pour une esquisse de la vie dans l'Hégémonie :)
Ma demeure comprend trente-huit pièces sur trente-six planètes. Pas de portes. Les entrées voûtées sont des accès

distrans. Quelques-unes sont protégées des regards par des tentures, mais la plupart sont ouvertes à la vue et aux visites. Chaque chambre possède plusieurs fenêtres et au moins deux murs avec des accès. De la grande salle à manger du Vecteur Renaissance, j'aperçois le ciel de bronze et les tours vert-de-gris de la forteresse Enable, dans la vallée située en contrebas de mon pic volcanique. En tournant la tête, je vois, à travers l'ouverture distrans, par-delà l'étendue du grand tapis blanc du hall de réception, l'océan Edgar Allen dont les vagues se brisent au pied des tours du cap Prospero, sur Nevermore. Ma bibliothèque a vue sur les glaciers et les cieux verts de Nordholm, et il me suffit de faire dix pas pour *descendre,* par un étroit escalier, dans ma tour de travail, où une grande salle circulaire et confortable s'ouvre sur trois cent soixante degrés, par des parois de verre polarisé, au somptueux spectacle des plus hauts sommets du Kushpat Karakoram, une chaîne de montagnes de deux mille kilomètres de long qui s'étend de la colonie la plus proche jusqu'aux confins orientaux de la république de Jamnu, sur Deneb Drei.

L'énorme chambre à dormir que je partage avec Helenda se balance doucement dans les branches d'un arbre-monde de trois cents mètres, sur la planète des Templiers de God's Grove. Elle est reliée à un solarium isolé au milieu des salines arides d'Hébron. Mais toutes nos ouvertures ne donnent pas sur des déserts. La salle des médias s'ouvre sur une aire de glisseurs au cent trente-huitième étage d'une tour cambrée de Tau Ceti Central, et notre patio est au milieu d'une terrasse qui domine le marché du vieux quartier animé de La Nouvelle-Jérusalem. L'architecte, disciple du légendaire Millon DeHaVre, a incorporé plusieurs gags dans la conception de cette demeure. Les marches d'escalier qui *descendent* dans la tour, par exemple. Mais il y a aussi la sortie du nid d'aigle qui mène à la salle d'entraînement du plus bas niveau de la plus profonde ruche de Lusus, ou peut-être encore la salle de bain des invités, qui comprend des toilettes, un bidet, un lavabo et une douche à bord d'un radeau sans murs flottant sur l'océan planétaire mauve de Mare Infinitus.

Au début, les changements de gravité au passage d'une pièce à l'autre me dérangeaient un peu, mais je n'ai pas mis trop longtemps à m'adapter, en me durcissant intérieurement pour encaisser la poussée de Lusus, d'Hébron ou de Sol Draconi Septem tandis que mon organisme s'habituait inconsciemment à évoluer, léger, sous la gravité inférieure à 1 de la plupart des autres pièces.

Durant les dix mois standard que nous passons ensemble, Helenda et moi, nous restons très peu à la maison. Nous préférons aller, avec nos amis, dans les arcologies de loisirs et de villégiature ou dans les boîtes de nuit du Retz. Nos « amis » font partie de l'ex-faune distrans, qui se fait maintenant appeler le « troupeau caribou », du nom d'un mammifère migrateur disparu de l'Ancienne Terre. Ce troupeau comprend des écrivains, des artistes visuels en renom, des intellectuels du Confluent, des représentants médiatiques de la Pangermie, quelques ARNistes radicaux, des esthéticiens génétiques, des aristocrates retziens, de riches distranslatés, des adeptes du flashback, des réalisateurs de théâtre et de holos, divers acteurs et artistes de scène, un certain nombre de *maffiosi* rangés, le tout additionné d'une liste tournante de célébrités récentes... parmi lesquelles, bien sûr, je figurais en bonne place.

Tout ce monde boit, utilise des stims et des auto-implants, se câble, s'offre les meilleures drogues sur le marché. La plus en vogue est le flashback. Pour apprécier pleinement ce vice réservé à la haute société, il faut avoir toute la gamme des implants les plus coûteux. Helenda a veillé à ce que je ne manque de rien : biomoniteurs, extenseurs sensoriels, persoc interne, dérivation neurale, props, processeurs du métacortex, puces sanguines, vers plats ARN... Ma propre mère n'aurait pas reconnu mon ventre.

À deux reprises, j'essaie le flashback. La première expérience est une vraie glissade. Je cible la réception de mon neuvième anniversaire et je fais mouche à la première salve. Tout y est. Le chœur des domestiques aux aurores sur la pelouse nord, don Balthazar annulant la classe à contrecœur pour que je puisse passer la journée avec Amalfi dans mon VEM et sillonner les dunes grises du bassin de l'Amazone dans un joyeux abandon, la procession des flambeaux, le soir, tandis que les représentants des autres Anciennes Familles continuent d'arriver, leurs présents somptueux enveloppés dans du papier qui brille sous les rayons de la Lune et des Dix Mille Lumières. Je sors de ces neuf heures de flashback le sourire aux lèvres.

Mais le second voyage me tue presque.

J'ai quatre ans et je suis en train de pleurer, à la recherche de ma mère à travers le labyrinthe sans fin des pièces qui sentent la poussière et les vieux meubles. Des domestiques androïdes cherchent à me consoler, mais j'écarte leurs mains et je cours dans des couloirs tachés d'ombres et de souillures de générations trop nombreuses. Enfreignant la première règle qui m'ait été enseignée, j'ouvre toute grande la porte de sa chambre de couture, le saint des saints où elle se retire pendant trois heures chaque après-midi et d'où elle ressort avec son sourire si doux, l'ourlet de sa robe pâle bruissant sur le tapis comme l'écho du soupir d'un fantôme.

Ma mère est assise dans l'ombre. J'ai quatre ans et je pleure parce que je me suis fait mal au doigt. Je cours jusqu'à elle et je me jette dans ses bras.

Elle n'a pas de réaction. L'un de ses bras graciles repose sur le dossier du fauteuil. L'autre est inerte sur le coussin.

J'ai un mouvement de recul, choqué par sa froide placidité. J'écarte les lourdes tentures sans quitter ses genoux.

Les yeux de ma mère sont vides, révulsés dans leurs orbites. Ses lèvres sont entrouvertes. Un filet de bave coule au coin de ses lèvres et brille sur son menton parfait. Parmi les fils d'or de sa chevelure, coiffée dans le style des grandes dames du temps jadis qu'elle adore, je vois briller l'éclat d'acier des filaments stims et celui, plus terne, de la prise crânienne où elle les a branchés. La peau à nu, autour de la prise, a la blancheur de l'os. Sur la table, près de sa main gauche, est posée la seringue vide du flashback.

Les domestiques arrivent et m'éloignent. Ma mère n'a pas eu un seul battement de paupières. On m'entraîne, hurlant.

Je me réveille en criant.

C'est peut-être mon refus de toucher de nouveau au flashback qui a précipité le départ d'Helenda. Mais j'en doute. Je n'étais pour elle qu'un jouet, un primitif qui l'avait momentanément amusée par son innocence face à un mode de vie qu'elle considérait comme acquis depuis des décennies. Quoi qu'il en soit, mon refus nous sépara concrètement durant toutes les heures et toutes les journées qu'elle passait plongée dans le flashback. Il s'agissait de temps réel, et il arrive que les adeptes de cette drogue, lorsqu'ils meurent, totalisent plus de jours de flashback que de conscience réelle.

Au début, je me distrayais avec les implants et toute la technologie qui m'avait été refusée jusque-là en tant que membre d'une Ancienne Famille de la Terre. L'infosphère, cette année-là, fut pour moi un régal. J'invoquais sans cesse des informations de toutes sortes, pris par une frénésie d'interface totale avec le réseau. J'étais aussi accroché aux données brutes que le troupeau caribou à ses stims et à ses drogues. J'imaginais don Balthazar en train de faire plusieurs tours dans sa tombe en me voyant abandonner la mémorisation à long terme au profit de l'éphémère satisfaction d'une omniscience obtenue par implant interposé. Ce n'est que bien plus tard que j'ai compris ce que j'avais perdu : *L'Odyssée* de Fitzgerald, la *Marche finale* de Wu et une douzaine d'autres œuvres épiques qui avaient survécu à mon accident cérébral étaient maintenant pareilles à des fragments de nuages effilochés par un grand vent. Ce n'est que beaucoup plus tard que, libéré des implants, je les rappris laborieusement.

Pour la première et unique fois de ma vie, je m'intéressai à la politique. Jour et nuit, j'assistais aux débats du Sénat ou de la Pangermie par câble distrans. Quelqu'un, un jour, a estimé qu'il se traite quotidiennement une centaine d'actes de législation dans la Pangermie. Durant les longs mois où je demeurai confiné dans mon sensorium, je n'en manquai aucun. Ma voix et mon nom étaient célèbres sur tous les plateaux de débats. Aucun projet de loi n'était trop modeste, aucune question trop insignifiante ou trop complexe pour que je m'en mêle. Le simple fait de donner mon avis sur tout à chaque instant me communiquait le sentiment factice d'avoir accompli quelque chose. Mais je finis par abandonner mon obsession politique lorsque je m'aperçus que les affaires de la Pangermie me forçaient ou bien à passer ma vie entre quatre murs ou bien à me transformer en zombie ambulant. Quelqu'un qui reste sans interruption connecté à ses implants offre un piètre spectacle à son entourage, et je n'avais pas besoin des sarcasmes d'Helenda pour me rendre compte que, si je continuais dans cette voie, je deviendrais un légume pangermique comme des millions d'autres dans tout le Retz. Je renonçai donc à la politique. Mais je m'étais déjà trouvé une nouvelle passion : la religion.

J'adhérai à des cultes. J'aidai même à créer de nouvelles foutues religions. L'Église zen gnostique connaissait alors un essor fantastique, et je devins un de ses piliers. On me vit souvent sur les plateaux de la TVHD, cherchant mes « centres de pouvoir » avec le zèle d'un musulman préhégirien en pèlerinage à La Mecque. Sans compter que j'adorais me distransporter. J'avais gagné près de cent millions de marks avec *La Terre qui meurt*, et Helenda avait sagement placé l'argent, mais une maison distrans comme la mienne devait coûter au bas mot cinquante mille marks juste pour passer d'une de mes trente-six pièces à l'autre. Et je ne me limitais pas à ces pièces. Transverse m'avait procuré une plaque universelle en or, dont je faisais un usage abondant aux quatre coins du Retz. Je séjournais des semaines entières dans les endroits les plus luxueux, et je louais des VEM pour explorer les lieux les plus reculés des planètes les plus lointaines à la recherche de mes centres de pouvoir.

Je ne trouvai, à vrai dire, pas grand-chose. Je renonçai au gnosticisme zen à peu près à l'époque où Helenda demanda le divorce. J'étais alors submergé de factures, et je dus réaliser la plupart des placements à long terme qui me restaient après qu'Helenda eut prélevé sa part. (Je n'étais pas seulement naïf et amoureux lorsqu'elle avait fait établir notre contrat de mariage par ses avocats, j'étais totalement stupide.)

Finalement, même en faisant des économies sur le distrans et en me séparant de mes domestiques androïdes, j'étais au bord du désastre financier.

J'allai trouver Tyrena Wingreen-Feif.

— Personne n'a envie de lire de la poésie, me dit-elle en feuilletant les quelques pages de nouveaux *Cantos* que j'avais écrites depuis un an et demi.

— Comment ça? protestai-je. *La Terre qui meurt*, c'était bien de la poésie, non?

– C'était un coup de veine, qui ne s'explique que par le fait que l'inconscient collectif était prêt à le recevoir.

Elle avait de longs ongles verts, recourbés à la nouvelle mode des mandarins. Ils s'agrippaient à mon manuscrit comme les griffes d'un insecte bourré de chlorophylle.

– Qui vous dit que l'inconscient collectif n'est pas prêt à recevoir celui-ci? demandai-je avec un début d'agacement.

Elle se mit à rire. Ce n'était pas un bruit très agréable à entendre.

– Martin, Martin! fit-elle. C'est de la *poésie* que vous m'apportez là. Vous écrivez sur Heaven's Gate et sur le troupeau caribou, mais ce qui transparaît, en réalité, c'est la solitude, le dépaysement, l'angoisse et un regard cynique sur l'humanité.

– Et alors?

– Personne n'a envie de *payer* pour connaître les angoisses des autres, fit Tyrena en riant.

Tournant le dos à son bureau, je m'éloignai jusqu'à l'extrémité opposée de la pièce, qui occupait tout le quatre cent trente-cinquième étage de la spire Transverse, dans le quartier Babel de TC². Il n'y avait pas la moindre fenêtre dans cette salle circulaire ouverte du sol au plafond et protégée par un champ de confinement à énergie solaire exempt de tout miroitement. On avait l'impression de se trouver entre deux plateaux gris suspendus entre ciel et terre. Je contemplai les nuages écarlates qui passaient entre les plateaux inférieurs, à cinq cents mètres au-dessous de nous, et je me fis un certain nombre de réflexions sur l'*hubris* en général. Le bureau de Tyrena n'avait ni porte, ni escalier, ni ascenseur, ni champ élévateur, ni trappe, ni liaison d'aucune sorte avec les autres étages. On n'y entrait que par le distrans à cinq facettes miroitantes qui flottait au milieu des airs comme une holosculpture abstraite. En même temps qu'à l'*hubris,* je me pris à songer aux incendies et aux pannes de courant.

– Vous voulez dire que vous ne voulez pas le publier? demandai-je en me retournant.

– Pas du tout, fit mon éditrice en riant. Vous avez fait gagner des milliards de marks à Transverse, Martin. Nous le publierons donc. Simplement, ça ne se vendra pas.

– Vous vous trompez! hurlai-je. Tout le monde n'apprécie pas la poésie de qualité, mais il y a encore assez de gens qui aiment ça pour assurer le succès de ce livre.

Elle ne riait plus, mais le sourire de ses lèvres vertes lui tordit la bouche.

— Martin, Martin! Depuis Gutenberg, le pourcentage de la population qui lit encore des livres n'a cessé de diminuer. Au XXe siècle, moins de deux pour cent des habitants des pays dits démocratiques et industrialisés lisaient plus d'un livre par an. Et c'était avant l'avènement des machines intelligentes, de l'infosphère et des environnements conviviaux. Après l'hégire, quatre-vingt-dix-huit pour cent de la population totale de l'Hégémonie n'avaient plus aucune raison de lire quoi que ce soit. L'habitude d'apprendre s'est donc perdue. Aujourd'hui, c'est encore pis. Le Retz représente un peu plus de cent milliards d'êtres humains, parmi lesquels un pour cent à peine prend la peine de transcopier des matériaux imprimés, et encore moins de lire des livres.

— *La Terre qui meurt* a fait près de trois milliards d'exemplaires, lui rappelai-je.

— Mmmm. Le syndrome du *Voyage du Pèlerin*.

— *Le syndrome de quoi?*

— *Le Voyage du Pèlerin*. Dans la colonie du Massachusetts, sur l'Ancienne Terre, au... XVIIe siècle, je crois, ce livre figurait en bonne place dans chaque maison. Mais cela ne veut pas dire que les gens étaient obligés de le lire. Ce fut la même chose avec le *Mein Kampf* d'Hitler ou les *Visions dans la pupille d'un enfant décapité*.

— Qui était Hitler? demandai-je.

Tyrena eut un petit sourire.

— Un politicien de l'Ancienne Terre qui a écrit quelques livres. *Mein Kampf* est toujours réédité. Transverse renouvelle ses droits exclusifs tous les cent trente-huit ans.

— Écoutez, lui dis-je. Je vais prendre quelques semaines pour fignoler mes *Cantos* et y mettre le meilleur de moi-même.

— Comme vous voudrez.

— Je suppose que vous avez l'intention d'y pratiquer des coupures comme la dernière fois?

— Pas du tout. Il n'y a pas de noyau nostalgique, cette fois-ci. Vous pouvez écrire tout ce que vous voudrez.

Je battis des paupières.

— Vous voulez dire que je peux conserver les vers libres?

245

– Naturellement.

– Et les passages philosophiques?

– Ne vous gênez pas.

– Les recherches d'écriture expérimentale?

– Bien sûr.

– Vous l'imprimerez tel qu'il est?

– Absolument.

– Et vous dites qu'il n'y a aucune chance pour que cela se vende?

– Pas la plus petite chance.

Les quelques semaines de « fignolage » durèrent dix mois et tournèrent à l'obsession acharnée. Je condamnai la plupart des pièces de la maison pour ne garder que la tour de Deneb Drei, la salle d'entraînement de Lusus, la cuisine et la salle de bain flottante de Mare Infinitus. Je travaillais chaque jour dix heures d'affilée, suivies d'exercices physiques intenses puis d'un repas et d'un somme. Après quoi je retournais à ma table de travail pour une nouvelle période de huit heures. C'était le même rythme que cinq ans plus tôt, lorsque je récupérais de mon attaque cérébrale et qu'il me fallait parfois une heure ou un jour pour trouver un mot ou pour laisser un concept prendre racine dans le sol ferme du langage. Le processus était encore plus lent cette fois-ci. La recherche du mot précis, du rythme parfait, de l'image enjouée ou de l'analogie capable de transposer la plus subtile des émotions me laissait pantelant, en proie aux affres les plus pénibles de la création.

Au bout de dix mois standard, je mis un terme à ce labeur d'enfer, sacrifiant à l'aphorisme selon lequel on ne finit pas un livre ou un poème, on l'abandonne purement et simplement.

– Qu'en pensez-vous? demandai-je à Tyrena tandis qu'elle parcourait mon manuscrit.

Ses yeux étaient des disques opaques de couleur bronze, à la mode cette semaine-là, mais cela ne m'empêcha pas de voir ses larmes. Elle en essuya furtivement une en murmurant :

– C'est merveilleux.

– J'ai essayé de retrouver une partie de l'esprit de certains Anciens, lui dis-je, soudain modeste.

– Vous avez brillamment réussi.

– L'interlude d'Heaven's Gate demanderait à être affiné.

– Il est parfait ainsi.

– J'ai voulu y traiter le thème de la solitude.

– Vous avez *tout* dit sur la solitude.

– Vous pensez qu'il n'y a rien à reprendre?

– C'est la perfection même. Un chef-d'œuvre.

– Et cela se vendra?

– Pas la moindre foutue chance.

Soixante-dix millions de transcops des *Cantos* étaient initialement prévues. Transverse fit passer des annonces dans toute l'infosphère, acheta des plages publicitaires sur le réseau TVHD, programma des encarts logiciels, réussit à obtenir des commentaires des auteurs les plus en vogue pour les pages de couverture, s'assura qu'il y aurait un article dans la section littéraire du *New New York Times* et dans le *Magazine de TC²*, dépensa, en bref, une fortune dans sa campagne de lancement. Vingt-trois mille transcops des *Cantos* se vendirent la première année de publication. À raison de dix pour cent du prix de couverture représentant douze KM, je couvris treize mille huit cents des deux millions de KM que m'avait accordés Transverse à titre d'avance. La deuxième année, les ventes atteignirent six cent trente-huit exemplaires transcops. L'infosphère n'acheta pas les droits, les holos ne demandèrent pas d'option et il n'y eut pas de tournée de promotion.

Ce que les *Cantos* n'avaient pas réalisé dans les ventes, ils le récupérèrent dans la quantité impressionnante de critiques défavorables dont ils furent l'objet. « Archaïque... indéchiffrable... sans prise d'aucune sorte sur nos préoccupations quotidiennes », écrivait la *Chronique littéraire du Times*. « H. Silenus nous livre ici la quintessence de l'art de la non-communication », estimait le *Magazine de TC²* sous la plume d'Urban Kapry, « en s'adonnant à une orgie d'hermétisme prétentieux. » Mais le coup de grâce m'était porté par Marmon Hamlit, de l'infosphère Voit-Tout, qui s'écriait : « La pseudo-poésie du pseudo-poète Jenneséki, je ne peux pas vous en parler, je n'ai pas pu la lire, et je n'ai pas essayé! »

Tyrena Wingreen-Feif ne parut pas s'émouvoir pour autant. Deux semaines après les premières critiques et les premiers retours d'exemplaires transcops, un jour après la fin de ma supercuite de treize jours, je me distransportai dans son bureau et me laissai choir dans le fauteuil de mousse lovée tapi au centre du plateau comme une panthère de velours noir. L'une des légendaires tempêtes de Tau Ceti Central était en train de se déchaîner au-dehors, et des éclairs jupitériens déchiraient l'air strié de traînées sanguines à la limite du champ de confinement invisible.

— Ne vous frappez pas, me dit Tyrena, dont la coiffure, à la mode de cette semaine-là, projetait des piques noires à cinquante centimètres au-dessus de son front, et dont le corps était couvert d'un champ opacifiant générateur de courants de couleurs changeantes qui tantôt cachaient et tantôt dévoilaient sa nudité sous-jacente. Le premier tirage ne s'est élevé qu'à soixante mille transcops. La perte n'est pas terrible.

— Mais vous parliez de soixante-dix millions !

— Je sais. Nous avons changé d'avis après avoir donné votre manuscrit à lire à l'IA de la maison.

Je m'enfonçai un peu plus dans la mousse lovée.

— Même l'IA a détesté mon livre ?

— Bien au contraire, elle a adoré. C'est là que nous avons acquis la certitude que le public ne marcherait pas.

— Et le TechnoCentre ? demandai-je. Est-ce qu'il n'y aurait pas moyen de leur vendre quelques exemplaires ?

— C'est déjà fait, répliqua Tyrena. Il y en a eu un de vendu. Les millions d'IA qui sont là-bas l'ont probablement lu en temps réel partagé dans la minute même où il est sorti du mégatrans. Vous savez, la notion de copyright interstellaire, ça ne tient pas la route, quand on a affaire à du silicone.

— D'accord, fis-je en m'affaissant de nouveau. Qu'est-ce qu'on fait, maintenant ?

Au-dehors, des éclairs de la taille des autoroutes de l'Ancienne Terre dansaient entre les spires de la compagnie et les autres immeubles dans les nuages.

Tyrena se leva de son siège et s'avança jusqu'à la limite de la moquette circulaire dont le centre était occupé par sa table de travail. Ses champs corporels miroitaient comme une nappe de pétrole ionisé sur la mer.

— Maintenant, dit-elle, c'est à vous de décider si vous voulez être un écrivain ou le plus grand paumé du Retz.

— Hein ?

– Vous m'avez très bien comprise, fit Tyrena.

Elle se tourna vers moi en souriant. Ses dents avaient été taillées en pointes dorées.

– Notre contrat stipule que nous pouvons récupérer les avances qui vous ont été versées par tout moyen à notre convenance, reprit-elle. Par exemple, par la saisie de tous vos avoirs à l'Interbanque, par la confiscation des pièces d'or que vous avez cachées sur Homefree ou par la vente de votre fastueuse maison distrans. Vous serez alors bon pour aller grossir les rangs des artistes dilettantes, des marginaux et de tous les cas psychiatriques dont le roi Billy le Triste s'entoure sur je ne sais plus quelle planète reculée où il a ses pénates.

Je la regardai en ouvrant de grands yeux.

– L'autre solution, reprit-elle avec son sourire de cannibale, consiste à oublier ce petit contretemps et à vous mettre au travail sur votre prochain livre.

Le prochain livre en question sortit cinq mois standard plus tard. *La Terre qui meurt II* reprenait là où *La Terre qui meurt* s'arrêtait, en prose banale cette fois-ci. La longueur des phrases et le contenu des chapitres étaient soigneusement établis en fonction des réponses neurobiologiquement recueillies auprès d'un échantillon représentatif de six cent trente-huit lecteurs de transcops. Le livre était présenté sous la forme d'un roman assez court pour ne pas effaroucher le lecteur potentiel aux présentoirs des caisses de l'hypermarché Trucbouf. La couverture était un holo interactif de vingt secondes où l'inconnu bronzé et athlétique – mon personnage d'Amalfi Schwartz, je suppose, bien qu'Amalfi soit frêle et pâle et porte des lentilles correctrices – déchire le corsage de la grande blonde qui se débat jusqu'au ras des tétons avant qu'elle se tourne vers nous pour hurler au secours avec les lèvres pulpeuses de la star du porno Leeda Swann.

La Terre qui meurt II se vendit à dix-neuf millions d'exemplaires.

– Pas trop mal, commenta Tyrena. Il faut quand même du temps pour se constituer un public.

– Mais le premier a fait trois milliards d'exemplaires, protestai-je.

– *Le Voyage du Pèlerin. Mein Kampf.* Une fois par siècle. Peut-être moins.

– Mais *trois milliards...*

– Écoutez, me dit Tyrena. Sur l'Ancienne Terre, au XXe siècle, une chaîne de restauration rapide a fait fortune rien qu'en vendant à ses clients de la vache morte frite dans de la graisse, assaisonnée de produits cancérigènes et emballée dans de la mousse à base d'hydrocarbures. Neuf cents milliards d'exemplaires ont été ainsi écoulés. Allez comprendre...

La Terre qui meurt III mettait en scène la jeune esclave en fuite Winona, qui finit par devenir propriétaire de la plantation de fibroplastes de son maître (et tant pis si les fibroplastes n'ont jamais poussé sur l'Ancienne Terre). Il y a aussi Arturo Redgrave, l'audacieux briseur de blocus (quel blocus ?) et Innocence Sperry, la télépathe âgée de neuf ans, qui se meurt d'un vague mal de Nell. Innocence durera tout de même jusqu'à *La Terre qui meurt IX.* Le jour où Transverse m'a autorisé à achever cette foutue petite conne, j'ai arrosé ça avec une cuite de six jours sur vingt-six mondes. Je me suis réveillé dans un boyau-poumon d'Heaven's Gate, couvert de vomi et de mousse verte de respirateur, avec le plus grand mal de tête de tout le Retz et la certitude qu'il faudrait que je me mette bientôt au travail sur le volume X des *Chroniques de la Terre qui meurt.*

Ce n'est pas difficile d'écrire à l'abattage. Entre *La Terre qui meurt II* et *La Terre qui meurt IX,* six années standard s'étaient écoulées assez paisiblement. Les recherches à faire étaient minces, les intrigues étaient issues d'un livre de recettes, les personnages étaient en carton, la prose sommaire et les loisirs abondants. J'en profitai pour voyager, me marier encore deux fois, chacune de mes épouses me quittant en bons termes mais avec une portion non négligeable des droits de *La Terre qui meurt* en cours. Je me lançai dans l'étude sérieuse des religions et des effets de l'ivresse, trouvant plus de consolation durable dans la dernière que dans les premières.

Je gardai néanmoins ma demeure, à laquelle j'ajoutai même six pièces sur cinq mondes différents. Je la remplis d'objets d'art. Je donnai des réceptions. J'avais des écrivains parmi mes relations, mais nous avions tendance, la plupart du temps, à nous méfier les uns des autres et à nous tirer dans les pattes, secrètement jaloux de nos succès respectifs. Chacun de nous s'estimait artiste dans l'âme, obligé d'être commercial pour pouvoir manger, alors que les autres n'étaient que de vulgaires tireurs à la ligne.

Puis, par un matin froid, alors que ma chambre s'agitait doucement dans les hautes branches de mon arbre du monde des Templiers, j'ouvris les yeux pour voir le ciel gris et constater que ma muse s'était envolée. Je n'avais pas écrit la moindre poésie depuis cinq ans. Les *Cantos* étaient restés ouverts dans ma tour de Deneb Drei, quelques pages à peine ayant été écrites en plus de ce qui avait été publié. J'avais utilisé des processeurs de pensée pour rédiger mes romans, et l'un d'eux s'activa automatiquement lorsque j'entrai dans ma chambre de travail. BORDEL, afficha-t-il. QU'EST-CE QUE J'AI DONC FAIT DE MA FOUTUE MUSE?

Que j'aie pu perdre ma muse sans m'en apercevoir vous donne une idée de ma production. Pour ceux qui n'écrivent pas et qui n'ont jamais été saisis par la manie créatrice, parler de muse peut sembler relever de la figure de style ou de la préciosité bizarre; mais pour ceux d'entre nous qui ne vivent que par le Verbe, la muse est aussi nécessaire que l'argile pour sculpter le langage. Quand on écrit – je veux dire *réellement* – c'est comme si on était connecté par mégatrans avec les dieux. Aucun véritable poète n'a jamais pu expliquer l'exaltation que l'on ressent lorsque l'esprit devient un outil d'écriture au même titre que la plume ou le processeur de pensée, filtrant et ordonnant les révélations venues d'*autre part*.

Ma muse s'était envolée. Je la cherchai partout dans les autres mondes de ma maison, mais seul le silence me renvoyait son écho vide d'un mur couvert de tableaux de maître à l'autre. Je me distransportai sur tous mes mondes favoris, je contemplai le coucher des soleils sur les plaines de Grass battues par les vents, je vis tomber les brumes nocturnes sur les falaises d'ivoire de Nevermore, mais j'eus beau essayer de tirer mentalement la chasse sur la prose interminable de la *Terre qui meurt* en cours qui me bouchait l'esprit, je n'entendis pas le moindre chuchotement de ma muse.

Je la cherchai dans l'alcool et dans le flashback. Je retournai à l'époque productive d'Heaven's Gate, lorsque l'inspiration était un bourdonnement continu à mes oreilles, interrompant mon travail, me réveillant dans mon sommeil, mais la voix de ma muse, dans ces heures et ces jours revécus, était aussi sourde et dénaturée que dans un disque audio endommagé, rescapé de quelque siècle lointain.

Ma muse s'était bel et bien envolée.

Je me distransportai dans le bureau de Tyrena Wingreen-Feif à l'instant précis de notre rendez-vous. Elle avait été promue éditrice générale au lieu d'éditrice en chef du service transcop. Son nouveau bureau occupait l'étage supérieur de la spire Transverse de Tau Ceti Central, et lorsqu'on se tenait sur ce plateau moquetté on avait l'impression d'être perché au sommet du pic le plus fin et le plus élevé de la Galaxie. Seul le dôme invisible du champ de confinement légèrement polarisé était visible au-dessus de nos têtes, et le bord de la moquette se terminait abruptement sur un vide vertical de six mille mètres. Je me demandais si des auteurs avaient déjà éprouvé l'envie de sauter.

— Votre nouveau chef-d'œuvre? me demanda Tyrena.

Lusus dominait l'univers de la mode, cette semaine-là, et quand je dis dominer il ne s'agit pas d'un vain mot. Mon éditrice était vêtue de cuir et de fer, avec des piquants rouillés aux poignets et autour du cou. Une cartouchière lui barrait l'épaule et le sein gauche. Les cartouches semblaient authentiques.

— Ouais, répliquai-je en faisant glisser le carton du manuscrit sur son bureau.

— Martin, Martin! soupira-t-elle. Quand vous déciderez-vous à transmettre vos manuscrits au lieu de vous donner la peine de les apporter en personne sur support papier?

— J'éprouve une étrange satisfaction à le faire, lui répondis-je. Tout particulièrement dans le cas présent.

— Ah?

— Oui. Vous n'êtes pas curieuse d'en lire quelques lignes?

Elle sourit et fit cliqueter ses ongles noirs contre les cartouches de sa cartouchière.

— Je suis certaine que la qualité est à la hauteur de votre production habituelle, dit-elle. Je n'ai pas besoin de lire ce manuscrit pour le savoir.

– Faites-moi plaisir!

– Je vous assure qu'il n'y a pas de raison. De plus, ça me rend nerveuse de prendre connaissance d'un manuscrit en présence de l'auteur.

– Celui-ci est spécial. Lisez juste les premières pages.

Le ton de ma voix dut l'alerter, car elle fronça légèrement les sourcils avant d'ouvrir le carton. Puis les plis de son front se creusèrent lorsqu'elle tourna la page pour feuilleter le reste.

Sur le premier feuillet, il y avait une seule phrase : « Et puis, un beau matin d'octobre, la Terre agonisante avala ses propres boyaux, fut secouée de son dernier spasme et mourut. »

Les deux cent quatre-vingt-dix-neuf autres pages étaient vierges.

– C'est une blague, Martin?

– Non.

– Une allusion subtile, dans ce cas? Vous aimeriez débuter une nouvelle série?

– Non plus.

– Votre réaction n'est pas totalement inattendue, Martin. Nos scénaristes ont quelques idées fascinantes à vous proposer. H. Subwaizee estime que vous seriez parfait pour l'adaptation romancée de la série holo du Vengeur écarlate.

– Vous pouvez foutre votre Vengeur écarlate dans votre joli petit cul d'éditrice de masse, lui dis-je d'une voix cordiale. J'en ai fini pour toujours avec Transverse et cette bouillie prémâchée que vous avez le culot d'appeler littérature.

L'expression de Tyrena ne vacilla pas. Ses dents n'étaient plus pointues, mais leur couleur rouille était assortie aux épines de ses poignets et de son tour de cou.

– Martin, Martin, soupira-t-elle. Vous n'avez pas idée de la manière dont vous serez irrémédiablement et définitivement fini si vous ne vous excusez pas. Redressez le volant et roulez droit. Mais cela peut attendre demain. Pourquoi ne rentrez-vous pas chez vous pour réfléchir à tout ça la tête sobre?

– Ma tête est parfaitement sobre, ma chère, lui dis-je en souriant. Elle n'a jamais été aussi sobre depuis huit ans. Mais j'avoue qu'il m'a fallu quelque temps pour me rendre compte qu'il n'y avait pas que moi qui écrivais de la merde. Cette année, il n'y a pas eu un seul livre publié dans tout le Retz qui ne soit pas une crotte intégrale. Alors, je quitte le radeau.

Tyrena se leva. Pour la première fois, je remarquai qu'à son ceinturon imitant ceux de la Force pendait un bâton de la mort. J'espérais qu'il était factice comme tout le reste de son costume.

– Écoutez-moi bien, espèce d'écrivaillon à la ligne, écuma-t-elle. Vous appartenez à Transverse depuis les couilles jusqu'aux oreilles. Si vous persistez à vous montrer récalcitrant, nous vous ferons bosser dans notre usine de romans roses sous le pseudonyme de Zézette Lacaille. Et maintenant, fichez-moi le camp d'ici. Dessoûlez-vous la gueule et mettez-vous au travail sur *La Terre qui meurt X*.

Je secouai la tête en souriant calmement. Ses pupilles se rétrécirent alors légèrement.

– Vous nous devez encore près d'un million de marks sur vos avances, dit-elle. Un seul mot de ma part au contentieux, et nous faisons saisir chaque foutue pièce de votre maison, excepté le putain de radeau qui vous sert de chiottes. Vous pourrez y rester jusqu'à ce que l'océan se remplisse de votre merde.

Je me mis à rire, pour la dernière fois.

– Il y a un système de traitement chimique, lui dis-je. De plus, j'ai vendu la maison hier. Le chèque de remboursement du reliquat de l'avance a dû vous parvenir.

Tyrena effleura de la main le manche en plastique de son bâton de la mort.

– Transverse a racheté les droits du concept de la Terre qui meurt, comme vous le savez. Quelqu'un d'autre écrira la série à votre place.

– Je lui souhaite bien du plaisir, fis-je en inclinant la tête.

Quelque chose avait changé dans la voix de mon éditrice quand elle s'était aperçue que je ne plaisantais pas. Je compris qu'elle avait des avantages à tirer de ma collaboration future avec Transverse, mais je ne voyais pas lesquels.

– Je suis sûre que nous pouvons arranger ça, Martin, murmura-t-elle. Je discutais, l'autre jour, avec le patron, et je lui disais justement que Transverse devrait augmenter vos à-valoir et vous laisser débuter une nouvelle série...

– Tyrena, Tyrena, soupirai-je. Adieu.

Je me distransportai alors sur le Vecteur Renaissance, puis sur Parcimonie, où j'embarquai à bord d'un vaisseau de spin pour gagner Asquith et le royaume surpeuplé du roi Billy le Triste.

(Notes pour un portrait sommaire du roi Billy le Triste :)

Son Altesse Royale William XXIII, souverain du royaume de Windsor-en-Exil, ressemble un peu à une chandelle de suif humaine qui aurait séjourné un peu trop longtemps sur un poêle trop chaud. Ses longs cheveux coulent en fins ruisseaux vers ses épaules molles tandis que les sillons de son front rejoignent, un peu plus bas, les rides qui entourent ses yeux de basset, pour continuer, à travers les plis et les replis de ses joues flasques, jusqu'au dédale tremblotant des fanons de son cou et de ses bajoues. On dit que, pour les anthropologues, Billy le Triste rappelle les poupées de chagrin de Kinshasa, tandis que pour les gnostiques zen il évoque le Bouddha de miséricorde après l'incendie du temple de Taï Zhin. Quant aux historiens des médias, ils courent, en le voyant, à leurs photos d'archives, pour vérifier la ressemblance avec un ancien acteur de cinéma bidim nommé Charles Laughton. Mais aucune de ces références n'a de signification pour moi. Plus je regarde Billy le Triste, plus je pense à la figure de mon ancien précepteur, don Balthazar, après une cuite de huit jours.

La réputation de morosité du roi Billy le Triste est quelque peu exagérée, me semble-t-il. Il rit assez souvent, en fait, mais il a le malheur, ce faisant, de secouer ses bajoues de telle manière que la plupart des gens sont persuadés qu'il sanglote.

On ne peut rien pour changer sa physionomie. Dans le cas de Son Altesse Royale, cependant, le personnage tout entier suggère soit le bouffon, soit la victime. Son costume, s'il est permis d'employer ce mot, frise perpétuellement l'anarchie et représente un véritable défi au sens du goût et des couleurs de ses serviteurs androïdes. Il y a des jours où il jure non seulement avec son entourage, mais avec lui-même. Et l'impression de chaos ne concerne pas que sa mise. Le roi Billy évolue dans une atmosphère de laisser-aller permanent. Sa braguette n'est jamais fermée, sa cape de velours est déchirée et balaie toutes les poussières du sol. La ruche de sa manche gauche est deux fois plus longue que celle de sa manche droite, celle-ci donnant l'impression d'avoir été plongée dans un bocal de confiture.

Je pense que vous voyez ça d'ici.

Malgré tout, le roi Billy le Triste possède un esprit intuitif et une passion pour les arts et la littérature qui n'ont pas été égalés depuis l'époque authentique de la Renaissance sur l'Ancienne Terre.

Sous certains aspects, Billy le Triste est un enfant adipeux au visage éternellement collé contre la vitrine d'un marchand de bonbons. Il aime et apprécie en connaisseur la grande musique, mais est incapable d'en produire. Amateur de ballets et de toutes choses gracieuses, Son Altesse a la légèreté d'un cornichon ambulant doublé d'une andouille comique. Lecteur passionné, critique de poésie au goût infaillible, amateur de rhétorique, le roi Billy allie un bégaiement rédhibitoire avec une timidité telle qu'il ne peut jamais se résoudre à montrer sa prose ou sa poésie à quiconque.

Célibataire toute sa vie, entrant dans sa soixantième année, le monarque habite un palais délabré et un royaume de cinq mille mètres carrés comme s'il s'agissait d'un autre de ses costumes royaux dépenaillés, et les anecdotes ne manquent pas sur sa légendaire distraction. Un jour, l'un des peintres auxquels il sert de mécène le croise en train de marcher la tête penchée en avant, les mains croisées dans le dos, un pied sur l'allée de gravier du jardin et l'autre dans la boue, visiblement perdu dans ses pensées. L'artiste interpelle respectueusement le roi. Celui-ci relève la tête en battant des paupières, regarde autour de lui comme s'il sortait d'un long sommeil et demande au peintre médusé :

– Exc-c-c cusez-moi... Est-ce que j-j-j j'allais dans la d-d-d- direction du p-p-p- palais ou d-d-d dans l'autre ?

– Dans celle du palais, Majesté, répond l'artiste.

– Ah b-b-b bon, fait le roi. C'est d-d-d donc que j'ai d-d-d déjà d-d-d déjeuné.

Le général Horace Glennon-Height était déjà entré en rébellion, et le monde reculé d'Asquith était tout droit sur son chemin de conquête. Asquith ne se tourmentait pas outre mesure pour cela, l'Hégémonie ayant proposé de faire bouclier avec une flottille de la Force. Mais le royal souverain du royaume de Monaco en exil semblait dans un état de déliquescence adipeuse un peu plus avancé qu'à l'accoutumée lorsqu'il me fit appeler pour me dire :

— M-M-M Martin, vous avez entendu p-p-p parler de la b-b-b bataille de F-F-F Fomalhaut?

— Oui, répondis-je. Je ne crois pas qu'il y ait lieu de s'inquiéter, Majesté. Fomalhaut est exactement le genre de planète qui intéresse Glennon-Height. Un monde de petite taille, pas plus de quelques milliers de colons, des richesses minières, un déficit de temps d'au moins... Combien? Vingt mois par rapport au Retz?

— V-V-V Vingt-trois, fit le roi. Vous ne p-p-p pensez donc pas que nous soyons en d-d-d danger?

— Pas du tout. Avec une durée de transit réel de trois semaines et un déficit de temps inférieur à un an, l'Hégémonie peut nous envoyer des renforts avant que le général ait le temps d'arriver de Fomalhaut avec ses vaisseaux de spin.

— Vous avez p-p-p peut-être raison, fit le roi Billy en s'appuyant sur un globe qui se mit à tourner sous son poids et l'obligea à se redresser dans un sursaut. Mais, né-né... néanmoins, j'ai décidé de pré-pré préparer notre modeste hégire.

Je battis des paupières, surpris. Billy parlait depuis deux ans de déménager le royaume en exil, mais je n'avais jamais pensé qu'il pouvait parler sérieusement.

— Les vai-vai les vaisseaux sont prêts sur Papa... sur Parvati, dit-il. Asquith a accepté de nous fou-fou... de nous prêter les moyens de trans... de transport dont nous avons b-b-b besoin pour rejoindre le Retz.

— Mais votre palais, Majesté? La bibliothèque? Les dépendances?

— Cédés en échange, naturellement. Mais le contenu de la bi-bi... bliothèque partira avec nous.

Assis sur le bras du canapé de crin, je me frottai plusieurs fois les joues. Depuis dix ans que je me trouvais dans le royaume, j'étais passé du statut de simple protégé à celui de précepteur, confident et ami du roi, mais jamais je n'avais réellement essayé de résoudre l'énigme de ce personnage. Dès mon arrivée, il m'avait accordé audience.

— Sou-Sou Souhaitez-vous rejoindre les rangs des

artistes ta-ta talentueux de notre pe-pe petite co-co...
lonie?

– Oui, Majesté.

– Et comptez-vous écrire d'autres li-livres du genre de
La T-T Terre qui meurt?

– Pas si je peux l'éviter, Majesté.

– Je l'ai l-l lu, vous savez. C'est t-t très intéressant.

– Vous êtes trop aimable, Majesté.

– Fou-Fou Foutaise, H. Silenus. Ce qui est intéressant,
dans ce livre, c'est la manière dont il a été ém-ém... émas-
culé pour n'y laisser que ce qui est mau-mau... mauvais.

J'avais alors souri, surpris de m'apercevoir que, finalement, j'allais très bien m'entendre avec Billy le Triste.

– Mais les *Can-Can*... les *Cantos*, soupira-t-il, ça c'était
une œuvre. Peut-être le plus beau recueil de po-po... de
vers publié dans le Retz depuis deux siècles. Comment
vous avez réussi à franchir le filtre de la mé-mé... de la
médiocrité, je ne l'ai jamais compris. J'ai co-co...
commandé vingt mille exemplaires rien que pour mon r-r
royaume.

J'inclinai doucement la tête, incapable de trouver mes
mots pour la première fois depuis mon attaque cérébrale
qui datait alors de vingt ans.

– Est-ce que v-v vous avez l'intention d'écrire encore
de la po-po... poésie? reprit le roi.

– Je suis venu ici pour essayer, Majesté.

– Soyez le b-b bienvenu dans mon royaume, dans ce
cas. Vous serez lo-lo... logé dans l'aile ouest du p-p... du
château, près de mon b-b bureau. Ma porte vous sera toujours ouverte.

Je regardai la porte fermée puis le petit roi qui, même
lorsqu'il souriait, donnait l'impression d'être sur le point
d'éclater en sanglots.

– Hypérion? demandai-je.

Il avait plusieurs fois mentionné le nom de ce monde-
colonie retourné à l'état primitif.

– Exactement. Les v-v vaisseaux d'ensemencement y
sont d-d depuis quelques années avec des androïdes, Martin. Pour p-p préparer le terrain, en quelque sorte.

Je haussai un sourcil. La fortune du roi Billy ne venait
pas de son royaume, mais de ses investissements massifs
dans l'économie du Retz. Même ainsi, cependant, s'il
avait entrepris un programme clandestin de recolonisation

depuis plusieurs années, le coût de l'opération devait être fantastique.

– Est-ce que vous vous rappelez p-p pourquoi les p-p premiers colons ont nommé la p-p planète Hyp-Hyp-Hyp... Hypérion, Martin?

– Bien sûr. Avant l'hégire, ils formaient une communauté franche sur l'une des lunes de Saturne, qui portait ce nom. Ne pouvant subsister sans être ravitaillés par la Terre, ils ont émigré dans les territoires lointains et nommé Hypérion le monde qu'ils avaient l'intention d'explorer.

Le roi Billy sourit tristement.

– Mais savez-vous pourquoi ce nom est pro-pro... propice à *notre* entreprise?

Il me fallut une dizaine de secondes pour faire la jonction.

– Keats, lui dis-je.

Plusieurs années auparavant, vers la fin d'une longue discussion sur l'essence de la poésie, le roi Billy m'avait demandé qui était, à mon avis, le plus pur des poètes qui eussent jamais existé.

– Le plus pur? Vous voulez dire le plus grand, Majesté?

– Non, non. Il est absurde de chercher à savoir qui était le p-p plus grand. Je suis simplement cu-cu... curieux de savoir qui vous considérez comme le p-p plus p-p pur... et le p-p plus p-p proche de l'essence que vous décrivez.

J'avais réfléchi plusieurs jours à sa question, et je lui avais donné ma réponse tandis que nous contemplions le coucher des soleils du haut de la falaise qui jouxtait le palais. Des ombres rouge et bleu s'étiraient sur la pelouse dans notre direction.

– C'est Keats, lui ai-je dit.

– John Keats. Ah! Et pour quelle raison?

Je lui avais expliqué ce que je pensais du poète de l'Ancienne Terre du xixe siècle, de son éducation, de sa formation et de sa mort précoce. Mais, surtout, je lui avais parlé de son existence presque totalement consacrée aux mystères et aux beautés de la création poétique.

Billy avait paru intéressé. Il semblait même véritablement obsédé, à présent, tandis que d'un geste large de la main il faisait apparaître une modélisation holo qui occupait presque toute la salle. Je fis quelques pas en arrière, passant à travers des constructions, des montagnes et des moutons en train de paître pour avoir le recul nécessaire.

– Contemplez Hypérion, mon ami, me dit-il en oubliant de bégayer, comme chaque fois que quelque chose l'absorbait totalement.

L'image holo se transforma en une série de vues de cités portuaires sur l'océan ou sur des fleuves, de nids d'aigles sur des montagnes et d'une cité perchée sur une colline aux versants couverts de monuments qui ressemblaient aux étranges constructions d'une vallée voisine.

– Les Tombeaux du Temps ? demandai-je.

– Exactement. Le plus grand mystère de tout l'univers connu.

Je fronçai les sourcils devant ce qui me semblait être une exagération.

– Ils sont vides, lui dis-je. On n'a pas retrouvé un seul foutu objet à proximité depuis leur découverte.

– Ils sont la source d'un étrange champ de force anentropique dont les effets se font encore ressentir. Ils représentent l'un des rares phénomènes, en dehors des singularités, qui osent défier le temps lui-même.

– Cela ne va pas très loin. C'est sans doute comme une couche de minium sur du métal, pour le préserver de la rouille. Ils étaient censés durer, mais ils sont vides. Et depuis quand sommes-nous censés nous extasier sur la technologie ?

– Ce n'est pas de la technologie, soupira le roi Billy, dont le visage sembla s'affaisser un peu plus dans ses plis adipeux. C'est du *mystère*. C'est toute l'étrangeté nécessaire à l'esprit créatif. Un mélange parfait d'utopie classique et d'énigme païenne.

Je haussai les épaules, pas du tout impressionné. Le roi chassa d'un geste l'image holo.

– Est-ce que votre po-po... votre poésie s'est améliorée ?

Je croisai les bras en toisant le nain mou royal.

– Non.

– Et votre m-m muse... Est-elle revenue ?

Je ne répondis pas. Si le regard tuait, nous aurions tous crié : « Le roi est mort, vive le roi ! » avant la tombée du soir.

– T-T Très bien, me dit-il, prouvant qu'il était capable d'être aussi suffisant que triste. F-F Faites vos valises, mon garçon. Nous p-p partons pour Hyp-Hyp-Hyp... pour Hypérion.

(Ouverture en fondu)

Les cinq vaisseaux d'ensemencement du roi Billy le Triste flottent comme des aigrettes dorées de pissenlits au-dessus d'un ciel lapis. Des cités toutes blanches se dressent sur trois continents. Keats, Endymion et Port-Romance... La Cité des Poètes elle-même. Plus de huit mille pèlerins des arts cherchant à échapper à la tyrannie de la médiocrité en essayant de renouveler leur vision des choses sur ce monde non dégrossi.

Asquith et Winsdor-en-Exil étaient des centres de bio-facture d'androïdes au siècle qui a précédé l'hégire. Ces amis-de-l'homme à la peau bleue travaillaient et suaient dans l'idée qu'une fois leur labeur terminé, ils seraient enfin libres comme l'air. Les cités blanches se sont élevées. Les indigènes, fatigués de jouer aux primitifs, sont sortis de leurs villages et de leurs forêts pour nous aider à reconstruire la colonie selon des spécifications un peu plus humaines. Les technocrates, bureaucrates et écocrates furent sortis de la naphtaline et lâchés sur un monde sans méfiance. Le rêve de Billy le Triste fut alors tout près de se concrétiser.

Lorsque nous arrivâmes sur Hypérion, le général Horace Glennon-Height était mort, sa brève mais brutale mutinerie déjà écrasée. Mais il était trop tard pour retourner en arrière.

Quelques-uns de nos artistes et artisans les plus endurcis boudèrent la Cité des Poètes pour aller mener une existence difficile mais créative à Jackson ou à Port-Romance, ou même encore dans les territoires vierges en expansion. Mais, pour ma part, je choisis de rester avec Billy.

Durant les premières années, je ne trouvai pas ma muse sur Hypérion. Pour beaucoup d'entre nous, les formidables distances, en raison du manque de moyens de transport (les VEM étaient peu sûrs et les glisseurs extrêmement rares), ainsi que l'amenuisement de la conscience artificielle dû à l'absence d'infosphère et de toute liaison avec la Pangermie autre que notre unique mégatrans, conduisirent à un renouveau des énergies créatrices et à une prise de conscience accrue de ce que signifiait la condition humaine et artistique.

261

C'est du moins ce que l'on disait.

Aucune muse ne se manifesta à moi. Ma poésie était toujours techniquement parfaite et artistiquement aussi morte que le chat d'Huckleberry Finn.

Je pris la décision de mettre fin à mes jours.

Tout d'abord, cependant, je passai quelque temps – neuf ans au moins – à faire œuvre communautaire en fournissant à Hypérion la seule chose qui lui manquait : le sens de la décadence.

Auprès d'un biosculpteur portant le nom prédestiné de Graumann Raclette, je me procurai les flancs velus, les sabots et les pieds de bouc d'un satyre. Je laissai pousser ma barbe et allongeai mes oreilles en pointe. Graumann pratiqua également quelques intéressantes modifications de mon anatomie sexuelle. La chose ne tarda pas à se savoir. De jeunes paysannes, des indigènes, des femmes de pionniers et d'urbanistes au sang bleu attendirent ou sollicitèrent la visite du seul satyre authentique d'Hypérion. J'appris ce que les mots « priapisme » et « satyriasis » signifient réellement. Outre les joutes sexuelles sans fin, je laissai mes beuveries devenir légendaires et mon vocabulaire régresser presque au stade de l'époque où j'avais eu mon attaque cérébrale.

Je prenais un putain de pied. Je plongeais peu à peu dans un putain d'enfer.

Puis, la nuit où j'avais prévu de me faire sauter la cervelle, Grendel apparut.

(Notes pour une esquisse du monstre :)

Nos pires cauchemars se sont concrétisés. Quelque chose d'horrible nous voile la lumière. Les ombres de Morbius et du Krell. Mets du bois dans l'âtre, maman, Grendel vient nous voir ce soir.

Au début, nous croyons que ceux qui manquent sont simplement partis ailleurs. Il n'y a pas de guetteurs sur les murs de notre cité. Il n'y a même pas de murs, en réalité. Aucun soldat ne garde les portes de notre salle de libations. Puis un mari vient nous signaler la disparition de sa femme entre le repas du soir et le coucher de leurs deux enfants. Hoban Kristus, le peintre impressionniste abstrait, rate son entrée dans l'Amphithéâtre des Poètes pour la première fois de ses quatre-vingt-deux ans de métier. L'inquiétude commence à se répandre. Le roi Billy le

Triste, de retour de sa visite officielle sur les chantiers de restauration de Jackson, promet que les mesures de sécurité seront renforcées. Un réseau de surveillance automatique est mis en place autour de la ville. Les électroniciens de notre flotte passent les Tombeaux du Temps au détecteur et nous assurent que tout est vide. Des spécialistes sont envoyés à l'entrée des labyrinthes au pied du Tombeau de Jade. Ils ne détectent rien dans un rayon de six mille kilomètres. Des glisseurs automatiques ou habités sillonnent tout le secteur qui s'étend entre la cité et la Chaîne Bridée. Ils ne repèrent rien de plus que la signature thermique d'une anguille de roche. Durant trois semaines, les disparitions cessent.

Puis la série de morts commence.

Le sculpteur Pete Garcia est retrouvé dans son studio... et dans sa chambre à coucher... et dans son patio. Le directeur de la sécurité, Truin Hines, commet la folie de déclarer à un médiatique :

– C'est comme s'il avait été mutilé par une bête furieuse. Seulement, aucun animal à ma connaissance ne pourrait mettre un homme dans un état pareil.

Nous sommes tous secrètement excités et titillés. C'est vrai que les dialogues sont mauvais, comme dans un million de films et de holos avec lesquels nous avons joué à nous faire peur, mais à présent *nous faisons partie du spectacle.*

Nos soupçons vont d'abord au plus évident. Il est clair qu'un psychopathe se promène en liberté parmi nous. Il tue probablement à l'aide d'une lame pulsante ou d'un clap. Cette fois-ci, il (ou elle) n'a pas eu le temps de faire disparaître le corps. Pauvre Pete.

Le directeur Hines est révoqué, et l'administrateur de la cité, Pruett, reçoit de Sa Majesté la permission de recruter, former et armer une force de sécurité d'une vingtaine d'hommes. Il est question de passer les six mille habitants de la Cité des Poètes au détecteur de mensonges. Les terrasses des cafés bourdonnent de discussions houleuses sur les libertés des citoyens. Ne faisant techniquement pas partie de l'Hégémonie, avons-nous en fait des droits quelconques ? D'extravagants stratagèmes pour capturer l'assassin sont proposés.

C'est alors que le véritable massacre commence.

La série de meurtres n'obéit à aucune logique. Les cadavres vont par deux, par trois, tout seuls, ou disparaissent purement et simplement. Parfois, il n'y a pas la moindre goutte de sang; d'autres fois, il y en a des torrents. Jamais on ne retrouve de témoins ni de survivants. Cela peut se passer n'importe où. La famille Weimont occupait une villa isolée, mais Sira Rob ne s'éloignait jamais de son studio au sommet d'une tour en plein centre-ville. Deux des victimes ont disparu quand elles étaient seules, probablement en se promenant dans les Jardins du Zen, mais la fille du chancelier Lehman, protégée par deux gardes du corps en faction devant sa porte, se trouvait dans sa salle de bain au dix-septième étage du palais royal quand elle a disparu sans laisser de traces.

Sur Lusus ou sur Tau Ceti Central, de même que sur une douzaine de mondes du Retz, la disparition d'un millier de personnes peut à la rigueur passer à peu près inaperçue. Quelques lignes dans le journal du matin ou dans les nouvelles de l'infosphère, et plus personne n'y pense. Mais dans une ville de six mille habitants, sur un monde-colonie de cinquante mille personnes, une douzaine de meurtres suffisent à attirer l'attention.

Je connaissais bien l'une des premières victimes. Sissipriss Harris avait été l'une de mes premières conquêtes en tant que satyre, et l'une de mes admiratrices les plus enthousiastes. C'était une belle fille aux longs cheveux blonds presque trop veloutés pour être vrais, au teint de pêche presque trop virginal pour être touché, à la beauté trop parfaite pour être contemplée. Le genre de fille que même le plus timoré des mâles rêve de violenter. Et Sissipriss avait fini par se faire violenter pour de bon. On ne retrouva que sa tête, posée verticalement au centre de la place Lord Byron, comme si le reste de son corps était immergé jusqu'au cou dans du marbre liquide. Je compris, en apprenant cela, à quel genre de créature nous avions affaire, car j'avais un chat, au domaine de ma mère, qui avait l'habitude de laisser des offrandes du même genre, les matins d'été, dans le patio sud. La tête d'une souris, le museau dressé sur les dalles de grès dans une expression de pure stupéfaction, ou les restes d'un écureuil aux longues dents laissés par un prédateur fier mais affamé.

Le roi Billy le Triste vint me rendre visite alors que je travaillais à mes *Cantos*.

— Salut, Billy, lui dis-je.

— On dit : « Bonjour, Votre Majesté », grommela le souverain dans l'un de ses rares accès de susceptibilité royale.

Son bégaiement avait disparu le jour où le vaisseau de descente qui le transportait s'était posé sur le sol d'Hypérion.

— Bonjour, Votre Majesté Billy.

— Hum... grogna mon suzerain en déplaçant quelques tas de papiers pour finalement s'asseoir sur le seul endroit du banc où il y avait du café renversé. Je vois que vous vous êtes remis à écrire, Silenus.

Je n'avais aucune raison de confirmer ou de démentir ce qui était parfaitement évident.

— Et vous vous servez toujours d'une plume ? demanda-t-il.

— Seulement lorsque j'écris quelque chose qui vaut la peine d'être lu.

— Vous pensez que c'est le cas ? fit-il en désignant la petite pile de papier que j'avais accumulée en deux semaines locales de travail intensif.

— Oui.

— Comment, oui ? Oui, c'est tout ?

— Oui.

— Et je pourrai bientôt le lire ?

— Non.

Le roi baissa les yeux vers ses pieds, et s'aperçut que le gauche baignait dans une mare de café. Il fronça les sourcils et épongea la mare avec l'ourlet de sa cape.

— Jamais ? fit-il, bougon.

— À moins que vous ne viviez plus longtemps que moi.

— Ce qui est bien dans mes intentions, me dit-il. Je le lirai tandis que vous agoniserez en faisant le bouc auprès des brebis du royaume.

— C'est une métaphore ?

— Pas du tout. Seulement une prévision.

— Je n'ai pas exercé mes charmes sur une brebis depuis mon enfance à la ferme, lui dis-je. J'ai même composé une chanson pour promettre à ma mère de ne plus enculer ses brebis sans sa permission.

Tandis que le roi Billy me contemplait d'un œil morose,

j'entonnai quelques mesures d'un classique intitulé : *Il est fini le temps des brebis.*

— Martin, me dit le roi, quelque chose ou quelqu'un est en train de massacrer mes sujets.

Je posai ma plume à côté du papier.

— Je sais.

— J'ai besoin de votre aide.

— Pour l'amour du Christ, je ne vois vraiment pas ce que je pourrais faire! Vous voulez que je piste le tueur comme un foutu flic de la TVHD? Que je me batte à mort avec lui au bord d'un putain de précipice?

— Ce ne serait déjà pas si mal, Martin. Mais pour le moment, je ne vous demande que votre opinion et quelques conseils.

— Première opinion, nous avons eu tort de venir ici. Deuxième opinion, nous serions ridicules de rester. Conseil unique et définitif : foutons le camp.

Billy le Triste hocha lugubrement la tête.

— Vous voulez que nous quittions cette cité, ou tout Hypérion?

Je haussai les épaules.

Le roi se leva et s'avança jusqu'à la fenêtre de mon petit studio. Elle donnait sur une ruelle étroite qui séparait l'immeuble du palais du mur de brique de l'usine voisine de recyclage automatique. Après avoir contemplé ce mur quelques instants sans rien dire, Billy le Triste se tourna vers moi.

— Vous devez connaître la vieille légende du gritche, me dit-il.

— Quelques fragments.

— Les indigènes associent ce monstre aux Tombeaux du Temps.

— Ils se peinturlurent aussi le ventre pour avoir de meilleures récoltes, et fument du tabac non recombinant.

Le roi hocha la tête devant cette remarque empreinte de sagesse.

— Les équipes d'exploration de l'Hégémonie avaient émis des réserves sur cette planète, dit-il. Elles ont posé des détecteurs partout et ont évité d'établir leurs bases au nord de la Chaîne Bridée.

— Écoutez, Votre Majesté... Que voulez-vous de moi, au juste? L'absolution pour avoir bousillé et reconstruit la ville ici? Vous êtes absous. Allez en paix et ne péchez plus, mon enfant. Si vous permettez, Majesté, *adios*. Il me reste encore quelques mirlitons à écrire.

Mais le roi Billy ne s'écarta pas de la fenêtre.

– Vous recommandez l'évacuation de la cité, Martin?

Je n'hésitai qu'une seule seconde.

– Oui.

– Et vous partiriez en même temps que les autres?

– Pourquoi pas?

Il se retourna pour me fixer dans les yeux.

– Est-ce que vous *partiriez*?

Je ne répondis pas. Au bout d'une minute, je détournai les yeux.

– C'est bien ce que je pensais, me dit le souverain de la planète.

Il croisa ses petites mains potelées dans son dos et se perdit de nouveau dans la contemplation du mur.

– Si j'étais détective, me dit-il, j'aurais sans doute quelques soupçons. Le citoyen le moins productif de notre communauté se remet tout à coup à écrire après dix ans de silence, seulement deux jours... vous entendez, Martin? Deux jours après le début de cette série de meurtres. Il a totalement disparu de la vie sociale dont il était naguère une figure dominante, et consacre son temps à la composition d'une épopée en vers. Il est devenu étrangement timide, et même les très jeunes filles sont à l'abri de ses ardeurs de bouc.

– Ses ardeurs de bouc, Majesté? fis-je en soupirant.

Il me jeta un bref coup d'œil par-dessus son épaule.

– Très bien, vous m'avez confondu, lui dis-je. J'avoue tout. Je les ai tous assassinés et je me suis baigné dans leur sang. Cela agit sur moi comme un putain d'aphrodisiaque littéraire. Encore deux ou trois cents victimes, maximum, et mon prochain bouquin sera prêt à être publié.

Le roi Billy tourna le dos à la fenêtre.

– Qu'y a-t-il? demandai-je. Vous ne me croyez pas?

– Non.

– Et pourquoi?

– Parce que, me dit le roi, je sais qui est l'assassin.

Dans l'obscurité de la fosse holo, nous étions en train de regarder le gritche et la manière dont il avait tué la romancière Sira Rob et son amant. La luminosité de l'image était très faible. La chair plus toute jeune de Sira semblait luire d'une pâle phosphorescence tandis que les fesses blanches de son ami beaucoup moins vieux donnaient l'illusion, dans la pénombre, de flotter séparément du reste de son corps bronzé. Leurs ébats frénétiques étaient sur le point d'atteindre leur point culminant lorsque l'inexplicable se produisit. Au lieu des coups de boutoir de la fin et du soudain figé de l'orgasme, le jeune homme sembla se mettre à léviter obliquement en arrière, comme si sa partenaire l'avait éjecté de son vagin. La bande sonore de l'enregistrement, qui consistait jusque-là en soupirs, halètements et exhortations banals, accompagnés des directives généralement associées à ce genre d'activité, se transforma soudain en une cacophonie de cris aigus, tout d'abord ceux de l'homme puis ceux de Sira.

Il y eut un coup sourd tandis qu'une partie du corps du jeune homme heurtait le côté de la caméra. Sira était en position d'attente tragi-comique et vulnérable, les jambes écartées, les bras ouverts, les seins flasques et les cuisses pâles. Sa tête était précédemment rejetée en arrière sous l'effet de l'extase, mais elle avait eu le temps de la redresser, et son expression de béatitude d'orgasme imminent faisait déjà place à celle, étrangement ressemblante, de la terreur indignée. Sa bouche était ouverte pour crier quelque chose.

Aucun son n'en sortit cependant. On n'entendit que le bruit de pastèque éclatée fait par les lames acérées qui perçaient les chairs, et le déchirement des tissus tandis que les crochets, en se retirant, arrachaient les tendons et les os. La tête de Sira bascula mollement en arrière, la bouche ouverte selon un angle impossible, et son corps explosa littéralement du sternum à la plante des pieds. Sa chair se fendait comme si une hache invisible était en train de la débiter en petit bois. Des scalpels non moins invisibles complétaient le travail, pratiquant des incisions latérales qui faisaient penser aux gros plans obscènes en temps décalé de l'opération favorite d'un chirurgien dément. C'était une autopsie délirante effectuée sur une personne vivante, ou plutôt presque vivante. En effet, lorsque le sang avait cessé de jaillir et les spasmes d'agiter son corps, ses membres étaient retombés dans l'inertie de la mort, et ses jambes s'étaient de nouveau ouvertes, comme pour faire pendant à l'étalage obscène de viscères, un peu plus haut. C'est alors que, l'espace d'une fugitive seconde, on aperçut un tourbillon flou de rouge et de chrome à côté du lit.

– Arrêt image, agrandissement et affinement, ordonna le roi Billy le Triste à l'ordinateur central.

Le flou se transforma en une tête issue du cauchemar d'un camé : visage mi-chrome, mi-acier, dents de loup mécanique croisé avec une pelleteuse à vapeur, yeux de laser rubis enchâssés dans des écrins de sang, front où rentrait une lame courbe de trente centimètres issue d'un crâne de vif-argent qu'elle dominait de trente centimètres, cou hérissé d'épines du même genre.

– Le gritche ? demandai-je.

Le roi, pour toute réponse, hocha lentement la tête, ce qui fit néanmoins vibrer sans fin ses bajoues et son triple menton.

– Et le garçon qui était avec elle ?

– Il n'y avait plus aucune trace de lui quand on a découvert le corps de Sira. Personne ne s'est aperçu de sa disparition avant qu'on retrouve ce disque. On l'a identifié comme un professionnel des arts récréatifs d'Endymion.

– Vous venez de trouver cet enregistrement holo ?

– Hier. Les agents de la sécurité ont trouvé l'imageur en examinant le plafond. Moins d'un millimètre de diamètre. Sira possédait toute une discothèque de ce genre d'enregistrements. Apparemment, elle ne se servait de sa caméra que pour... euh...

– Ses ébats privés, suggérai-je.

– Précisément.

Je me levai pour me rapprocher de l'image flottante de la créature. Ma main passa à travers son front, ses épines, ses mâchoires. L'ordinateur l'avait reconstituée grandeur nature. À en juger par cette image, notre Grendel local ne devait pas mesurer plus de trois mètres de haut.

– Le gritche, répétai-je, plus pour le saluer que pour l'identifier.

– Que pouvez-vous me dire sur lui, Martin ? me demanda le roi.

– Que voudriez-vous que je vous dise ? Je suis un poète et non un mythologiste.

– Vous avez demandé à l'ordinateur du vaisseau

d'ensemencement des renseignements sur l'origine et la nature du gritche.

Je haussai les sourcils. L'accès aux ordinateurs était censé être aussi secret et anonyme que l'accès à l'infosphère de l'Hégémonie.

– Et alors? demandai-je. Des centaines de personnes ont dû vouloir se renseigner sur cette légende depuis le début des massacres. Des milliers, peut-être. C'est le seul putain de monstre que nous ayons dans nos légendes.

Des vagues se propagèrent de haut en bas dans les replis adipeux de Billy le Triste.

– Je sais cela, Silenus. Mais vous avez commencé ces recherches seulement trois mois avant les premières disparitions.

Je haussai les épaules et me laissai tomber en soupirant sur les coussins de la fosse holo.

– D'accord. Vous avez raison. Et alors? Je voulais me servir de cette putain de légende dans le putain de poème que je suis en train d'écrire. C'est un crime? Arrêtez-moi.

– Qu'avez-vous appris?

La rage commençait à monter en moi. J'enfonçai plusieurs fois mes sabots de satyre dans la moquette.

– Rien d'autre que ce qui se trouve dans ce foutu fichier, Billy, éclatai-je. Qu'est-ce que vous me voulez, enfin?

Le roi s'épongea le front du plat de la main et grimaça quand il se mit accidentellement le petit doigt dans l'œil.

– Je ne sais pas trop, me dit-il. Les gens de la sécurité voulaient vous conduire au vaisseau pour vous brancher sur une interface d'interrogatoire total, mais j'ai préféré vous parler plutôt.

Je battis des paupières, sentant déjà une étrange pression sous gravité zéro sur mon ventre. Interrogatoire total signifiait dérivation corticale et plots dans le crâne. La plupart des gens interrogés de cette manière ne gardaient pas de séquelles. La plupart...

– Pourriez-vous m'expliquer quels aspects de la légende du gritche vous comptiez utiliser dans votre poème? me demanda le roi Billy d'une voix douce.

– Bien sûr, Majesté. D'après l'Évangile gritchtèque des indigènes, le gritche est le Seigneur de la Douleur et l'Ange de l'Expiation Finale. Venu d'un endroit situé hors du temps, il annonce la fin de la race humaine. C'est un concept que j'aime bien.

– La fin de la race humaine, répéta lentement le roi Billy.

– Oui. C'est l'archange Michaël, Moroni, Satan, le Masque de l'Entropie et le monstre de Frankenstein emballés dans le même paquet. Il rôde autour des Tombeaux du Temps en attendant le moment de sortir pour se livrer à ses massacres quand l'humanité sera prête à rejoindre le dodo, le gorille et le grand cachalot au palmarès de l'extinction des espèces.

– Le monstre de Frankenstein... murmura le petit homme adipeux à la cape froissée. Pourquoi pensez-vous à lui?

Je pris une profonde inspiration.

– Parce que l'Église gritchtèque est persuadée que c'est l'humanité qui, d'une manière ou d'une autre, a *créé* ce monstre, répliquai-je, bien certain que le roi en savait autant, sinon plus que moi sur la question.

– Est-ce qu'elle sait aussi comment il faut faire pour le tuer? me demanda-t-il.

– Pas à ma connaissance. Il est censé être immortel, en dehors du temps.

– Comme un dieu?

J'hésitai.

– Pas vraiment, déclarai-je enfin. Plutôt comme l'un des pires cauchemars de l'univers devenu réel. Comme la Faucheuse, si vous voulez, mais avec un penchant morbide pour les âmes accrochées comme des pendeloques aux épines d'un arbre géant... avec leur corps autour.

Le roi Billy hocha tristement la tête.

– Écoutez, lui dis-je, si vous tenez à disséquer les théologies primitives, pourquoi n'allez-vous pas à Jackson poser directement la question aux prêtres gritchtèques?

– J'y ai déjà pensé, me répondit le roi d'un ton distrait en posant son menton mou sur son poing dodu. Certains sont déjà à bord du vaisseau pour interrogatoire. Mais tout cela n'est pas facile à démêler.

Je me levai pour m'en aller, sans savoir si j'en avais encore le droit.

– Martin?

– Ouais?

– Avant de partir, ne savez-vous réellement rien d'autre qui puisse nous aider à comprendre cette créature?

271

Je m'immobilisai sur le seuil, sentant les battements de mon cœur contre ma cage thoracique comme s'il cherchait à s'envoler.

— Ouais, murmurai-je d'une voix qui ne tremblait que sur les bords. Je peux vous dire qui il est et ce qu'il est, si vous voulez.

— Ah?

— C'est la muse que je cherchais.

Je lui tournai le dos et rentrai dans ma chambre pour me remettre à écrire.

Naturellement, c'était moi qui avais provoqué l'apparition du gritche. Je le savais. Je l'avais attiré en commençant à rédiger mon poème épique sur lui. Au commencement était vraiment le Verbe.

Je réintitulai mon poème *Les Chants d'Hypérion*. Le sujet n'était pas seulement la planète, mais la fin des Titans qui se faisaient appeler humains. C'était aussi l'*hubris* sans souci d'une race qui avait osé assassiner sa planète natale par pure négligence et qui avait transporté sa dangereuse arrogance dans les étoiles. Là, elle affrontait le courroux d'un dieu que l'humanité avait en partie enfanté. *Hypérion* était la première œuvre sérieuse à laquelle je m'attaquais depuis des années, et ce serait la plus grande que je produirais jamais. Ce qui avait commencé sous la forme d'un hommage mi-comique, misérieux aux mânes de John Keats devenait ma dernière raison d'être, un tour de force épique à une époque de farce médiocre. *Les Chants d'Hypérion* furent écrits avec un talent auquel je n'aurais jamais pu prétendre et une maîtrise à laquelle je n'aurais jamais accédé. Ils furent interprétés par une voix qui n'était pas la mienne. Mon sujet était la fin de l'humanité. Ma muse était le gritche.

Une vingtaine de personnes moururent encore avant que le roi Billy évacue la Cité des Poètes. Un certain nombre de réfugiés s'installèrent à Keats, à Endymion ou dans l'une des autres cités nouvelles, mais la plupart préférèrent prendre les vaisseaux d'ensemencement pour retourner dans le Retz. Le rêve du roi Billy le Triste de fonder une Utopie créative s'était effondré, bien que Billy lui-même continuât à vivre dans le sinistre palais de Keats. Le gouvernement de la planète passa entre les mains du Conseil intérieur, qui demanda aussitôt à l'Hégémonie d'admettre Hypérion en son sein. Une Force Territoriale fut constituée. Cette FT, principalement composée des mêmes indigènes qui s'entre-tuaient une décennie auparavant, mais commandée à présent par des officiers formés à la hâte par la nouvelle colonie, ne réussit qu'à troubler la sérénité de la nuit avec ses patrouilles de glisseurs automatiques et à perturber, avec ses unités mécaniques de surveillance, la beauté du désert qui revenait s'installer.

Fait assez surprenant, je ne fus pas le seul à rester en arrière. Deux cents personnes au moins firent le même choix que moi, mais nous évitions, pour la plupart, les contacts sociaux. Nous nous adressions des sourires polis lorsque nous nous croisions sur la Promenade des Poètes ou lorsque nous prenions nos repas, à des tables séparées, dans la vaste salle à manger du dôme, où le moindre bruit se réverbérait dans le silence.

Les meurtres et les disparitions continuèrent cependant, à raison d'un ou deux par mois local. Ils n'étaient pas découverts par nous, mais par la FT, qui exigeait de recenser tous les citoyens chaque semaine.

L'image de cette première année qui demeure gravée dans mon esprit est curieusement communautaire. C'est celle de la nuit où nous nous sommes regroupés sur la place pour voir partir le vaisseau d'ensemencement. Nous étions en pleine saison météorique d'automne, et le ciel nocturne d'Hypérion était déjà illuminé d'éclairs dorés et de zébrures enflammées lorsque les moteurs du vaisseau furent mis à feu. Un soleil miniature se forma, et nous contemplâmes, une heure durant, la traînée de flammes de fusion qui s'éloignait, emportant nos amis artistes. Le roi Billy le Triste s'était joint à nous, cette nuit-là, et je me souvins qu'il me regarda longuement avant de monter solennellement dans son carrosse somptueusement décoré pour regagner la sécurité de Keats.

Durant la douzaine d'années qui suivit, je ne quittai la cité qu'en cinq ou six occasions, la première fois pour consulter un biosculpteur capable de me débarrasser de mes attributs de satyre, les autres fois principalement pour me procurer du matériel ou des vivres. Le Temple gritchtèque avait, entre-temps, repris les pèlerinages du gritche, et mon itinéraire me faisait faire à rebours leur parcours de la mort : la forteresse de Chronos, le télé-phérique de la Chaîne Bridée, les chariots à vent et le bac de Charon pour descendre le Hoolie. En rentrant, je contemplais les visages des pèlerins et je me demandais qui d'entre eux allait survivre.

Nous recevions très peu de visites dans la Cité des Poètes. Nos tours à moitié finies commençaient à ressembler à des ruines croulantes. Les galeries marchandes, avec leurs arcades et leurs superbes dômes de métal et de verre, étaient envahies par les plantes grimpantes. Les pyrofibres et les scargasses poussaient entre les dalles de pierre. Les FT avaient contribué au chaos ambiant en dis-séminant des mines et des pièges à l'intention du gritche, mais n'avaient réussi qu'à dévaster des quartiers autrefois magnifiques de la cité. Les systèmes d'irrigation ne fonc-tionnaient plus. Les aqueducs s'écroulaient. Le désert avançait. Et moi, j'errais de salle en salle dans le palais abandonné du roi Billy, travaillant à mon poème, atten-dant ma muse.

Quand on y réfléchit bien, l'effet-cause commence à ressembler à une boucle logique insensée issue du cerveau de l'info-artiste Carolus, ou peut-être à une gravure d'Escher. Le gritche s'est matérialisé à cause du pouvoir magique de mon poème, mais celui-ci n'aurait pas pu exister sans la menace bien présente du gritche, qui me sert de muse. Disons que je devais être un peu fou à l'époque.

En une douzaine d'années, la mort avait frappé la cité des dilettantes à un point tel que seul le gritche et moi demeurions en lice. Le passage annuel du pèlerinage gritchtèque représentait un facteur d'irritation mineur, rien de plus qu'une lointaine caravane traversant le désert en direction des Tombeaux du Temps. Parfois, je voyais revenir quelques ombres qui fuyaient à travers les sables vermillon vers le refuge de Chronos, à vingt kilomètres au sud-ouest. La plupart du temps, cependant, personne ne revenait.

J'attendais, tapi dans les ombres de la cité. Mes che-veux et ma barbe avaient poussé au point de recouvrir les maigres haillons que je portais sur moi. Je sortais surtout la nuit, errant au milieu des ruines comme une ombre fur-tive, me retournant souvent pour regarder mon palais éclairé tel David Hume collant le front à ses propres carreaux et décidant gravement qu'il n'était pas à la maison. Jamais je n'avais pris le synthétiseur de nourriture du dôme pour le transporter dans mes appartements. Je préférais manger dans le silence résonnant sous la coupole craquelée comme un Éloi déboussolé en train de s'engraisser à l'intention de l'inévitable Morlock.

Pas une seule fois je n'avais aperçu le gritche. Souvent, juste avant l'aube, j'étais réveillé en sursaut par un bruit soudain, un crissement de sable ou un raclement de métal. J'étais certain d'être observé, mais je ne réussis jamais à voir celui qui m'épiait.

De temps à autre, je faisais le voyage jusqu'aux Tombeaux du Temps, particulièrement la nuit, en évitant les secousses élastiques et déconcertantes des marées anentropiques tandis que je me frayais un chemin dans les ombres compliquées des ailes du Sphinx ou que je contemplais les étoiles à travers la paroi émeraude du Tombeau de Jade. Et c'est en retournant de l'un de ces pèlerinages nocturnes que je trouvai l'intrus dans mon studio.

— T-T Très impressionnant, M-M Martin, me dit le roi Billy en tapotant l'une des piles de manuscrits éparpillées dans la salle.

Assis dans le vaste fauteuil derrière la longue table, le monarque déchu paraissait plus vieux et plus déliquescent que jamais. Il était visible qu'il lisait ici depuis plusieurs heures.

— C-C Croyez-vous réellement que l'humanité mé-mé mérite une telle fin? me demanda-t-il d'une voix douce.

Cela faisait douze ans que je n'avais entendu ce bégaiement. Je m'éloignai de la porte sans répondre. Billy était mon ami et mécène depuis plus de vingt années standard, mais à cet instant j'aurais pu le tuer. L'idée que quelqu'un avait lu mon *Hypérion* en mon absence et sans ma permission m'emplissait d'une rage folle.

— V-V Vous da-da datez vos *Can-Can*... vos *Cantos*? reprit Billy en feuilletant la pile la plus récente de feuillets manuscrits.

— Comment êtes-vous entré ici? demandai-je subitement.

Ce n'était pas une question gratuite. Les glisseurs, hélicoptères et autres vaisseaux qui tentaient de s'approcher par les airs des Tombeaux du Temps depuis quelques années finissaient assez mal en général. Ils arrivaient sans aucun passager. J'avais fait merveille en alimentant le mythe du gritche.

Le petit homme à la cape froissée haussa les épaules. Son uniforme était censé avoir un aspect royal, mais il le faisait ressembler seulement à un Arlequin obèse.

– J'ai suivi le convoi de pèlerins jusqu'à Chronos, me dit-il. Je suis venu vous faire une petite visite. Je constate que vous n'avez rien écrit depuis des mois, Ma-Ma Martin. Co-Co... Comment expliquez-vous cela?

Je le fustigeai du regard en silence tout en me rapprochant obliquement de lui.

– J'ai peut-être une explication, reprit le roi Billy en brandissant le dernier feuillet des *Chants d'Hypérion* comme si la solution d'une longue énigme était écrite dessus. Les dernières strophes datent de la semaine où JT Telio a disparu, l'année dernière.

– Et alors?

J'étais maintenant à l'autre extrémité de la table par rapport à lui. Feignant l'indifférence, je mis la main sur une autre pile de feuillets et les éloignai hors de sa portée.

– D'a-D'a... D'après le système de surveillance des des... FT, c'est la date de la mo-mo... de la mort du dernier po-po... du dernier poète de la Cité, Martin. Le dernier avant vous, b-b bien sûr.

Je haussai les épaules et continuai de tourner subrepticement autour de la table. Il fallait que je me rapproche de lui sans que le manuscrit soit entre nous.

– Sa-Sa... Savez-vous que votre œuvre est ina... ina... incomplète, Martin? me demanda-t-il de sa voix grave et infiniment triste. Il y a encore une chance pour que l'humanité su-sur... survive à la chute.

– Non, fis-je en continuant d'avancer obliquement.

– Mais vous ne pourrez pas écrire la fin, n'est-ce p-p pas, Martin? Vous ne pouvez plus c-c composer si votre m-m muse ne fait pas couler le sang, vrai ou faux?

– Foutaise.

– Peut-être. Mais c'est tout de même une coïncidence assez fascinante, ne t-t trouvez-vous pas? Vous êtes-vous jamais demandé pour quelle raison vous aviez été épargné, Ma-Ma... Martin?

Je haussai de nouveau les épaules, en faisant glisser une

autre pile hors de sa portée. J'étais plus grand, plus fort et plus coriace que Billy. Mais il fallait que je m'assure qu'aucune page ne risquait d'être endommagée lorsque je le soulèverais par les replis du cou pour le jeter dehors.

— Il est t-t temps de faire quelque chose pour vous faciliter la t-t tâche, me dit mon ex-mécène.

— Il est plutôt temps pour vous de foutre le camp d'ici, répliquai-je en mettant à l'abri la dernière pile de poésie.

Je fus moi-même surpris, en levant les deux bras, de voir que je tenais un chandelier de bronze à la main droite.

— Plus un pas, je vous prie, me dit le roi Billy d'une voix douce en sortant un neuro-étourdisseur de sa poche.

Je n'eus qu'une seule seconde d'hésitation, puis j'éclatai de rire.

— Espèce d'avorton minable! m'écriai-je. Vous seriez incapable de vous servir de ce putain de truc même si votre vie en dépendait!

Je m'avançai pour lui donner la raclée qu'il méritait et le jeter dehors.

J'avais la joue contre une dalle de pierre de la cour, mais l'un de mes yeux était suffisamment ouvert pour me laisser apercevoir les étoiles qui brillaient encore à travers la verrière cassée de la galerie marchande. J'étais cependant incapable de cligner. Mes membres et le haut de mon corps commençaient à fourmiller comme si j'avais dormi trop longtemps avant de connaître un réveil douloureux. J'avais envie de hurler, mais mes mâchoires et ma langue étaient paralysées. Soudain, je me sentis soulevé et adossé à un banc de pierre de telle manière que mon champ de vision englobait une partie de la cour et la fontaine sèche, dessinée par Rithmet Corbet, où un Laocoon de bronze luttait avec des serpents du même métal dans la lumière vacillante des averses météoriques précédant les premières lueurs de l'aube.

— Je regrette b-b beaucoup, Martin, me dit une voix familière, mais toute cette f-f folie doit cesser.

Le roi Billy s'avança dans mon champ de vision avec une épaisse liasse de feuillets à la main. D'autres feuillets étaient éparpillés sur le rebord de la fontaine, aux pieds du Troyen de bronze. Un bidon de kérosène était débouché un peu plus loin.

Je réussis enfin à battre des cils. Mes paupières étaient lourdes comme des couvercles de fer rouillé.

— Les effets de l'étou... l'étou... l'étourdisseur devraient cesser d'-d' d'une minute à l'autre, me dit Billy.

Plongeant les mains dans le bassin, il prit une liasse de feuilles et y mit le feu avec son briquet.

— Non! réussis-je à hurler à travers mes mâchoires insensibles.

Les flammes dansèrent, puis moururent. Le roi Billy laissa les cendres retomber dans le bassin et prit un autre tas de feuilles qu'il roula en cornet. Je vis des larmes perler sur sa joue illuminée par le feu.

— C'est v-v vous qui avez causé cela, me dit le petit homme. Maintenant, il faut en fi... en fi-fi... en finir.

Je fis des efforts surhumains pour me relever. Mes bras et mes jambes remuèrent comme les membres mous d'une marionnette mal contrôlée. La douleur était devenue atroce. Je hurlai de nouveau, mais seuls le marbre et le granit firent écho à mon gargouillement inarticulé.

Le roi Billy brandit un feuillet et déclama :

Sans autre script ou accessoire
Que ma propre faible mortalité, je portai
Le poids de cette quiétude éternelle,
La fixité morose et la triple forme inchangée
Pesant sur mes sens d'une lune entière.
Dans mon cerveau brûlant assurément j'en mesurai
Les saisons d'argent hébergées par la nuit.
Chaque jour me voyant plus pâle et plus blême
(Souvent, avec ferveur, je priais que la Mort
Veuille bien m'arracher à cette vallée des larmes
Et à tous ses fardeaux), haletant de désespoir,
Appelant le changement, heure après heure,
Je me maudissais.

Billy le Triste leva le front vers les étoiles et jeta cette page aux flammes.

— Non! protestai-je de nouveau.

Forçant mes jambes à se plier, je me redressai sur un genou, essayai de me stabiliser à l'aide d'un bras transpercé de mille aiguilles de feu, puis retombai sur le côté.

La silhouette drapée de la cape royale se saisit d'une liasse trop épaisse pour être roulée en cornet et plissa les paupières pour lire dans la pénombre :

Je vis alors un visage livide
Non encore transfixé par le désespoir humain
Mais blanchi par une aveuglante maladie
D'immortalité qui ne tue point.
Elle opère de continuels changements
Que ne peut interrompre une fin bienheureuse.
Cheminant pas à pas vers la mort sans mourir,
Ce visage était au-delà du lis et de la neige.
Plus loin, je n'ose imaginer,
Bien que j'aie longuement contemplé son profil...

Le roi Billy leva son briquet, et cinquante nouveaux feuillets disparurent dans les flammes. Il laissa tomber le tout dans la fontaine et se pencha pour prendre une nouvelle liasse.

— Par pitié! implorai-je en me levant, les jambes flageolantes sous l'effet saccadé d'impulsions nerveuses contradictoires. Je vous en prie! Arrêtez!

La troisième présence n'apparut pas à un moment précis. Lorsqu'elle entra dans ma conscience, ce fut comme si elle avait toujours été là et que le roi Billy et moi avions négligé de la voir jusqu'à ce que les flammes soient assez hautes pour cela. Elle était géante, à quatre bras, moulée dans le chrome et la chitine cartilagineuse. Son regard rougeoyant était tourné vers nous.

Le roi Billy recula avec une exclamation étouffée, puis se ravisa, fit un pas en avant et jeta le reste du manuscrit dans les flammes de la fontaine. Des fragments de papier carbonisé volèrent, portés par un courant ascendant d'air chaud. Quelques colombes prirent leur vol, dans un brusque froissement d'ailes, du haut du dôme aux poutrelles tordues envahies de vigne vierge.

Je fis, moi aussi, un pas chancelant en avant. Le gritche demeurait immobile. Ses yeux injectés de sang ne bougeaient pas.

— Va-t'en! s'écria Billy sans bégayer, d'une voix exaltée peut-être par toute la poésie qui l'entourait. Retourne dans les abîmes d'où tu n'aurais pas dû sortir!

Le gritche sembla incliner très légèrement la tête. Les surfaces brillantes lancèrent des éclats rouges.

— Seigneur! m'écriai-je.

J'ignorais, et j'ignore encore à ce jour si je m'adressais ainsi à l'apparition infernale ou au roi Billy. Mais je fis trois nouveaux pas chancelants et voulus me retenir au bras du roi.

Il n'était plus là. Un instant le petit roi était à moins d'un mètre de moi, et l'instant suivant il se trouvait à dix mètres, porté à bout de bras au-dessus de la cour dallée. Des doigts de métal acéré lui transperçaient les bras, la poitrine et les cuisses, mais il se débattait toujours, et tenait quelques pages enflammées dans son poing serré. Le gritche le brandissait comme un père apportant son fils au baptême.

– Détruisez-le! me cria Billy en agitant pathétiquement ses bras transpercés. Détruisez-le!

Je m'appuyai au rebord de la fontaine, les jambes toujours en coton. Au début, j'avais compris qu'il me demandait de détruire le gritche. Puis je m'étais dit que c'était le poème. En fait, je crois qu'il voulait dire les deux. Il y avait un millier de pages intactes dans le bassin. Je me penchai pour prendre le bidon de kérosène.

Le gritche n'eut pas de réaction. Il serra seulement le roi un peu plus fort contre sa poitrine, dans un geste presque affectueux. Billy se débattit et ouvrit grand la bouche en un cri silencieux tandis qu'une longue épine d'acier perçait la soie de son costume d'Arlequin juste au-dessus du sternum. Stupidement, encore à moitié paralysé, je pensai à la collection de papillons que je faisais dans mon enfance. Lentement, d'un geste mécanique, j'aspergeai de kérosène les pages éparpillées.

– Dépêchez-vous! me cria le roi d'une voix rauque. Pour l'amour de Dieu, Martin!

Je ramassai le briquet tombé par terre. Le gritche ne s'occupait toujours pas de moi. Les carreaux gris de la cape du roi devenaient aussi écarlates que les carreaux déjà rouges. J'actionnai du pouce la roulette de l'antique briquet, une fois, deux fois, trois fois. Je n'obtins que des étincelles. À travers mes larmes, je voyais l'œuvre d'une vie étalée dans le fond poussiéreux du bassin à sec. Je lâchai le briquet.

Billy hurla. Confusément, j'entendis le choc du métal contre ses os tandis qu'il se tordait dans l'étau du gritche.

– Ne me laissez pas! cria-t-il. Par pitié, Martin! Oh, mon Dieu!

Je fis alors volte-face, accomplis cinq pas rapides en avant et jetai sur eux le contenu du bidon de kérosène encore à moitié plein. La fumée obscurcit ma vision déjà trouble. Billy et l'impossible créature qui le tenait dans ses bras étaient mouillés comme deux personnages d'une bande dessinée holo. Je vis Billy recracher du liquide. Je vis le museau luisant du gritche refléter un éclat de ciel embrasé par les météores. Puis les pages encore rougeoyantes du manuscrit que tenait Billy enflammèrent le kérosène.

Je levai les deux mains pour me protéger le visage, mais il était trop tard. Ma barbe et mes sourcils étaient déjà roussis. Je reculai jusqu'au bord de la fontaine.

L'espace de quelques instants, le bûcher vivant fut une parfaite statue de flammes, une *Pietà* bleu et jaune représentant une madone à quatre bras tenant un Christ embrasé. Puis la silhouette en feu se tordit, toujours embrochée par les épines d'acier et transpercée par vingt griffes acérées comme des scalpels. Un cri monta, que je ne pus croire originaire de la moitié humaine de ce couple enlacé par la mort. L'intensité de ce cri me fit plier les genoux et se répercuta sur chaque aspérité de la cité abandonnée. D'autres pigeons prirent lourdement leur vol. Le hurlement déchirant se prolongea plusieurs minutes, même après la disparition pure et simple de l'image embrasée qui ne laissa derrière elle ni cendres ni rémanence rétinienne. Il me fallut encore une minute ou deux pour me rendre compte que la plainte que j'entendais maintenant sortait de ma propre gorge.

Il faut bien qu'à un moment la tension redescende. La réalité ménage rarement des dénouements acceptables.

Il me fallut plusieurs mois, peut-être un an, pour recopier entièrement les pages tachées de kérosène et pour récrire les *Chants* brûlés. Vous ne serez pas surpris d'apprendre que je n'ai jamais fini mon poème. Ce n'est pas moi qui l'ai voulu. Ma muse m'avait abandonné.

La Cité des Poètes tomba tranquillement en ruine. J'y restai encore un an ou deux. Peut-être cinq, je ne sais pas. Je n'avais plus toute ma raison. À ce jour, les premiers pèlerins gritchtèques parlent encore de la silhouette fantomatique et décharnée, aux cheveux hirsutes, en haillons et aux yeux protubérants, qui les sortait de leur sommeil gethsémanien en criant des obscénités et en secouant le poing vers les Tombeaux du Temps silencieux, défiant le monstre qui s'y cachait d'avoir le courage de se montrer.

Finalement, même ma folie finit par se consumer, bien qu'elle rougeoie encore un peu en moi. Je regagnai à pied la civilisation, distante de quinze cents kilomètres, avec un sac à dos où je n'avais glissé que mon manuscrit. Je survécus en mangeant des anguilles de roche, en buvant de la neige et en jeûnant totalement les dix derniers jours.

Les deux siècles et demi qui se sont écoulés depuis n'ont apporté aucun élément digne d'être rapporté ici, et encore moins d'être revécu. Le traitement Poulsen aide à se maintenir en forme et à attendre. Deux longs voyages glacés et illégaux en état de fugue cryotechnique ont fait le reste, chacun absorbant un siècle ou plus, chacun prélevant sa dîme de cellules nerveuses et de mémoire.

J'attendais alors, et j'attends toujours. Le poème doit être achevé, et il sera achevé.

Au commencement était le Verbe.

À la fin... au-delà des honneurs, au-delà de la vie, au-delà des soucis...

À la fin sera le Verbe.

Imprimé en France par

BRODARD & TAUPIN

à La Flèche (Sarthe)
en décembre 2012

POCKET – 12, avenue d'Italie – 75627 Paris Cedex 13

N° d'impression : 70949
Dépôt légal : juin 1995
Suite du premier tirage : décembre 2012
S17327/06